謀殺清單

SWEET PEA

C.J. Skuse

C.J.史庫茲 ——著　周倩如 ——譯

十二月三十一日，星期天

1. 惠特克太太——鄰居、有年紀、愛偷窺。
2. 利多超市櫃檯的酷哥——滿臉粉刺、掛著腰鍊、結帳時摔到我的蘋果，而且永遠一臉不爽的樣子。
3. 每早開著藍色裕隆休旅車在索博利大道上鬼吼鬼叫的西裝男——灰色西裝、飛行墨鏡、像川普一樣的橘色皮膚。
4. 我在電訊日報共事的每一個人，除了傑夫以外。
5. 葛瑞格。

不曉得你過得如何，但我的新年完全是一場大成功。起初，我的心情挺差的，一半是因為聖誕假期結束了，很快得回去上班，這算老生常談；一半是因為那天早上我趁葛瑞格在沖澡時在他的手機發現一封訊息。內容寫道：

希望你在洗你的大鵰時有想起我——拉拉。

親親、親親。一個吐舌頭的笑臉表情符號。

喔，我心想。果不其然。他真的跟她有一腿。

拉拉是拉娜．朗特里，我公司裡一個二十四歲的業務員，喜歡穿窄裙和厚底高跟鞋，成天甩著頭髮，以為自己在拍彩妝廣告。他在我公司於十二月十九日的聖誕節暢飲派對上認識她——正好十二天前。訊息證實了我當初在自助餐檯邊看見他們在一起時湧上的猜疑：兩人有說有笑，她撥弄著一疊餐巾，他用湯匙把肉丸舀進兩人的盤內，她甩甩頭髮，他摸摸鬍碴。她整晚目不轉睛看著他，他也沉醉其中。

接下來，多了很多讓他不得不往城裡跑一趟的「小事」：刷油漆、鋪硬木地板、一面比他預期「難搞」的隔間牆。誰會在聖誕節前一週幹這些事？後來，蹲廁所的時間越來越長，兩次效率超高的聖誕購物行（我沒有同行），一個下午就刷爆他的信用卡。我看過他的信用卡帳單——我的禮物統統是在網路上買的。

於是，這件事在我腦中盤旋了一整天，而新年夜我最不需要的，就是強迫自己和一幫裝腔作勢的酒鬼假裝玩得愉快。不幸的是，這就是我的遭遇。

我的「朋友」，更準確來說，我的甩友——「我甩不掉的朋友」——約好了在海港旁邊的人魚岸餐廳聚會，身穿輕奢品牌打折時買的衣服。這場新年聚餐跑趴計畫從幾個月前就開始籌備——起初說好可以帶老公和男朋友，但自從計畫變成幫安妮舉辦產前派對的新年聚餐兼跑趴後，大家的另一半就一個接一個神祕地退出了。儘管餐廳的氣氛傲慢又做作，但就位於市中心，所以門外總是門庭若市，週日早上餐廳門口總有一灘噁心的嘔吐物。餐廳裝潢以黑色和銀色為主，再加上微微的法式風格——吊著一串串的大蒜、巴黎人行道的壁畫和死瞪著你彷彿你殺了他們老媽的服務生。

問題是，我需要她們。我需要朋友。我並不渴望她們；我之於她們，不等同歸心似箭的皮包骨湯姆．漢克之於那顆排球威爾森。但為了維持表面的正常，她們有存在的必要性。為了在社會上正常運作，你必須有人圍繞在身邊。這很煩，像月經一樣，但有其道理。少了朋友，人們開始把你貼上「獨行俠」的標籤。他們會檢視你在網路上的歷史，或開始在你的車庫聞到製作炸彈的味道。

但我和甩友們沒有任何共同點，這點無庸置疑。我是當地一家報社的編輯助理，伊梅達是一名房地產經紀人，安妮是一名護理師（目前請產假中），露西爾在銀行工作，她的姊姊克萊歐是一名大學體育老師兼私人健身教練，佩姬是一名中學老師。我們甚至連興趣都不一樣。嗯，我和安妮會互傳訊息討論最新一集的《浴血黑幫》，但我不會說我們是閨蜜。

另外，雖然表面上我就像一群吵鬧烏鴉當中一隻安靜的布穀鳥，但我在這個小團體也有我的功能。我在大學預科學校初次遇見她們的時候，算是頗有價值。我在孩童時期有點名氣，做過一堆名人會做的事：與脫口秀主持人理查和茱迪見面；電視節目主持人傑瑞米．凱爾送過我一個遊戲屋；接受BBC節目的訪問。如今，我只是貼心朋友或御用司機。最近，我成了首席聽眾——我知道她們所有人的秘密。只要聽得夠久，而且假裝有興趣，大家什麼都願意告訴你。

孕婦安妮預計在三月某一天生產。四女巫露西爾、克萊歐、伊梅達和佩姬砸重金買了尿布蛋糕、卡片、彩帶、氣球和嬰兒軟鞋來裝飾桌面。我帶了一個裝滿荔枝、芒果、楊桃和沙梨果等熱帶水果的水果籃，呼應安妮的非洲血統。整籃水果一下子就被吃得精光。至少我沒開車，所以我可以在肝能負荷的範圍內盡情暢飲普羅賽克氣泡酒，麻痺大腦，說服自己玩得愉快，即使她們一如往常喋喋不休聊著平時那些事。

甩友最喜歡聊五件事：

1. 她們的另一半（通常是在臭罵他們）。
2. 她們的孩子（我不太能參與的話題，因為我沒有孩子，所以除非是軟言軟語稱讚學校聖誕節活動的照片，或對著他們把大便抹在牆上的社群影片哈哈大笑，否則沒我的事）。
3. IKEA（通常是因為她們剛去過或正打算要去一趟）。
4. 減肥法——哪些有效／哪些沒用，哪些有飽足感／哪些沒有，她們胖了／瘦了幾磅。
5. 伊梅達的婚禮——她去年九月才宣布結婚，但我已經想不起來上次沒有聊到這個話題是什麼時候了。

而我在腦中通常會想著這五件事：

1. 森林家族。
2. 我還沒出版的小說，《不在場時鐘》。
3. 我的小狗，丁可。
4. 何時能去廁所查看我的社群媒體貼文。

5. 能夠殺死不喜歡的人……又不會被逮到的各種方法。

不久，一盤飲料送了過來：一瓶普羅賽克氣泡酒和幾只有點污漬的玻璃杯。

「這是什麼？」伊梅達問道。

「吧檯那邊的男士們請的。」服務生說。我們探頭望過去，看見兩個人倚著吧檯，顯然想要找到最容易得手的女人一桿進洞。其中一個戴著金色環形耳環和抹了太多髮膠的男子朝我們的方向舉起啤酒——他的另一隻手臂吊著三角巾。另一個男子穿著威爾斯的橄欖球衣，前臂刺滿刺青，左邊眉毛有道傷口，頂著大大的啤酒肚，正厚顏無恥地盯著露西爾的巨乳流口水。她說她「不是故意做那麼大的」。她的話能聽，天都要下紅雨了。

「真意外。」她微微一笑，手伸進麵包籃。我們一人拿起一只杯子，向男士舉杯致意，然後繼續無限迴圈聊著嬰兒、另一半、IKEA，以及當女人有多累。

安妮一一打開禮物，所有禮物她不是覺得「好棒」就是「好可愛」。我認為安妮是這些甩友之中最不討厭的。她總是有急診室的軼事可以分享，例如屁股塞進一個芭比娃娃的人或頭快斷掉的機車騎士。這起碼還算有趣。當然，她很快就會生寶寶，到時候除了寶寶和他們有多好玩和我也好想生一個外，不會有別的話題了。事情通常都是如此發展。

我們所有人點了分量不一、醬料各異的牛排，儘管每個人都正採用各式各樣的飲食法減肥。伊梅達的是杜肯減肥法還是低GI減肥法我忘了。露西爾的是5:2輕斷食法，但今天是第五天，所以餐點還沒上桌，她就已經吃了三個小圓麵包和二十根麵包棒。克萊歐「吃得清淡」，但聖誕節和新年暫時休息。我採用的是在一月一日前看見什麼吃什麼、之後再把自己餓死的飲食法，所以我點了十盎司的沙朗牛排佐法式伯那西醬搭配三製脆薯條——我要求肉必須非常生，生到不知該吃它還是餵它吃胡蘿蔔的地步。滋味非同凡響。我不在乎那隻牛是否受苦——牠的屁股簡直是人間美味。

「我以為你要吃素？」露西爾說著，又咬了一大口免費麵包。

「不。」我說。「不吃了。」真不敢相信我八百年前說過的話她到現在還記得。其實是我的家庭醫師要我戒掉紅肉，幫助改善我的情緒波動。但補充劑已經奏效，我看不出來因為偶爾發作就像保羅．麥卡尼一樣吃全素有何意義。況且，我老是在綠花椰菜裡發現菜蟲，而豆芽菜根本是惡魔的痔瘡。

「你聖誕節收到什麼好東西嗎？」服務生帶來一系列看起來極度鋒利的牛排刀過來時，克萊歐問我。

「謝謝。」我對服務生說。我總是不忘謝謝服務人員——你永遠不知道他們會在你的醬汁裡加什麼。「幾本書、香水、網飛的兌換券、碧昂絲在伯明罕的演唱會門票……」我沒提森林家族——能理解我對森林家族想法的人，只有伊梅達那兩個五歲的雙胞胎。

「喔，我們四月要去倫敦看碧昂絲。」佩姬說。「喔，我知道我要跟你們說什麼了……」

佩姬開始滔滔不絕說著她是如何跑了六家寵物店後，才總算幫她家養的兩隻兔子碧昂絲和索蘭芝找到某樣適合的東西。佩姬每次開啟的話題總是介在乏味和讓人想死之間；差不多跟安妮去看助產士或露西爾超低房貸的故事一樣無聊。我暫時出神，在腦中重新規劃森林家族餐廳的傢俱。我想他們需要更多娛樂的空間。

雖然男友害我胸口鬱積著一團惱人的怒火，但晚餐很不錯，我也成功把憤怒壓抑下來。我注意到每張桌子都擺著插有假花的花瓶——這在TripAdvisor上可得不到高分——但就餐廳本身，我很慶幸我赴約了。當初決定脫掉從聖誕夜開始就穿在身上的睡衣，花兩小時盛裝打扮，現在看來算是值得。呃，直到她們開啟了伊梅達婚禮的話題。罪魁禍首是露西爾。

「你決定婚禮當天要做什麼髮型了嗎？」

要知道，這是伊梅達會認真聽露西爾說話的罕見時刻——因為她的問題是關於伊梅達或婚禮或伊梅達的婚禮。

「還沒。」她哀號地說。「我想要可以搭配皇冠的盤髮，但又不想太高。伴娘做法式編髮，簡單一點。我有跟你們說我們的攝影師嗎？我們請了兩個。傑克找到一個倫敦的攝影師，他和他的夥伴，工作夥伴啦（大家莫名地大笑出聲），三月會先過來看看教堂。他會在教堂的最後面，我走紅毯的時候他就能拍到每個人的臉，而他的夥伴會在前面的祭壇。」

「這樣就不會錯過任何鏡頭了？」我補上一句。

「沒錯。」伊梅達露出微笑，好像因為我居然會對這個話題感興趣而十分興奮。

「晚宴你要穿什麼？決定好了嗎？」上完第三次廁所的安妮回來問道。

「喔，當然是白紗嘍。」

「你打算穿一整天嗎？」克萊歐說。

「是啊，我的禮服一定得讓人驚豔。這是我的大喜之日，每個人都會來看我，所以嘍……而且這樣一來，沒有受邀至教堂的賓客就能看見了。」

「嗯，可不能讓大家錯過任何事。」我邊滑手機，邊喃喃自語。她再次露出微笑，彷彿我與她心靈相通。

安妮點點頭，咬著下嘴唇。「你一定會豔驚四座，梅。婚禮肯定盛大非凡，而且到時候我又能喝酒了！」

我用餐巾把牛排刀擦乾淨。我的左手手腕佈滿血管，夠有種的話，我現在就能結束這一切。

「我不會豔驚四座。」伊梅達說。「我大概會醜到把兩顆相機鏡頭都弄破！」

換露西爾說話：「寶貝，你美呆了。你會像公主一樣，現場到時候處處百花齊放，再加上那間美麗的教堂……一切就像童話故事重現。」

「最好是。」她嗤之以鼻地說。「要是我不能在六個月內減掉腰上這該死的贅肉，就會是史瑞克版的童話故事！」

所有人放聲大笑。

「而且六月向來晴朗，天氣一定會很好。」佩姬說著，揉揉伊梅達的手臂。「別擔心，一定會很棒的。」

夠了吧？

「嗯，我想你說得對。」

（備註：我在這裡沒完沒了的奉承她，但親愛的日記，請你理解，無論哪種場合，百分之九十的時間都圍繞著伊梅達的婚禮。）

就在這時，她說到從去年九月第一次提到後我就一直擔心不已的那件事——不能說的週末。

「你們都會來參加我的婚前單身派對吧？沒得商量喔。人家已經提前六個月通知你們了。」

幹，我他媽一點都不在乎。

「喔，對喔，再說一次我們要幹嘛？」安妮問，大口喝著柳橙汁。

「還不確定，可能去巴斯做SPA或去溫莎樂高樂園，但確定是週五到週六。」

「當然去了！」露西爾咯咯笑著說。她是伴娘。接著，來到靠北男人大會——以克萊歐的情況是靠北女人大會——拉什漢／艾歷克斯／傑克／湯姆／愛咪去法國／坐長途客運去比利時／上班／跑趴／反緊縮示威運動的時候，整晚都在外面工作／買酒請別人喝。拉什漢／艾歷克斯／傑克／湯姆／愛咪最近在床上變得好無趣。拉什漢／艾歷克斯／傑克的屌有多大（克萊歐和佩姬總是小心迴避這個話題）。最後在安妮／露西爾／伊梅達／佩姬／克萊歐指控一連串的不是後，拉什漢／艾歷克斯／傑克／湯姆／愛咪送了她們勞力士錶／一束鮮花／Hotel Chocolat的海鹽焦糖巧克力餅乾／去度假／一個擁抱表示歉意。

葛瑞格給過我唯一有意義的東西是陰道炎，但我沒說出口。

「葛瑞格最近在忙什麼啊，蕾哈儂？」安妮問。她總是不忘把我拉進話題。伊梅達有時候也會這麼做，在她想要發起被動攻擊的時候。她會問：「記者的職位有消息了嗎，蕾？」或「肚皮有動靜了沒啊，蕾？」她明知道如果我的工作有進展（老天爺拜託）或子宮住了人（老天爺拜託不要）的話，我早就說了。

「呃，老樣子。」我說著，喝下第五杯氣泡酒。「他正在裝修商店街上那間店面。那裡本來是理髮店，之後會變成二手商店。」

「還以為今年聖誕樹底下會有閃亮亮的東西等著呢。」伊梅達說著，音量大得整間餐廳都聽得見。「你們交往多久了？三年？」

「四年。」我說。「你想太多了。他還沒想到那邊去。」

「如果他真的求婚了，你會答應嗎，蕾哈儂？」佩姬說，她的表情充滿光彩，彷彿正在想著霍格華茲。（她和湯姆計畫不久後在奧蘭多的哈利波特樂園結婚——我沒蓋你。）

我猶豫片刻，胸口的鬱悶越來越沉重。接著我說謊：「喔，當然——」我正準備具體地說，如果他牽拉娜．朗特里走下紅毯時能稍微暫停五分鐘來牽我走另一條的話，當然，但露西爾趁我有機會開口時打斷我。

「說到二手商店，我在德本漢姆百貨對面那家店買了一個超美的花瓶，超划算……」她開始滔滔不絕展開新話題，把我留在未完待續的孤島上。

倒不是說我想聊葛瑞格或他的無聊工作，這些話題絲毫談不上有趣。他做裝修，吃肉餅派，抽大麻菸，喜歡足球，玩電動，每次去酒吧吃下的炸豬皮多到可以鋪滿特拉法加廣場。這就是葛瑞格——請搭配戈登主廚的掌聲——的德性。

後來，正當她們喋喋不休談論那個不能說的週末時，一個脖子長滿痘痘的陌生男子拿著一杯啤酒在我們的桌邊出現。

「各位女士，你們好嗎？」脖子長痘痘的陌生男子說道。他藉著吧檯邊另外六個脖子和下巴長痘痘的夥伴壯膽，拿出幾支紅酒。意外的是，軟木塞仍塞在酒瓶裡，所以我們不必擔心被人下藥後拖去最近的廉價旅館、意識不清地遭到強姦。沒錯，我會想到這些事，又一個原因解釋了為什麼我是有用的朋友。

他們不是請我們喝普羅賽克氣泡酒的那兩個傢伙，而是另一群。更年輕、更吵鬧、更多粉刺。

「介意我們加入嗎？」甩友們對彼此眨眼，露出心照不宣的表情。

接著是刺耳的嘻笑聲。

我本來打算點一份雙倍巧克力布朗尼加凝脂鮮奶油作為甜點，但目前時間來到所有人都得收起小腹的階段，所以我忍住了，想知道我能不能在放縱自己吃喝的喪鐘敲響前，及時回家吃些聖誕節剩下的提拉米蘇冰淇淋。

伊梅達、露西爾和克萊歐如常開起黃腔，顯然因為受到關注而興奮不已。佩姬一旦酒喝多了，也會開始加入話題。她向來個性保守，無法參與乳溝或黃色笑話之類的話題，直到受到酒精的催化。我不夠醉，什麼話題都沒有興致。

夜晚有如綁在驢子上拖行的屍體一般漫長，七矮人全部擠到我們這一桌，用他們難聞的口氣污染我們的空氣，讓他們胖嘟嘟的手指逗弄我們內褲的鬆緊帶。我們有愛抱怨、痘痘男、矮冬瓜、邋遢鬼、小胖子、猥褻狂和不說話。

猜猜我被迫跟哪一個聊天，或者該說，被哪一個纏著聊天。

後來，我的甩友一個接一個離我而去。她們發表了「青春只有一次」的言論，跟著七個小矮人前往另一家夜店參加新年泡沫派對——我不記得是哪家夜店了，因為我不打算一起去。

「要一起來嗎，蕾？」安妮問，被一堆寶寶禮壓得喘不過氣。「我和佩姬要把這些東西塞到車上，然後跟他們在那邊會合。」

我不懂她跟著大家跑夜店為什麼那麼興奮。她就像一艘遊艇那麼大隻，只能喝柳橙汁，每兩小時就得跑廁所。夜店也對催生無益。

「好，我先去一趟洗手間。」我說完，一口氣把酒喝光。

我在測試她們。看看誰會真的留下來等我。誰是真正的朋友？但正如我料，沒人留下來。我付了我那份的錢，站在餐廳門口看著她們一邊嘻笑一邊步履蹣跚地走上大街，七矮人圍在旁邊，就像鯊魚繞著魚餌。我絲毫沒有跟過去的念頭。

於是，在新年前夕，就剩我獨自一人在市中心，準備徒步走上兩英里回到我的公寓。

但這才是樂趣的開始。

結果，走回家的一路上平安無事。我想碰見的，不是頭戴金蔥髮圈、張腿尿尿、把國民西敏寺銀行當成助行器的流浪漢。也不是躲在Boots藥妝店停車場的垃圾桶後方做愛的情侶。更不是期待連鎖餐廳Pizza Express店裡爆發的鬥毆事件打到外面的人行道上。衝突期間，我聽見一個穿著條紋襯衫的禿頭男子大喊：「媽的，我要把你的腦袋給打爆！」

這些都不值得特別注意。

反之，在運河邊發生的事，才算值得。

等我抵達運動場，沿著自行車道抄捷徑走到運河邊的小徑時，想必已經是晚上十一點半左右，距離我們的公寓只有短短的五百英尺。就在這裡，我聽見後方傳來腳步聲。我的呼吸變得急促，心跳開始加快。

我把雙手伸進大衣口袋，轉身看見一個我認識的男人。是那個穿橄欖球衣、前臂有刺青、在餐廳第一批請我們喝普羅賽克氣泡酒的傢伙。

「你要去哪裡啊，寶貝？」

「回家。」

「喔，我能一起去嗎？」

「不行。」

「拜託嘛，我們晚上可以一起讓彼此開心。跨年倒數前還有點時間，對吧？你看起來很傷心。」

他橫跨一步來到我面前，我連忙閃開。他退後一步，放聲大笑。

「你在跟蹤我，對不對？」我說。

他斜著眼，從頭到腳把我打量一番，最後在我的胯下逗留。不得不承認，緊身裙確實讓那部位看起來引人犯罪。「只是想看看你要去哪裡而已。別這樣嘛，我都請你喝一杯了。」

「我那時有跟你說謝謝了。」說得好像請我喝一杯就足以跟我上床。

他把雙手搭在我身上。

「麻煩你把手拿開好嗎？」

「少來了，你明明一直在對我放電。」

「我想我沒有。把手拿開。」我沒有提高音量，沒必要這麼做。他這樣企圖騷擾簡直可悲。

他一手抓著我的胸部，另一手移到他的皮帶頭。

「用你的小嘴幫我的傢伙爽一爽怎麼樣啊？看在過新年的份上，嗯？」

他力氣很大；橄欖球隊的四號前鋒之類的。除了左邊眉毛上面的傷口，他的耳朵也有點變形。我任由他狂舔我的臉。附近沒有其他人。就算我放聲尖叫，從距離這裡最近的曼內特法院大樓趕過來也得花上五分鐘。前提是那裡的人願意費心過來的話。到那時，他早已得逞，拍拍屁股離開。而我又會成為統計數據上的另一個數字，做完陰道篩檢在某個警察局休息室喝溫茶的女人。

不，那可能發生在我姊姊身上，但絕對不是我。

「快過來。」他在我耳邊喘著氣說，伸出他濕熱的手牽起我冰冷的手，把我拉向樹叢。一台利多超市的手推車倒在那兒。

我動也不動。「那裡沒有空間。」

「有啦。」他拉得更用力了。

「把牛仔褲脫掉。」我說。

他露出齷齪的笑容，彷彿他的船剛剛到岸——一艘硬邦邦的大船。「喔，耶，寶貝。我就知道我能融化你這座冰山。」

他搖搖晃晃站著，笨手笨腳解開皮帶。然後是拉鍊。他的褪色牛仔褲在腳邊堆成一團，四角內褲也是。內褲上印滿荷馬辛普森的圖案。他的老二高高挺起，像個準備戰鬥的小武士。登愣！

角度有點彎曲，我不確定他是很高興看到我，還是在告訴我公車站的方向。

他抓著老二往上摸。呃，往上然後朝著公車站的方向。「請享用。」他說。

「嗯，我真幸運。」我說。

放聲大笑的衝動是如此強烈，但我壓抑下來，假裝自己準備脫掉裙子底下的內褲。表現得飢渴萬分。

「你能趴下嗎？」他氣喘吁吁地說。

「像狗那樣？」

「對。」

「為什麼？」

「因為我想像狗一樣幹你。」

我緊張得透不過氣。「可是地板很硬。」

「我的老二也是。趴下，快，別賣弄了。」

「我會幫你吹，但僅止於此。」我說。

「這是個開始。」他說著，眼神亮了起來。我蹲下，握住他溫暖的小武士。

「要不要我一邊幫你吹一邊自慰？」我問道，緊張得心臟快跳出喉嚨。

「幹，好啊！淫蕩的婊子！」他輕笑，老二越來越硬，青筋越來越多。

他在等待，等待我的嘴唇含上他的龜頭。我拉起他的老二，彷彿準備要榨乾它。

「就知道你是個淫蕩的婊子。」

我握著他的老二，在他臉上看見葛瑞格的表情。接著，我把手伸進口袋，握住牛排刀的刀柄。我一邊替他打手槍，一邊緩緩拿出牛排刀。等他閉上雙眼，亢奮地仰起頭時，我用力往下一砍，開始割穿那根如軟骨般的肉棒。他尖叫咒罵，握拳朝我的頭揍下去。但我握得很緊，一邊切著在手中血腥濕滑的老二，最後連根拔起，把他往後推進陰暗的綠水中。他孤苦伶仃的陰莖啪一聲掉在運河邊的小徑上。

濺起的水花聲音響亮，他也仍不斷大叫，但儘管這般吵雜，沒有半個人過來搭救我們。

「啊啊啊啊啊！啊啊啊啊啊啊啊！」他繼續大叫，像個初次上游泳課的孩子拚命拍動水面。

陰莖冒起一點水蒸氣，垂頭喪氣地躺在小徑上。我在外套裡找到一個備用的狗便便袋，把斷掉的陰莖撿起來，接著衝上天橋，心臟怦怦作響，就像在牢房裡對著牆壁狂捶的討厭鬼。我來到天橋最上方，低頭看向水面時，差點喘不過氣。

「該死的……變態……賤人！」他咕嚕咕嚕地說著，拚命掙扎。

他不停拍打水面，沉入黑暗的水面下，然後再次浮出水面，激動拍打。他在這世上看見的最後一個畫面想必是站在橋上的我，在月光下微笑的表情。

多虧這殘酷的即興表演，我乾枯已久的內心難得出現感覺。就像孩子看見刺激的兒童遊樂場時會有的感覺。或聖誕節早晨起床伸出雙腳，碰到掛在床邊塞滿的長襪時會有的感覺。從內心深處往外發散，直到全身上下彷彿觸電那樣。全世界最棒的感覺。眼睜睜看著某人死亡，知道是自己造成的，是一種至高無上的榮耀。特地打扮幾乎可說是值得了。

一月二日，星期一

1. 那次在公園踹自己家黑色拉布拉多犬的青少年和青少女。
2. 德瑞克・斯卡德。
3. 衛斯理・帕森斯。
4. 坐在彩券行門口患有妥瑞症的那個傢伙，一直大聲嚷著關於大空船和有次被牧師揍一拳的事。
5. 葛瑞格和拉娜。為了節省子彈，我把他們寫在一起——用一槍貫穿兩人的腦袋。
6. 開藍色裕隆休旅車的男子。他從馬歇路開出來、見我走得不夠快，便對我按喇叭。「慢吞吞的臭婊子」，這就是他的原話。我一路上都在想像他那穿著西裝的身體吊在脖子上——扭動、掙扎，而我就站在他下方看著。

今天早上做了一個BuzzFeed八卦網站上的測驗——你的神經病指數有多高？答案是——非常高。我拿了八十二分。網站甚至把我的得分配上一張電影《辛德勒的名單》裡雷夫・范恩斯的照片。我不知道該作何感想。

不過那個測驗說對了一件事。

你是否習慣逃避責任？

嗯，是的，這是我的作風。要說會不會後悔，我其實對那場運河事件沒有太大印象。我已經三年沒殺人了。我本以為事情再次發生時我會覺得愧疚，就像偷喝了一口威士忌的酒鬼。但沒有，完全無感。我一夜好眠。不僅一覺到天亮，而且難得沒做惡夢。今天早上，我覺得神清氣爽。甚至難得覺得神智正常。

❖

新年的第一天，我和葛瑞格坐在電視機前面，一邊吃著披薩和藍色包裝的Quality Street巧克力糖，一邊觀賞八〇年代的電影——《粉紅佳人》、《小教父》和黛咪．摩爾有間粉紅色公寓、最後瘋掉的那部電影。不得不說，他是個優秀的騙子。我知道他今天假借跟蓋瑞和奈傑爾在酒吧有約的理由跟拉娜見面。在未經訓練的人眼中，他非常具有說服力。

可惜我的眼睛經過高度訓練——說到察覺誰在講屁話，我就像奧運短跑選手一樣厲害。

這星期我們安排了很多事——工作時總是抽不出時間做的事：沖洗陽台上的鳥大便、為了我們永遠不會參加的後車廂二手大拍賣整理紙箱、葛瑞格要清理他小貨車後面堆積如山的垃圾和木頭邊角料，最後是重新粉刷浴室。我們只剩一天就要回去上班，但完成的事少之又少。葛瑞格在聖誕節前夕已經動手刷了馬桶上方的牆面，當作我下班回家的驚喜，討我歡心，後來他便提起他邀了兄弟來家裡看天空電視台在節禮日當天播放的足球賽。但當我看到顏色的時候，我一點也不喜歡。「我明明說了要礦物藍！」

「我拿的就是礦物藍啊，你看？」他舉起油漆罐。上面寫的是清晨藍。

午餐時間，我帶丁可去散步，葛瑞格在玩街頭霸王，做了培根三明治，味道讓我口水直流（為了減肥，我盡量不吃碳水化合物）。我喜歡在散步時欣賞別人家的花園。我想念有一座花園的感覺。人行道上散落各式各樣聖誕節的殘骸。摔碎的裝飾品、一束束的金蔥、吃到一半的糖果。一只塑膠袋從某個人家的垃圾桶吹到路上，丁可突然歇斯底里叫了起來，大概吵醒了半個國家的人。我家狗狗最討厭的事情當中，打噴嚏、西班牙獵犬和不知從何處朝她飛來的流氓塑膠袋肯定名列前三。

我又開始教她握手了，她無論如何都不肯學的一個招數——仍然嘗試未果。

葛瑞格為了我們永遠不會辨的後車廂二手拍賣整理出所有不想要的藍光光碟，然後用他爸媽聖誕節買給他的高壓清洗機洗陽台。我剃了腿毛，傍晚開車前往爸媽家。前線一片寂靜。還是弄不掉浴室地毯上的污漬。葛瑞格仍然買單我所有的謊言，例如「去參加克萊歐的體操課」和「加班」；所以我能過去那裡一趟。簡直有點太簡單了。

在廚房水槽幫丁可洗澡。她不喜歡洗澡，但願意忍受，因為每次洗完都有雞塊可以吃。我想用毛巾替她擦乾身體時，她立刻逃到公寓別處，像得了狂犬病似的。葛瑞格也笑了，打破沉默。接著他說他要去特力屋一趟，幫我買另一罐油漆。他說他也得買些工作用的新剪刀來剪壁紙。

我說：「你何不直接用我爸工具箱裡的舊剪刀？我明天要過去一趟幫我媽整理文件櫃。我可以幫你拿回來。」

他說這對他意義重大，講得彷彿爸從棺材起來給他祝福似的。那是爸爸向來像第三隻手一樣隨身攜帶、從來不准葛瑞格摸的神聖工具箱。我覺得他快哭了。

「不過是壁紙剪刀罷了，葛瑞格。」我說。「又不是訂婚戒指。」

他點點頭，離開房間，用力清清嗓子。我最不會應付哭的人了。要怎麼才能讓他們停下來？我有一次故意搭上錯誤的公車，只因為一個女人在公車站哭哭啼啼。我不知道還能怎麼辦。

我愛他嗎？我已經好久不知道什麼是愛了。他說他愛我，但這難道不是那種交往時非說不可的話嗎？聖誕夜那天他說他愛我，加上我高超的打手槍技術和我做的美味乳脂鬆糕，我幾乎是完美的女朋友。我不像他那些兄弟的老婆一樣喜歡對他碎碎唸。我問他我怎麼樣才算完美。

「肛交。」他毫不猶豫地說。「那我怎麼樣才算完美？」他問。

嗯，如果你別再背著我跟拉娜・朗特里上床會是個好的開始，我心想。但我選擇了比較保守的答案：

「你已經非常完美了，親愛的。」

他放聲大笑，我躲在廣播時報週刊後面對他比了個中指。

一月三日，星期三

借用七個小矮人的挖礦歌：嗨吼、嗨吼、返回爛工作崗位嘍。事實上，我工作的地方真的有個小矮人——就在樓上的會計部。就是因為他，公司所有的電燈開關都挪到離地面三英尺的地方。超瘋。

今天在電訊日報的日子一如往常——漫長、沉悶、到處是咖啡漬。前半段的時間，我對每個問候我的人說我的聖誕節過得多開心、做著把當地學校寄給聖誕老人的感謝信輸入電腦的無聊工作、更新網站，以及用價值五千英鎊（沒錯，就是五千英鎊！）的新咖啡機煮咖啡。休息室有四個新的馬克杯——在家沒人想要的聖誕禮物，但在公司卻非常搶手，因為很乾淨。我拿起一個上面有恐龍和 Tea-Rex 諧音字樣的馬克杯。哈哈。

新年標語如常在各處掛起，乾淨無瑕，護貝完成。這些標語教導專業人士一些有用的事。比方說，最後一個離開的人，請關上所有檯燈。請清洗自己的碗盤。廁所裡更是貼了滿滿的標語：請勿把衛生紙以外的東西丟進馬桶。衛生紙用完後，請補上新的。請隨手關水龍頭。離開前，甚至還有一個標語寫著：請物歸原位——謝謝。

我想向辦公室建議一些新的標語，專門為我的利益和／或樂趣服務：

為了你的褲襠著想，如廁後請記得擦屁股。

請小聲關門，生病了請待在家，或起碼減少打噴嚏的次數——這棟樓有對噪音敏感的神經病。

請不要穿布希鞋來上班——它們是鞋界的恥辱（麥可．希斯——我說的就是你）。

別喝太多辦公室的牛奶——麥可．希斯你這個牛奶小偷，我這裡說的也是你，天天吃上滿滿好幾碗的牛奶麥片和六杯卡布奇諾的傢伙。

請別吃起司玉米片或在座位上吃油炸的早餐——那味道讓全辦公室的人想吐。

請別告訴蕾哈儂．路易斯你週末做了什麼——她只是客氣。

負責這些標語的，是我們的專案編輯，克勞蒂亞．古柏，又名古柏獸。她會用同一支麥克筆在她放進休息室冰箱裡的食物上寫下反諷的話。今晚我留下來加班，幫忙她修改那篇發電站基金管理不善的文章。她希望那篇報導能幫她贏得一些新聞大獎（並不會）。我主動請她看看我那篇討論毒品相關犯罪逐漸攀升的文章。我們聊到我推測 Paint the Town Red 女裝店是毒品配送中心。我想這樣可能會給我加點印象分數。

我真是太傻了。

我剛開始在電訊日報當總機的時候，只有喜歡過克勞蒂亞短短的五分鐘，但最近，她簡直是把我當清潔工在對待。她堅持不斷給我無聊的「新聞摘要」打成稿件，或採訪一對結婚滿五十週年的聾啞夫妻。有一次她當著所有人的面吼我，就因為公益路跑的報導我少打了三個分號——更別提其他讓我想從窗戶跳下去的千百萬個理由。我很早就認定她只是地獄女巫陰道壁上的一隻陰蟲。我很高興她第三次的試管嬰兒失敗了，而她丈夫離開她。沒有受精卵應該受到懲罰，叫那種東西媽媽。

我回家時，葛瑞格正在煮菜（顯然是因為心虛而煮）。從麵粉開始做成的義大利麵搭配自製青醬。我早餐只吃了蘋果和黑咖啡，中餐也只吃了沙拉，所以我允許自己放肆吃喝。

有總比沒有好，對吧？即使所謂的有是個爛貨。而且要是沒有交往的對象，就會招來旁人追問。一、天、到、晚問不停。有了男朋友，所有問題都會停止。有了與某人在一起的安全感，你也有了被接納的感覺。其他人很樂觀其成，因為他們也就不必擔心是不是得幫你介紹對象，或跟一個行走的電燈泡出門。

我該做的是離開他。我應該做狗屎三明治給他吃，或剪掉他每條牛仔褲的褲襠，然後頭也不回地走掉。但事情很複雜。葛瑞格為我爸工作，並在他死後接下他的裝修公司。我喜歡擁有那份連結。而且這是他的公寓，大部分的帳單都由他支付。他忍受我所有的怪癖——我不能有突如其來的聲音或重複或太大的聲音，我需要有一段安靜的獨處時刻，而且不能有人碰我的娃娃屋。還有哪個男人能這樣忍受我？

至於性愛，時好時壞。

好的時候很好，雖然沒有強烈的高潮，但也沒什麼可抱怨。壞的時候很快。他射精，然後倒頭就睡。我們試過一些變態的把戲（他曾經穿我的內褲、在一輛夜間公車上幫我口交、我在手機存有他的裸體照）。有時候在他爸媽家，我們會趁他們在古董估價節目前面睡著的時候，偷偷跑到二樓，在他們的床上做愛。那種時候，感覺就很不錯，我猜是因為有冒險的成分在。但大多時候，他的戲碼已經變得像那部歹戲拖棚的肥皂劇《東區人》一樣容易預測。我知道他的舌頭接下來會舔那裡，他什麼時候想要我在上面，抽插多久才會高潮。一切變得有點……就那樣。我試過採用不同的體位，但即使你想像女子體操選手那樣耍花招，平均卻只有四分三十七秒的時間。

有一次，我提出在公共場合開燈玩車震。他以為我在開玩笑。

「你是變態嗎？」

為什麼每件事都如此複雜？我承認，我有半數的時間渴望正常的居家生活：組織一個家庭、子女成群、傍晚有舒服的沙發可以窩著、小盆栽裡快樂的小花在陽台靜靜生長。另外一半的時間，我滿腦子只想殺人，只想默默地看。

這種性格與我在八卦網站上所做的測驗結果吻合。

你是否鮮少與其他人有情感上的連結？

不，當然不是。我是從來沒有放感情去認識任何人。一部分的我想再次知道什麼是愛的感覺。我知道我一定感受過愛。我好奇那是不是在我取人性命時感受到的相同感覺；所有神經末梢重新活過來的那種感覺。工作時心心念念想著它。勉強壓抑自己卻總忍不住想再做一次的渴望。我在腦海重播那男人掉進運河的那晚——刀刃切穿他的老二時那分裂的皮膚。他在我手中不停掙扎的模樣。那緩緩流下的鮮血。他握拳捶打我腦袋的感覺。切穿皮膚到肉體到肌肉的層層組織。站在橋上等待水面平靜、等待他的屍體翻轉浮起，胸口鬱積的焦慮感也跟著消失。

那就是愛嗎？我「愛」殺人嗎？我不知道。我只知道我想再做一次。而下一次，我希望延續久一點。

晚上九點半，愛偷窺別人的鄰居惠特克太太前來敲門。她剛拜訪完住在梅德斯通的妹妹。她問我們明天是否需要她幫忙照顧丁可。葛瑞格跟她說他明天只要上半天班，所以他可以把狗狗帶在身邊。我躺在沙發上假裝在睡覺，透過抱枕縫看到她在門口仔細打量客廳，大概想進一步進到屋內，偷走我們家更多的彩石或無人看管的釘書機。她罹患初期的老年痴呆症，所以我們也沒什麼好抱怨的。

晚上八點左右，我假借「跟朋友們去喝一杯」的理由，驅車前往爸媽家。茱莉亞並不高興見到我。我本來打算留下綜合零食包裡的三種巧克力，但後來只留了兩種——Drifter和Crunchie巧克力棒。以房間的現況來看，她絕對沒資格吃Revels巧克力球。

我好期待能殺掉她。

睡前，我鼓起勇氣量體重——聖誕節至今，我胖了五磅，今天餓肚子一整天絲毫沒用。我明天早餐一定要吃貝果。

一月五日，星期五

1. 德瑞克．斯卡德。
2. 衛斯理．帕森斯。
3. 張嘴吃東西的傢伙——比如葛瑞格。
4. 卡戴珊家族的第一人——如果能找到回到過去的方法，我就能把他殺了，阻止剩下的人出生。
5. 聚在店門口聊天的老人家。
6. 那些滔滔不絕地說要愛自己的身體、別在乎外界眼光，回頭自己瘦了一大圈，然後推出健身光碟的名人。去、死、吧、不、要、臉、的、賤、人。

又夢到老爸了，從十一月五日的煙火節至今已經是第三次。醒來時滿身大汗，儘管氣溫只有負二度。每次都是同樣的夢境：他在醫院的最後一天，乾癟的小臉躺在枕頭上盯著我看，眼神充滿大腦無法送到他嘴邊的字字句句。

然而，更有意思的還是這禮拜的頭條：

運河赫然撈出當地男子的屍體。

元旦當天，當地的一條運河裡驚見一名男性屍體，目前身分已獲證實。該具屍體由一名路人於元旦早上八點半左右發現，警方獲報來到圖書館附近那座跨河橋的水邊。死者為三十二歲的丹尼爾．約翰．威爾斯，是一名水電工，前一晚外出參與社交活動。

威爾斯先生在威爾斯父子電器行做水電，與前妻育有兩個女兒，三歲的蒂芬妮－麥莉（我沒開玩笑！）和十八個月大的伊莎貝拉－梅（一樣，搞屁啊？）。

警方尚未判定威爾斯先生的死是否存有任何疑點，附近又是否有目擊證人。

報導中完全沒提到他的牛仔褲脫至腳踝的狀態，也沒提到他喝得爛醉，或他伺機強暴的企圖，或他遺失的生殖器。我猜「參與社交活動」涵蓋了上述所有的內容。

工作好無趣。我敢說在籠子裡被關了二十年的中國小孩這會兒也不願意跟我交換生活。我們有個新來的孩子，叫AJ——克勞蒂亞從澳洲來的姪子。雖然我說是「孩子」，但其實他已經十八歲了，目前正在享受高中畢業上大學前的空檔年，並在接下來的六個月來這裡做領時薪的兼職助理。他上半身穿的像是要去海邊；下半身則像剛從格拉斯頓伯里的音樂節回來。我不知道A或J是什麼的縮寫，但就我而言，用名字縮寫稱呼自己的人都是討打。

事實上，他長得非常帥，高大黝黑，戴著編織手鍊，而且隨時面帶微笑。我通常不會被開朗的人吸引——想要傷害他們的衝動變得太強烈——但我想我不會拒絕跟他進展到三壘。他有點太急著討好克勞蒂亞。他目前住在她家。也許我可以想個辦法帶壞他；那樣一定可以把她惹毛。你聽過人們所說的一抹微笑「可以照亮整個房間」這句話嗎？我現在明白他們的意思了。AJ就擁有那樣的笑容。

不過顯然不是照亮我的房間。

我邊打瞌睡邊敲了十七個字母，寫著疏浚薩默塞特濕地和園藝廢棄物的回收費用飛漲的報導。房產副刊的副主編名叫樂怡，諷刺的是，她完全讓人快樂不起來，批評我放假回來胖了好多。樂怡天生吹毛求疵，對我們所有人都很挑剔，但今天比往常更讓我火大。她以為指出我們對自己沒有安全感的地方是好心幫忙——我的體重、拉娜的情緒化、克勞蒂亞的痣、傑夫的瘸腿，以及最糟糕的，麥可．希斯的陽痿症（她注意到他在午餐時間從藥局帶回來的一個袋子）。我想樂怡曾經肥得像頭豬，但後來減重成功，放了國民保健署一馬。如今她覺得用言語傷害每個人是她的責任。

最氣人的是，我們不能說任何話回嗆樂怡，因為她有很多殘疾。她是典型那種長得超醜、身材矮胖的女人，你常看見她們喜歡把頭髮染成亮粉紅或亮藍色，只為了讓自己變得比較迷人，但所做的一切卻只是更凸顯她們的醜陋。所以，我不能批評她粗肥的左腿，或她的口吃，或她半邊臉部麻痺而導致嘴巴開始從臉上滑落的模樣，因為這樣我就會因為歧視殘障而受罰。真是沒天理。你難道不想跟我這樣的人共事嗎？一個言行得體、不會當著你的面而是在背後說你壞話的人？

我沒有特別想要花力氣殺死樂怡，但我有時確實喜歡幻想她平躺在一個銀盤上，身體塞得鼓脹，表面如上釉般光滑，四周擺滿巴西利葉，嘴裡塞著一顆大大的青蘋果。

午餐時，市長來辦公室見榮恩。她人看起來挺好的，以前待過寄養家庭，是個有殘疾的孩子，丈夫發生過好幾次心臟病，人生顯然吃過不少苦頭。但我盡量不要與她靠得太近——她聞起來像馬力全開的空氣清淨機。她同時也有麩質不耐症，買中餐變得很麻煩。我必須去轉角那家臭得要命的熟食店。那家店的店員指甲很髒，綁著雷鬼頭的辮子，穿著沾滿鷹嘴豆泥的圍裙走來走去，又喜歡擺弄他的鼻環。

午餐時間，拉娜面帶微笑、大剌剌地經過我的座位，青藍色的襯衫被她豐滿的本錢撐得緊繃。我很肯定她有半數時間根本不必經過我的位置——她可以走另一邊——但她喜歡走過來偷看我。就像殺人兇手喜歡回到棄屍地點，只為了想知道屍體分解的速度或有戀屍癖。為了做好表面工夫，我也回以微笑，我們稍微聊了一下。交談結束後，我再次露出微笑。她又開始甩頭髮，咯咯笑。我想像把她壓在撞球桌上，拿刀捅她全身有洞的地方。我看得出來男人為什麼喜歡她。她活潑、隨和，奶子就像水球。她最後兩任男朋友甩了她——我在員工休息室聽到的小道消息。第一次被甩的時候，她整個人精神崩潰。第二任男人離開後，她顯然企圖了結生命。我不知道她有多認真——是一心尋死或只是吞了一堆藥再用手指挖出來那樣——但這確實解釋了葛瑞格喜歡她的原因。他喜歡坎坷多舛的女人。

一對女同性戀伴侶的孩子在必勝客被一顆葡萄噎到，來到這裡在會議室與麥可．希斯談話，施行哈姆立克法救了孩子一命的服務生也陪同前來。我寫了一篇學生為了亞洲黑熊登上非洲屋脊吉力馬札羅山的新聞稿，又幫忙傑夫輸入全郡保齡球錦標賽的決賽報告。我吃完中餐回來時，桌上出現一顆健達出奇蛋。

傑夫・特許是體育版的總編輯。他整天都坐在角落的辦公桌前；穿著破洞的紅色開襟衫、無指手套，椅子上擺著三個護腰靠墊。我喜歡傑夫。他會幫我扶著門，對我說的笑話哈哈大笑。他也是園藝專家，靠著他的巨大櫛瓜晉級全國所有的農業展競賽。他教我一些我最喜歡的花的拉丁文怎麼說——Bellis perennis（雛菊）、Centaurea cyanus（矢車菊）和Amaranthus caudatus（尾穗莧）。要是辦公室淹屎，我肯定把另一艘救生艇分給傑夫。

午休時間，我開車回家一趟。茱莉亞對自己的處境不太滿意，她打破了房子後面的一扇窗戶。雖然只是一個小洞，但我很生氣。所以當然了，她必須被好好教訓一番。給我進櫥櫃去，王八蛋。

下班後，到南度葡式烤雞店與葛瑞格見面，他順便帶了車險文件，這樣我們就能上網做比較，因為續保金額實在太高。我的雞肉很乾，但我沒有抱怨。今晚沒那個心情。

謝天謝地有色情片。那晚葛瑞格一說想做愛，我就以「寫小說」的藉口跑進浴室，看遍我找得到的每一部喜歡的老片，濕潤那粉紅私處。每次想起小時候溜去偷看老媽言情小說的煽情片段，或把老爸的《第六感追緝令》錄影帶倒帶看了六次時，我總好奇我怎麼從沒被抓包。現在，腥羶色的內容到處都是，卻沒那麼令人興奮了。

網路聊天室也是挑起性慾的另一種來源。我知道做人要謙虛，最好別說自己超會講淫聲浪語，但我真的超會講淫聲浪語的。運作方式是，你得在聊天室設下陷阱，讓他們拜託你到WhatsApp或Kik私訊，然後把他們拉進來。一旦他們進到應用程式，就等於羊入虎口。

嘿嘿嘿。

我得承認，當內容變得千篇一律而失去樂趣時，色情訊息難免有點煩人——我已經數不清有多少次說過我想「含他的老二」或要一個男的「射進我體內」或「舔我的妹妹」。有個傢伙說要「吸我那兩粒」。有些人要求挺多的。視訊效果更好，但必須除毛和減肥，而現階段的我沒那個閒工夫。一次跟三到四人聊天，感覺就像聖誕節期間在Argos連鎖超市上班一樣。一個人想要屁股照，另一個想要奶子照，一個澳洲的傢伙要去睡了，需要看我在鏡頭前自慰，還有一個多倫多的傢伙想聊聊他哥死後他一直出現的自殺念頭。喔，沒錯。我這裡什麼人都有。

上次，我和其中一個常客聊到約在倫敦的一間飯店見面——他想把我綁起來。另一個人說他要跟我在一條暗巷見面，一五一十照我說的話做：強抓住我，撕碎我的衣服，用力握住我的脖子，然後一邊咬我耳朵，一邊低聲說些下流話——正如我希望他做的那樣。

我會突然停住，問我能不能在結束後殺掉他們；能不能躺在他們底下，沐浴在他們的血泊中，看著他們在我身上奄奄一息吐出最後的空氣。

一步一步慢慢來。

但最棒的是——這一切最刺激的是——釣魚。我指的不是鯉魚或鯛魚。我的意思是大魚。只在夜晚現身、喜歡在街上徘徊的飢渴大魚，尋找獨自走路回家的女性員工或從酒吧出來、走路搖搖晃晃的悲傷少女。我偶爾喜歡扮演無辜少女。我喜歡扮演受害人。當你的外套口袋裡有一把八英寸長的刀子時，一切都是那麼易如反掌。

一月七日，星期天

1. 德瑞克．斯卡德。
2. 德瑞克．斯卡德的律師。
3. 衛斯理．帕森斯。
4. 我們本地那個腦袋有毛病的傢伙，怪人紅髮艾德。他在利多超市的停車場附近徘徊，撕下灌木叢的樹葉，邊聞邊笑。
5. 任何購買、販賣或製作星際大戰商品的人。我連買條士力架巧克力都能看見該死的光劍禮券。

昨晚又夢見老爸了。我問他最喜歡的小孩是哪一個，他微笑告訴我：「當然是你了。」我跟老爸什麼都能聊。如今我已經沒有能聊天的對象。葛瑞格很可悲——他總是盯著電視，就算電視關掉了，我猜他也會在腦海重播一集《冰與火之歌》。不用說，我不能跟賽瑞恩聊。老爸葬禮過後她就一直沒有返回英格蘭，我們每次講電話時，我總覺得她等不及要掛斷。

至於我那些甩友，如果我想要被人批評沒小孩、小說賣不出去或工作低賤，她們的意見可能有用。

我不知道如果爸媽仍在世的話，會告訴我該怎麼做。

我哀悼他們的方式跟一般人不一樣。賽瑞恩說她看到我哀悼老爸的方式讓她覺得「非常不安」。她說就像下雨時看向窗外的感覺——雨水涓涓滑落，冷若冰霜。我不知道該有什麼感覺，我只覺得麻木。我在Google搜尋過——WebMD醫療網站說「喪失親人的最初幾天所產生的麻木感很常見，因為你的大腦在試圖消化發生的事情」。我找不到麻木感持續好幾年是怎麼回事的資料。顯然，這種情況並不常見。

中午，兩個資深編輯克勞蒂亞和萊納斯從法院回來說六十八歲的戀童癖患者德瑞克・斯卡德被判三年緩刑，必須接受兩個月的社會勞動，並登記為性侵犯者。我們追這件案子追了超過一年。我他媽的簡直不敢相信！這個男人應該被活活剝皮再抓去油炸。

一月十一日，星期四

1. 惠特克太太——鄰居、有年紀、愛偷窺。
2. 利多超市結帳櫃檯的酷哥——他多收了我幫葛瑞格買壁紙的錢。
3. 每早開著藍色裕隆休旅車在索博利大道上鬼吼鬼叫的西裝男——灰色西裝、飛行墨鏡、像川普一樣的橘色皮膚。
4. 德瑞克・斯卡德。
5. 衛斯理・帕森斯。

爸媽家前院的山茶花盛開，看起來美極了。山茶花是媽種的。我趁上班前繞路去那裡拿些東西時看見的。茱莉亞再次求饒。她又企圖去砸窗戶。

「你敢給我砸窗戶試試看！」我對她咆哮，用力把她的頭往後拉，直到她癱在地毯上。「你再這樣，我就把你另一根大拇指也切掉。」

我提醒她「我朋友在監視著你的孩子」。她聽完立刻閉嘴。我今天想殺了她——頻頻開車來到這裡餵她吃東西，還得一直重複一樣的威脅，已經越來越沒意思。感覺就像在照顧一匹非常煩人的馬。我還是弄不掉地毯上的污漬。

但現在不是好時機。一旦動手，就沒有回頭路了，而我想要確保一切萬無一失。

警方釋出更多關於丹尼爾．威爾斯的消息，這名水電工的生命（和陽具）皆遭到兇手殘忍地切斷——他被發現時確實沒了陰莖。辦公室一整天都充斥著關於無鳥丹的笑話。他們不知怎地排除了恐怖攻擊的可能。顯然在新年前夕，他捲入一場酒吧鬥毆，所以警方正往那條死胡同追查。如今一想，這倒解釋了他眉毛的傷口。

午餐又吃沙拉。去死吧，小黃瓜。

AJ開始與拉娜調情。他每次一進公司，就開始「嘿，拉娜，你好嗎？」然後幫她做花生香蕉吐司，就像他今早那樣。我也注意他總是先把她的印度奶茶拿給她才端來我的卡布奇諾，而且他跟她聊天聊得比較久。他們都喜歡游泳，父親都在他們小時候離開了他們的母親，他們都養過鸚鵡。克勞蒂亞也注意到了，我敢說她刻意要讓他保持忙碌。一整個下午，她都讓他在樓上做歸檔的工作。

我好奇拉娜尖叫起來是什麼聲音。我好奇她死前的尖叫聲是不是跟她的叫床聲一樣。

下午三點的下午茶休息時間，我和傑夫照慣例出現爭辯。今天，爭辯的主題是市中心歷史悠久的救濟院將改造成保釋旅館。我說有鑑於城裡那麼多流浪漢，這是個好主意；傑夫說那歷史怎麼辦？我們沒有達成共識，但結束後舉杯乾杯，所以我想我們還是朋友。

今晚，市中心有一場關於市政稅上漲的抗議活動，最後卻演變成全面性的暴動，一直延伸到我們家路口的購物區。現場發生搶劫，自製導彈和無鉛燃燒彈引發零星火災。我剛從那裡回來，拍了很多很棒的照片。我想其中一張明天肯定會讓他們大吃一驚。我也不怕告訴你，我相信那張照片很有機會登上下禮拜的頭版。說不定我能用那些照片讓克勞蒂亞和萊納斯刮目相看，然後總算站上我人生中該有的位置——報紙頭版。一頁印著我名字的頭版，一切都值得了。

回家路上，我沒有故意走在可能碰見性侵犯的小街暗巷。每次做足準備時，總是會撲空，就像趕公車一樣。

在床上寫了些東西，但寫得不是很順利。我的肚子一直咕嚕叫，因為沒喝茶的關係（葛瑞格做了全脂千層麵和大蒜麵包），加上一旦你把一個帥哥的牙齒比喻成「他的嘴巴裡彷彿是白色衝浪板的墓園」時，你就知道你搞砸了。今天又收到一封婉拒信，這次來自一個重量級的大公司：加賽德出版社。他們說我的作品「缺乏深刻的情感刻劃」。就跟我一樣吧。至今我已經寄給三十七間出版社。不可能所有公司都搞錯。我想該是時候放棄《不在場時鐘》了。現實生活中有那麼多精采的陳年軼事，誰還想看小說呢？

一月十二日，星期五

1. 養了兩隻西班牙獵犬的女人。她家的狗老愛攻擊丁可，而且從來不繫狗繩——今天，她穿著布希鞋。
2. 德瑞克・斯卡德。
3. 衛斯理・帕森斯。
4. 喬納・希爾。
5. 雇用喬納・希爾拍電影的人。

推特上有些白痴打算對當地社區發起「拿起掃把」的運動，一同清理暴動後的餘波。該死的千禧世代。

今早我的車發不動，不得不去追公車上班。由於警方必須清除昨晚被燒毀的車輛和碎玻璃的關係，其中兩條固定路線遭到封鎖。我不知道為什麼大眾稱之為暴動。現場到了十點就已經全部打掃完畢，恢復原狀。說到政治抗爭，民眾可真懶惰。感覺就像，「喔，我們來扔些酒瓶，在舊紙板上隨便寫些標語，對幾個警察叫囂，然後準備回家收看冰與火之歌吧。」一群門外漢。

我進到公司，像個兒童泳池派對上的牧師一樣大汗淋漓，整間辦公室忙碌不已。列印機呼呼作響，熱騰騰的咖啡一杯接一杯往外端。編輯個個窩在棋盤格般的辦公桌後敲敲打打。克勞蒂亞走來走去，把重要的Ａ４紙放在紙盤上，整個人看起來煩躁又焦慮。新來的小子AJ在她辦公桌後方的地板上裝訂文件，就像辦公室養的小狗（一隻會用釘書機的小狗）。榮恩戴著耳機在辦公室講電話。萊納斯．西斯吉爾坐在辦公桌前，準備結束一通電話。他的電腦四周擺了三個濃縮咖啡杯，彩色螢幕上是一張丹尼爾．威爾斯的照片——又名丹丹，無鳥俠。

「嗨。」我委婉地說，讓大家知道我來了。沒半個人抬頭。「昨晚我在暴動現場拍到一張好照片。」

萊納斯轉過頭來。「真的嗎，蕾脾氣？請說說你到暴動現場做什麼？」

他從來不叫我的本名——而是各種變化版本。早期他最愛叫的是披頭四那首歌，親愛的蕾塔，女交警。常叫的有蕾脾氣，還有那個女歌手的名字蕾塔．歐拉。蕾小小，通常是星期五下午會這麼叫。而我只能站在原地，禮貌輕笑，扮演好我薪水小偷的角色。

「上禮拜一的早會榮恩說我們應該隨時為各種可能做好準備。像是如果我們看見一個有潛力的故事……」

「是，他指的是編輯和總編，親愛的，不是接電話的總機。」

「我已經不是總機小姐了，我是編輯助理。」我輕聲說著，用外套衣袖擦擦額頭。「榮恩說——」

「應該是彭迪查瑞先生才對，蕾哈儂。」克勞蒂亞頭也不抬地說。

「彭迪查瑞先生說，」我更正道，「想要成為初級記者，代表著你得靠自己挖掘更多故事，所以我想我必須主動一點。他說你永遠不知道會發生什麼事——像鬥毆、車禍、小孩被綁架。」

AJ從一疊裝訂好的文件中抬起頭來，對我微笑，露出滿滿的白色衝浪板。

「不過那不是你的工作吧？」克勞蒂亞回以一個兇狠的眼神。「留給專業的來好嗎，嗯？小甜豆？」

那聲「嗯」簡直不能再更惹人討厭。我想撕開她的喉嚨，撈出每一個嗯，但我只是甜甜一笑，就像個稱職的小甜豆。

「彭迪查瑞先生說如果我表現出足夠的決心，他可能會幫我寫推薦信去申請作者訓練國家協會的經費，這樣我就能拿到我的文憑了。」

「啊，那就太酷了。」AJ一邊說，一邊幫文件裝訂。我對他的支持示意，然後轉向萊納斯，彷彿有個盤腿而坐的澳洲男孩支持我就已經足夠。

萊納斯打開抽屜，拿出一小盒牙籤。「大概也不會有什麼結果，小蕾蕾。他通常都是直接從新聞學院挑學生，從來不曾派一個總機去受訓。」

「我已經從總機晉升一個層次了，不是嗎？你起碼看看那些照片吧？拜託？」

「他在刁難你嗎，蕾？」拉娜．朗特里在匆忙前往櫃檯的途中湊過來說。她向來叫我蕾，儘管我從未說過她可以這麼叫。她身上散發著廉價的氣味，缺乏野心，工作一整天就是在賣廣告版面，對著話筒發出刺耳的假笑，穿著像魚皮一樣的緊身鉛筆裙，經過每個座位屁股都會摩擦到桌面。萊納斯顯然嗅到她過來，丟了一顆薄荷糖到嘴裡。

「沒的事，我們只是在鬧著玩，對吧？」他說著，往後靠向椅背，對著拉娜把兩腿張得大開。

「你要小心他。」拉娜說著，輕輕推我一下，彷彿我們是閨蜜。雖然她其實根本不在乎，她只是想跟萊納斯打情罵俏。即使大門在她身後關上，她剛剛推我那一下仍讓手臂隱隱作痛。

萊納斯目送她離開，恍惚地嘆口氣。「她或許個性很糟，但那女孩身上那對車頭燈可真夠看的。」

「少噁心了，萊納斯。」克勞蒂亞拿著電話冷笑說。

「那是什麼意思？」我說。但萊納斯和克勞蒂亞只是互看一眼，然後如常忽視我。

我腦中閃過各種最終殺死萊納斯・西斯吉爾的情境。我可以用他的萬寶龍筆戳刺他，把他綁在旋轉椅上深深含住他的老二連根咬斷，然後砸破消防斧的玻璃，砍斷他的腦袋，再一腳踢進資源回收桶。或者，我可以直接向他比中指，大喊，「笨蛋！」然後跑掉。我承認，這些都不盡理想，畢竟我(a)不想坐牢，(b)確實想升遷，(c)萊納斯的老婆琪拉是總編的女兒。

因此，只剩下第三個、也是最理性的選項——證明自己。拍出一張令人驚豔的照片，或寫出一篇附有洞見的文章，挖出頭版新聞，成為作者訓練國家協會的經費受薦人，晉升到初級記者的職位。「初級」的頭銜仍帶有幼兒園的味道——彷彿我應該坐在辦公室中央被兒童圍欄圍住的地板上、吸萊納斯的奶似的——但這將為我開啟一扇門。

克勞蒂亞抬起頭。「你到底拍到什麼照片，蕾哈儂？有什麼可以用在星期五的新聞摘要嗎？」

她說著，嘆了口氣，彷彿一個母親在問孩子圖畫畫好了沒，儘管圖畫最後的命運是進垃圾桶。

「喔。」我說，「我想你們或許可以用在下禮拜的頭版上？弄一個暴動之夜特別報導之類的？」

克勞蒂亞用極度鄙視的眼神看著我，彷彿瞳孔被黏到眼皮上。「德瑞克．斯卡德是我們下禮拜的頭條。」

攝影組也拍到一張好照片。上禮拜一的早會已經展示過了。其中一個攝影師拍到他離開法庭時點了一根菸——他的眼睛惡狠狠地直視鏡頭。標題是**魔鬼重回街頭**。德瑞克．斯卡德的壞心眼是我和克勞蒂亞難得有共識的一件事，儘管我仍想把那賤女人的頭塞進碎紙機裡。

我把相機裡的記憶卡交給她，她立刻插進硬碟——她老公離開她後，這大概是她目前最接近性愛的動作。克勞蒂亞不喜歡我，我無所謂。這個腳板佈滿青筋、嘴巴永遠飄著咖啡氣息、自卑感作祟的潑婦。我要真有需要她認可的那一天，就是太陽打西邊升起的那一天。但我仍得討她歡心。我必須顧及大局——升遷、文憑、事業。如果她願意的話，這些她都能給我。

我的照片一一出現——共有一百零八張。其中很多張是中間有閃光的全黑照片。煙火、警察的身影、一隻吠叫的警犬，她的表情出現一抹淡淡的興致。

AJ拿著一疊文件從地板上站起來，跟著仔細打量螢幕。「哇，你真的拍得很好耶，蕾哈儂。」他露出燦笑。「你受過訓練嗎？」

「不，完全沒有。」我說完，想起要加上一句：「不過謝謝你。」

克勞蒂亞桌上的電話響起。

「新聞組你好，我是克勞蒂亞．古柏……喔，好，請稍候。」她一手遮住話筒。「蕾哈儂，我得接一下這通電話，是倉儲大火的事。拿給萊納斯看，好嗎？」她乾脆加上一句真是個乖孩子算了。喔，你這地獄來的賤貨王八蛋。

她派AJ去辦新的差事，然後繼續講電話，一邊大笑一邊玩頭髮，電話那頭的人傾訴他失去了擁有六十年歷史的家族事業。我從她的硬碟用力拔掉記憶卡。

「過來吧，長髮公主，我來幫你看看你的照片。」萊納斯說著，招手要我過去。我把記憶卡交給他，讓他放進他的電腦。「喔，這隻狗狗拍得不錯。這張……有意思。」他對我在公園外所拍攝的一面倒塌磚牆的照片說。「畫質有點模糊，你用什麼相機拍的？一百年前的柯達布朗尼相機嗎？」

表面上，我像個笨蛋害羞傻笑。內心裡，我罵他是沒下巴的無腦男，一邊想像他從床上醒來，看見自己被切掉的睪丸放在罐子裡而放聲尖叫。

他滑過煙火、破碎的玻璃窗、一個踹大門的男孩。

接著，他突然停止說話。他開始放慢速度滑動，仔細查看每張照片。「嗯，是耶，這裡有些照片拍得挺生動的。殘暴的歡愉。順道一提，這句話是取自於莎士比亞的作品……」

「我知道。」我說。「『這殘暴的歡愉，終將以殘暴結束。在那歡愉的剎那，就像烈火和炸藥，一吻即逝。』羅密歐與茱麗葉。」

萊納斯一句話也沒說，就在這時，他停止滑動。他找到了那張最值錢的鏡頭——同個場景我拍了好幾張，但只有這一張有對焦。背景是一群吠叫的狗，粉紅煙火在半空綻開。三名拿著防暴盾的警察正在與挑釁的抗議群眾發生衝突，他們後方的樹燃著熊熊大火。在這團混戰的正前方，躺在路中央的，是兩名青少年：一男一女，雙手放在彼此的臉上，有如正在祈禱般平靜完美。

「哇。」他說著，往椅背一靠，盯著螢幕直看。

暴動下的愛侶。他們不過在那裡幾秒鐘的時間，但我快門一按永遠禁錮了他們。「你喜歡嗎？」

「嗯，喜歡，我很喜歡。」萊納斯說著，再次往椅背一靠。「傑夫？可以請你過來一下嗎？」

傑夫一拐一拐地走過來（以前打橄欖球的舊傷所致），把鼻子上的半月眼鏡往上推，往萊納斯的螢幕一看。

「天啊，這是昨晚的照片嗎？這在市中心嗎？是誰拍的？」

「我拍的。」見萊納斯不打算說話，我便開口說。「我運氣好，他們只在那裡出現幾秒鐘。我看見樹上著火，然後他抓住她把她拉開，後來他們就那樣躺在那裡……」

「拍得太精采了。好奇他們是誰。構圖很棒，蕾哈儂。有點攝影師大衛．貝利的味道，不是嗎？應該說，達文娜．貝利。」

我不知道大衛或達文娜．貝利是誰，但我猜應該是讚美吧。肯定是，我和傑夫是朋友。其他人都覺得他有點難以親近。他說話像老舊的引擎叨叨絮絮，動不動就喜歡抓自己的睪丸，像黃金獵犬那樣撫摸它，而且從來不更新軟體。有一次我聽見他說萊納斯是混蛋，後來立馬道歉，因為「有女士在場」。

「榮恩還在跟泰晤士報的人講電話嗎？」傑夫說。

我們一齊往他的辦公室看去。透過辦公室的窗戶，他看起來正與電腦螢幕上的一個男人認真開會中。「像這樣的照片太精采了，等不了一個星期。好到不該留著。我現在就弄到官網上。」

萊納斯從椅子上跳起來，邁步走向榮恩．彭迪查瑞的門口，用力敲了七下。接著就直接闖進去。

「做得好。」傑夫說。我們一起低頭看著萊納斯的電腦螢幕，自豪得彷彿在看著我們寶寶的超音波。「你太厲害了，蕾。」

「謝謝你，傑夫。」我說著，臉紅得像他的紅色開襟衫，只是少了肉汁。

「我敢說他一定很氣照片不是他親手拍的，對吧？」他朝萊納斯的方向點點頭說。

我聳聳肩。「可能吧。」

「只要能把老大爺惹毛的事，我都舉雙手贊成。」傑夫放聲大笑，朝我的背拍了一下，力道大得彷彿肋骨都在震動。「倒是小心，別讓他搶走那張照片的功勞。」

「他不會吧？我是說，我知道他會負責寫文章，但那是我的照片。」

傑夫喝了一口咖啡，不予置評地搖搖頭。

「他不會把照片當成是他的交上去吧？」我說著，心越來越沉重。

他咳了咳。「別期待過高，親愛的。別期待過高。」

一月十六日，星期二

1. 開藍色裕隆休旅車的那個男的，我今天才知道他養了一隻大麥町。今早沒有鬼吼鬼叫，但我還是討厭他。
2. 惠特克太太。她絕對拿走了我架上的一本書，以及／或者一支伯羅牌原子筆。
3. 德瑞克．斯卡德。
4. 衛斯理．帕森斯。
5. 把「酪梨」說成「酪梨果」、「棉花糖」說成「饅花糖」或把不需發音的字母唸出聲的人。

你自覺比你的朋友優越嗎？

是的，我覺得。雖然我不知道有多少人這麼覺得，但我想大多數都是吧。那我為什麼不該這麼覺得呢？我有學歷，一個正職工作，不像她們拿育兒券和雙薪家庭稅務津貼的手段榨乾國家的錢。我和她們相處的時候確實容易感到無聊，跟葛瑞格相處的時候也是，上班的時候也是。但你絕對看不出來。我做表面工夫的能力可謂一流。偉大的已故歌手李歐納．柯恩說過：「以你想要的方式行動，很快的你就會成為那個樣子。」我的心理諮商結束後，就一直遵循這個做法。他們以為我痊癒了，其實我只是在說謊。有一天，或許說謊會變成我的第二天性。

關心別人已經夠難了。我又學了幾個訣竅來博取別人的認同：

1. **傾聽**——人們喜歡成為焦點。閉嘴已經成了失傳的藝術，大家都很珍惜。
2. **詢問他們的近況**——即便你已經問過了，人們似乎也不會注意到。
3. **稱讚他們**的髮型／變瘦。
4. **送禮**——「我一看到這個就想到你」通常效果絕佳。
5. **自製無麩質蛋糕**——做得面面俱到，但記得加一大堆糖壓過味道。

有些人會說這叫賄賂。我稱之為生存。

即便在家，我也在扮演一個角色。我永遠不會知道哪部分的我是真實的。我好奇真正去感受、真正去做自己是什麼感覺。我猜應該很累。在網路上安慰人比較簡單，就像那次露西爾的母親過世，她想在即時通訊軟體上聊聊那樣。我只需要動動手指，適時打一些哀悼的話——手指以外的部分則全神貫注看著《誰是接班人》，一邊狂嗑巧克力球，彷彿它們快過期似的。

真要說的話，我比較喜歡和她們的孩子待在一起。每次我去到其中一個人的家裡，都會趁她們去泡茶的時候，坐進孩子們的遊戲屋。孩子們會替我端上放了小烤雞的塑膠盤，或者我們會一起畫畫。伊梅達的雙胞胎，霍普和莫莉有一些我沒有的森林家族，所以我們通常會玩那些我沒有的，或一起瀏覽產品目錄，看看我們接下來想買什麼。

八卦網站猜錯我了。我確實可以讓自己對某些人類產生感情。比方說，孩子。我不喜歡孩子受虐或遭到不公平對待，因為他們不該承受這種苦。沒有人應該承受我們在修道院花園街上發生的苦難。

說到謀殺，這是我的原則之一……

1. 做好準備——徹底評估，確定有百分之百的勝率才下手。
2. 毀屍滅跡——絕對不留下任何液體。
3. 各方面維持住表面工夫。
4. 不用魔鬼氈——這是法醫最好的朋友。
5. 保護手無寸鐵的人——孩子、動物、險境中的女人。

現在發生的是德瑞克．斯卡德和兩個小女孩的不平待遇。很久以前，一個名叫德瑞克．斯卡德的「高風險累犯」拐走兩個十歲的小女孩去他家看母貓剛生下的小貓。但小貓並不存在。小女孩被迫做了一些摧毀她們腦中所有快樂念頭的事情。故事結束。

一想到德瑞克．斯卡德以自由之身走來走去，就讓我怒火中燒。我必須看到那個男人死。我必須坐在他上方看著他死。判決他的法官也應該被他媽的處以私刑。

今天其中一個受害人的母親來到公司，在榮恩的辦公室跟克勞蒂亞和萊納斯談話——瑪麗．托爾馬什。我替他們送了幾杯拿鐵咖啡和奶油夾心餅乾，稍微瞥了她一眼。金色鮑伯頭，Joules的毛衣，深藍色牛仔褲，平底鞋。衣著挺體面，但她的臉就像被丟在雨中的布娃娃，完全是不同的風景。

我聽見零星的談話——她提到溫索大樓，位於公園另一邊的一棟公寓大樓。她提到那裡的時候聽起來很生氣，看樣子那裡是德瑞克目前居住的地方。我也聽到他現在一直以假名在過日子。溫索大樓距離辦公室大約二十分鐘的路程，從我們的公寓走過去十分鐘左右。下班後，我開車過去，在車裡等待。觀察，蓄勢待發。不過沒看見他的蹤影。

晚上十一點左右，帶丁可出門散步。葛瑞格睡到打呼，但我完全睡不著。我覺得很焦慮，憂心如焚，兩條腿坐立不安。我必須出去透透氣。我拿了壁紙剪刀帶在身邊，以防萬一，但所有巷子和運河邊的小徑都十分寧靜。這樣大概也好。就目前的心情，我可能會把任何混帳的內臟挖出來。

對了，我肚子超餓，我要去吃些洋芋片，再把剩下的佳發蛋糕吃掉。我看網路上說半夜十二點過後，卡路里就不算數。還是這規矩只有在小魔怪身上才奏效？

一月二十一日，星期天

在溫索大樓還是沒看見德瑞克這渣男的蹤影。今天我等了將近一個小時。我開始懷疑是我聽錯地址了。也許明天去溫尼伯大樓看看，或溫徹斯特大街，溫廉森排屋也行。總之開頭絕對有個「溫」字。他就在這座城市的某個地方，在這些街道上走動，呼吸著我的空氣，在我們每週造訪的商店買東西。我們現在把採買時間改到星期天，中間只需要補幾次貨。我比較喜歡這樣，比較少人惹我生氣。葛瑞格差不多和救生艇上的活板門一樣有用。喔，我的媽呀，那些超過七十歲的老人家真的很煩。我寧願有一堆愛尖叫的孩子在走道上奔跑，一臉撞上我的手推車，也不要一個八十多歲的雕像站在魚罐頭前面，花上他媽的十分鐘考慮自己該買油漬鮪魚還是蟹肉罐頭，絲毫沒意識到有人想拿鳳尾魚罐頭。

既然提到了採買食物，自由放養的雞肉也太貴了吧？只要給我一隻在林地裡生長、宰殺、拔過毛的母雞，我就滿足了。你不必餵牠吃鑽石什麼的。

還有，我已經放棄減肥了。回程時，我嗑了兩個可頌，存心給我的肥臀找麻煩。吃完晚餐，我會帶丁可去散步，稍微抵銷一下熱量。

一月二十六日，星期五

1. 今天我愛所有的人。
2. 開玩笑的——是全世界。

一件頗令人興奮的事情發生在我，蕾哈儂．路易斯的生活中。晨間節目《破曉時分》已經把我列入他們的世紀女性候選名單。

我耶！

他們想在月底做一個直播訪問。午餐時間，我和伊梅達和佩姬在咖世家咖啡廳碰面，把這個好消息告訴她們。伊梅達氣壞了。

「什麼？為什麼？」伊梅達說，很不高興我將在全國談話性節目上有五分鐘的時段講述除了她婚禮以外的事。

佩姬看了她一眼。

「抱歉，是修道院花園街，對吧？」

每個人只要提到那件事，都稱之為修道院花園街或修道院花園街事件。那已經成為人們使用的簡稱——就像鄧伯蘭小學大屠殺簡稱鄧伯蘭，或科倫拜校園事件簡稱科倫拜一樣。你不必多說——大家就知道了。

「我是接下來幾個禮拜內節目要介紹的十個女人之一。我不會贏的。」我為了表示謙虛加上最後一句話，儘管我知道要打敗我沒那麼容易。

「什麼叫做你不會贏？」佩姬說。「別這樣，有點信心！」

「入圍名單還有哪些人？」

我從伊梅達的眼神中看得出來：她恨不得入圍名單的實力超堅強，我一點贏的機會都沒有。

「有一個本來胖到出不了門、後來減掉八十幾公斤成為體育老師的女人。還有一個救了很多敘利亞人的人權律師……」

她的笑容開始抽搐。

「……某個曾經徒步橫跨加拿大、忘記是沒手還是沒腳的政治家。一個患有糖尿病、收養了上千個孩童的跨性別圖書館管理員。還有兩個被關在地下室整整十年的女人。我想大概就這樣。」

伊梅達放聲大笑，認真地放聲大笑。「喔，親愛的，真是激烈的比賽。也許評審會憐惜你，因為事情發生的時候你還是個孩子。」

「馬拉拉被槍擊的時候也是個孩子。」佩姬說著，喝了一大口她的澳洲小拿鐵。「總之，你所經歷過的事仍然不可思議，蕾。你一定會贏得什麼的。是金、銀、銅牌之類的嗎？」

「應該不是。聽著，我們都別忘了，我曾經有好幾年是全國上下的心肝寶貝。」發現她們一心一意相信我會輸，我有點忐忑地說。我們小甜豆需要陽光才能免於枯萎。

佩姬咬著她的辮子尾端，看了伊梅達一眼，表情沉重得彷彿打在她臉上的一巴掌。

伊梅達嘆口氣，又在拿鐵咖啡裡放了兩勺糖。

不，我心想，管他的。我確實有極大的機會獲勝。過去他們在採訪我時播放我弱小的身軀從修道院花園街十二號抬出來的新聞片段總是讓人們淚眼汪汪。在晨間新聞《早安英國》坐在爸爸旁邊嬌小沉默的我，以及BBC為了慶祝我出院而製作的那部紀錄片。我曾經是他媽的英雄。好吧，雖然是二十幾年前的事，但仍不得了。事情發生時，我比馬拉拉還年輕，我也一樣挺過了創傷，甚至恢復得更好。

但我還來不及進一步爭辯，話題已經轉向。

「好了，來說說婚禮。幫我做蛋糕那女的讓我極度失望——她的衛生管理不合格。他們在她的電熱抽屜裡發現老鼠大便。鬧劇一場。所以說，你可以給我幫葛瑞格做檸檬糖霜蛋糕那女人的電話嗎，蕾？」

一月三十一日，星期三

1. 參與暴動的人，以及害《廚神當道》停播的人。

今天，連文稿編輯都讓我不爽。他們所有人都是如此乏味，成天那麼開心。老頑固比爾——他天天提醒我們他是睪丸癌的倖存者，即便話題並不是在談論癌症或睪丸的時候——午餐總會帶起司麵包捲和一包起司小零嘴，並在講電話時說「一切順利」和「好極了」之類的話。卡蘿在合唱團唱歌，沒有手機，永遠兩件洋裝輪流穿：一件紫色套頭的粉紅色洋裝；另一件是紅色套頭的綠色洋裝。然後是艾德蒙，辦公室的「帥哥」，長相帶著異國情調（瑞士出生，私校畢業，妥妥的上流階級），頂著跟我六歲姪子一樣的髮型。他從不罵髒話——他用「哇喔」和「天啊」之類的感嘆詞，每天上午十一點三十二分會打開一瓶無糖汽水。分、秒、不、差。

早上我在更新我們的網站和社群帳戶——克勞蒂亞想要「與我們的社群有更多互動」。暴動後的「拿起掃把」運動非常成功，她想為了讀者把我們的Instagram頁面弄得更吸引人。到底要怎麼讓打掃整潔變得「吸引人」？騎在掃把上跳豔舞？坐在拖把上開腿下蹲？你要怎麼把在鄉村草地上跳莫里斯民俗舞蹈這回事，或研究鈕釦的婦女協會變得「吸引人」？我們的Instagram上全是花藝設計、吃手撕豬肉的胖子在美食節的照片和雜工艾瑞克的一個行李箱。公司不准我在上面放任何有趣的東西，例如死在公園裡的毒蟲，或把電動輪椅開進河裡的女人。天啊，真的太爆笑了。那是我第一次差點在公共場合笑到尿褲子，這包括我二十一歲的生日派對。

榮恩今天沒進公司。不久，我就得要求加薪，或至少知道他們何時會宣布作者訓練國家協會文憑的經費要給誰。他們每年一月會任命一個新的實習記者，那個人做一段時間後，才能晉升資深記者。萊納斯是從初級記者開始做起的，克勞蒂亞和麥可．希斯也是。我為他們採訪了那麼多新聞，相信他們會明白送我去拿文憑是值得的。其他人都沒有機會。那個位置非我不可。

以下是過去三年來我為他們做過的一些額外工作——即不在我工作範圍內的職責……

1. 老電影院關門歇業的專題文章。
2. 瑞靈頓莊園作為熱門婚禮場地的專題文章。
3. 市立游泳池關閉的專題文章，以及對警察局長丟擲用過的保險套那名抗議人士的獨家採訪。
4. 試乘新款奧迪，外加完整報告。
5. 數不清的影評——再要我坐著看完一部龐德、漫威或綺拉．奈特莉的電影，我就在影印機底下放炸彈。
6. 採訪成千上萬結婚五十週年的夫妻。我在他們充滿尿騷味的客廳裡，看著那一張張讓人不安的臉龐，就著缺了一角的杯子喝著油膩膩的茶，沒完沒了聽著古董車 Morris Minor 的故事。

我可以繼續說。既然這是我的日記，我就繼續說了……

1. 拿丁可當白老鼠去嘗試米爾福德街上那間新開的寵物美容院，即使後來她心靈受創，耳朵還起疹子。
2. 發電站專題的照片。
3. 暴動專題的照片。
4. 鄉村生活版的照片（板球隊的好野人）。
5. 化名加斯頓·恩菲爾對十二間餐廳的食評。
6. 每週去法院旁聽一些毒蟲因為保險詐騙案、在漢堡王發飆或企圖性侵企鵝而被罰款。
7. 學習速記。
8. 學習法律術語。
9. 沒有因為萊納斯大量的性別歧視和不當言論、麥可·希斯身上的貓臭味或克勞蒂亞的雞歪性格而舉報他們。

這些甚至連一半都不到！

下午辦公室分送了一些甜甜圈，於是我吃了一個。去你的，腰線。

回家路上，我再次經過溫索大樓。還是沒看見惡魔的蹤影。轉角有一棟專門給弱勢團體住的租賃住房，叫溫徹斯特之家。我停好車，看著人們進進出出。我仔細查看整條街，尋找牆壁上反映真實情況的「戀童癖」塗鴉或穿著綠色大衣的老頭。什麼也沒看見。我想，一直到那附近對我不好，這麼做只會讓殺人的渴望越來越強烈。但不到那附近更糟，因為這表示我一無所有了。只剩生活，和葛瑞格。

今晚時事節目《廣角鏡》播出特輯，探討政府的緊縮計畫，所以《廚神當道》停播一次。我們當地的暴動事件簡單報導了一下——榮恩陪同市長接受採訪。我朝螢幕扔花生，就像當初他上問答節目《挑戰文化名人》的時候那樣。多虧了歐利．馬斯，他很早就被淘汰了。

我或葛瑞格都懶得煮，所以我們外出到南度烤雞店吃飯。告我啊，大腿脂肪。

二月一日，星期四

1. 萊納斯．西斯吉爾。
2. 萊納斯．西斯吉爾的家人。
3. 萊納斯．西斯吉爾的朋友。
4. 萊納斯．西斯吉爾的左鄰右舍。
5. 萊納斯．西斯吉爾的牙醫。
6. 萊納斯．西斯吉爾左鄰右舍的牙醫。
7. 萊納斯．西斯吉爾左鄰右舍的牙醫診所的櫃檯人員。

今早我看見明天頭版的彩色試印——猜猜怎麼著？我拍的照片出現在頭版！

興奮嗎？我？

不，當然不興奮，你知道為什麼嗎？因為那個笨蛋、那個自以為老二很大的萊納斯．混帳．西斯吉爾把他的下流名字寫滿整個版面。他搶走了所有的功勞。文章是他寫的，照片是他拍的，所以洗洗睡吧，蕾安儂，晚安。我很意外他沒有自稱是照片裡的其中一人。傑夫甚至沒有挺身幫我說話。他只是說：「嗯哼，我就知道會這樣。」

謝了，傑夫。如果我有多的中指，一定全部都給你。

所以他是下一個。萊納斯大騙子勝過名單上的所有人，成為下一個目標。儘管敲碎安全玻璃，把那支他媽的消防斧遞給我。

今天的事我不想再多說了。我只想大吃特吃，拉一褲子的大便，然後死掉。或在死後拉一褲子的大便。據說這種事確實會發生，生小孩的時候也是。噁，什麼世界。

二月二日，星期五

於是，我要求換新合約，我加入公司至今已經滿三年了——上次加薪也是兩年前的事。而你知道嗎？你想大膽猜猜榮恩和克勞蒂亞說什麼嗎？

他們、說、不。

我確實續了約——保證再做一年編輯助理——顯然我是公司可靠、有用又珍貴的員工——只是沒有珍貴到足以提高二英鎊的薪資。他們說最近不得不「勒緊褲腰」。

「公司目前恐怕沒有多餘的錢。」榮恩說。而我，就像個典型的低薪傻瓜，無怨無悔地接受了。

所以，儘管他們最近才剛買了櫃檯旁價值五百英鎊的綠植盆栽、五千英鎊的咖啡機和二樓樓梯間那幅巨大的梵谷畫作，儘管買了新地毯、新窗簾、新的檔案櫃、榮恩和克勞蒂亞的新電腦、在萊瑟姆·聖安妮小鎮舉辦的五星級員工假期和高爾夫球隊斥資百萬的聖誕派對——香檳無限暢飲——公司卻沒有多、餘、的、錢。

我想像榮恩和克勞蒂亞在一個鍋子裡——就像中世紀那種裝滿滾燙熱油的大鍋。我想像他們背對背綁在一起，懸吊在沸騰的油鍋上方尖叫；腳趾碰到油鍋表面。然後一吋接一吋把他們慢慢放進滾燙的油裡，看著他們赤裸的皮膚越來越紅，開始脫皮——克勞蒂亞掛著痛苦的表情；榮恩渾身是汗，邊哭邊求饒，最後一放，落入死亡。

沒錯，就是這樣。天啊，我迫切渴望再次動手殺人，極度迫切。我幾乎能在皮膚底下感覺到那股熾熱的渴望。

但至少我總算知道我在電訊日報的地位了。比咖啡機還不如，比一幅畫還不如，比他媽的室內盆栽還不如。不公不義啃蝕著我，像開著醃牛肉罐頭的刀。

雪上加霜的是——想拿到作者訓練國家協會的經費也是沒機會了。顯然這個名額在他們心中已有人選。克勞蒂亞說我「不應該抱太高的期望」。畢竟，我只是「編輯助理」。

所以沒錯，我仍只是個粗俗可悲的小人物。永遠不會改變。

一群王八蛋。

全都錯了。該擁有獨立辦公室的人應該是我，不是榮恩。該把別人如狗一般對待的人應該是我，不是克勞蒂亞。大多數的工作都是我做的。這裡應該是我的城堡，其他人的肥腦袋應該用長棍插在大門外，這樣每天早上我就能抬頭看著他們下巴鬆弛的臉，放聲大笑。

今天AJ對我很冷淡。我猜克勞蒂亞教訓過他，告誡他如果想要有好的推薦信，最好專注在工作而非女人身上——他確實花很多時間在辦公桌邊徘徊，與大家談笑風生，聊他在澳洲的生活，「聖誕節總是很熱」，以及他「經常跟他的朋友波茲和達伯去衝浪」。

我知道如何玩弄他。我知道怎麼樣能把他弄上我的辦公桌。就像玩弄我的管樂器一樣玩弄他。

下班後，順道去爸媽家關心一下女士。這麼說吧，她不是很好。我把我糟糕的一天發洩在她身上，雖然我知道不該這麼做，因為根本不是她害的，但我還是下手了。我留她在地上縮成一團。這裡還是很臭，所以我又把插座式的空氣香氛劑插了一輪。

說到這裡，我突然想吃鹽醃牛肉。可能得趕去利多超市一趟。

二月三日，星期六

1. 生過一個孩子就出版育兒書籍的名人，彷彿他們一眨眼就成了專家似的。
2. 英國每一間拒絕我的小說《不在場時鐘》的出版社。
3. 我所有的朋友。

又去了爸媽家一趟，安置好茱莉亞接下來兩天的日子——水、食物、上廁所等等。她再次跟我冷戰，但她的身體語言處處表達了罪惡感。後來我發現了——地毯裡的一個洞。她開始在床底下挖隧道。這可悲得近乎好笑——她想挖一條通往三樓浴室的隧道，但那裡已經被我從外面反鎖。我再次告訴她，逃跑不是一個選項。如果她企圖離開或求救，我已經請人盯住她的孩子。她能做的只有乖乖坐著。

我們以前住的地方位於很不錯的區域，當時的我還擁有一個叫家庭的東西。路牌寫著：感恩小鎮。這裡鄰居不多，鳥叫聲清楚可聞。每到週日，家家戶戶都會修剪前院，六月中旬，豐收之家的海報就會張貼在電線桿上。我很喜歡。嗯，我喜歡這裡的寧靜。尤其是花園。媽媽對花園非常著迷——她以前常說園藝讓她保持理智。我總是把一座健康花園的畫面和氣味與幸福快樂聯想在一起。我還小的時候，花園充滿各種繽紛色彩和香味。每次一陣微風吹來，就有不同香草植物的香氣撲鼻而來。迷迭香和奧勒岡。薄荷和蠟菊。檸檬百里香和鼠尾草。春天在河床邊突然綻放的水仙花，淡淡的黃色有如我姊姊的金髮。然後是像喬的眼睛一樣蔚藍的矢車菊。夏末的薰衣草和我放在小香盒裡的一模一樣，媽媽以前總是把香盒放在手提包裡。樹木就像老爸一樣，高大、強壯。如今，所有的床都已空無一人，但樹木仍屹立不搖。

奇怪的是，即使房子（表面上）無人居住，前後花園的草坪總是修剪得整整齊齊。這是一個鄰居，亨利．克普斯的功勞。他有一台駕駛式割草機，在爸爸的葬禮上，他來到我面前說，那是「他唯一能盡的微薄之力」。

亨利很老派。女權烈士埃米莉．戴維森仆倒在那匹馬下的時候，他仍過著石器時代的日子。他已故的妻子桃樂西是典型五〇年代的家庭主婦。煮飯、打掃、帶小孩、插花、拍打地毯。亨利過去會在桃樂西外出購物的時候計時。相當肯定她只是為了遠離他而中風的。

他可以很友善。小時候，他會讓我攀過他家的柵欄去餵他家的老烏龜提莫西吃蒲公英。他會把報紙留給我和賽瑞恩的兔子和天竺鼠，「前提是牠們不會整晚在籠子裡吵吵鬧鬧」。

我替自己泡了一杯黑咖啡，坐在花園的躺椅上，跟丁可在草坪上玩球。

「我說啊。」一個聲音突然傳來。柵欄上方出現一頭白髮。丁可突然勃然大怒。

「嗨，亨利，你好嗎？」我問他，很快想起社交禮節，於是掙扎地從躺椅上爬起來。我抱起丁可，但她仍齜牙咧嘴，拚命咆哮，就像對待陽台上的流氓鴿子那樣。

「你好啊，蕾-安-儂（他總是清楚發出每個音節），很高興再見到你！」

「我也是，亨利。」

幸好亨利是這附近唯一的鄰居，但鄰居該有的優點他一應俱全。他什麼東西都願意借你，知道當地所有的八卦，你外出時會幫你的植物澆水或勤奮地幫你的草坪除草。他的車庫也是我見過最整齊的車庫。所有的油漆罐都貼上標籤，按照字母順序排列，工具掛在盡頭的牆壁上，周圍畫著鉛筆線。他的三輛老爺車擦得閃亮無瑕——其中一輛如他與老爸預先說好的，停放在我們家的車庫裡。

我還注意到他的每朵水仙花都面向相同的方向。我想一個人沒事可做的時候就會發生這種事——他們的腦袋多的是時間想些沒必要的狗屁，像油漆罐和水仙花。

「希望你別介意，蕾-安-儂。我多了幾株天竺葵，所以我挖了些苗圃種到你家，想說刺激它們發芽……」

「不，沒關係。」我說著，朝他手指的方向往回看。

「……還有一些花豆，就在後頭。你想把車移出車庫了嗎？因為上次你來這裡的時候說過有個房仲要過來看看。」

「不了，我這陣子暫時把房子撤下房市了。」

「喔，這樣啊。」他說。「為什麼？」

丁可一直推我的胸口尋求關注，彷彿在猜謎節目《流行語》上想到正確答案似的，所以我只好把她放回地上讓她追逐一隻蟲子。「只是對房仲不太滿意，我們想說跟其他人可以談到更好的價錢。」

接著，我被迫聽他聊起最近投資的鋼琴——他已經有四台鋼琴，佔據了一樓兩間客廳的空間。他曾經邀請我和賽瑞恩過去聽鋼琴演奏。那些鋼琴會自動彈奏。前五分鐘很特別又有趣，但過了一陣子，我們就開始東張西望尋找最近的絞刑架。

話雖如此，我不得不討好亨利。極度討好。

「你上禮拜有回來，對吧？我好像在車道上看見你的車。」

「是啊，得看好那些你知道的。」我說著，輕敲鼻子。他點頭。「而且我準備趁房子重回房市前，把一些東西清走。」我時不時冒險偷看房子頂端。身體不由自主這麼做的時候真的很煩，不是嗎？間接洩漏你所犯下的惡行。

「啊，我前幾天好像聽見有人在裡面。」

「是我的助理。我不在的時候，有人得幫我看住它們。」

「嗯，你沒事就好。需要任何幫忙，儘管跟我說一聲。我跟你爸說過我會好好照顧你。」

「嗯哼，一切都很好，亨利。你不必替我操心。」

他微微一笑，露出一排整齊的黃牙，但仍站在原地不走，彷彿在等什麼。就在這時我才恍然想起，他確實在等待。

「喔，抱歉，亨利。我完全忘了。」我匆匆跑去我放在躺椅後方的托特包，拿出一袋大麻，越過柵欄遞給他。

「天啊，這可以讓我抽上好幾個月了！」他咯咯輕笑，塞進衣領。「謝了。」

「不客氣，還有需要再跟我說。」

「你確定不收錢嗎，蕾-哈-儂？看起來很多耶，你真是太慷慨了。」

「絕對不行。你是我爸的好朋友，亨利。我做這點事算不了什麼。那裡還一大堆長著呢。只是別張揚出去，好嗎？」

他輕敲鼻子，我們便不再多說。儘管患有類風濕性關節炎，他幾乎是沿著與原路平行的路線走回屋內。

另一方面，茱莉亞這次似乎不是很熱切看到我離開。

「萬一你在倫敦出意外，沒人知道我在這裡呢？我有可能會餓死。」

「還有其他更糟的減肥方法，茱莉亞。試試達維娜的健身課程吧。」

「我好害怕。」

「把食物和水分配好，你就會沒事的。我又帶了幾本雜誌和一本益智書給你。不必謝我。」

她又擺出女妖的表情，所以我把她重新綁起來，當著她的面把門關上。

「天啊，冷靜點。我下次帶數獨給你。」

我決定不切斷她的另一根手指來懲罰她試圖挖隧道逃走的事。我沒那個心情，而且手邊也沒有丁可的狗便便袋。

茱莉亞在我的中學只讀了一年，但那年她竭盡全力把我在修道院花園街事件後僅存的一切也摧毀了。聖誕節前一天早上，我正準備走路上班時，在我家那區看見她帶著孩子上學，我當場愣住了。我出現了十一歲的我每天早上都會出現的那種感覺，在她走進朝會禮堂，筆直奔向我隔壁座位的時候——那個我必須為她保留的座位。我跟蹤她回家。我看見她的前花園有如垃圾場，聞到她的菸味從柵欄飄出來，聽見她對話筒裡的某個人咆哮。

有天早上，我再次跟蹤她，這次做足準備。我演了一整套「嘿，你是茱莉亞嗎？是我啦，蕾哈儂！」的戲碼。我開車載她來家裡，我們邊喝茶邊吃著海綿蛋糕，開心地閒聊一陣子。她現在是美髮師；她的另一半泰瑞是一名搬運工。

接著，我把她打昏，用登山用品店買來的攀爬繩綑綁她，再拿爸爸工具箱裡一些堅固的吊環擰進臥房的牆上，把她拴起來。

棄屍這回事，我只見爸爸做過一次。但願輪到我時不會太難。要說我不擔心是騙人的，也許是因為她是女人，或者是因為她有孩子——以小孩的標準來說，算滿醜的孩子，但仍是孩子，仍天真無邪。他們全部遺傳到媽媽的基因——她的雀斑、她的亂牙。少了她，他們會過得更好。她阻礙了他們，就像當初她阻礙了我。操弄大師，茱莉亞。

狡猾的茱莉亞曾經趁老師不注意偷捏我，因為她問「我是你最好的朋友嗎？」的時候我不回答她。

亂塗鴉的茱莉亞曾在我的聖經封面寫下「蕾哈儂是死胖子」，在新約聖經的內頁整整寫了八頁的「聖母瑪利亞吸雞巴」。

暴力的茱莉亞曾因為英文考試被當而拿我出氣——一個腦部受創又患有選擇性緘默症的人。

愛玩火的茱莉亞曾用本生燈把我的制服燒穿一個洞。

嗜血的茱莉亞把我在池塘邊常常照顧的一隻青蛙踩死，只因為我不說：「你是我最好的朋友。」

跋扈的茱莉亞會用她惡毒的眼神直盯著我。法語課時，如果我不幫她寫動詞變化，就用鋼筆刺我的手。

狠心的茱莉亞會從美術櫃裡偷偷拿走剪刀，剪我的頭髮。

強姦犯茱莉亞曾在學校的實驗室後面把我壓在地上，企圖用一根棍子強姦我，因為我不說：「你是我最好的朋友。」

我每晚都祈禱她死去。但每天早上，那個一頭紅髮、髮線歪斜、嘴巴很臭的大腳丫頭出現在學校禮堂的門口時，我的心就沉到谷底。

我曾經想像沒有茱莉亞的生活：一覺到天亮、不再動不動心跳加快、教室裡想坐在誰的隔壁都行、下課時想跟誰玩都行。成績變好、打無板籃球時表現精進，讓老師們刮目相看。再也沒有瘀青。她離開後，一切都好轉起來。我的成績進步了，說話越來越大聲。我有一陣子甚至交了一些朋友。但內心的恨意已經開始滋長。修道院花園街的事件打開了水龍頭，然而是茱莉亞讓水繼續流個不停。

從來沒有人幫我。對其他孩子而言，蕾安儂和茱莉亞是最要好的朋友，誰都沒辦法拆散她們，即使我一直默默吶喊，希望他們來救我。我是茱莉亞拳頭下的囚犯，我因此一點一滴化作灰燼。

所以是的，八卦網站，我在學校總是遇到麻煩，但我是惡霸這回事不適用於我這個精神病。事實上，我是模範學生——安靜、好學、負責任，允許任何賤貨打我巴掌或在我臉上吐口水，只要她覺得有趣。

但如今，那個賤貨成了我的囚犯。我的灰燼。

二月四日，星期天

1. 火車上坐我隔壁、不知道何謂私人空間的女人（不斷肘擊我），咳嗽不知道摀嘴，而且剛吃完一個蛋沙拉三明治。如果我有槍，我一定立刻把她手中那該死的三明治射掉。
2. 火車上那些容易弄上床的母豬。坐我隔壁的女人也是其中一個。
3. 在我拿出座位預訂單而不是車票時，對我大發雷霆的查票員，後來又在附近逗留，跟我後面那個十九歲的金髮學生妹閒聊。
4. 穿著運動短褲、從我旁邊衝向地鐵上最後一個座位的男子。
5. 所有住在倫敦或在倫敦工作的人。

又夢到老爸了，驚醒時全身發抖。我告訴葛瑞格我只是冷。目前我人在火車上，為了明天《破曉時分》的節目訪問前往倫敦。我帶上火車的《OK!》雜誌，其實就是一群假奶實境秀明星和根據目前流行的身材顯得過胖或過瘦的奇葩女，所以我翻了幾頁就放棄了。現在我正享受觀看火車每次到站後上車的乘客。我喜歡他們上車後東張西望、打量戰況的模樣。

嗯，坐在哪個人隔壁才好呢？誰看起來最友善呢？他們會想。

是那群在早上九點二十九分桌上就擺滿空酒瓶的年輕人嗎？不，絕對不行。

還是腿上放著購物袋、看起來像電影《不速之客》裡的羅賓．威廉斯的那個油膩老人？不，他也不行。

還是那四個平板音量開到最大的紅髮小鬼？或是那兩個喋喋不休的老婦人？——一個長得像海倫．米蘭，另一個像海倫．米蘭在超市工作、沒那麼成功的棕髮姊妹。

不。所以不用說，所有人都朝我奔來。因為只有我是一個女人，甜美，沒有威脅性，面容友善，安靜。

葛瑞格推薦我一家距離電視台幾條街外的民宿，是之前他和史都華看完女王公園巡遊者對上米德斯堡的足球賽、結果回程火車被取消後住過的地方。他說那裡的英式全套早餐美味得「無以復加」。

從帕丁頓出發的地鐵上，有個男人湊過來吃我豆腐。他想必三十歲上下，梳著像飛機頭的髮型，閃亮的皮鞋，一手抓著iPhone，另一手拿著拿鐵咖啡，老二頂著我的屁股。車廂並不擁擠，他大可離遠一點，但他選擇不這麼做。我指的也不只是輕輕擦過我而已——這並不是我在小題大作。他根本是在磨蹭我。我心情不錯，所以我盡可能地冷靜處理。我轉向他，正對著他的老二，然後用只有他聽得見的音量非常小聲地說：

「你再繼續這樣，他媽的我就劃破你的喉嚨。」

說完，我給他看一眼我的刀子。於是動作停止了，瞬間停止。接著，地鐵來到下一站，他便匆匆下車。

下車後，我到柯芬園殺時間，在那裡悠閒地逛了一會兒才去旅館登記入房。我從茱莉亞的銀行帳戶領了一些錢，在大廣場旁邊一間小小的法式麵包店買了一些溫烤餅乾。發現一家廚具店，櫥窗擺了一大堆令人驚豔的不鏽鋼刀具，陳列方式有如一團星爆的武器。我目不轉睛看了好久，想像哪把刀握在手中看起來最派頭。每把刀都比我蹩腳的牛排刀好多了。明天可能會再回來一趟。我們家需要新的開罐器。惠特克太太把我們的開罐器偷走了。

我無法住在倫敦，但我喜歡偶爾過來走走。這裡要是沒下雨或被放炸彈時還挺不錯的。

❖

剛剛重新登入網路回報這間民宿是個糞坑，我的床墊到處都是尿漬。我今晚要睡在我的浴巾上。

另外，我已經對聊天室越來越厭煩了。雖說我發現睡在文藝復興時期的床上通常本來就很難達到高潮，但今晚自慰著實花了好長一段時間。

二月五日，星期一

1. 設計旅館的人——你們為什麼就是不能把他媽的插座安置在床邊？

旅店的英式早餐難吃到不行，但我其實早就料到會這樣，因為(a)葛瑞格大力推薦，(b)我住旅店的運氣向來很差。總是會發現陰毛、總是會有污漬，總是會碰到隔壁房間三更半夜在進行性愛馬拉松。

《破曉時分》的製作人耶米瑪．某某某在中央電視台後門與我見面。她穿著有霓虹鞋帶的運動鞋，超出社交上可接受的程度而讓我覺得煩躁，另外她的雙手似乎和iPad黏在一起。電梯裡，她告訴我我的片段會在失敗的子宮切除術和三重起司法式鹹派食譜的兩個節目之間播出。

「等一下我們會帶你去化妝，打理，弄弄頭髮，然後你就可以很快地跟主持人見個面。」她的手指回到脖子上的那堆痣，摳啊摳地彷彿在挑選最大顆的巧克力球。

「誰？約翰和卡羅琳嗎？」我說著，對宇宙送上我小小的心願，希望全倫敦最混蛋的傢伙東尼．湯普森生病了或放假去之類的，這樣我就不必在整段採訪中盯著他褲子上的巨大隆起。

「不，今天是東尼和卡羅琳。約翰每兩天與卡羅琳搭檔一次，然後星期五是梅琳達和崔斯坦。」

崔斯坦是電視台隨手丟到星期五時段的一名黑人主播，外加一名女同性戀的氣象播報員，為了做個平衡，以文化多樣性的考量。週末的姊妹秀《診聊室》給了坐輪椅的金髮女主持人。

髮妝師在我的臉上恣意揮灑，把我畫成一個妖豔蕩婦。他們幫我化妝的同時，我無意間聽見他們在抱怨卡羅琳要求要有自己的休息室，某個男孩團體的成員要求無碳水化合物的吐司，以及東尼・湯普森與他經紀人分手的最新消息。

顯然他與她有一腿。

顯然，東尼跟每個人都有一腿。

當你有一整座森林的時候，何必蠢到單戀一枝花呢。

坐在我右邊化妝椅上的女人是一個出演某犯罪劇的演員。在我左手邊是一個大塊頭，他養的哈巴狗剛剛晉級了「寵物才藝秀」的準決賽。老實說，我不想跟他們任何一人說話，但我盡力保持友善。我頻頻點頭，嘴裡說著「喔，真有趣」，但其實心裡想的是要在爸媽家的浴缸裡幫茱莉亞放血。

就在這時，東尼和卡羅琳氣勢十足地走進來，準備在直播前先暖暖身。依我看，他們已經跟彼此暖身過好一陣子了。

「東尼、卡羅琳，這位是蕾哈儂・路易斯，今天的世紀女性入圍者。」耶米瑪從我後方出現，手裡沒有 iPad，而是點心蛋白質球。

「喔，沒必要介紹。蕾哈儂，我早已久仰你的大名。」東尼輕笑著說。「你好嗎？」來了，未經允許的身體接觸第一名——揉肩膀。

「嗯，很好。謝謝。」

「很高興認識你，蕾哈儂。」卡羅琳說，笑得像一架三角鋼琴。她的臉塗了厚厚的粉底，但到處都坑坑疤疤的。「你比較喜歡我們怎麼稱呼你呢？」

「蕾哈儂就可以了。」我說。我向來希望別人叫我蕾哈儂，但大多數的人為了省時，都叫我蕾。萊納斯有一次叫我蕾包，我差點把他的頭往後拉，在他嘴裡吐口水。

「我們保證砲火不會太猛的！」東尼嘿嘿嘿地說。我定睛看著他的臉，不願意低頭看他的下半身，雙眼差點流出淚來。

我想他們以為這是緊張的表現，導致東尼再次做出未經允許的身體接觸第二名——抓住前臂表示支持，外加不小心擦過胸部。噁。

「子宮切除術的受訪人塞在卡地夫的橋上，所以她的採訪移到明天了。你排在法式鹹派之後、男孩團體之前上場，知道嗎？」

他們在三分半鐘內跟我順了一遍主持人準備問我的問題——畢竟烤箱裡有一個三重起司法式鹹派時，也沒時間發生悲劇——我困在休息室，簽好授權書，麥克風也已經夾在身上，等待我的命運。一段漫長又煩躁的時間過後，耶米瑪．某某某過來帶我，我們沿著如煉獄般的白色走廊走向攝影棚。

與電視上相比，現場的真實佈景看起來更刺眼，彷彿有人把彩虹糖吐了一地。地板邊緣佈滿彎彎曲曲的黑色電線，大型的行動攝影機滑來滑去，一下退回陰暗處，一下以奇怪的機器人舞蹈前進。卡羅琳和東尼已經就定位，我被帶到他們對面那張有名的紫紅色長沙發前坐下。我只聞到濃濃的起司燒焦味。

「好，蕾哈儂。」東尼說，「我們會先播比賽的預告片，然後再帶到你，好嗎？盡量不要動來動去，結巴或打噴嚏。如果你覺得想咳嗽，那裡有一瓶水，有人會幫你倒水，好嗎？還有別說髒話，否則我們會被樓上的人射殺。」嘿嘿嘿。

「別說『幹』或『蠢蛋』。」我模仿道。

他們看著我，彷彿我在他們兩人身上澆了汽油，準備點燃火柴。

「抱歉。沒問題，我不會說髒話。」

我還沒意會到發生什麼事，燈光就突然變亮，一個濃眉的棕髮胖妞跑過來用彩妝刷掃我的額頭，預告片準備結束，攝影機向前推進。

「歡迎回來。」卡羅琳說。「這個月，我們已經見過了許多角逐世紀女性的入圍者。最後一位入圍者，我們要介紹的是蕾哈儂．路易斯，修道院花園街攻擊案的年幼倖存者。今年這樁悲劇即將滿二十一年。當時一名男子闖入保姆愛莉森．金威爾位於布里斯托市郊的家中，將她連同她照顧的五名孩童殘忍殺害。」

東尼接手繼續說：「警方抵達布萊德雷斯多克小鎮的那棟房子時，迎面而來的是一幅慘絕人寰的景象。他們不僅發現金威爾女士的屍體，還有一歲的吉米．勞埃德、兩歲的傑克．米歇爾、三歲的雙胞胎喬治和大衛·阿奇和五歲的艾許莉·萊利－豪斯。同樣死亡的還有三十七歲的兇手安東尼·布萊克史東——與金威爾女士關係疏遠的丈夫。他結束了自己的性命。」

主持棒回到卡羅琳身上。「不可思議的是，其中一個被鐵鎚擊中的孩子，蕾安儂·路易斯，克服一切難關生還了。她靜靜躺在金威爾女士被斬首的屍體旁邊好幾個小時。如今修道院花園街上的那棟房子已經不復存在，取而代之的是一座兒童遊戲場。而蕾哈儂本人現在已經二十七歲，從上天對她的考驗中完全康復過來。今天，我們很高興歡迎她來到我們的攝影棚。蕾哈儂，感謝你的光臨。」

「謝謝你們邀請我來。」

我可以從地板邊緣的螢幕看見自己的臉。天啊，他們腮紅也上太多了吧。我的兩頰看起來就像塞了紅色燈泡一樣。

「蕾哈儂，能帶我們回顧那一天嗎？還記得那些事嗎？」

「不，攻擊前的事都不記得了。」我說。「只記得別人告訴過我的事，以及目擊者說過的話。」

兩人一起點頭，彷彿汽車後座置物板上的點頭娃娃。東尼的兩條腿就像通往侏儸紀公園的大門敞開著。暴龍在接縫處鼓起。我完全、移、不、開、目、光。我需要一把電鋸砍斷那條命根子。

「所以你不記得布萊克史東走進房子的那一刻？」

「不記得。似乎是他敲了敲大門，然後愛莉森叫他滾，後來有個鄰居看見他繞到後面，跳過後花園的圍牆，企圖打開後院大門的鎖。他就是那時候打破玻璃的。」

「用鐵鎚嗎？」東尼說。

「嗯，我想是的。」

卡羅琳聽完重重嘆了一口氣。「請各位看看這個影片，讓我們對那悲痛的一天有更多的了解。」

他們把畫面切到人們在修道院花園街十二號外放花束和泰迪熊的舊片段，許多老婦人邊哭邊拿衛生紙擦鼻涕。接受街頭採訪的兩位老人家說這裡的人關係緊密，又說「這裡從來沒有發生過像這樣的事。」閃閃發亮的紅色門墊。嚎啕大哭的父親。不停抽泣的母親。三個小小的擔架。警方講著這件「前所未有的情況」。我癱軟無力的身軀，用彼得兔的毯子包裹著。

我撲了礦物蜜粉的臉透出汗水。

影片結束前，黑暗中那些色彩迷幻的沙發後面出現一個人大喊：「準備回棚內，倒數三、二、一……」

卡羅琳和東尼的臉換上一張全新的痛苦表情。

「蕾哈儂，我無法想像這件事對你造成的影響。你能跟我們形容一下，自從那悲慘的一天後，你過的生活是什麼樣的滋味？」

滋味？我心想。什麼？是說有時候像煙燻培根，有時候又有點像醃製培根那樣的形容法嗎？

不，沒時間搞笑了，這很重要，很悲傷，很重要。

「嗯，我父母接受了所有報章雜誌的訪問，我也上了一些脫口秀節目。他們帶我飛去參加一個美國脫口秀，節目組提供我們去迪士尼樂園度假的所有費用。你們可以在YouTube上看到這些片段。現場觀眾都在哭。我說話聽起來結結巴巴的。」

「你花了多久時間重新學會走路和說話的？」

「呃，我覺得我一直到了十幾歲才完全康復。我幾乎所有事情都得從頭學起，怎麼跟人對話，怎麼走路，怎麼生活。我覺得非常困難。對於不懂的事情，我發展了一套方式去應對。」

「什麼方式？」

「嗯，我媽以前會擔心我跌倒時從來不哭，還有我不再擁抱她這件事。她會對我說：『你為什麼都不生氣？你為什麼不哭？』然後下次我就會記住應該怎麼做。」

卡羅琳手伸向茶几，抓起面紙盒，抽了一張輕拭眼角。「蕾哈儂，抱歉，這個故事總是讓我忍不住想哭。」

試試身歷其中吧，親愛的。

東尼向前傾身拯救場面。「受到鐵鎚重擊影響的是大腦前半部，對嗎？」

「嗯，對，腹內側前額葉皮質。額葉。我為了修復頭骨動了很多手術。我的髮際線後方有很大的閃電狀疤痕。」

「像哈利波特那樣？」

「沒那麼整齊。」

東尼查看稿子。「警方說整場攻擊只維持了幾分鐘。你能想起什麼或對什麼事有印象的嗎？」

他真的想知道一些秘辛；一些獨家新聞、能讓全國人民邊吃早餐邊討論的腥羶色——比如一個孩子的頭骨被鐵鎚重擊時會發出像花瓶打碎的聲音；即便現在玻璃碎裂的聲音都可以讓我嚇出一身冷汗；布萊克史東吊在半空的屍體是我失去意識前看見的最後一個景象。

「沒有。」我說謊道。「幸運的是，我什麼都不記得了。」

所有人鴉雀無聲。我放膽低頭一看——東尼的褲子接縫處因為壓力而膨脹。肯定沒有任何布料可以阻擋他那來勢洶洶的浪潮。

「你榮獲勇氣之子和大英榮譽獎，對不對？」

「是的，很感謝大家。」

大英榮譽獎在頒獎典禮結束後，就在計程車後座斷成兩半。我不記得勇氣之子那座獎盃現在怎麼了。上次我見到它，是在爸媽家車庫的一個紙箱裡。

「這段日子對你的家人而言肯定非常艱難。事實上，在那之後你的生活一直波折不斷，對嗎？」卡羅琳說。

「是的。」我說，不敢冒險多說什麼。

「你尚未從修道院花園街的事件完全康復，就因為一場車禍失去一個幼時玩伴，是嗎？喬・李區，你住在布里斯托的時候？」

我點點頭。「對，他被車輾過。他一直有來探望我。」

「而你母親在你十幾歲的時候死於乳癌？你父親兩年前也因為腦癌剛剛過世？」

這些問題的邏輯有點前後不連貫。我猜他們想要增加公眾的同情心，換取淚水。卡羅琳沿著長沙發把面紙盒推給我，只是以防萬一。

祝你好運，我是哭不出來的。

東尼重新調整姿勢——我猜他至少坐著他一半的老二。每天這樣坐上三小時肯定不舒服。我差點替他感到難過，要不是他伸手拍我膝蓋的話——未經允許的身體接觸第三名。

「嗯，我們家族似乎跟死亡特別有緣。」我說。「每個人似乎就這樣離我而去。我是說，我媽過世前，我有幾年的時間做心理準備。但我爸不過幾個禮拜就走了，一切來得很突然。」

東尼點點頭。「那肯定對你是極大的打擊。」

「是，確實是極大的雞雞。」我說，完全沒意識到我說了什麼，直到他們一同驚恐地看著我。「打擊、打擊，是的。」我說，彷彿剛剛只是結巴，一邊努力壓抑越來越紅的兩頰。我試圖說些話滅火：「我有好幾個禮拜都處於極度震驚的狀態。許多攝影師在我們家前院露宿，彷彿我是名人，這又讓情況變得更艱難。古怪的那種名人。」

東尼光禿的頭頂漲得通紅。我看得出來他腦中在想什麼——別笑，別笑，這是職涯自殺，職涯自殺，想想死掉的小孩，死掉的小孩！

卡羅琳不得不獨自進行剩下的訪問，鏡頭直接聚焦在她堅定不移的表情上。「不過現在你的生活都過得很順利，對吧？」她顯然拚了命想要在我這些厄運和瀰漫起司味及雞雞餘波的氣氛中找到一個完美結局。少一點腦袋被敲的驚悚，多一點歡呼。「你有一個體貼的男友，在新聞業有一份很棒的工作？」

「是，沒錯。一切都……好極了。」

新新聞業？現在大家都是這樣稱呼這個行業的嗎？是的，卡羅琳，現在一切真的很棒：我的新聞職涯自始至終都在煮咖啡和輸入各種賽事分數，我的小說被全國的出版商拒之門外，我男友跟一個叫拉娜的賤人搞外遇，我每隔二十五分鐘就想殺人，我討厭我所有的朋友，而我剛剛在全國電視機前面出糗。是啊，一切都太棒了，寶貝。

見我不提供更多訊息，她死瞪著我，彷彿我是陰蒂穿洞的哥德系女孩，剛剛宣布要嫁給她兒子似的。我想她開始希望當初那把鐵鎚能再用力一點擊中我的額葉了吧。

「被提名世紀女性，你有什麼感想嗎？」

我微微一笑。「喔，我簡直受寵若驚。這是很了不起的榮耀。我很期待今晚的典禮，以及即將見到的所有人。」我看見自己螢幕裡的臉。我真的需要加強我的笑容。現在僵硬得有如我奶奶家的餐具櫃。

東尼已經冷靜下來，儘管他的臉仍紅通通的。「你男友是不是很替你驕傲？」他露出淫蕩的狡黠眼神。雖然不是身體接觸，但我感覺他彷彿已經用龜頭抹遍我的臉。

「是啊，他很替我高興。」

「他叫什麼名字？跟他打個招呼吧。」

「他叫葛瑞格。」我看向攝影機。「嗨，葛瑞格。」我想像他和拉娜坐在我們的床尾向電視揮手，做完愛後親暱地躺在一起，抽著大麻。

「喔，真甜蜜。」卡羅琳說。「那，祝你今晚好運，蕾哈儂。別怕，我們會為你加油的。」

很明顯地，他們採訪我的時間非常短暫，他們不得不在進廣告時多放幾支廣告。

「沒錯，謝謝你，蕾哈儂。」東尼說著，對我眨了眨眼。我冒險朝他的褲子接縫處看了最後一眼。那條蟒蛇趁我沒注意時生了寶寶。

「謝謝你們邀請我。」我自信地微笑。

卡羅琳和東尼轉向攝影機。「先進一段廣告，回來後我們要來探討幼兒園孩童下載網路色情片的數量逐漸攀升的現象。米其林星級廚師史考特．錢德會在廚房帶著他的三重起司法式鹹派回來與我們見面。接下來，我們可能會花點時間和這些年輕小夥子聊一聊……」

四個未成年的青少年從後方跳到沙發上，把我嚇得半死，還把茶几上的一盤可頌麵包打翻。主唱兼門面擔當喬伊對卡羅琳致歉，並在她的臉頰上親一下，把她逗得咯咯笑。

「是的，病毒男孩這個由YouTube發跡的男孩團體現在可謂是風靡全球。他們今天來到節目上要聊聊銷售一空的世界巡迴演唱會。我們待會兒回來。」她對攝影機說完，誇張地對自己搧風。薩克斯風的音樂響起，示意節目告一段落，整個攝影棚彷彿都鬆了一口氣。

病毒男孩最年輕的成員坐在我隔壁。他戴著一副眼鏡，身上散發濃濃的亞曼尼香水味，肯定會是第一個宣布出櫃的傢伙。他伸出佈滿刺青的手臂搭著我的肩膀。「我很喜歡剛剛的訪談。你真的很酷，沒死掉什麼的。」

我大可殺光他們所有人，一個接一個，就在那張紫紅色的長沙發前。

二月六日，星期二

結果，我沒得獎。馬拉拉把我徹底打敗。喔，他們還頒了第二名和第三名，但我也沒得。其中一個罹癌的女人得了第二名。領養很多孩子的媽媽得到銅獎。塔利班贏過癌症，癌症又贏過了被鐵鎚敲過的神經病。所以事實證明，說到英雄主義，我並沒那麼重要。雖然我的照片會連同其他入圍者一起出現在《休息一下》雜誌上，但原來身為保姆家唯一沒有因為腦袋被鐵鎚攻擊而死掉的孩子，並沒什麼大不了。

典禮在蘇荷區一間豪華飯店舉行。平常狀況好的時候，我就已經不擅閒聊，所以多數時間，我只是待在角落看手機，吃著滿嘴的綠橄欖，好讓我不必開啟話題。

今早我進公司時，卻是完全不同的故事。我整個人卯起來說謊。我說我跟歌手蓋瑞・巴洛和脫口秀節目《浪蕩師奶》的某個騷貨拍了一張自拍照（用的是她的手機，所以我才沒辦法拿照片給他們看）。我說我在廁所聽見一個足球員在對某個真人實境秀的成員指交，又說看見兩個名人造型師在吧檯邊吸古柯鹼，動物星球頻道的主持人因為花生吵了一架，還有個男演員被某個女人的Gucci禮服絆倒，結果那個女演員跌進計程車，所有人都看見她的臭鮑魚。

喔，沒錯，我說得天花亂墜。

赤裸裸的事實是，他們一公布結果，我就迅速離場，趕在最容易被強姦的凌晨班次回家。懊惱的是，沒有男人對我下手。每次刀子備妥、準備就緒的時候都是這樣。

到了早上九點十四分，辦公室的人已經差不多失去興趣。辦公桌上方的空架子，本來是我清乾淨要放獎盃的地方，如今卻堆滿了關於亂丟垃圾的投訴書、新聞稿和某些當地農夫自行出版的回憶錄，等我去做專題。我真的非常需要那座該死的獎盃。我從小到大唯一得到的讚美是電子信箱對我說我的收件匣非常乾淨。

簡直爛透了。

AJ一整天斷斷續續問我昨晚的事。我又慢慢開始喜歡他了。他會幫我扶門，替我做花生香蕉吐司，而且幾乎跟我一樣討厭萊納斯。萊納斯也幫他取了各種以AJ為縮寫的綽號——阿帕奇章克申（Apache Junction）、安潔莉娜．裘莉（Angelina Jolie）、澳洲人吉姆（Aussie Jim）。但可惜的是，他遺傳了克勞蒂亞的無趣基因。我不得不聽他聊著以前跟他做老師的媽媽和做黑手的繼父在「斯特拉亞」的生活。他說他爸在他五歲的時候離開他，說他花了多久時間學會衝浪，說他雖然是澳洲人但不喜歡維吉麥抹醬，說他的高中曾經遭受恐怖攻擊，說他住的地方有著最美麗的夕陽。他把二手商店稱之為「舊貨店」。他的口氣聞起來很好——沒有女性生殖器的味道。有薄荷香。有時候他在跟我講話的時候，我會直盯他的頸動脈。

到了今晚的八點三十一分，#破鳥時分仍是推特上最熱門的標籤，#世紀女性也是。不過沒有半條推特提到我，大多是在討論喜劇二人組安東尼和德科蘭新蓄的誇張鬍子。果然不出所料。

二月七日，星期三

1. 所有的人類，包括尚未誕生、在產道蓄勢待發、準備出來惹我生氣的那些胎兒。

今天起床感覺很憂鬱，有鑑於我做的那些夢，其實也不奇怪。但奇怪的是，每件雞毛蒜皮的小事都讓我不爽。連丁可也一樣，她通常是唯一不會把我惹毛的例外。我換衣服的時候絆到她兩次，於是我對她大吼。後來，我覺得很內疚，她爬上我的小腿要我抱她，好讓她能舔舔我的臉。

一整天在公司，我的胸口一直有種不安定感，像尖牙利齒緊咬著我。我又想殺人了。

我走進休息室煮咖啡時，編輯卡蘿也在裡面。

「AJ那小子好像對你有意思喔。」她告訴我，一邊心照不宣地攪拌她的洋甘菊茶。

「我？」我說。「為什麼？」

她哈哈大笑。「你得要問他才知道了，對吧？」

我聳聳肩。「你怎麼知道？」

「他一直問我你有沒有男朋友。」

「你怎麼跟他說？」

「我說他應該自己來問你。你喜歡他嗎？」

「可能吧。」我說。「他在某些地方可能派得上用場。」

她聽完尖叫一聲，我過了一會兒才明白她以為我說的是雙關語。我真的沒那意思。「倒是小心克勞蒂亞。如果被她發現你玷汙她的姪子，她一定會氣死。她把他看得很緊。」

「我知道。」我說。「我很驚訝她沒有讓他窩在她桌子底下的寵物籃工作。」

又是一記震耳欲聾的尖叫聲。

說到古柏獸，克勞蒂亞要我寫一篇《破曉時分》的訪談文章——以編輯助理的角度切入——與下週的編輯評論做對比。

「你表現的時候到了，小甜豆。」她說著，露出自命不凡的笑容。

屁咧。這篇文章會被刊登在佔了半頁篇幅的達靈頓露營車廣告和一篇關於有人在家裡煙囪發現一隻二戰時期信鴿屍體的報導之間。如果她以為我會對此感激不盡，那她可以去吃大便，那見不得別人好的王八蛋。

苦瓜臉樂怡整個早上都在啜飲她的茶。今天她對我的人身攻擊是「你那雙腿穿著那條緊身褲是怎麼回事啊？你有內八耶。」我還是一樣非常討厭她。

下午，地鐵發生一樁搶案，所有記者都忙著報導那件新聞。除此之外，沒其他事上得了頭條。老樣子。城裡的野生動物園即將迎來五十週年，商業區發生一起肇事逃逸。另外，公司的人正試圖聯繫一個在網路上直播自殺身亡的青少女家屬，因為她住過這附近，所以嚴格來說，她是我們的人。不過至今尚未聯繫到他們。

大家都對運河男的死不是太在意。我問過萊納斯，有點算是套話——AJ把他的護唇膏跟惡作劇商店買的道具調包。我們之間有一場小賭注——看誰對他的惡作劇最猛。

我的電子郵件處理到三分之一左右的時候，注意到一封捲髮蘇的來信——是坦納＆沃克仲介公司的萊拉——曾經試圖賣爸媽房子的房仲，卻徹底失敗。

打了你的桌機但沒人接，可以請你有空立刻打給我嗎？謝謝。

我立刻聯絡她。

「蕾哈儂！喔，終於找到你真是太好了！」她尖叫道，做作得不能再做作。「我昨天一整天都試圖要聯絡你。」

「我手機有開機啊。」我說。

「是啊，我打了。一樣沒有回應。」

「喔。」我皺起眉頭。所以說她不只是個爛房仲，也愛講幹話。嗯。

「總之，我們這裡有買家對妳爸媽的房子出價。完全不砍價，而且沒有任何附帶條件。怎麼樣？每年這種時候要碰到這種買家幾乎是前所未聞。」

「喔，我幾個月前把房子撤下房市了。」我說著，心臟默默地怦怦跳。

「是，我知道，但去年八月看過房子的那對夫妻——彭博克斯夫婦——後來一直找不到其他更喜歡的，所以他們又回去看了一次……」

「他們什麼時候回去看房子的？」

「他們上禮拜正好在附近就開車經過看了一下。」

「他們無權進去。」我對著話筒比了幾次中指。很幼稚嗎？是沒錯，但我很慌張。

「他們沒有進去，只是看看車道和房子的正面。」

「所以他們在未經許可之下偷偷打探我的房產嘍，這是合法的嗎？」

「不，不是這樣的。他們只是剛好來到附近，順道去那裡看一下而已。他們很喜歡房子後面的森林，因為他們養了四條大狗。如果你還打算賣的話，能不能再讓他們進去看看呢？」

「這個嘛，我沒打算。我還沒準備好，完全沒有。」

「他們挺急的，蕾哈儂。你很難找得到——」

「不，沒得商量。我近期內已經把房子撤下房市了，也不打算改變主意。」我從抽屜抓起胃藥，大口吞下肚，因為那粉筆般的口感，臉揪成一團。

「可是你姊姊——」

「我才不管我姊姊。」我大吼道，收到辦公室另一邊不少編輯的側目。「她遠在天邊。」

「好吧。」萊拉說。「可是你知道她有一半的——」

「你根本連聯絡我的權利都沒有。」

「蕾哈儂，我跟你保證——」

我沒說再見，就直接掛斷電話。夠狠。

我又吞了幾顆胃藥。該死、該死、該死、該死的笨蛋。是沒錯，八十二萬五千塊英鎊的一半可說是久旱逢甘霖。也沒錯，我知道這是「適合家庭居住的好房子」或讓兩個擁有坐式割草機的老傢伙「退休鄉間的絕佳機會」，成天無所事事，抱怨那些移民。

但不用說，我必須先處理茱莉亞。

在那之後，當然沒問題，來吧。我會烤個蘋果派，我們可以辦個開放參觀日。把附近鄰居全部找來喝咖啡，摸摸我家的窗簾。只是先讓我把綁在房間裡的女人解決掉。

我又把胃藥往嘴裡倒，但瓶子已經空了。

我一般都盡量忍氣吞聲。閉緊嘴巴，在內心抱怨或寫在紙上。但今天，有什麼改變了。我不知道是因為再次談起修道院花園街的事還是怎麼了，但我的憤怒值整個破表。我得再去釣魚。我得出去。我得找到德瑞克．斯卡德。這座城沒那麼大——他肯定在某個地方，那個人渣。

❖

拉娜在一點零五分外出吃中餐。今天，我跟蹤她。

我偷偷溜進大門，走過客廳時，聽見他們的聲音。房門微開，我能看見他們兩人全身赤裸。她趴著，他則站在床尾，不停抽插她。她的叫床聲就像一隻垂死的海豹被反覆，呃，捅屁眼。我們做愛時，他從來不曾那麼努力。他幫廚房天花板刷肌理漆的時候都花比較多力氣。

就在這時，我聽見丁可的聲音：從浴室斷斷續續傳來的吠叫聲。他把她鎖在裡面，好讓他可以在我的床上搞那個賤人。好，丁可習慣在我和葛瑞格做愛時跑來礙事——我猜她以為他在傷害我——但把她鎖在浴室？這實在太過分了。

我不能把他們兩個殺了——這樣太快也太簡單了。但我也不能把丁可放出浴室，否則他們就會知道我回來過。

所以，我走回辦公室，途中經過領處方藥的小藥局，補了更多胃藥。隔壁是賣了許多青蘋果的雜貨店——我衝動之下買了一袋蘋果和一些康佛倫斯梨。我想著他們在我的高級床墊上做愛時，需要有些硬的東西可以啃。

拉娜在下午兩點零三分回到辦公室，兩頰紅潤，完事後的頭髮往後梳起——我男友的精液在她的內褲上慢慢冷卻。我好奇在她露出光滑的背部給我男友看之前，把我的狗一直鎖在浴室的人會不會就是她。我好奇葛瑞格全身瀰漫著濃濃的雅芳香水和萬寶路菸味回去上班前，有沒有記得把丁可放出來。

下午三點左右，我在休息室撞見她。當時我準備替AJ倒些飲料，他正忙著做會議記錄。她對我微笑，我也回以微笑，接著我們大眼瞪小眼默默較勁一番。她先移開目光，我贏了。

萊納斯一整天帶著藍色嘴唇上班，進榮恩的辦公室跟他開會討論謀殺案的新聞，看起來肯定非常不專業。我和AJ一起大笑離開公司。

晚上六點，我一回到家，丁可立刻蹦蹦跳跳過來迎接我。她看起來毫髮無傷，但拚命舔我的臉和汪汪叫，想對我說今天我不在家的時候，爹地幹了什麼好事。我走進房間，注意到一小疊零食，顯然是葛瑞格為了讓她安靜留在那裡的。吉娃娃對主人忠心耿耿——在我回家前，她一口也沒吃。他煮了我最愛的晚餐——牛排佐黑胡椒醬，想必是為了用煎肉把拉娜的氣味給趕出公寓外。紅肉？你覺得今晚給我吃紅肉是好主意嗎？

「有你的信。」他說著，停下切青椒的手，從吧檯抬起頭。我也聞到大麻的味道——茶几的菸灰缸裡有兩根菸屁股。其中一根的末端隱約有亮粉紅色的痕跡。

我查看我的三封信件——銀行對帳單、電費單、又一封出版社寄來的拒絕信，這次是錫克特和伍普出版社。親愛的女士，感謝您與我們分享您的小說《不在場時鐘》。很可惜地……

丁可仍不停舔我的臉，我看著葛瑞格攪拌沙拉，打開一瓶黑皮諾紅酒。他舉起酒瓶讓我看上面的標籤。

「不錯。」

「有點貴，但牛排用的是很好的部位，所以很值得。今天過得好嗎？」

「很好，謝啦。」我說著，想像爸媽家後院的樹林中可以埋葬他的完美地點。

「你為什麼那樣看我？」他微笑道。

「喔，沒什麼，我只是在想我有多愛你。」

以及我總算知道該怎麼處置丹．威爾斯的那截老二了。

二月十二日，星期一

1. 利多超市停車場的怪人，紅髮艾德。他今天從樹叢裡跳到我的車子面前，身上穿著一件Bazinga的T恤。
2. 穿著T恤上印有Bazinga字樣的人。
3. 養了兩隻西班牙獵犬的女人。她家的狗老愛攻擊丁可，而且從來不繫狗繩——不過今天，我不小心跟她對到眼時，她破天荒跟我說早安。

運河男至今沒有下文。辦公室沒有出現任何淚眼汪汪的家屬，跟榮恩和萊納斯喝茶接受慰問，甚至沒有人公開出面尋找他的陰莖。太奇怪了。我四處打聽。

「警方還沒找到運河那傢伙的任何線索嗎，克勞蒂亞？」

「沒有。」她嘆口氣。「真可怕，他們至今還是一無所獲。」她抬起頭。「怎麼，你認識他嗎？我知道你男友好像是做水電的，對吧？」

「他是裝修師傅。事實上，就職業來說，他是——」

「喔，強尼，太好了，你有幫我拿那些試印稿嗎？」她插嘴說。

我們其中一名攝影師強尼出現在我後方，掛在脖子上的相機就像我的腦袋一樣大。他們聊了一會兒我才發現，我和她的對話已經結束了，雖然也不曉得剛剛是否真的有過對話。

我不喜歡電訊日報任何一個攝影師——史都華、布萊恩和強尼。他們全是一群穿著法蘭絨褲的自大蠢蛋，彷彿搖滾明星一樣四處遊蕩，自以為很受歡迎。

我問櫃檯總機波格丹有沒有收到丹尼爾．威爾斯父母的訃聞。現在所有記者都叫他「丹」，彷彿跟他很熟，彷彿很喜歡他，彷彿他們在他家花園一起烤過肉，或他用超低價格幫他們安裝過衛星電視。我甚至聽過艾德蒙說：「天啊，可憐的兄弟。」然而未有訃聞。我注意到波格丹不再跟我打情罵俏了。看樣子他的庇護申請通過了，可以留在國內。

無鳥俠，丹丹，今後世人將記得他。

為了帶丁可去公園玩球，我今天提早下班。我總覺得最近冷落了她，她實在是一隻很乖的狗，值得更多關注。試過教她握手幾百次了，仍無濟於事。後來，我們依偎在沙發上一起看衛星電視的《辛普森家庭》。

今晚，葛瑞格邀請了那些熟面孔來家裡——艾迪、蓋瑞和奈傑爾——玩電動、喝啤酒和看足球，吃吃喝喝度過一晚。過去，星期五晚上是我做皮拉提斯的日子，但幾個月前發現，花一個小時在一個滿是纖瘦女子的教室裡伸展、跟隨恩雅的音樂放屁根本是在浪費時間，我就放棄了。足球夜，我會坐在餐桌，邊吃著巧克力球邊「寫我的小說」。更多時候，我只是在上臉書或待在聊天室。

聊天室怪胎多到像聚在一起的青蛙卵，也是女性主義徹底死亡的地方。我自稱小甜豆，扮演一個充滿自信的蕩婦。我的淫聲浪語永遠不乏聽眾，我也因為善於用幾個字就能讓男人高潮而聲名大噪。當然，這些男人都是基因庫中最低等的樣本──那種可悲又駝背的大鬍子類型。妻子一離開房間，他們就會跟我索討照片，然後傳給我他們邊看我的照片邊打手槍的短片。這是一種廉價的快感。但這種感覺，我來者不拒。

今晚，我嘗試做了一件我從未做過的事──我假裝自己是男的，從我的手機裡傳了幾張葛瑞格的裸照給他們。他們簡直無法自拔。這是個全新的體驗，不得不說，我玩得很開心。差點恨不得自己有個老二。我是說，我自己的老二。

與此同時，另外四根老二齊聚在我的沙發上。艾迪．歐康諾是個沒有成名的職業足球員，現在是一名實習律師，跟足球員拉希姆．斯特林是遠房親戚（他自己說的）。他會說五種語言，包括英文，跟蓋瑞不一樣。

蓋瑞喜歡我，不幸的是，他有一張長得像碎雞蛋的臉。他會說些暗示性的話，例如：「我喜歡你的洋裝，蕾哈儂。」看《奪魂鋸三》的時候，「你好勇敢──你看的時候怎麼有辦法連眉頭都不皺一下。」一說到別人經歷痛苦這件事，我向來異常冷靜。又不是發生在我身上，對吧？我幹嘛要皺眉頭？還是謝謝你注意到了，你這自以為是、雞雞超小的王八蛋。他也說過我很幽默。「這對一個女生來說很罕見。」我說蓋瑞是笨蛋。「這對一個男生來說倒是很常見。」他車子的車窗上貼了一張貼紙寫著，內無隔夜的佳發蛋糕。我決定假裝視而不見，把那張貼紙晾在一邊，就像我對待蓋瑞那樣。

奈傑爾・亞德利看起來像一塊培樂多黏土揉成的大球，頂端再放上一個小球。光是看到他如沙灘球般的啤酒肚，就足以讓我封住巧克力球少吃一晚。他擁有一間裝潢公司和自己的小貨車——車身寫著紐約警局急救中心。誰會需要緊急裝潢啊？「救命啊！誰來幫幫忙！拜託！我的壁紙掉下來了，我的線板歪掉啦！」更別提他招牌上的文法錯誤。

「嗚喔！！！！！！！！！！！！！」某個邊鋒球員用頭頂球得分，沙發國傳來歡呼聲，嚇得丁可跳上我的大腿，聲嘶力竭地吠叫。所有人興奮得又笑又叫。

我查看新聞網頁，尋找任何關於丹尼爾・威爾斯溺水身亡的最新消息。尚未找到目擊者，失蹤的那截老二還沒出現，帶進警局偵訊的第三名男子也已經無罪釋放。警方似乎完全一頭霧水。好啊、好啊、好啊。

「嗚喔！！！！！！！！！！！！」

「他媽的，他根本門戶大開沒在守！」

「踢得像個娘娘腔。」

「裁判需要一隻他媽的導盲犬，那根本是越位！越位！」

還記得之前我提過我不喜歡噪音吧。不喜歡噪音、不喜歡聲嘶力竭的足球愛好者，也不喜歡煙火，或有人不小心摔破盤子。我會開始變得神經兮兮。等我再也受不了他們坐在椅子上自詡專家地品頭論足，我傳私人訊息給葛瑞格，說我要帶丁可去散步。到了這時，他們已經全喝得醉醺醺，我想葛瑞格可能根本沒聽見我的訊息。

外頭很安靜。我經過站在垃圾子母車前的惠特克太太，她正在把好幾個黑色垃圾袋丟進正確的洞裡。我們互相寒暄，向對方道「晚安」和「天氣真暖和啊」。她難得沒有試圖從我身上偷走任何東西。

我抵達超市旁的紅綠燈時查看手機，時間是晚上九點四十三分。一切是如此安靜無聲。半小時過去，附近仍然空蕩一片，一個人都沒有。

但不久，我感覺到神經末梢抽了一下——有人在跟蹤我。我拿出狗便便袋，彎腰撿起丁可在草地裡的排泄物，接著放慢動作偷偷一看。肯定是個男的。他在公車站旁邊停下腳步點菸。看起來身高一般，但塊頭很大——起碼一百公斤。可能會有點棘手。我把便便袋丟進垃圾桶，屏住呼吸，繼續散步。

他也開始步行，手裡拿著菸，戴著一頂黑色便帽，外套衣領拉高圍著脖子，彷彿天氣很冷，實則不然。我只穿了一件連帽衫和運動褲，卻熱得發燙。我想過他或許不是在跟蹤我——我只是自我保護的意識太強——但當我穿越馬路朝公園走去時，猜疑得到證實。公園裡有一些樹蔭，一條腳踏車道。沒有孩子在戶外涼亭抽菸或玩滑板。只有我獨自一人，屏息以待。

我能感覺即將有事發生了。我全身激動不已，胸口因為過度期待而上下起伏。我放開丁可的狗繩，她跑到一盞路燈旁聞聞嗅嗅。

就在這時，事情果真發生了——他從後方撲到我身上，一手抓住我的下巴，另一手環住我的腰。丁可立刻狂吠起來。

「不准尖叫，否則我就殺了你的狗。」

「好。」我說。「別傷害我，別傷害我。」

他把我往後拉向樹叢。丁可用她最大的音量拚命吠叫，但他完全不搭理她。我的心狂跳不已，腎上腺素在體內流竄。我的內褲已經濕透了。

他說話有一種口音。「別亂動，乖乖就範，你就不會受傷。」

丁可咆哮著，用她的小牙齒咬著他腳踝附近的褲管。這對我也有幫助。知道他想對我做什麼，讓我充滿活力——他粗大的雙手放在我胸部上的感覺——我差點腿軟，但不得不站穩腳步。丁可嘶吼、狂叫，我知道他接下來想幹嘛，但直到他動手了，我才反應過來。

他踢了她一腳。他踢了我的狗。

不算真心想傷害她，比較像滾開，煩死人了的那種踢。但她叫了一聲，滾進長草堆裡。這足以喚醒我內心的野獸。

我從連帽衫拿出壁紙剪刀，把刀刃深深刺進他的脖子——一次、兩次、三次，次次深至刀柄。我那被點燃的性衝動化作了純粹的憤怒。鮮血溫熱地噴濺在我的臉上。他拚命大口吸氣，朝我往後退，雙眼睜大，緊抓著我的雙手也慢慢鬆開。我抽出剪刀，鮮血沿著他的頸部往下流，一直流到他的黑色外套上。我滿手是血，剪刀也沾滿了血。我往後退，挪出空間看他跌跌撞撞地走，最後摔在人行道上。我想爬到他身上。我想跨坐著他，看他奄奄一息躺在那裡，把他垂死的雙手放到我的胸部上，讓他抱著我，但我知道我現在不能接近他。他身上不能有任何追溯到我的線索。

丁可一直爬我的腿要我抱她，於是我把她抱進懷裡，她開始瘋狂舔我的臉，身體抖得好厲害，我差點失手把她掉在地上。始終氣喘吁吁看著他的我，伸出我血淋淋的手讓她舔。我們站在那男的上方，看著他對著夜空發出痛苦的咕嚕聲。我看著他吐出的最後一口氣在上方化作白煙，老二仍在解開的牛仔褲裡高高勃起。

老天啊，我整個人慾火焚身。

這次，我沒有把老二剪斷。那對我來說不是戰利品。這樣做太蠢了，就像電影《小鬼當家》的小偷老是忘記關水龍頭一樣。況且，我哪有空間放？我們只有一間兩房的公寓。光是決定把除濕機放哪裡就已經夠困難了。

我甚至沒有走回公寓的記憶，因為我實在太亢奮，其他事都無關緊要。我不記得我坐進車內，或開去爸媽家的整趟車程。

茱莉亞呼叫我。我打開後方臥房的門，把燈打開，站在門邊，把我這一身可怕的模樣讓她看個清楚。起初，她因為刺眼的光線而瞇起眼睛。接著一見到血，立刻放聲尖叫。

「我要洗個澡。」我大聲宣布。「如果你他媽的再尖叫，我就對你如法炮製，再把你拿去餵我的吉娃娃。」

❖

我現在回到家。神清氣爽、精力充沛、整潔乾淨。葛瑞格和其他傢伙一如往常前往威斯朋酒吧，趁關門前喝一杯，然後在回家路上買烤肉串。所以明天早上整間公寓肯定全是他充滿羊騷味的臭屁味。但今晚我根本不在乎。真的，取走一條生命所得到的權力感——就是會讓你感覺更好。其他鳥事都煙消雲散。這會兒丁可坐在我的床尾，耳朵下垂看著我。在爸媽家洗完澡後的她，如今仍然濕漉未乾。她只是一直看著我。我真希望能知道她在想什麼。

二月十三日，星期二

1. 留著大鬍子、戴著眉環，在星巴克插我隊點了薑汁拿鐵和寶貝奇諾的男人。
2. 在利多超市撞到我，要我說對不起的女人。
3. 利多超市結帳櫃檯的酷哥，今天他說：「開心點，你擔心的事可能不會發生。」我本來可能打斷他的肋骨。

今晚沒做惡夢。一夜好眠，加上起床後有一杯剛煮好的咖啡放在床邊。葛瑞格甚至主動做了一個煙燻鮭魚貝果給我。他趁我一邊沖澡一邊高聲唱著碧昂絲的歌時走進來，我們貼著磁磚站著做愛，對我們而言異常火辣。公園那場襲擊在我腦中仍歷歷在目，所以我能輕易閉上眼睛，想像我仍在那裡，被人抓著。難得一次，我很快就高潮了，跟隨〈美麗的謊言〉這首歌的節奏氣喘吁吁。

接著，又是上班的日子，一整天都爛到不能再爛。我平時停的停車場已經滿了，所以只好停到很遠的地方。等我總算進公司，發現整間辦公室的人圍成一個半圓，正在歡迎新來的女同事。新來的初級編輯。

連傑夫都在為她鼓掌。

他們把工作給了一個剛從新聞學院畢業、乳臭未乾的傢伙——她在聖誕節前夕才應徵這份工作。黛西．陳——她大概是我見過最瘦的女人。她優雅、精緻，會說六國語言，有十二張普通中等教育證書，在山谷新聞報贏過初級報導獎。我忙著生氣，沒去聽榮恩的歡迎詞或她一連串的感謝話。反正全是同樣的陳詞濫調。「感激不盡」和「太棒了」和「很榮幸成為這個大家庭的一分子」巴啦巴啦。

當然，我非得說些什麼。於是，等所有人拍完她的馬屁後，我去敲榮恩的門，不等他說請進就兀自走了進去。

「啊，蕾哈娜，我正準備打電話請你進來，親愛的。」

不，我沒有寫錯字。我來到這裡已經三年了，他仍叫我蕾哈娜。我關門坐下，熊熊怒火已經接近炸鍋的地步，但我沒有想要關火的意思。

「我明白對你來說可能很難接受，但我堅信黛西是這份工作的最佳人選。她有資格證明書，而且她在山谷新聞報有兩年負責報導大新聞的經驗。」

「山谷新聞報！」我厲聲說。「跟電訊日報根本不能比。」

「等你有更多經驗，拿到文憑，再去考慮寫固定專欄。我知道你對暴動愛侶那篇文章有點不是滋味……」

「沒錯，因為萊納斯偷走我的署名。」

榮恩閉上眼睛，往椅背一靠，再重新睜開，露出一抹微笑。「那是他的署名。他寫了那篇文章。」

「是，用我的照片。」

「即便如此——」

「即便如此個屁。」我大喊。榮恩望向辦公室的窗戶，想知道外面有沒有人聽見。每個人都盯著電腦，沒人抬起頭來。我試著深呼吸，但滿腦子想的都是抓起他的銀色拆信刀，跳過他的辦公桌，瘋狂刺他全身。「那是我的獨家新聞，榮恩……榮恩先生……彭迪查瑞先生。是我拍了那張照片。是我坐在法院裡聽完每一場聽證會，是我一個字一個字打完所有金婚的報導，黑眼豆豆的威廉為了幫醫院募款買掃描儀而參加半馬時，是我跟在旁邊一起跑的。是我，不是萊納斯，不是克勞蒂亞，也不是黛西。是我。」

「我明白。」他又說了一遍。

「不，你不明白。」我打岔，內心的怒火宛如劇烈冒泡的檸檬氣泡水，不得不用手扶住門，生怕摔倒。

「那則暴動的故事是目前的棘手題材。」榮恩解釋。「需要中立、紮實的報導。恕我直言，我不能隨便交給一個編輯助理啊。責任太重大了。」

「我會讓你失望，是嗎？」

我覺得自己像個學步兒，因為不能壞了胃口而被沒收了棒棒糖。我在胸前交叉雙臂。

「這樣吧，」榮恩說，「我在我們放電影列表和演唱會指南的娛樂版面特別給你一個專欄。你可以在那裡印上你的名字。你在那個專欄想說什麼就說什麼，目標讀者是青少年。我們就叫它……『青年講場』或『八卦趣聞』。『大街上的八卦』怎麼樣？」

「兒童電影的影評？你要給我寫兒童電影的影評是嗎？」

「不然你要我怎麼樣，蕾哈娜？你要我把你升為資深記者，就因為你輸入了一些板球比賽的分數、評比了一家蔬食餐廳嗎？你得經過磨練，親愛的。努力往上爬，克盡職守。你不能像萊納斯和克勞蒂亞那樣直接就想挑大樑。他們投入了好幾年的時間，一步一步往上升遷，你也一樣。」

「明年怎麼樣？也許你明年可以支持我？」

榮恩嘆口氣。假如他是一隻噴火龍的話，我已經成了地毯上的燒痕。「如果你想在這裡耕耘你的職涯，你就得照我們的方法做事。意思是萊納斯、克勞蒂亞和其他資深記者要你跳，你就問跳多高。他們要你幫他們拿三明治，你就問需要加哪些料。他們要你看完凱特．哈德森的每部電影，然後在電影版面上寫影評，你就乖乖照辦。」

「你這就太超過了。」

他微微一笑。「我們有共識了嗎？」

我點點頭，緩緩吐出一口長氣。該是時候端出表面工夫了。我壓抑怒火，輕撫它的頸子，給它一根生蘿蔔啃。「我很抱歉，我只是太在乎了。」

「這樣很好。」他說著起身，舉起拳頭。「熱誠、鬥志，這是我喜歡看到的。你有天一定會成為一名很優秀的記者。但現在……」

「克盡職守。」

他點點頭，替我開門。「還有，等你有空的時候，我要一杯咖啡，加兩匙糖，謝了，蕾哈儂。」

砰！他永遠都不會贊助我拿到文憑，對吧？永遠不會晉升我為初級記者。那時候我才知道，不管我的工作態度多勤奮、我加班的頻率有多高、不管我做了多少讓他們刮目相看的事都不重要。我就是格格不入。我的品味對他們而言永遠只是平價服飾，籠罩在他們名牌精品的陰影下。我永遠都只是個「櫃檯總機」。

所以基本上，工作和公司裡的每個人都可以去死一死了。中午，我到廁所花了二十分鐘在水槽後面的牆上鑿了一個洞，因為我他媽的超級超級討厭他們。

黛西．陳外出報導謀殺和毒品搜查的新聞，我則困在婦女協會的會議、抗議路面不平的民眾和暴露狂的新聞中，一邊把胃藥當成婚禮上的香檳狂吞。喔，抱歉，我忘了，我現在也負責兒童電影的影評了，不是嗎？第一部電影：某部反烏托邦的爛電影，演一個穿太緊的女孩從一個穿太緊的男人手中拯救了世界，好讓她可以和另一個穿太緊的男孩上床。我想在所有人的辦公桌底下放炸彈。

午休結束，黛西帶著甜甜圈回來，面露甜美微笑在眾人之間發送。我禮貌地婉拒了。我費盡心力不讓自己在托盤上吐口水，然後叫她滾出去自幹。

過了一會兒，辦公室因為在勝利公園發現的一具屍體而躁動起來。警方為了尋找兇器，把那區封鎖了。兇器就是葛瑞格今天帶去上班的那把壁紙剪刀。

二月十四日，星期三

葛瑞格情人節不送花。他說我們的關係已經「超越那些狗屁」。我為了他的外貌著想，送他一張卡片和范倫鐵諾的強效鬍後水。今早，他把我搞得很煩。當時我正在廚房做煎餅，準備要唱到蒂娜・透娜那首〈我們不需要另一個英雄〉的高音時，他突然走進來捏我的屁股，問我他的咖啡色皮帶在哪裡。我超氣的，差點朝他放火，然後撕碎他的卡片。

AJ一整天在辦公室跑上跑下，拿著某人的情人送到電訊日報櫃檯的一束束玫瑰花。會計部的麗奈特・普朗克捧著「情人送給她的」一大束粉紅玫瑰走進公司，我私下都稱她是賤貨部的蠢蛋，因為她永遠弄錯我們的薪水。她通常只有發薪資單才會下樓，但今天為了讓所有人驚嘆，她抱著花束走來走去大肆炫耀，算是意料外的不愉快。她八成是用槍抵著那可憐的男人逼他送花來。

蠢蛋停止炫耀後，開始坐在每張辦公桌邊緣，邊喝茶（就在我面前拿著筆邊喝邊敲，在我眼中是一種格殺勿論的違法行為）邊抱怨她從來沒有足夠的時間做任何事，卻有大把時間談論她和她老公及兩隻雪納瑞，佩德羅和蘇西住在運河船屋上的無聊生活。中年危機像一輛卡車撞上那女人的身體。她五十多歲，但外表看上去像七十歲。同時，她擁有最洪亮的嗓子，所以即使她在辦公室的另一頭也聽得見她的聲音。如果再讓我聽到一次她狗狗的髖關節手術和那筆獸醫費用的故事，我就要趁半夜拜訪那艘船屋，把她拖進該死的運河。

這週的社區活動報導包括了週末在動物收容所舉辦的「小小孩愛動物」、一場關於靈視力的晚會，以及某個一輩子都在種蘿蔔的智缺讀者。多虧那個白痴，我現在對蘿蔔的知識多得超乎自己的想像。你知道嗎？夢見蘿蔔表示親近的人會背叛你，古埃及人的古夫金字塔也是用蘿蔔建造而成的。好啦，現在你知道了。

我想把帕金森氏症互助會和新的森巴課程這兩個題材放在同一個版面，取作「搖咧搖咧」，但傑夫攔截這個題材，表示不贊同。他說克勞蒂亞的爸爸還是爺爺還是某個家族成員患有帕金森氏症，而且病情「聽起來不樂觀」。

一知半解的傢伙。

二月十五日，星期四

1. 所有同事，包括傑夫——今天他帶了一顆健達出奇蛋給黛西。
2. 沒把門關好、導致門一直砰地甩上的人。
3. 不讓我把車停在員工車位的雜工艾瑞克，因為他說：「停車位只有六個，而且都要保留給資深編輯。」
4. 德瑞克・斯卡德——國際神秘人物。

今早看了《破曉時分》。雖然可能是高清畫質的緣故，但我覺得大鵬湯普森動了陰莖增大手術。他的老二差不多填滿了整個畫面。卡羅琳的膚色看起來也更橘了。他們正在跟住院醫生聊著耳鳴關注週，接著為了全國羊雜碎日來到廚房加入史考特・錢德的料理行列。#破鳥時分已經完全遭到遺忘，我也是。

今天是傑夫的生日——我替他做了他最愛的圓環蛋糕，他在我臉頰上親了一下。我們又是朋友了，儘管現在他跟黛西說話的頻率比我高。他們的位置比較近，就這樣。

我和AJ一起在公園吃午餐——全脂拿鐵和起司三明治。我提到我通常喝低脂拿鐵，他看起來很驚訝。

「你又不胖。」他說。「天啊，為什麼女人總要這樣對待自己？你本來的樣子就很美了。」

「真的嗎？」我問，他害羞得臉頰變成深紫色。「你嘴真甜，AJ。」

「這是實話。」

「等會兒你要不要跟我一起去歐點電影院看一部我要在專欄上寫影評的反烏托邦爛片？我有多的票。」

「你在約我嗎？」

「不，我在問你要不要一張歐點電影院的免費電影票去看看我要在專欄上寫影評的反烏托邦爛片。」

「當然。」他乾笑說。「我很樂意。」

於是我們去了，果然是爛片。但我們挺享受在我們座位前方那個女人的捲髮裡塞爆米花，看看在她發現前可以塞多少。

伊梅達傳訊息問我想不想跟她一起挑選頭紗——其他人都沒空。我回傳「抱歉，葛瑞格因為闌尾炎住院——簡直是惡夢！」附一個淚眼汪汪的表情符號。

葛瑞格說我以前已經對她們撒過這個謊了，但那次我說的是腎臟移植手術。她們仍然信以為真。

「喔，天啊，真遺憾！」她回傳道。我預期她會問他是否仍有辦法出席婚禮或她是否需要取消一道甜點，但她沒問。

另外，根據谷歌的說法，我已經正式成為一個連環殺手了：「在一段時間內謀殺三人或三人以上，並且在作案期間存在冷卻期。」我幾乎完全符合。

我總算成就了什麼，總算有理由去參加同學會了。

「是啊，我現在在城裡工作，每天經手幾百萬英鎊的交易，是。我有五個孩子。我老公是身價上億的石油大亨。快捷鍵上有總統的電話。你是做什麼的？」

「喔，我是網路新創富翁。我有八個老公、二十個孩子，我開的是一輛法拉利。其實是兩輛，我看心情挑著開。你呢？」

「喔，我大部分時間跟DJ凱文．哈里斯住在他南法的遊艇上，周旋在男人堆中。結過兩次婚、離過三次婚。有十二個孩子。哈利王子？喔，是啊，常聯絡，其實我們上禮拜才見過面。直接在王座上就來了。你呢，蕾哈儂？你現在在做什麼？」

「我？」說完停下來甩個頭髮。「我是一個連環殺手。嗯，我把人頭裝進午餐盒裡帶去上班。我把我母親的頭骨當作床柱，用我父親的奶頭做電燈開關。哦，對啊，那是一根人的大腿骨，我拿來支撐花園裡的棚架用的，你能注意到真是太貼心了！」

「明白，但你結婚了沒啊，蕾哈儂？有孩子嗎？」

「沒有，我還沒結婚，也沒有孩子。」

於是，他們一個接一個轉身離去。

天啊，我連在自己的幻想世界裡都沒辦法吹噓，在現實生活還有什麼希望？！

我打算今晚再去釣魚，但我真的不能被打擾。出門殺人牽涉到大量的事前計畫。你必須仔細思索每個步驟，安排路線，穿著適當的衣服。我想我還是去重新整理森林家族的冰箱，看一集《宏觀設計》好了。

丁可仍然不肯握手，現在連翻身都忘了。我開始懷疑她是不是患了吉娃娃的阿茲海默症。

二月十六日，星期五

起床第一件事，站上體重計——還是沒甩掉聖誕節增加的體重。在谷歌上搜尋「抽脂手術」。太貴。吃了一個閃電泡芙。

準備替昨晚的電影寫下最嚴厲的影評——簡直是爛到家的極品。

大新聞——開藍色裕隆休旅車那個男的買新車了！一輛銀色的本田。奇怪的是，他現在開車沒那麼討厭了。今天早上，他甚至禮讓我和丁可過馬路。他稍微催動引擎，但除了那抹被動攻擊式的微笑外，我想我們的關係有進步。說不定人類這物種到頭來是值得一救的？

萊納斯為了我的最新傑作——公園男——出席警方的記者會，接著帶回所有細節在編輯會議上分享給其他人，不用說，我沒有受邀參加。不過我趁他轉述給傑夫聽的時候，假裝在一旁尋找新聞剪報，還是得知了所有基本重點。

死者的名字叫蓋文．懷特，四十六歲，四個孩子的父親，來自里茲的教堂鎮，是一名長途卡車司機。體貼、受人愛戴，看樣子又是另一個道德高尚的優秀人士。老好人查克，查克兄，每個人的朋友，深受眾人愛戴，大家都對他讚譽有加。開完會，萊納斯坐上火車前往里茲——他打算去訪問那位忠誠的妻子。不覺得很好笑嗎？人總是在死後，其他人才會讓他們知道他們對自己有多重要。嗯，不好笑，就只是愚蠢罷了。我是說，說得再天花亂墜他們也聽不見了，對吧？

喔，警方又一次排除了恐怖攻擊。我很納悶他們怎能這樣。我的意思是，就他們所知，我有可能是恐怖分子啊，不是嗎？雖然我不隸屬於任何團體，但我也很有可能是個獨行俠。ISIS有可能利用我。我挺有天分的。

我在進城吃午餐的路上看見茱莉亞的老公，泰瑞。他從麵包店走出來，提著一袋中風食物。他的小貨車違規停在人行道上，所以他走得很趕。

「喔，嗨……基德納先生嗎？」

他回過頭，不置可否地瞇起眼看我，接著認出我是幾個禮拜前替他寫文章的好心編輯助理。

「喔，我是。」

「你太太有任何消息嗎？我只是想知道我的文章有沒有幫上忙？」

他搖搖頭。「不，還沒有消息。」

「孩子們還待在你母親那邊嗎？」

「是啊。我每天都去看他們，但媽媽不在，他們不想回家。」

「可以理解。」

「時間拖得越久，我越覺得她不會回來了。警方不肯幫忙。他們說這是家務事，不是他們的工作。」

「這個嘛，說不定她很快就會想通了。」

「嗯，希望如此。總之，我得……」

「是，抱歉。希望一切能圓滿落幕。」我對著馬路大喊。

他向我舉起一隻手，露出微笑；一抹感激不盡的真摯笑容。他漸漸放棄她了。他們都是這樣。完美。

河岸邊開了一家新的廚具店，頂替那家定價過高的女鞋店。全是一些頂級廚具：Le Creuset、Cornish Blue、Sabatier。今天沒時間進去逛，但我在櫥窗看中了一套五件式刀具組。很貴，但我配得上。

今天引起我興趣的另一則報導，是幾週內發生了兩起在附近鄉村道路獨自開車回家的女性受到攻擊。那兩位女性一個是高中生，另一個則是二十五歲的實習律師。她們告訴警方有輛「亮黑色的廂型車」先是在後面跟了幾英里後，對她們閃燈。其中一名男性操著口音，頭頂光禿；另一名男性是黑人，戴有婚戒。受害人身上取得的DNA在警方的資料庫找不到吻合的資料，所以他們不是有前科的罪犯。街上隨便兩個男的都有可能是他們。這是一則大新聞。克勞蒂亞正在和黛西．陳聯手調查——這將會是她的嚴峻考驗。今天一整天，我滿腦子都在想這兩個男的。一次兩個，簡直是美夢成真。他們準備登上我的「觀察名單」。

下班後，帶了一些中國菜給茱莉亞……香脆的炸餛飩、排骨和白飯，但她拒絕再寫一封信給她老公。真是個賤貨。她說如果我要殺她的話，就快點下手。可以理解。她放棄的速度比我預期的還快得多。

「快，吃你的點心。」

「去你的。」她把春捲朝我丟來。幸好沒丟中。

「我今天看見泰瑞了。」我一邊吃著炒麵，一邊告訴她。

她抬頭看我，眼神每分每秒都充滿恨意。

「我幾個禮拜前寫了一篇文章，提到他有多想你。孩子們也很想你。」

她開始默默哭泣，輕柔得不讓我聽見。她用頭撞牆壁。

「他以為你在倫敦，過得很愉快。重塑自我，以為你不想回家。」

她閉上眼睛。「你去倫敦的時候，從我的帳戶領了錢對不對？」

「領了幾次。」我說。「你最後那封信也是從那裡寄出去的。」

她搖搖頭。「你為什麼不直接下手？乾脆點殺了我！擺脫我的痛苦！」

「我為什麼要這麼做？」我對她說，吸了一口麵。「你當初可沒有讓我擺脫我的痛苦。」

二月十九日，星期一

爸爸整個早上佔據我的腦海。我開始忘記了他說話的聲音。我不得不閉上眼睛，提醒自己他那顫抖的聲音，那只有對我說話時才有的溫柔語氣，因為我是他最愛的孩子，他可以百分之百信任我。我對他的回憶永遠是在醫院的最後一週，如一片老葉，逐漸消逝乾枯。

人生真美，蕾哈儂。我想一個人只有在死前才能真正看出這一點。

答應我，如果情況惡化了，你會在我身邊。你會幫我動手。

你是我唯一可以信任的人，蕾哈儂。

好消息！警方正式宣布無鳥俠丹丹的命案沒有找到任何確切線索，同時繼續呼籲目擊者提供情報，這表示我脫離險境了！據說他母親要現身公開呼籲，但不知道是什麼時候。他有點變成當地的小丑了。警方「帶了兩名男性到警局偵訊」，其中一人是新年前夕在夜店外揍過他的傢伙，但兩人稍後都「獲得警方保釋，待進一步調查」。他們一點證據都沒有。

蓋文．懷特——又名公園男——的命案一樣還沒逮捕任何人，但我尚未脫離嫌疑，所以在這件案子的熱度消失前，我不敢再出門釣魚。有目擊者現身說他們在命案發生那晚「聽見附近有狗叫聲」。警方呼籲「那晚在附近的人能夠站出來」。

嗯……不要。

喔，對了，今早十一點左右，公司來了兩名條子，直接跟著萊納斯走進榮恩的辦公室。窗簾被拉上，所以我無法讀唇語，但他們在裡面待了大約二十分鐘。等他們走出來時，其中一人直接朝我看過來——當時我正在打影評——但接著他點了點頭，於是我也點頭回應，他們就一起離開了。

我敲榮恩的門，看看他或萊納斯需不需要咖啡，或在臉上揍一拳，但兩人都說不用。我以為他們可能會向我解釋警方前來的理由，但這種好事沒發生。榮恩請我叫克勞蒂亞和麥可．希斯進來一趟，我只好當中間人。等他們一進去，門立刻關上，我聽不見他們在說什麼。

下班後，我開車前往溫索大樓。我已經數不清楚我來這裡幾次了。還是一無所獲。可能沒有多少人知道他住哪裡。可能是警方給了他別的身分，或是他改變了他的外貌。社會大眾都知道他是一個眼神可怕、拄著拐杖的瘸腿老人，永遠一臉苦相，還有一個蒜頭鼻——有點像電影《誰敢來晚餐》裡的勞勃．寇帝斯．布朗。他也許染了頭髮，也許頂著一頭白髮。但我認得他的長相，那是一種無法偽裝的長相。

我非常清楚這次我會怎麼做。我不需要剪刀或刀子。如果我找到他的住處，就可以花時間慢慢跟他耗。我好想逮到他，想得我心都痛了。我的皮膚似乎跟著發麻，身體也抽痛起來。我恨不得有某種捷徑可以找到他，但也許漫長的等待能讓果實更甜美。我必須盡快找到他，否則我就得去找其他人。

二月二十二日，星期四

1. 在圓環不打方向燈的人。
2. 把放在精心準備的心形碗和星形盤裡的情人節大餐放上Instagram的人。
3. 一天到晚在臉書炫耀自己美好生活的人——例如今天的伊梅達：「房子的擴建已經差不多完工，我擁有最完美的孩子和全世界最棒的男人。今年六月我們在一起就滿十五年了！等不及要嫁給你，寶貝。」（附上一張他們倆的合照，濾鏡開超大，她也把他們的雙下巴裁掉了。）#覺得幸福
4. 對某些悲慘的新聞故事公開宣稱他們「心碎不已」、「心與家屬同在」的人，卻在一分鐘後，在推特重新貼一則即將到來的婚禮貼文，怕有人沒看見（一樣，又是伊梅達）。
5. 踢樹的人。

電訊日報把他們最炙手可熱的兩名記者——萊納斯和保羅・馬刺（剛從馬來西亞爬了三個月的山回來）——去報導公園男的命案。保羅離開至今又多了十八塊二頭肌。光看他的外表，你會以為他是演員伊卓瑞斯・艾巴的替身——某個充滿男子氣概的特技演員。接著，你看到他彎腰駝背用兩根手指在鍵盤上打字，幻覺就此破滅。保羅要我幫他寫下他在吉隆坡「改變一生」的經

歷，他在那裡與部落居民一起生活。等不及聽他說上幾個小時了。

今天發生一件開心的事。我們來了一個叫蘿西的實習生——負責塞信件和接電話——她在家幫自己染了頭髮。染出來的顏色明顯比柔薔薇色更紫，麗奈特對著她唱起〈紫雨〉，害她哭著跑走。

「我們的蘿西有點玻璃心，你們要對那小姑娘溫柔點比較好。」老頑固比爾說。所有人都知道這是千萬別說一絲絲冒犯她的話否則我們就再也看不到她了的暗語。

我們過去有許多像蘿西的實習生，但沒有一個做得久。有一個名叫黛布茲。她總是哀怨自己「作為團隊成員缺乏價值」以及「覺得沒有被我們的社會結構賦予權力」。無法應付任何形式的衝突。有一天，克勞蒂亞請她去整理桌面，隔天她就因為「壓力相關問題」請病假。我們四個月沒看見她。公司花一大筆錢，最後她才終於決定離職去養烏龜之類的。

接著是德瑞斯登，在我剛升遷時、暫時頂替我總機位置的年輕人。她在臉書自稱是「多元跨種族無性別的半浪漫情節無性戀者」，「代名詞隨時可以改變」，並且拒絕使用員工廁所。有一次，在一場會議中，萊納斯提到德瑞斯登的時候用了「她」作代名詞，結果德瑞斯登直接離席，再也沒有出現。

中午，AJ拄著拐杖步履蹣跚地走進來——他玩滑板時意外受傷。通常我不介意這孩子經過我的位置，原因除了提過的翹臀外，還有我們經常湊在一起說萊納斯和克勞蒂亞的壞話。但今天，他讓我覺得很煩。拐杖搞得整個地方看起來很凌亂，他像個長頸鹿寶寶走到哪裡都噹噹啷啷的。

他一拐一拐地走來走去，噹啷、噹啷、噹啷，手裡拿著他從惡作劇商店買回來、上面寫著同志色情明星的保險桿貼紙。

「我當初在這張和另一張寫著我真的很愛瘋狂農莊的貼紙之間挑選。」

「你選得很好，他一定會氣死。」

我們把貼紙貼在萊納斯的奧迪後方。

天啊，我好無聊。我知道這一切只是在殺時間。在殺人前殺殺時間罷了。現在的我就像在跑步機上沒法下來，我只能一直跑下去。

二月二十七日，星期二

1. 傳訊息給你、你回覆後，卻好幾天都沒有回傳訊息的人（葛瑞格、我前姊姊賽瑞恩、露西爾）。
2. 在你試圖清空收件匣的時候寄電子郵件給你的人。
3. 電訊日報裡堅持帶重口味食物到座位上、並在午餐時間大快朵頤的人。今天的例子：艾德蒙的起司玉米片。

今天，黛西．陳企圖跟我聊天。我完全沒有話題可以跟她聊。首先，她在員工休息室迎面過來硬要跟我說話，問我有沒有去過城裡那間新開的咖啡廳。

「我沒去過。」我說，但其實我去過，他們家的卡布奇諾是人間美味。

後來她改用老套的問題問「今天是不是比較熱啊？」，但我用「不知道耶，我滿冷的。」來斷絕她的話題。

最後，我準備離開休息室前，她喊道：「我晚點可能需要馬多克斯街上新設立的交通緩行措施的副本，不曉得你方不方便？」

「好，沒問題。」我回答。我不知道她為什麼對我那麼友善，肯定在打什麼主意。

今天的法庭案件都很遜。三個酒駕的、一個吸毒後開車的、一個種大麻的、一個酒醉鬧事和兩件傷害罪。等到終於有人被起訴時，我所有的小小傑作都會出現在刑事法庭上。自從去年夏天有個一隻腳的妓女在藥妝店後面被下藥後，法院這裡就一直沒有其他勁爆的案件。那件案子實在太精采了。

我趁午休時間，去了那家新開的廚具店。買了新的開罐器、放在茶几上的幾個軟木杯墊和之前在櫥窗看見的名牌刀具組犒賞自己——那套刀具實在太美了。裡面包括一把七英寸帶氣穴的東方菜刀、一把十英寸的切肉刀、一把四英寸的水果刀、一把五英寸的剔骨刀和一把剁刀。整套售價將近一百英鎊，但我真的超喜歡。我提回辦公室的時候，手裡充滿快感。喔，感覺就像提著一顆炸彈！反正我猜應該是差不多的感覺。天下無敵、充滿力量，一種總算在某件事上獲勝的感覺。

黛西看見我桌底下的箱子。「好棒的刀具，你喜歡做菜，是嗎？」

「是啊，非常喜歡。」我說謊道。「我幾週後要上一堂法國料理課，想說準備一下。」有時候連我都很驚訝自己能那麼快在毫無準備下說出這些謊。

拉娜．朗特里在影印機附近悄悄走近我，等我印完換她用。今天她沒穿內衣。放蕩的蛇蠍女。

「你好嗎，蕾？」

「嗯，很好啊，謝了。」我逼自己問：「你呢？」

「嗯，很好。今天有夠瘋，不覺得嗎？超忙的。不過我猜是好事吧。」一聲假笑、清清喉嚨，然後甩頭髮。

我能聞到她身上的香水——跟我們家的床單是同樣的香水味，葛瑞格總說那是「新的洗衣粉之類的」。

「今天城裡也滿忙的。」我說。

「是啊，我特地進城去看看Dysons。早知道一月打折的時候就買了。」

「你想買什麼？」

「就是電視上一直在打廣告的那台無線吸塵器。」

「喔，我知道。」我說。她其中一隻手腕上有兩條舊疤痕，滿深的。以前企圖自殺留下來的？還是特別兇的貓咪抓的？不對，她沒養貓。她對貓過敏。「理查的工作現在處理得怎麼樣了？他有拿到不當解雇的索賠嗎？」

天啊，萬不得已的時候，我還是超會跟別人閒聊的。理查是她的男朋友。我和辦公室其他人一樣，無意間聽見他們對著話筒咆哮爭執，所以這應該算不上偷聽。

「我們分手了。」她說著，往前走到已經空出來的影印機前。「聖誕節前夕分的。我想我給他太多壓力，一直要他給我們的婚禮訂個日期，結果他嚇壞了。所以現在只剩我和家裡的貓。不過再接再厲吧，外頭男人多的是。」

「喔，很遺憾。」我說著，把那疊溫熱的紙像盾牌一樣抱在胸前。「那你現階段有其他交往的對象嗎？」

「沒有。」她說，沒有絲毫猶豫。「我想我暫時不想跟男人有牽扯了。那些傢伙根本是一堆廢物，你說是吧？」一聲假笑、抓抓鼻子，然後又甩了一次頭髮。

「完全認同。」我說著，朝她翻了個白眼。她正準備與我對視之際，卻只看了一秒，就突然對影印機托盤上的迴紋針非常感興趣。「那，你保重啦。」我摸摸她的手臂，又很快看了一眼她帶疤的手腕。

「我會的，謝了，蕾。」她甚至露齒擠出燦笑。我想讓她成為我第一次試刀的對象。我想用她的鮮血弄濕那台影印機印出的每一張紙。

我必須讓他們得到應有的懲罰——她和葛瑞格是專業的騙子。他們可以用來殺雞儆猴。當然，殺雞儆猴的對象不是我。說到看穿謊言這回事，我可是女王。

我之所以不爽，是因為我為了跟葛瑞格做愛，等了整整兩個禮拜的溫布頓網球錦標賽（他說他想「確定我準備好了」，沒用的傢伙），但拉娜．朗特里一有個風吹草動，他就像大砲似的飛奔而去。

我知道他們為什麼要這麼做。理由就跟我在網路聊天室跟其他男人打情罵俏一樣，就跟我半夜走在暗巷裡，外套裡藏著刀一樣。因為這是一種快感，感覺很棒，就像酥脆的培根、美味的雞皮。你知道那東西對身體不好，但報酬是如此過癮，即使只有一會兒。我前幾天在推特上看到的梗圖上說了什麼？「一小時光輝燦爛的人生抵過庸庸碌碌無所作為的一生。」對了，就是這句。你已經有了你光輝燦爛的一小時了，拉娜。現在換我了。

三月一日，星期五

1. 德瑞克．斯卡德。
2. 衛斯理．帕森斯。
3. 利多超市結帳櫃檯的酷哥。今天他沒問我需不需要袋子，又在結帳掃碼的時候捏到我的吐司。

公園遭刺殺的男子是一名登記有案的性侵犯

來自里茲四十六歲的長途貨車司機蓋文．約翰．懷特，於一月十九日星期六的晚上遭人刺殺，警方認為這是一次隨機攻擊事件。據電訊日報調查發現，懷特在過去四年是一名登記有案的性侵犯。他在赫爾和紐卡斯爾被判處兩次強姦罪和一次猥褻女性罪。薩默塞特當地警方已經展開謀殺調查，並呼籲目擊證人站出來。

所以說，這頹靡的世界又多了一件好事。我的心情好多了。我光是把那個人渣從大街上剷除就應該獲頒世紀女性獎了。沒辦法，這就是人生。

我推測那就是警方之前跟榮恩提到的內容。他們要找到目擊證人來幫助那個變態大概會很困難。傑夫經過我的座位準備去幫自己再倒杯咖啡。

「傑夫？對這件事有什麼想法嗎？」我把頭版拿給他看。

他跛著腳走過來。「推測是隨機攻擊，沒有金錢損失。警方說他的皮帶是解開的，所以在已知他有前科的情況下，這本來可能是一起性侵案。」

「這樣說來，犯案的有可能是女性嘍？」

「喔，不，我很懷疑。」

「為什麼？」

「嗯，根據各方說法，犯案手法挺野蠻的。警方猜測他是被粗鐵棒或欄杆之類的東西刺死的。」

我睜大圓滾滾的眼睛。「女人就不可能野蠻嗎？」

「不，比較有可能是同性戀之類的。在那座公園就發生過，你還記得去年的事嗎？」

「喔，記得。」

「為什麼這麼問？」

「只是覺得很可怕而已。發生地點離我們的公寓不遠。」

「這個嘛，好好照顧自己啊，孩子。晚上別去那附近走動。你永遠不知道是什麼傢伙潛伏在陰影底下。海洛因成癮的啦、毒蟲啦，什麼都有、什麼都有。」

他離開時我心想：不對，你永遠不知道在陰暗處會找到什麼。吉娃娃啦、拿著壁紙剪刀的二十七歲野蠻女性啦。什麼都有、什麼都有。

三月二日，星期六

今早再次站上體重機——上個月吃的閃電泡芙仍在懲罰我。比聖誕節前胖了兩磅。後果？嗯，其實沒什麼後果。我可以用雙手握住腰部以前的所在位置。真的得多去參加露西爾的有氧運動課了。希望我們家附近的南度烤雞店突然倒閉。還有Krispy Kreme甜甜圈，和星巴克，和Greggs麵包店。

午餐時間左右，我帶上丁可，開車前往爸媽家。味道越來越難聞了，像過期的牛奶，所以等茱莉亞女士重新被關回去後，我拿出我的專用清潔布好好把地毯刷一刷。茱莉亞有了新招來博取我的同情——談論我的父母。目的是讓我心軟，削弱我的情感，這樣我們就會產生信任關係，最終我就會放她走。

「你沒心沒肝是哭不出來的，茱莉亞。」我告訴她。「快回衣櫃裡。」

我確實很幸運，身為一個擁有這些衝動的女人。如果我是男的，他們到現在肯定早就逮到我了。我有可能留下線索，DNA之類的。但我做事的時候向來小心，否則我不會下手。沒有頭髮、沒有體液、沒有足跡。他們找不到我到過那裡的一絲痕跡，除非我希望那裡留下痕跡。

我會把警方和電訊日報那幫傢伙搞得團團轉。不用說，總有一天，他們會回到最簡單的結論，正如奧坎的剃刀理論一樣。兇手不過就是一個心灰意冷的女人外出尋求報復、尋求廉價的快感、尋求鮮血。

我是作曲家。我是造夢的夢想家。

就算我被目擊者告發，社會那潛在的、有時甚至是明目張膽的性別偏見也將對我有利。你必須照著遊戲規則玩。他們以為你柔弱又女性化？那就裝得柔弱且女性化。利用他們的偏見對付他們。然後等他們不注意時，割開他們的喉嚨。

正如偉大的霸子・辛普森說過的，從來沒有人會去懷疑蝴蝶。

三月三日，星期天

1. 我姊姊賽瑞恩，「我們搬去歲月靜好的美國，讓留在英國的每個人都去死一死吧，吉布森。」
2. 阿雷德．瓊斯，他憑什麼是週日電視之王？
3. 賽車手路易斯．漢米爾頓。
4. 社交名媛琵琶．密道頓。
5. 登上OK雜誌封面的所有人。

真是個消磨週日的好方法——帶我的狗到公園散步，晚餐享用愧疚男友所煮的烤羊排，接到姊姊打來把我臭罵一頓的電話。房仲萊拉擅自打電話到西雅圖，告知姊姊我已經把房子撤下市場，那個死豬臉。所以穿著睡衣、全身因為夜裡盜汗而發臭的我，在凌晨兩點接起一通電話。她那裡的時間大約是晚上六點。時差真大。

「蕾？是我，賽瑞恩。」

「喔。哈囉啊，老姊。」我打個哈欠說。

一陣漫長的沉默。「你為什麼把爸媽的房子撤下房市？」

她聽起來彷彿人在某間工廠一端的大鐵桶裡。「是的，我把爸媽的房子撤下房市。」

一陣更長的沉默。「你為什麼那麼做？」她在咆哮，但我幾乎聽不見。

「這裡收訊很差，賽瑞恩。你剛剛是在跟我問好嗎？我很好，謝謝。我背部的老毛病又犯了，但我想坐辦公室就是免不了有這種狀況。除此之外，我一切都好……」

「蕾哈儂，你為什麼*咕嚕咕嚕鏗鏘鏗鏘*撤下房市？你沒有*刮刮擦擦*這麼做。」

「那個房仲在浪費我的時間。我不喜歡她。」

一陣漫長的沉默。「那棟房子是屬於我們兩人的，身為遺囑共同執行人，該怎麼處置房產我們都有發言權。你應該先問過我的。」上次我們說話後，她的西雅圖口音又更濃了。聽起來更煩人。或者可能因為她就是在煩人。

接下來的漫長沉默讓我有足夠的時間在我早已種滿許多漫天大謊的花壇裡再種下另一個謊。「聽著，別擔心，我很快會放給另一個紀錄比較好的仲介。」

長時間的沉默。「你之前為什麼不先跟我討論一下這件事*鏗鏘鏗鏘*？這類的事情我們必須一起做決定。」

我聽得出來說這句話令她難受。這兩個字如鯁在喉，因為我們已經很長一段時間沒有「一起」做任何事了。

「這樣時間拖太久了。說真的，那女的是十足的潑婦，而且她帶來看房子的客人實在是……呃。其中一個人的手臂上還有針孔的痕跡，另一個人我很肯定我在《犯罪觀察》的節目上看過他。」

「真的嗎？」

「真的。」

「什麼？所以她帶他們參觀＊咕嚕咕嚕＊的時候你也在場？」

「是，可以嗎？」

「喔，當然可以，我們可不希望隨便賣給任何人，對吧？」

「沒錯。我打算把房子放給布里奇父子房仲公司。他們城裡的辦公室超漂亮的。全新的地毯，浴室放的是Jo Malone的洗手乳。沒問題的，真的。我在處理了。」

「喔。」她說。那是被說服的「喔」還是消極放棄打退堂鼓的「喔」？我不知道。接著她說：「你需要我這邊幫忙做些什麼嗎？」

「不用了，謝謝。等我把房子放給房仲後，我會寄給你詳細資料。應該不用幾天就會出現在他們的網站上，我再把連結寄給你。好嗎？」

一陣沉默。「嗯，好。謝了。」

她真容易滿足。要是她真的那麼擔心，早就搭上下一班飛機飛來這裡，弄清楚我到底在搞什麼鬼。但她做不到，因為她很害怕。那大我三歲的親姊姊，多三年的智慧、住在四千英里外的姊姊，非常害怕接近我。

「房屋清潔公司呢？」

「那我也正在處理了。」我說謊道。「話說你好嗎？我的小外甥和外甥女怎麼樣啊？艾許喜歡他的玩具砂石車嗎？」

一陣沉默。「嗯，他們都很好。」一陣沉默。「好，那選好新的仲介公司再通知我，好嗎？」

「嗯哼，沒問題，拜！」我掛斷電話。我回到自己的生活，她回到她孩子身邊、她的獨棟豪宅、泳池、爆米花和Twinkie海綿蛋糕，以及她那群一邊拿著啤酒罐乾杯一邊觀看超級盃的美國佬朋友。姊妹對賽瑞恩來說不值錢，尤其是「精神錯亂」的姊妹。

我擷取螢幕上的一棟全新仲介公司，花了整個下午修圖寄給她看。就在我要睡覺前，她回信了。

「謝謝你用心處理。但願我們能盡快處理掉那棟房子。保重了，小妹。」

小妹那兩個字意義不大。小妹的意思是「一旦房子賣出去了，我們就能從此斷絕所有聯繫。」小妹對她而言代表曾是她妹妹的我，在我「發瘋」之前。小妹是一片OK繃，封住我聽見她對我們的母親、父親、奶奶說過的話。

「我討厭她、我討厭她、我討厭她。」

「為什麼你們不能再把她送走一次？」

「這個家唯一的癌症是蕾哈儂。」

「他死的時候蕾哈娜跟他在一起。萬一是她殺了他的呢？」

三月五日，星期二

1. 葛瑞格。
2. 咖啡廳裡在我前面點了將近十八種不同口味拿鐵的傢伙——還有，你屁股太大了不適合穿那條短褲。
3. 在Boots藥妝店詢問我的營養補充品是不是「醫生推薦」的混帳藥劑師。你以為你是醫生啊？儘管讓我買我那該死的私處維他命就對了，你這狗娘養的醜八怪。
4. 大清早六點鐘邊吹口哨邊走到停車場準備上班的傢伙。
5. 小偷——我們家遙控器的電池、半包的冷凍甜椒和一捲膠帶肯定遷移到了惠特克太太家的領土。

今天早上到目前為止還挺戲劇化的——榮恩和克勞蒂亞與市長見面，榮恩說AJ應該留在會議室（當然，是等他煮完咖啡之後），好讓他多學學一些市政和地方政治。過了一會兒，榮恩的辦公室大門打開，AJ幾乎是用跑的跑了出來。

於是我跟著他來到員工休息室。門是關的，水壺在瓦斯爐上滾得嘶嘶作響。他坐在扶手椅上，臉埋在兩手之中。

「嘿，你還好嗎？」我問。我關掉瓦斯爐，在他旁邊的沙發坐下，刻意忽略那坨在那裡已經好幾個禮拜、卻沒人承認是自己弄的鱈魚子醬。

「不好。」他啜泣著說。

「怎麼了？」

「哎，沒什麼。只是在榮恩和市長和所有人面前出了大糗。」

「跟我說說。」當下感覺是揉揉背的時機，所以我伸出手來。

「市長正在聊她的女兒，結果我開玩笑說要帶她去城裡，把她灌醉，醉到像少了一條腿那樣走不動。」

「喔。」

「我哪知道她真的少了一條腿啊，對吧？」

我為他感到尷尬。「嗯，酒駕。」

「我知道，萊納斯剛剛告訴我了。他也在裡面。他說市長可能會控告我情緒虐待。」

「他在開玩笑，AJ。他只是想看你失控。」

「如果我知道的話，絕對不會那樣說的。打死都不會。」他又開始哽咽。「後來我對她說的一個笑話哈哈大笑，可能有點笑得太用力了，為了彌補腳的事情，我說我要笑出心臟病了。」

「喔，天啊。」

「我怎麼知道她老公在住院中？」

「大家都知道！」我大笑著說。

「我不知道啊！」他說著，顯然沒心情笑。「我不能回去那裡，我辦不到。萬一他炒我魷魚怎麼辦？我需要錢去旅行，蕾。」

我再次揉揉他的背，沿著他起伏的脊椎一路往下。「沒事的。克勞蒂亞知道你不會故意說些無禮的話。她會替你求情的。」

「市長怎麼辦？我傷了她的心情。」

「嗯，反正她本來就是個神經病。」

「天啊，你該看看榮恩的臉。他現在超討厭我的。他覺得我害他丟臉。克勞蒂亞阿姨看著我的樣子，我大便在地毯上的時候，保姆的表情就是那樣。」我皺眉看著他。「我那時才三歲。」

「好吧，那我想情有可原。」

我把我的手從他背後移到他的前臂，一邊輕撫一邊看著他。我可以感覺到他的雞皮疙瘩。「走吧，你去補補睫毛膏，我來幫他們泡咖啡。我們樓下見。這不是什麼嚴重的事。AJ，相信我，好嗎？」

「好吧，謝了，朋友。」

「嘿，我中午在惡作劇商店買了一些放屁糖。那些糖是可溶解的。」

他露出燦笑，但眼睛仍然淚汪汪的。「你為什麼要跟我說這些呢，路易斯小姐？」

「這個嘛，我想西斯吉爾先生很快就要喝他每天一杯的卡布奇諾了。那些糖在我辦公桌的抽屜裡。」

市中心和採石場之間的舊道路上又發生了另一起嚴重的性侵事件。一樣是兩名男性，開著一輛亮黑色或亮藍色的福特廂型車。最新的受害女性——這位的年紀大約五十多歲——向警方描述了清楚的相貌。警方「相當肯定這三起性侵案是由同樣的雙人組犯下的。而且在調查工作進行的同時，仍非常囂張地持續作案」。我在思考我是不是也該開始刷存在感了。

稍晚，AJ跟我說他和榮恩及市長重修舊好的經過。卑躬屈膝，低頭賠罪。我不意外。他擁有可以融化鐵石心腸的迷人笑容。你不可能氣他氣太久。還有那個翹臀，天啊。沒人能對那樣的翹臀生氣。

❖

天啊、天啊、天啊，我才剛吃完午餐回來，葛瑞格就告訴我他想要一個孩子。

這個想法是打哪兒來的？！

我今天完全沒有心理準備聽到這種事。他大概想在我們之間搭起一座橋梁，因為自從他搞上拉娜，我們之間就出現越來越大的鴻溝。我犯了致命的錯誤，竟然從我冰冷的黑心肝撈出好意，帶培根麵包捲和美式咖啡給他。當時他正在商店街裝修一間店面。我的新涼鞋剛踏進店面，就沾滿白灰，本來幹話連連的閒聊也立刻停止，因為當然了，如今有女士在場。他那胖嘟嘟的朋友史蒂夫沒有跟我有眼神接觸，或打聲招呼，全心全意沉醉在刨木頭的工作之中。

「我以為你今天中午也要工作？」葛瑞格說。我想他很高興見到我。他還是露出了微笑。可能是麵包捲和酥脆培根香的關係。

「是沒錯。我只花了十五分鐘吃些東西，然後想起來你在這附近。」

「喔。」他說完，在我臉上親了一下。這可真叫人意外。我們已經幾個禮拜沒有那麼親暱的舉動了。最近，我們最接近肢體接觸的情況，是他把洗澡海綿疊在我浴缸旁邊的洗澡海綿上方，像某種陰毛口味三明治。

「史蒂夫的老婆早些時候帶他們的寶寶過來探班。她剛從百貨公司回來，買了超級可愛的衣服——黑黃相間，像隻小蜜蜂一樣。」接著，他拿出手機，給我看一張他拍的照片。事實上是兩張——他不停前後滑動那兩張照片。「看看他的小腳丫。」

「你的手機為什麼會有別人家孩子的照片啊？我需要通知警方嗎？」

他放聲大笑。「只是覺得很可愛罷了。」他的眼神閃閃發亮，從剛剛說完「謝謝你送培根麵包捲過來」至今仍在揉我的背。

「我不要孩子，葛瑞格。」

他再次大笑。「說不定會讓我們變得更親密啊，這種事很難說。」

「是啊，是會讓我們變得比較親密，接著就會把我們硬生生分開。你讓我無聊的卵子受精，然後每天跑去工作，留我一個人在公寓裡，全身沾滿屎味，哭到眼睛瞎掉。」

「不會那樣的。」

我看了他一眼。史蒂夫什麼的——我忘了他的姓——拿著另一塊木板經過。

「剛才我老婆帶孩子過來的時候，他整個人父愛爆棚。」

「我聽說了。」我回答。

「你要小心點，蕾。」另一個牛仔褲沾有白色油漆的胖傢伙說。「今晚他會求你跟他好好來一發。他整個早上嘴裡就只有這件事。」

「喔，那麼我很期待。」我微笑，翻了個白眼，彷彿他一天到晚都是這副德性。

事實是，葛瑞格並沒有一天到晚這樣。他從未提過小孩的事，從來沒有，甚至沒有表現過對小孩有興趣的模樣。我好奇最近這興趣是打哪兒來的。後來，我稍微拼湊出一個答案——拉娜。他已經好幾天沒跟她見面了。我好奇他是不是決定斷了——或是她決定斷了。以他們之前的見面頻率，不太可能是自然而然斷掉的。

「所以我們今晚可以聊一聊嗎？」他壓低聲音說著，慢慢把我拉到門口，不讓其他人聽見——他們現在正著迷地貼印花壁紙和漆裝飾線板。「就只是聊聊。看看我們對小葛哈儂有什麼感覺？」

「葛哈儂？」

「是啊。還是你比較喜歡蕾哈格？威金斯寶寶。我們能不能至少聊一聊呢？」

「你可以聊，我會坐在那裡嘲笑你。」

他朝油滋滋的麵包捲咬了一大口，再痛飲一口咖啡。「別這樣嘛。我們已經在一起將近四年了。你一天不比一天年輕了，你知道。」

「你也一天不比一天好看了。」

他停止咀嚼。「你是希望我們先結婚嗎？」

「不是。我是說，我從來沒有想過這件事。」我說著，啜飲一口拿鐵，看向外面的街道。一個推著購物車的老太太停下來跟花盆邊的一隻知更鳥說話。「到時候教堂裡的女方親友那邊會很空，不是嗎？」

「不要緊，我們可以登記就好。去葛雷納．格林教區。奈傑爾就是這樣，住了一間很棒的旅館。」

「喔，真棒。聽著，這個話題我們可以改天再談嗎？像是我沒有站在一堆木屑上，盯著你口腔內部的時候？」

「謝謝你帶食物過來。」他嘆口氣，拿著揉成一團的麵包店紙袋和咖啡爬回梯子上。這次沒有親我。嗯，我心想。這可能是個敲門磚。生個寶寶拯救關係，否則就跟他分手。也許我們已經往分手的滑水道上爬了好一陣子，如今他決定放下滑水墊，滑下去或離開。

一個微小的念頭閃過腦海──我必須討好他。我必須以大局為重。

我站在門口，把我的選項在內心權衡一番。接著，我直接脫口而出：「好吧，我們今晚來談一談。如果這是你要的。」

他面向梯子的臉轉了過來，嘴巴仍塞滿食物。「真的嗎？」

「嗯。我們去吃南度烤雞，然後好好談談。我們來談談你要怎麼搞大我的肚子，好嗎？」

他羞紅了臉，東張西望看著其他夥伴，他們停下黏壁紙和鋸木頭的工作，現在全驚訝地看著他。

我離開那裡，感覺自己彷彿長高了三英寸。

❖

另外，萊納斯今天下午跑了非常多趟廁所。

三月七日，星期四

這陣子，葛瑞格充滿各種浪漫舉動，不用說，全是內疚感作祟，但我還是享受其中。昨天，我問都不用問他就幫我買了一罐巧克力醬。今天，他買了在城裡一間禮品店看到的小蘑菇夜燈回家，「因為他知道我喜歡所有森林相關的鬼玩意兒。」真感人。

葛瑞格覺得他準備好了；我覺得我還沒。他想在死後為自己留下什麼；我想得到一紙出書合約和一間有蜂窩的度假屋。他想要一個「兒子一起踢足球，教他騎腳踏車」；我想要小一點的屁股和森林家族的新浴室。

但我妥協了。因為我人就是那麼好。

「好，來吧。」我說著，不再爭執。「我們來生寶寶吧。」

「你確定嗎？」

「確定。我會停止吃避孕藥，然後就上吧。」

這樣的鼓勵對他而言就已經足夠。我們從南度烤雞店一回到家，就直接上床做了起來，直到隔天早晨才再次看到陽光。即使他上次與拉娜見面至今，肯定已經洗了好多次澡，但我滿腦子想的都是她在他老二上留下的壁蝨。噁，天啊，還有她肛門上的細菌。我再三希望他有好好刷洗，也希望他有用我持續留給他的抗菌肥皂。

天啊，我的犧牲可真大。

今天早上，我們又做了一次。他一睜開眼睛，就把鼻子湊近我的頸部，在我耳邊喃喃低語。可惜，我的陰道完全不配合。他拚了命用嘴巴吸，用手指插，卻依然乾枯，連一隻死掉的沙鼠都比不過。

「算了。」我說。「直接進來吧。」

「已經進去了，你沒濕。」

「這不是我的錯。你的前戲做得不夠，我不夠興奮。潤滑液給我。」今天再多的潤滑液也不足以讓我那裡成功上工。「手機給我。」他從床頭櫃抓起手機。「給我五分鐘。我找一下社區護士和那五個黑人的色情片。」

他翻身躺回去，嘆口氣，雙手擱在後腦勺。

就在點進色情網站PornHub之前，我在網路上看見某樣東西，立刻讓褲襠附近出現悸動。我的手機螢幕從電訊日報新聞應用程式跳出一個通知：

西南區是否有個連環殺手出沒？

報導提到蓋文．懷特，但把他的事件跟幾個月前在倫敦發生的三起命案串連起來，因為所有案子的相似度高得驚人。公園裡的男子遭到刺殺後死去。最奇怪的是——其中有兩名男性都叫蓋文！

另一個叫克里夫。

我的公園男跟一個真正的連環殺手調查案連在一起，牽扯到他媽的倫敦警察廳！我的公園男讓我聞名全國（算是吧）。我的小穴砰砰跳動著，真實跳動著。

所以沒錯，八卦網站，你可以把我歸類為因異常行為而性慾高漲的人。但我從來、從來不曾尿床，或虐待小動物。除非你把聖誕節那天丁可興奮地看見我在吃薄荷巧克力，結果我全部吃光只留了空盒給她也算進去的話。

「我準備好了。來吧，放進來。」

葛瑞格似乎喜歡這樣強勢的我。我閉起眼睛，我們真的卯足全力上了，把床頭櫃撞得砰砰作響，這種事從沒發生過——這鮮少是問題。到了某一刻，我聽見床墊底下傳來斷裂聲——是床架的其中一塊板條。該死的IKEA。

最後一刻，他一邊粗暴地啪啪啪，一邊重複著「我要射了、我要射了。」，我也大叫「他媽的快射吧！」我命令他深深射進我的體內。他立刻用力往我挺進。我的雙腿緊緊夾住他的背，他也往枕頭裡咆哮。你知道你準備高潮前的那一刻吧？你知道你會在腦海閃過一個帶你到「天堂」的畫面對吧？對我而言，那個畫面是蓋文．懷特。在我體內的，是沐浴在自己的血泊中、奄奄一息的他，我的手抓著刺進他頸部的剪刀。射進我體內的，也是氣喘吁吁、最終死去的他。我的手放在他平靜、冰冷的胸膛上。

「幹，好爽！」葛瑞格滿頭大汗，嘆口氣說。

我們熱到出汗的太陽穴貼在一起，看起來想必是一個有意義的時刻。一對相愛的情侶，一對試圖生寶寶的情侶。事實上，只是一對情侶躺在床上；一人想要寶寶，另一人仍繼續服用避孕藥，心裡想著一個垂死的男人。

我跟葛瑞格做愛時很少高潮——通常，我必須等他去浴室的時候，心裡一邊想著瘋狂麥斯的湯姆．哈迪，一邊用按摩棒自行解決——但今天不一樣。今天是全新的一天。他從浴室出來後，我走進去，把他的精液流進一個果醬空罐中。

三月八日，星期五

1.「可以的話用煤渣磚狠狠打我臉的」萊納斯．西斯吉爾。
2. 拉娜．朗特里——業務助理兼超級蕩婦。
3. AJ——我終於知道這是哪兩個字的縮寫了。十足的叛徒（Absolute Judas）。

今天我的不爽指數達到了新高點，連我都不知道自己有這個能耐。到後來，我不得不起身離開辦公室，唯恐我會把咖啡杯朝榮恩的窗戶扔過去。迫使我差點大開殺戒的，共有三件事：

1. 每個人的手機都響個不停，連雜工艾瑞克也不例外。鈴聲一整天響遍整個辦公室，像吹著求生哨的垂死消防員。
2. AJ開始幫黛西做花生醬香蕉吐司，並坐在她的辦公桌邊閒聊。而且他沒有忘記在她的咖啡裡加糖（不像他老是忘記幫我加兩顆Canderel甜味劑）。
3. 萊納斯不僅把「暴動愛侶」的照片和文章佔為己有，甚至申請了照片的版權。目前那張照片在社群媒體上已經被分享了——聽好了——超過十三萬五千次。但不只如此，喔，不。

今天，那懦弱的畜生邀請了暴動愛侶本人到辦公室，把他們介紹給大家！

「各位，這位是山姆，而這位是黛利拉。聖經故事裡的山姆森和黛利拉就活生生在你們眼前！我們總算找到他們了！」

所有人齊聲鼓掌，個個宛如巨大的惡性腫瘤，而以聖經命名的那兩個青少年駝著背，尷尬地站在那裡——他穿著緊身牛仔褲，腰間掛著腰鍊；她把外套袖子拉長蓋過雙手和立可白的痕跡，萊納斯的雙手放在兩人的背上，就像在拉繩子操縱他們。

我從未見過比他們更不像聖經人物的人了。

萊納斯帶他們兩人進入榮恩的辦公室喝咖啡吃杯子蛋糕，款待「他們在電訊日報的朋友」。猜猜是誰得外出跑腿買蛋糕？猜猜是誰不知道那些杯子蛋糕是要給誰的？再猜猜是誰不准進榮恩的辦公室參加？

我在座位上氣得七竅生煙，雙眼直盯著榮恩辦公室的門，直到傑夫帶著飛鏢比賽的分數跛腳走過來讓我輸入的那一刻，我立刻從位子上起身往前走。

然後，我就這樣一直往外走出去。

這天天氣很好，但就算不好，我也不會掉頭回去拿外套。最後，我來到公園一處安靜的地方，在樹下的一張長椅坐下，直接哭了起來。真希望有丁可在我身邊。她通常會在這種時刻、當一切變得難以承受的時候舔舔我的臉。但今天她和惠特克太太出門了。附近沒人看見或聽見我在哭。但話說回來，我他媽的習慣了。從來沒有人會看見。

我不記得上次好好大哭一場是什麼時候了。哭聲聽起來緊繃又尖銳；內心湧上一股純粹被討厭的人所激起的憤怒。我腦中的飛彈對準太多不同的東西，無法把它們一一分開。是工作的關係，也是葛瑞格，也是那群甩友，以及她們不斷在臉書上更新自己生活有多迷人的貼文。

是山姆和黛利拉，是賽瑞恩在美國的美好生活，是爸和媽，是德瑞克．斯卡德。

我想殺了這個世界。真實世界沒有任何美好，沒有什麼值得我活下去。每個人都得去死一死。

也許上帝，或不管天空那朵雲上的是什麼人，可能從修道院花園街事件開始就一直企圖告訴我——沒有好事會發生在我身上。是有些零碎的好事——暑假在爺爺奶奶家的時光。茱莉亞離開後的校園生活。我和葛瑞格剛交往的時候，甚至是當我剛拿到編輯助理的工作、而萊納斯．西斯吉爾還沒加入電訊日報的時候。

我走回辦公室擦眼淚時，甚至沒有人注意到，也沒人問我剛才去了哪裡。宣洩情緒是非常健康的事，但要是沒人看見又他媽的有何意義呢？

今天下午，AJ跟拉娜聊了十五分鐘。他坐在她辦公桌的一角，在那裡喝光了整杯咖啡。

我想起我那套名牌刀具。我想像那把剁刀抵著他那健壯的頸子。要是他知道我的能耐就好了，要是所有人知道這個安靜的小甜豆能幹出什麼樣的事情就好了。

三月九日，星期六

1. 在社群媒體留下沒有意義的近況更新——例如：我剛剛吃了一些吐司或為什麼我整個早上腦中都是《幸運來襲》這個遊戲節目的主題曲？或我想自殺。你想自殺？！去讀一讀你的近況更新貼文吧。你讓一個渾身著火的人還想拿汽油往身上淋呢。
2. 像潑婦罵街一樣隔著馬路大聲聊天的人。
3. 怪人紅髮艾德——今早他牛仔褲拉鍊沒拉，在公車站附近閒晃，一邊唱著凱蒂．佩芮的〈煙火〉。唱得很難聽。

今天早上，葛瑞格去外面倒垃圾時，把手機留在家裡無人看管。他的相簿裡有一張新照片——是自拍照。他和拉娜躺在床上的照片。躺在我的床上。他用鼻子湊著她。她咯咯嘻笑。兩人因為性愛過後而幸福得容光煥發。我把照片傳到我的手機。那鬱悶的感覺又回來了。

所以我下了個決定。幸運的是，整個宇宙似乎也支持這個決定。今晚，葛瑞格出門去溫布利球場觀看馬德里某某隊對上國際某某隊的比賽（我根本沒在聽——我只聽見關鍵字「在奈傑爾家過夜」，便感謝上帝我不必在今天的比賽結束後，迎接另一場乏味的做人計畫）。同時，我爸媽家的鄰居亨利．克普斯，這週末到南部的康沃爾郡度假去了。旅伴是「在橋牌社認識的安妮」，他們「只是朋友，僅此而已」。

由於以上種種，今晚我要殺了茱莉亞。

我本來還沒打算下手，但有鑑於這禮拜發生的一切，必須有東西付出代價。香甜玉米片再多，我頂多只吃得下幾碗。對我而言，千里迢迢過去餵她吃東西、威脅她保持安靜，已經不再有趣。「我朋友在監視你的孩子」這種屁話目前屢試不爽，但現在我只希望她快點消失。此外，我一直手癢想試刀。那些刀具因為期待而頻頻震動著；我感覺得到。我得先把丁可放到那個小偷惠特克太太家，一會兒見……

❖

叮咚，女巫死了

現在是晚上十一點十七分，我剛剛到家。今天真是有趣的一天，幾乎讓我想起我和她的過往時光。只不過這一次，口出威脅和無端使用暴力的人是我，而她像個婊子乖乖坐在那裡承受。

我剛到的時候，她又企圖咬破繩子。結果害她又丟了一根手指。另外——我的新刀具是全世界最棒的。銳利能幹，冷酷無情，根本不需要我的存在。

我丟了一把巧克力豆給她——全是藍色的，是聖誕節巧克力綜合禮包的最後一個。她在地毯上爬來爬去，咬都沒咬就直接吞進肚裡。

「我受夠你了。」我說。「你今晚就離開。」

「回家？真的嗎？」她哭著說。她相信我，甚至詭異地向我道謝。要是我被鎖在一間房裡超過三個月，十根手指還被切掉三根的話，我才不會向我道謝。

「走吧，現在外面天色夠黑了。我載你回去。」

我說我們要搭亨利那輛停在車庫裡的車。我帶她走下樓梯，穿過通往車庫的側門時，她的手腳仍被綑綁著。我把燈打開。

「我真的不會去報警。」她說。「我認真的。我會編些理由。我會保護你。你可以打電話給你朋友嗎？你說一直在監視我孩子的那一個？」

「根本沒有人在監視你的孩子。我說謊。」

「什麼？」

「我為了讓你閉嘴說的謊。」

說完當下，我就殺了她。我知道我不能在房子裡殺她，因為我不知道如何正確使用蒸氣清潔機清理地毯，所以不能冒險讓地毯沾上更多鮮血。塑膠防水布覆蓋著亨利的古董車，看起來是相當適合的地點。所以我在車庫下手。

我用的是刀具組中最小的一把，但天啊，效果太好了。一個手起刀落，就直接劃開她的脖子，乾淨俐落。嗯，也算不上乾淨啦，幸好大部分的鮮血都落在防水布上。你有沒有清洗過水泥地上的鮮血？簡直惡夢一場！她轉身緊緊抓住我，我繼續刺她的正面。她那骯髒的雙手死命握著我的前臂時，我把水果刀刺進她的脖子，拔出來，然後是她的胸骨，再拔出來，然後是她的胸口，再拔出來。鮮血源源不絕。我抓住她的頭髮，把她推倒在地，免得衣服沾上鮮血。我站在她的正上方——十一歲的我緊緊攀在我的背後，我們一起彎腰，看著奄奄一息的她，最後一次凝視她那惡毒的雙眼。

「還想當我最好的朋友嗎？」這是她死前聽到的最後一句話。

我想這就是我喜歡死亡的原因——死亡是一種完全的服從。你殺了某人，那人就會死。你亮出刀子問別人問題，對方每一次都會回應，毫無疑問。沒有藉口、沒有第二次機會、沒得反悔。我怎麼說，對方就他媽的怎麼做。那是非常美麗的事。

我沒有把她埋在爸媽家後院的森林裡——雖說沒錯，那樣比較簡單，但我有別的計畫。她需要被人發現。前往採石場的路上，廣播電台正好播著Prince的精選，所以我沿路跟著歡唱。夕陽西下，空氣溫和，微風從敞開的車窗吹進來，輕撫我的臉，感官享受令人滿足得無以復加。以前欺負我的惡霸在後座變得越來越冰冷，十一歲的我坐在隔壁的副駕駛座上，跟著名曲Let's Go Crazy高歌。

路上車水馬龍，但來到前往採石場的鄉間小路上之後，路變得越來越狹窄，越來越安靜，灌木叢和樹林也越來越茂密，最後路面寬度只夠讓卡車單向行駛，完全不適合行人或遛狗的人行走。這條小路陡峭又蜿蜒，只有我的車頭燈照亮前方。等我抵達山頂，開車進入主要停車場時，Prince已經高聲唱完他大部分的歌曲，電台DJ接著轉換曲目，播起九〇年代的經典金曲。我關掉收音機，抓住她的腋下把她從後座拽下來。山頂上沒有葬禮，沒有悼詞。我只是做完該做的事，把她踢下坑洞。

我聽著她沉重的屍體沿著斜坡滑下，發出嘶嘶聲。隨著速度越來越快，碎石也跟著飛快滾動；響亮的爆裂聲，濕漉漉的水濺聲。悅耳的春蟲在草叢中鳴叫，還有石頭滾動的聲音。直到最後一塊石頭靜止了，至此無聲無息。我站在巨大的坑洞頂端，呼吸夜晚的空氣，讓它充滿我的肺。我終於釋懷了。真奇妙。

好吧，八卦網站，我承認。我得舉雙手坦承，今晚我玩得挺開心的。

三月十日，星期天

星期天，我、葛瑞格和丁可受邀到葛瑞格的爸媽吉姆和伊蓮的家吃中餐。一切一如往常——沿著海濱漫步，接著享用烤牛肉和滿滿的佐料，然後在草坪上喝茶，欣賞他們剛剛種在花園中央的各種新植物。今天下午額外的環節是與吉姆談論模型船這個艱澀話題，以及與伊蓮相處了空虛的半小時聽她聊著最近在電視購物買的新東西（這女人非常著迷）和她上次在婦女協會參加的咖啡早茶會。我有一次笨到問她要不要我去跟婦女協會聊聊我的小說或我的記者職涯。

「我不確定她們是不是正確的目標聽眾。」她說。

不，因為她們寧願聽某個叫凱斯・卓恩的傢伙談論他的門把收藏，或看某個叫珍的老太婆示範如何用該死的柳條製作娃娃推車。

他們都已經退休了。過去，他們住在城裡，但兩年前買下海岸邊這間亮黃色的房子。這間房子總是讓我想起一大塊的檸檬蛋白派。吉姆在該地區擁有少量房屋和公寓物業組合。他們本身並沒有什麼討厭之處——吉姆這個人無聊透頂，伊蓮則是太神經質了，距離精神崩潰只差一根稻草——但總之，與他們共度的星期天永遠不是非常愉快。他們也上教堂，兩人都不說髒話，這表示我也不能說。所以有他們在旁邊的時候，我就會讓自己進入甜美女友的版本。而甜美女友從不說髒話或放屁或不小心提供意見。即使他們大錯特錯，也不能與吉姆和伊蓮吵起來。這全是表面工夫的一部分。

當然，最後笑的人會是我。等他們發現他們心愛的兒子是他媽的連環殺手時，肯定會雙雙中風。

晚餐，我們吃了烤羊肉——每個人的分量大概可以餵飽一家五口——後來，我們在客廳看羅傑·摩爾主演的龐德電影時全部看到睡著。丁可背著我們偷偷吃掉流理台上沒吃完的羊肉，後來又全吐在吉姆種的玉簪花上。

我夢到我在學校，正在游泳比賽的現場。十四歲的時候，我贏得了蝶式項目的比賽。一面大大的金牌，而且沒有茱莉亞。我睡掉了整個古董估價節目，甚至連那個安妮女王時代的櫃子是多少錢都不知道。

三月十一日，星期一

1. 在臉書貼文上標記你／加你入社團的人——例如「伊梅達的婚前單身派對——托旁樂園的狂歡轟趴！！！」——所以現在我不得不參與所有的規劃和點子發想。禍不單行，你的名字就是我。

即使我懷疑過夜晚的苦工是否真的能提供我某種治療單調生活的解藥，今天星期一早晨也消除了這份疑惑。我的心情非常美麗。

整個週末都沒有做惡夢，而今早有人發現了茱莉亞的屍體——採石場的工頭向警方報案。榮恩在會議上提起這件事。

我竭盡所能面露震驚，但內心有如香檳泡泡般喜悅。黛西為了茱莉亞的孩子而哭，然後為了自己的孩子哭。我很驚訝得知黛西竟然有孩子。她的屁股超窄，豆子都很難從裡面滑出來，更別說是一個八磅的嬰兒。

「可憐的姑娘。」比爾說。

「無法想像她都遭遇了哪些事。」卡蘿說。

「但願她沒受太多苦。」保羅說。「真是個混蛋。」

我硬是擠出一滴眼淚，傑夫揉揉我的肩膀。稍晚，克勞蒂亞要我和強尼去醫院一趟，報導一場慈善募款活動。要我參加這種事，等於在我身上潑汽油點火，但起碼我的表面工夫做得完美無缺。

萊納斯結束警方記者會回來時心情很糟——他因為保險桿上的貼紙被警察攔下來，而每個不小心碰到他辦公桌的人，他都想和對方打上一架。他過來問我能不能借他口紅膠時，我和AJ偷偷擊掌叫好。

我希望這種開心的感覺不會消失。我好奇對其他人而言，這種感覺可以維持多久，如果有人無時無刻都像這樣開心滿足的話。對我而言，這就像吃完中國菜——前面二十分鐘左右覺得酒足飯飽，直到你開始想到自己剛剛吃下了多少熱量和袋子裡剩下的蝦餅。修道院花園街事件過後，我花了六年時間才回到相對正常的狀態。我找回我的聲音。我的雙腳終於可以走動，最後甚至可以再次奔跑。但快樂的感覺卻始終沒有回來。憤怒倒是以兩倍的程度返回，也許是憤怒把所有的快樂給吞噬了。

下班後，繞去爸媽家一趟，剪掉車庫裡血淋淋的防水布，把所有東西都洗乾淨。茱莉亞的血已經乾掉，變成黏乎乎的血漬。我爬過亨利的柵欄，把血漬分批倒進他的戶外壁爐裡。我移除臥房牆上的吊環，用蒸氣清潔機清洗地毯，用填縫劑把孔洞填滿漆上油漆，再把繩子折好放進包包後，再也沒有任何能證明茱莉亞來過這裡的跡象。完成後，我坐在亨利後院的一張躺椅上，用水晶杯喝著他的雪利酒，一邊看著防水布在烈焰中熔化。我拿出手機看葛瑞格和拉娜的性愛自拍。今天感覺沒那麼糟，就好像茱莉亞已經幫我洗淨了那股憤怒感。

丁可坐在我旁邊的草地上，頭擱在腳掌上，抬頭看著我；看起來就像在說：「你好奇怪。」

三月十四日，星期四

1. 在水石書局替她扶門，卻沒跟我道謝的輪椅女士。太沒禮貌了吧？
2. 利多超市外，因為丁可對著他們吠叫而罵她是「小兔崽子」的一對老夫婦。我要幫丁可說話，是他們突然冒出來，所以錯的是他們。忍者祖父母＋最近受創的吉娃娃＝大屠殺。
3. 發明小亨利吸塵器的人——軟管太短，集塵袋一下就滿了，比一輛十噸的卡車還重。謝天謝地我們家只有臥室鋪地毯。

今天又來了一封小說婉拒信，這次是來自塞林格、烈士和瓦迪出版社。我在推特上追蹤了該出版社的幾名經紀人，發現我的寫作風格似乎會適合他們。看樣子不是。「你的文筆很特殊，但可惜與我們的風格不太符合。容我藉這次機會祝你巴拉巴拉巴拉……」我甚至已經不在乎了。肯定的是，我不會再喜歡他們那些愚蠢的貓咪梗圖了。

工作就像烏龜背上的一坨屎，爬行的速度還慢上兩倍。我們的萊納斯．西斯吉爾正在準備他的後續報導「暴動愛侶大揭密」，克勞蒂亞整個早上都處於一個難以言狀的憤怒當中，把氣出在任何膽敢招惹她的人身上（就是我），我則做些一直以來的無聊工作。AJ又回頭與我打情罵俏，做花生香蕉吐司給我吃，對拉娜完全置之不理，不幸中的大幸。

廂型車強姦犯仍然逍遙法外。我要把他們找出來。還沒，但快了。我要帶上剁刀，一直渴望嘗試一下。我好奇如果力氣夠大，是否能夠完全切斷手腳，還是只有一半。我猜是取決於施加的力道有多大吧。我還是記得以前學校的自然科學課教的一些東西的。

同時，丹．威爾斯的母親與警方一起用兩萬英鎊懸賞與他的死亡情況相關的情報（例如是誰剪斷他的老二）。雖然目前尚未有人出面，但叫人有些顧慮。還不到需要擔心的地步，但絕對還算不上脫險。

AJ想去The Basement吃中餐，那是一間學生常去的店，地板總是黏黏的，播著震天價響的電子音樂，有賣冰沙、鮪魚起司三明治和梅毒。我建議去The Roast House——位於長春花巷的獨立咖啡廳，比較符合我挑食的胃口。店裡播放輕柔的爵士樂，座位上鋪有舒服的軟墊，如果你能習慣客人三不五時對不新鮮的水果蛋糕提出抱怨的話，這裡是安靜坐著觀看世界的好地方。他們沒有高級的咖啡機，所以沒有連鎖咖啡廳常聽見的玻璃碰撞聲或嘶嘶作響的蒸氣聲。今天天氣很好，我們坐下來喝了杯咖啡，然後外帶一些香腸和焦糖洋蔥三明治到教堂邊的墓地。我把住在樹下那個流浪漢的事告訴他。流浪漢的腳從低矮的樹枝間伸出來，我們試圖用洋蔥圈在他的大腳趾上玩套圈圈。

「你覺得這裡怎麼樣？還喜歡嗎？」我問他。

「喜歡，這裡很棒。比斯特拉亞冷，不過沒差，大家人都很好。克勞蒂亞阿姨說榮恩目前對我的工作表現挺滿意的。」

「你和市長成了朋友嘍，對吧？」我眨眨眼說。

他不好意思地笑了。「是啊，她很酷。我把事情鬧太大了，我老是幹這種事。她跟我聊到他兒子去美國旅行的事。我很想去那裡看看。」

「所以你還是計劃六月離開嘍？」

「嗯。我還沒好好看過英國，所以我只是想賺點錢然後上路。」

「你要去哪裡？」

「先稍微把英國繞過一遍，然後是歐洲。我也想去看看俄羅斯，然後去印度和一些朋友碰面，再回澳洲。我所有地方都想去。你喜歡旅行嗎？」

「不喜歡。」我說。「從沒想過。你去旅行，克勞蒂亞沒有意見嗎？」

「沒有。她說她從來沒有做過這種事，所以她希望我去。她一直對我很好，但她大概也會很高興能拿回自己的房子。」

「我完全沒有旅行的渴望。」我說。「我和葛瑞格幾年前去了賽普勒斯。受不了，太熱了。我想我就是個宅女。」

「可是你難道不想在死前多看看一些地方嗎？印度？馬來西亞？也許是澳洲呢？」

「不會。」我說。「我只想要一個穩定的生活。我想要一棟有四扇前窗和兩個吊籃的房子，一個可以種東西的花園，一片大草坪讓丁可跑跑跳跳。好一點的工作，和一份出書合約。這樣的要求不算太過分，對吧？」

我們吃著三明治，當下一片沉默。我感覺到他有事想問我。

「下班後你想去喝一杯嗎？馬路對面那間酒吧看起來……」

「像糞坑？」我說。

「喔。」他說。「那商店街上的那一家怎麼樣？」

「維斯朋酒吧？」我大笑。「是啊，如果你想被揍成豬頭，或是食物想被吐口水的話。」

「呃，算了。」他紅著臉說。「只是一個想法。」

「我有男朋友了，AJ。」

「喔，天啊，不是啦。我不是指約會那類的，只是想約個朋友。約個同事。我們可以聊聊天什麼的。」

「今晚下班後我有點忙。我有……槓鈴有氧課。」

「好、好。沒關係。」

在那之後，我們整個下午變得很尷尬。他只有來我的座位一次，沒有笑容，而且他忘記在我的咖啡裡加糖。我幹了什麼好事？！我竟然對那張臉、那個翹臀說不，拒絕他用那雙手抓我的胸部。我到底有多堅強？

你完全無法想像。

我在臉書上搜尋衛斯理．帕森斯，趁著編寫婦女協會的文章和輸入飛鏢比賽分數之間的空檔打發時間。我好一陣字沒這麼做了，因為臉書上實在有太多衛斯理．帕森斯，一點也不好玩。我知道他的家人住在布里斯托，但他出獄後可能去任何地方。半數的大頭照都是一些常見的跑車、符號或嬰兒照片，只有少數有真實的臉，所以很快就沒搞頭了。我只希望有一天，他會讓自己露餡。

德瑞克．斯卡德也是。搞了半天，原來住在溫索大樓的人不是他，而是其中一名受虐女孩的母親，瑪麗．托爾馬什。我完全誤判情況，浪費幾個禮拜的時間在那個地方跟監。今天我經過那裡的時候，看見她走進家門。我在她的信箱放了一張紙條。

我回家時，葛瑞格出於內疚拿著一束美麗的小蒼蘭迎接我。今晚他要外出——我不記得他的藉口是什麼了，反正不是有哪裡「水管爆裂」或「去艾迪家玩足球電動遊戲」。總之，他一定是跟她在一起。我進入網路聊天室，但沒什麼心情。我一邊觀看《廚神當道》一邊吃著帶皮馬鈴薯，注意力一直被響起的訊息聲拉走。我的回覆全都非常心不在焉。

嗯嗯，寶貝，不要停，你弄得我好興奮喔。

喔，我喜歡。你的老二好大。

我喜歡看你甩動你的大鵰。

諸如此類。我太投入在比賽之中，好奇烤鹿肉佐蔬菜香草泥會不會驚豔在座的美食評論家。

我希望約瑟芬能贏。她有一隻長得跟丁可很像的狗。

三月十五日，星期五

1. 三五成群走在人行道上、害其他人過不去的傢伙，彷彿他們是電影《霸道橫行》的主角。
2. 相信帶孩子進餐廳讓他們在用餐時大吼大叫是上帝賦予他們權利的那些中產階級。
3. 喜歡打斷別人說話的人——你知不知道有精神障礙的人要重新整理思緒有多困難嗎，露西爾？
4. 向大眾要錢的有錢明星——我知道非洲缺水，伊旺．麥奎格。我知道小瑪伊卡需要眼科手術否則會瞎掉，賽門．佩吉。我也知道盧卡斯整天喝不衛生的水，同時要照顧他的二十六個兄弟姊妹，麥可．辛。你們那麼擔心的話，何不快掏出口袋裡的錢呢？
5. 利多超市結帳櫃檯的酷哥——小子，我知道那個表情。別以為你知道我用的是哪個牌子的衛生棉條我們就是朋友了。

我的胸部好痠痛，起床時比睡前還累，而且我突然超級想吃青蘋果口味的水果軟糖。還沒上班前就會被我吃光了，再趁中午去利多超市看看有沒有賣。

❖

剛從超市回來。他們沒有賣青蘋果口味的水果軟糖。同時，我覺得有點想吐。希望跟懷孕無關。不，不可能。我的避孕藥從未讓我失望。

但萬一真的懷孕了呢？我現在彷彿就能聽見甩友們的聲音，很高興我總算正式成為媽咪團的一員……

「喔，恭喜啊，寶貝！等我結婚那天，你的肚子就會很明顯了！」

「你的整個生活會就此改變。這是一個女人最重要的工作。」

「你一定會是個很棒的媽媽，蕾哈儂！」

這些全是我聽見她們在各個懷孕階段對彼此說過的話。我絕對不可能成為「很棒的媽媽」。看看我的樣子。我很自私，對世界方方面面都感到莫名憤怒，而且我殺了一個想要口交的男人。在種種因素中丟進一個寶寶，等於製造出一個驚世駭俗的惡夢。

寶寶會掛在我胸口好幾個月，我會睡眠不足。萬一我又開始做惡夢怎麼辦？葛瑞格肯定幫不上忙。我得帶寶寶去城裡那個可怕的幼兒園，那地方充斥著一路跟你到街上的傷心哭嚎聲和尖叫聲。呃，不，我承受不了。

寶寶也別想玩我的森林家族。除了我以外，沒人可以玩我的森林家族。

❖

我已經冷靜下來了。趁午餐時間買了驗孕棒，只驗出代表沒懷孕的一條線。謝天謝地。避孕藥，上天保佑你。瑪麗．史托普斯，不管你到底是誰，上天保佑你。

我人在公司，無聊透頂。剛剛去谷歌搜尋了我爺爺奶奶在威爾斯的老房子，甜蜜小屋。我已經好久沒這麼做了，可能有一年。但神奇的是，房子仍在掛售中，開價又進一步降到七千英鎊左右。室內沒有改變太多——仍是同樣粗大的木梁和屋簷，主臥仍是同樣斑駁的粉紅色壁紙，廚房天花板仍有那塊潮濕的霉漬——花園也跟我記憶中的如出一轍。菜園、雞舍、溫室、小溪和遠方的山巒。一切是如此單純，如此寧靜。在那裡一整天，我的腦中都沒有半點雜亂的思緒。

出於好奇，我撥了仲介的電話。對方一接聽，我立刻掛斷。

AJ在我面前的鍵盤上方砰地放了一份這週的雜誌——這週的封面人物是茱莉亞．基德納。

採石場發現一當地女子的屍體——據警方說法是謀殺。

星期一早晨，位於山間奇普希採石場的員工發現了現年二十八歲的茱莉亞．基德納的屍體。

據消息來源指出，去年聖誕節前夕，基德納女士沒有理由地離開了她和丈夫居住的家。基德納女士的丈夫，三十六歲的勞埃德．佛萊契正在接受警方偵訊，據信在那之後，他還與她有些聯繫。

基德納女士的三個孩子，十二瑞的史考特、九歲的席亞拉和五歲的泰勒目前正受到社服

機構的照顧。

昨日，警方帶著警犬認真搜遍了採石場附近的森林和路邊，以及距離基德納女士住家地址四十英里外發現她的陳屍地點。調查工作仍在進行中。

約了露西爾在蘋果花咖啡廳喝咖啡——她對伊梅達的婚禮有些點子想跟我分享，因為「我有藝術專科的中學高級水平證書，而且我辦事乾淨俐落什麼的」。她仍在執行5：2輕斷食，但剛好今天是第二天，所以她點了松露巧克力布朗尼和一杯加了鮮奶油的摩卡咖啡塞滿嘴。我點了一杯熱的檸檬水和一顆奇亞籽高蛋白能量球，只為了表現出自己比較高尚。

AJ吃完中餐回來，帶了一顆巧克力蛋給我。「只是好玩而已。」他笑得燦爛。他仍拄著拐杖，所以從城裡回來的路上，他都把巧克力放在口袋裡。巧克力剛從他胯下旁邊拿出來，現在還有點溫溫的。

今晚，葛瑞格因罪惡感驅使，帶我到人魚岸餐廳吃牛排，也就是新年時我和甩友一起去過的地方。我把我用來切斷丹．威爾斯老二的刀子放回原位。

別那麼驚訝，我洗過了。

三月十七日，星期天

我、葛瑞格和丁可跑到鄉下的一家小農商店，買了一些要種在陽台上的香草——羅勒、薄荷、鼠尾草、迷迭香、奧勒岡、檸檬百里香和巴西利。下午，我把它們種到花盆裡，味道聞起來美妙極了。我也買了一小盆草莓苗，因為這讓我想起爺爺以前在溫室種植的草莓。我很享受腳踩著乾土的那種感覺。我在陽台上撒了一些泥土，直接踩了過去。丁可對我的舉動不知道作何感想，只是站在公寓裡瞪大眼睛看著我。公寓裡到處是泥土。葛瑞格也覺得我瘋了。我覺得他是笨蛋。

我們下午的性愛總共維持了六分二十八秒。接著，我做了檸檬糖霜蛋糕，他則是電視看著看著在沙發上睡著了。他的手機稍早響起；現在他要「去車上拿一下他的工具皮帶」。我隔著樓梯間的窗戶觀察他。拉娜正在陰暗處等待。

三月十九日，星期二

1. 電訊日報那些覺得可以帶重口味食物到座位上、並在午餐時間大快朵頤的人。今天的例子：蠢蛋普朗克的杏桃起司三明治和她的近距離交談。
2. 本來應該要服務你、卻一直跟隔壁收銀機的同事聊臀部手術的店員。
3. 那個喜歡鬼吼鬼叫的蘇格蘭喜劇演員。
4. 成天抱怨英國農業現況的那名老廚師——是、我們知道了，牛奶價格真的很高，你快被搞死了。看開點吧。
5. 開銀色本田的男子（之前是藍色裕隆）——今早在我帶著丁可過馬路時朝我揮手打招呼。肯定是醫生幫他加藥了。還是不能信任他。

黛西．陳仍想與我像朋友般聊天。比起蠢蛋普朗克或苦瓜臉樂怡，我對她倒沒有太大意見——至少我可以從她嘴裡套出一些編輯部的八卦——但我無法盯著她看太久——她實在太瘦了。我們聊曬衣繩、輕便工作梯。我不確定她的衣服都在哪裡買的，但我很肯定她穿的那件荷葉邊上衣我在馬莎百貨的童裝部看過。今天，她踩著小碎步過來談論一個她的有趣理論。

「蕾哈儂，你可以幫我看一樣東西嗎？」

「好，等一下。」我說著，完成去年擲膠靴比賽冠軍的報導，他最近剛成為一名父親（沒錯，這種事在這裡算是新聞，我沒蓋你）。「什麼東西？」

她在我旁邊那張搖搖晃晃的旋轉椅坐下，通常是傑夫或AJ坐在那裡。「今天早上我在編輯會議上把這件事講給其他人聽，但被他們笑出會議室。」

「我從來沒參加過編輯會議。」我聳聳肩說。

「會議很無聊，相信我。」她翻了個白眼說，在我的鍵盤上放了四張從舊報紙撕下來的文章——第一張的日期是九年前的十月十日，星期五。一名國際學生——維也納的喬納斯．佩奇——在城裡的雷本公園遭到刺殺。第二張是四年前的十一月二十四日，星期五——另一名叫比利．瑞爾的學生在運河邊被人刺傷。兩起案件都尚未破案。另外兩張則是最近的頭版文章——運河男和公園男。

「好。」她說著湊近一些，全身各種氣味立刻撲鼻而來——廉價的刺鼻香水味、嘴裡的咖啡味、某種巧克力的氣味和牙膏的味道。「你有看出什麼模式嗎？」

「呃。」我說著，仔細研究每份文章。「這個嘛，他們都死了。」

「嗯哼。」

「他們都是在城裡被殺的。都是還沒破解的懸案。」

「對，還有呢？」

「呃……」我想了很久，仍仔細研究那些文章。「他們都是男人？」

「對，還有呢？」

「嗯……其中有兩個人是性侵犯……」

「沒錯！」她微笑道。「我就知道你也看得出來。」

「看得出什麼？」

「犯罪模式。比利．瑞爾和蓋文．懷特都有性侵的前科。也許喬納斯和丹．威爾斯也攻擊過女性，只是還沒被逮到。也許這就是丹．威爾斯掉進運河前陰莖被切掉的原因？」

「所以你的意思是，外頭有一個連環殺手在追捕性侵犯？像某種正義使者之類的？」

「沒錯！」

我皺起眉頭。「那茱莉亞．基德納怎麼說？她不是性侵犯。」

她也皺起眉頭。「我知道，但她被性侵了。這也是我的理論有點挫敗的地方。只是他們被殺的方式實在太相似了。我要去問問調查此案的員警能不能讓我看一下早期案件的資料。挖得深一點，看看是否與今年的案子有相同的DNA。」

「但這不是你的工作，讓警方去解決吧。你就算向榮恩證明了你是對的，也得不到其他好處。」

「我這麼做不是為了得到好處，我只是想幫助警方。就這樣。」

「儘管如此，還是有點不太可能，不是嗎？一個連環殺手先是在九年前發動攻擊，然後休息四年，再停兩年，最後在今年的幾個月內一口氣殺了三個人？」

她的信心明顯動搖，接著又挺起胸膛。「可能中間幾年有些人失蹤了？可能還有其他懸案？或是警方從來沒有發現屍體？這點我也可以去調查一下。」

我對她微笑。

「你也覺得希望不大，對不對？」

我放聲大笑。「我們這裡可是把擲膠靴比賽視為年度大事，舉辦誰能種出最大甘藍菜比賽的地方。我們不夠酷，出不了連環殺手的。」

她皺眉。「你覺得連環殺手很酷？」

「天啊，不，完全不覺得。我覺得他們可惡至極。我的意思是，一般來說，連環殺手會在比較知名的地區犯案不是嗎？比較大的地區，像倫敦、伊普斯威奇、約克郡，一些不容易被發現的地方。」

「嗯。我跟保羅討論過，他說警方已經沒有把我們這邊的謀殺案跟倫敦那邊的扯在一起——作案手法完全不同。但這個……我不知道，只是覺得可能性很大，甚至可以說是非常大。」

「你在倫敦住了多久，黛西？」

「出生後一直住在那裡，直到今年才搬過來。你覺得我是CSI犯罪現場看太多了嗎？」

「我只是覺得有點不太可能。再看看手法——全部都不一樣。這個叫喬納斯的傢伙是在大白天被殺的。比利．瑞爾在運河邊遭刺殺，差點被斬首。依警方說法，丹．威爾斯是淹死的。而公園男被刺殺的部位是脖子。一切感覺很……隨機。連環殺手通常有他們喜歡的固定手法，像是綑綁虐殺或深夜跟蹤。你懂我意思嗎？」

「你聽起來很專業。」

「我看很多這種節目。」

黛西嘆口氣。「我只是以為可能有什麼端倪。」

我嘆口氣。「機會渺茫。我敢說這些命案之間都沒什麼關聯。」

「警方同意你的看法。」

「是嗎？」

「嗯。他們說茱莉亞被囚禁在某個地方，八成遭到虐待。她幾根手指不見了，頭髮也被剪掉，甚至被拖行過。」

「太可怕了。」

她悲傷地點點頭，開始動手收拾我桌上的紙張。「還是謝謝你聽我說，蕾哈儂。我很感激。」

「別這麼說。題外話，我很喜歡你的上衣。」

「喔，謝了。在馬莎百貨買的。特價品。」

我給她一個最甜美的笑容——瞇眼皺鼻的那種燦爛微笑。我差點想脫口問她最近跟克勞蒂亞一起調查的主題報導——廂型車強姦案——但最後忍住了。我不希望和他們有任何牽連，特別是因為這週末我打算把他們釣出來。

我不知道我和黛西之間剛剛萌芽的友誼能否開花結果；這個建立在相互建議、時尚秘訣和急需知道那些該死的編輯會議上說了什麼的友誼。

❖

剛才發生了一件有點奇怪的事——我偶然聽見兩個同事在談論我。當時我人在女廁——好吧，在上大號。這不是平時我上大號的時間，再加上有點便秘，所以我花了比平常更長的時間，因為你的肛門肌在上班時間會收縮，怕有重要的人會聽見你的聲音。總之，我剛擦完屁股，穿好褲子，外面女廁的門就突然打開，兩個女生的聲音傳入耳裡：是蠢蛋普朗克和克勞蒂亞。

普朗克：修道院花園街那件事肯定是原因之一，解釋了她為什麼總是那麼沉默寡言，愛盯著人看。

克勞蒂亞：是啊，那件事之後，她接受了好幾年的治療。有幾個月都不會走路。

普朗克：全民甜心。

克勞蒂亞：那是很久以前的事了。她在這裡沒有太多朋友。我想榮恩之所以給她總機的工作，是因為覺得她可憐。結果現在甩不掉她。

普朗克：黛西似乎滿欣賞她。我從來沒喜歡過她。她整個人好奇怪，尤其是盯著你的那個眼神。

克勞蒂亞：我在她身邊總是很不自在。有些人你就是相處不來，你懂嗎？

普朗克：真可惜，不是嗎？

克勞蒂亞：沒能得到初級記者的職位讓她非常忿忿不平。我是說，她根本一點機會都沒有，卻還是年復一年挺身為自己爭取那個職位。簡直是怪胎。

她們一邊進行話題，一邊來到我左右兩邊的小隔間上廁所，接著沖水，在洗手台前碰面，整理儀容。我發現她們都沒有洗手，因為我沒聽見流水聲。後來，她們一一離開，話題轉移到黛西·陳和她那件醜到不行的荷葉邊上衣。

我坐在馬桶上，仔細思索剛剛聽見的對話；不對勁的說詞或字眼有如髒狗身上的跳蚤一樣跳了出來。

「奇怪」；

「在她身邊總是很不自在」；

「怪胎」。

所以說，表面工夫在她們身上並不管用。對葛瑞格和甩友甚至黛西都有用，對那兩人卻不然。我得再提高我的友善程度，壓抑我的本色。

AJ似乎還是喜歡我。他再也沒約我出去，但今天他坐在我辦公桌的邊緣，花了整整十分鐘聊著希望自己能像他的一個朋友那樣遊歷整個印度，我則忙著輸入長青組冰球聯賽的比賽結果，一邊假裝聽得津津有味。他吃完午餐也順便買了一杯澳洲小拿鐵給我。我打開杯蓋準備加入甜味劑時，發現一顆小小的心形巧克力融化在奶泡上。願上帝保佑他。

三月二十一日，星期四

新買的香草健康地茁壯，考慮到園丁是我，真令人難以置信，但草莓苗仍然沒有長出草莓。

葛瑞格帶丁可一起去工作，到一間連棟透天裝新的客用衛浴。幸運的是，女屋主有一個很大的花園，又養了兩隻吉娃娃。我很高興她今天有機會跟同類一起玩；一個像她一樣、喜歡聞別人屁股和追逐飛蛾的同類。

今天我打的每份報導都帶有一些可悲的謬論。一切是如此悲慘；世界是如此黯淡，如此無望。

赤貧青少年在公園吸笑氣的投訴信。

新的匿名戒酒互助會。

市中心人行道上的狗大便問題。

高爾夫球場又出現暴露狂。

兩台割草機從自家棚子裡被偷走，賣筆電的商店遭到搶劫。

毒品、酒精、狗屎、性變態、竊盜。

這禮拜的影評要寫的是皮克斯最近的新作品——關於一隻遺失的鞋子的狗屁故事。AJ又要跟我一起去，基本上是幫我寫影評。今天他也買了一個小矮人娃娃給我，是我們在一間玩具店櫥窗看見的，當時我提到那個娃娃長得有點像他。我把娃娃放在電腦螢幕上。相似度高得不可思議。

喔，還有佩姬懷孕了。伊梅達傳訊息說星期六甩友要一起出門吃咖哩慶祝。喔，太棒了。釣廂型車強姦犯之旅泡湯了。反之，我必須忍受幾個鐘頭有關寶寶和婚禮的話題（伊梅達肯定會逮到機會聊婚禮的事），花上生命一大部分的時間假裝享受與這群人相處，但事實上非常樂意拋棄她們在瓦礫堆中尖叫。

我回傳說，「嗯，聽起來很棒。到時見。」

「七點在沙亞爾見。」

「等不及了。」笑臉符號。親親、親親、親親。

噁。

今天下午，會計部的麗奈特帶著薪資單出現——也就是那個覺得我「沉默寡言又愛盯著人看」的賤貨。這個月，我沒有學貸，退休金扣了兩筆。這女人是個笑話。我是唯一一個覺得她一點都不有趣的人。

晚上八點左右，我打著「跟甩友吃烤肉」的幌子出門（這是我腦中第一個想到的藉口），前往舊大道，尋找黑色或藍色的廂型車。那條路上有不少路邊停車位——我聽說有名受害人就是在其中一個停車位上被性侵的，但我不確定是哪一個。另外一名受害人是從自己的車上被拖進灌木叢，就在科波頓巷的路邊。沒看見他們的蹤影，但我會回來的。有必要的話，我每晚都會回來。我要他們。我要他們跟我的切肉刀見見面。

今天我在網路上聽到一個很棒的笑話：鋪一間浴室的磁磚需要幾個男人？一個——如果你把他削得非常非常薄的話。

三月二十三日，星期六

1. 甩友們。
2. 已婚人士。
3. 不斷告訴你他們準備要結婚的人。
4. 用自己古早的婚紗照作為臉書頭像的人，只因為那時候比較瘦（露西爾）。
5. 舉辦婚前單身派對的人。
6. 邀請我參加婚前單身派對的人。
7. 發明婚前單身派對的人。

今天我們一心一意想辦成我們永遠不會辦的後車廂二手拍賣會，只可惜下起了雨，而且溫暖的公寓、外送披薩和重看電影《粗野少年組》的誘惑大得讓人無法抗拒。

今早又做了一次——整整三分三十秒的樂趣。一切變得如此規律、井井有條，我用潤滑液的速度堪比奶油。

進去／出來，甩一甩，然後去上班。進去／出來，甩一甩，然後去超市。

進去／出來，甩一甩，然後去南度烤雞店買燒烤雞腿堡加薯條——搭配戈登主廚的掌聲——

完成。

「真可惜到現在還沒搞定。」今早葛瑞格說。「我以為到現在早該懷孕了。」

「是啊，別擔心，我會確保這事盡快發生。」我在浴室裡朝外頭大聲說，一邊吞下事後藥，把果醬罐就定位。

❖

今晚和甩友們吃的咖哩簡直難以下嚥，但搭配的紅酒入喉時香醇可口，平息了我想要殺掉在場每個人的衝動。佩姬讓大家聚精會神地聽她講著以前種種懷孕失敗的故事，以及「走到這一步究竟經歷了多少困難」（試管嬰兒失敗，夫妻諮詢，湯姆在Home Sense居家用品店與她發生爭執後拋下她離開，她當時朝他扔了一根香氛蠟燭）。但在大多數情況下，她就像運轉中的攪拌機一樣快樂。整晚的話題本該是佩姬和湯姆終於當爸媽了——但想也知道，全變成了伊梅達的婚禮。

今晚的辯論主題：婚禮小物及如何擺設它們、擔心伴郎敬酒的內容和走紅毯時該播接招合唱團的哪一首歌。

「我想要〈Rule the World〉，可是傑克堅持要〈Greatest Day〉，但我說那首歌可能會用來作我們的第一支舞。我很想要靈活對待整個婚禮細節，但我們大吵了一架……」

印度薄餅綜合沾醬上桌時，安妮瞪了伊梅達一眼。她的預產期已經超過兩個禮拜，菜單上最辣的溫達盧咖哩是她把肚子裡的小傢伙逼出來的最後手段。她和顏悅色地把討論內容拉回今晚的主要話題。

「你的預產期是什麼時候啊，佩姬？」

「十一月二十五日。」

「喔。」露西爾說。「這表示他會是射手座。」

「這是好事嗎？」

「當然，很好。他會是個好朋友，生活充實。射手座的人都很忠誠大方。我的艾歷克斯也是射手座。」

「喔，真的呀？」我說著，連忙跳上話題列車。我看得出來伊梅達正在等待空檔讓我們看看她在手機上找到的東西——肯定與婚禮有關。

「你對這些有興趣嘍？星座什麼的？」

「喔，是啊。」她熱情地說。「我經常看我的星座運勢，每個重大決定我都會請教我的塔羅牌老師——像買新家、生小孩、換工作。她簡直是神準。」

「我一直想玩玩塔羅牌。你會看嗎？」

「我不會。」露西爾說。「但我那住在格拉斯頓伯里的老師很棒，她叫洛莉塔．星花。我這邊應該有她的名片。」她開始翻找包包。

伊梅達吸氣準備開口前，我轉向佩姬。「你想好名字了嗎？還是現在還太早了？」

但伊梅達把她的手機塞到桌子正中央，所以大家無法視而不見。那是一張裝滿巧克力豆的小瓶子，瓶頸綁著一個標籤，用斜體字寫著「新婚夫妻」。「你們覺得這些作婚禮小物怎麼樣？每瓶三．五英鎊，有巧克力豆、水果軟糖或蝦餅。」

「啊，很不錯啊。」露西爾說。「選水果軟糖吧。」

伊梅達把手機拿到我面前。「你覺得呢，蕾？」

「蝦餅。」我說。

「安妮呢？」

「你光是糖果就花了七百英鎊？」

「可能吧，我還沒決定。你覺得怎麼樣？」

「你心算算得還真快啊，安妮。」我大笑道，把紅酒一飲而盡，敲敲杯子請服務生續杯。他拿走我的空杯。

安妮繼續說：「我忘了在哪裡看到有一間癌症慈善機構在做婚禮小物，一個兩英鎊五十分。徽章、鑰匙圈、鈕釦都有。然後好像是百分之九十五的錢會直接捐給安寧病院。傑克的阿姨死於癌症，不是嗎？」

「我不要。」伊梅達說。「我不想讓每個人想起傑克的阿姨。你們覺得〈How Deep Is Your Love〉這一首怎麼樣？」

服務生收走我們吃完印度薄餅的空盤和薄餅綜合沾醬。對面那桌傳來「生日快樂」的歌聲，一群人正對著一個小男孩大合唱。服務生推出一台小推車，放在推車正中央的是一個小小的生日蛋糕，中心插著一根閃亮亮的蠟燭。伊梅達看起來一臉厭惡。

我們主菜吃到一半露西爾提到了那不能說的話題。

「喔，我知道我要跟你們說什麼了——單身派對！托旁樂園的狂歡轟趴！我得開始預訂了。沒人會放我鴿子，對吧？」

伊梅達眼神銳利地掃視我們每一個人。「最好不會。」

「我等不及了。」佩姬說。「幸運的話，到那時我最嚴重的孕吐症狀就應該會結束了，雖然我還是不能喝酒。我們有多少人會去？」

「十個。」伊梅達說著，嚼著一塊嚼不爛的羊肉串。「我、露西爾、你、安妮、蕾哈儂……」注意到了嗎？這些事大家問也不會問我，就假設我一定會出現。

「……露西爾的姊姊克萊歐、你朋友潔瑪、我阿姨史黛芬和我的兩個同事，珍和雪倫。她們很搞笑。」

「我們到底要做什麼？」安妮問道。

露西爾的表情亮了起來。「托旁樂園十八禁的單身荒淫週末。你們沒有收到我的訊息嗎？」

嗯。托旁樂園——美味的精緻餐飲痛苦爬行而亡的地方。

「喔，那已經定案了，是嗎？」我說。「我記得我們之前有討論到去巴斯做SPA，再去五星級飯店吃下午茶？或是樂高樂園？」此時此刻，我願意接受樂高樂園。我寧願被釘死在十字架上。救救我吧，溫莎樂高樂園，你是我唯一的希望。

「不，我們覺得那有點無聊，對吧，露西爾？」伊梅達說著，從包包裡翻找出一張皺巴巴的廣告單。「要玩，就要盡情地玩到底。」她咯咯輕笑，大家一起乾杯。「我是說，這是我最後一次享樂的機會了，對吧？這有象徵意義。」

伊梅達和傑克已經在一起十五年，育有三個孩子、一份固定利率房貸和銀行的共同帳戶。傑克已經外遇過兩次（就我們所知），伊梅達光是過去一年，起碼就有過三次一夜情（我們所有人都發誓保密）。所以，除非婚姻會切斷他的老二或她的性慾，否則我看不出來有任何改變的可能。總之，傑克是個可悲的混蛋。

「那裡有夜總會、酒吧，每晚都有娛樂活動。」露西爾說。「所以我們不會無聊的。等你徹夜狂歡玩累了，就可以直接回你的小木屋睡覺。」

「我一定要喝個爛醉。」伊梅爾說著，痛快吃了一口她的溫達盧咖哩，重新恢復高漲的情緒。「沒開玩笑，我們所有的酒都要喝。」

所有人都放聲尖叫，包括安妮。托旁樂園的廣告單傳了過來。上面是一群群男男女女的照片，個個眼神迷濛，大汗淋漓，乳溝閃閃發光，螢光燈照在身上。男人全部穿著超級英雄或威力在哪裡的衣服；有些女人穿著淫蕩學生妹的制服，對著鏡頭豎起大拇指，在彼此的頭頂比兔子耳朵。各式各樣荒謬可笑的歡鬧。

托旁樂園——白天是適合全家大小的水上樂園；晚上成了性病培養皿。這個地方在廣告單的正中央看起來非常壯觀——三棟透明的大型建築物，有點像方形的伊甸計畫植物園，只是那些屋頂下沒有任何異國植物。每棟建築物標上了夜總會區、酒吧區或餐飲區。所以，這會兒你可以在夜總會與某人廝磨，然後下一分鐘就可以在酒吧後面跟那人發生關係，最後一起進餐廳吃炸雞。面面俱到。

「我們當天要怎麼打扮，你想好了嗎？」我問，心想也許她們想到什麼富有原創性的點子。也許我們會打扮成二十世紀初的婦女參政運動分子，高舉「女性投票」的標語，或二戰時期文人團體「布魯斯伯里派」的成員，或甚至是穿著長袍的修女，手裡拿著聖經，脖子掛著念珠。也許我可以用念珠把自己勒死。

見露西爾微微一笑，我做好心理準備。「我們的主題是——娼妓。」

「娼妓？」我說。「酷，帶槍的黑手黨娼妓嗎？開膛手傑克那種穿著長裙、開腸破肚的娼妓？」

「不是。」她大笑，露出的牙齒比在牙醫的候診室還多。「就是娼妓。現代風格的娼妓。越淫蕩越好。」

「好極了。」我說。「聽起來肯定……非常壯觀。」

「還有高跟鞋越高越好，衣服越低胸越好。你去買衣服的時候，只管想著……」

「……婊子？」我說。

「就是這樣。」

三月二十五日，星期一

老頑固比爾進公司第一件事，就是趁著問我週末過得如何的同時，把早餐吃的煙燻鱈魚佐水煮蛋的氣味打嗝打在我臉上。

「你衣服都燙完了對嗎？」他大笑說。

「燙什麼衣服？」我說。「我不燙衣服的。」

「女人都喜歡燙衣服，不是嗎？我老婆這週末燙了三籃的衣服。孩子從大學回來。」

「真替她開心。」

「你是女權主義者對不對？討厭男人，逼他們洗自己的衣服那種？」

「我不討厭男人。」我說。「我討厭所有人。」

他一邊大笑一邊走回自己的座位，嘴裡喃喃說著作家吉曼．基爾的名字。蠢貨。

今天在網路上又看見一個笑話——永遠別傷人的心，因為心只有一顆。但人有兩百零六根骨頭，打斷他們的骨頭吧。我懷疑在他吃了五十七年他老婆的李子派後，我還找得到比爾的骨頭嗎？

萊納斯告訴我他今天在吃高蛋白麥片的時候，電台傳來一首歌讓他想到我。

「那首歌叫〈蕾哈儂〉。」他說。「我不記得歌手是誰。」

「佛利伍・麥克。」我說。「我爸媽就是以那首歌幫我命名的。歌曲是在講一個威爾斯女巫，而我家人來自威爾斯，所以——」

「真的啊？」他說著，顯然已經失去興趣。

「你爸媽為什麼會幫你取萊納斯這個名字？是從史努比卡通來的嗎？」

我不是在開玩笑，但克勞蒂亞和AJ像機關槍一樣笑個不停。除了史努比卡通裡那個總是帶著藍色毯子、喜歡吸大拇指的孩子外，我從沒聽過其他叫萊納斯的人。話雖如此，萊納斯似乎覺得受到冒犯，回答「他父親是瑞典人，那是他祖父的名字，大概也是他曾祖父的名字」。

「喔，你爺爺也喜歡史努比嗎？」我說，這次一樣不是在開玩笑，但克勞蒂亞和AJ仍繼續咯咯笑。這時，萊納斯早已轉身走掉，拉娜捧著一疊文件站在他的桌邊。要不是他及時過去開始跟她打情罵俏，可能已經氣得七竅生煙。

今天，AJ對我眨眼，沒什麼原因，只是剛好經過我的座位。他說他替萊納斯計畫了一個「很讚的惡作劇」，一定會讓我的相形失色，但他不告訴我是什麼。他在捉弄我，像一隻小狗。他也不再穿所謂的「汗衫」了，現在開始擦起Diesel的鬍後水，穿著緊貼二頭肌的黑色長袖V領上衣，露出黝黑的鎖骨。我一直好想去舔。

喔，對了，還有一件超級大新聞，由黛西・陳提供——公園男的命案，警方已經逮捕了一個嫌犯；當地一個名叫肯尼・斯皮蘭的知名毒蟲，住在市中心的一家保釋旅館。顯然他們已經把他列為嫌犯好一陣子了，雖然大家都知道他是那個喜歡坐在Argos超市門口嚷著被虐待以及對鴿子丟飲料罐的傢伙。嗯，他勉強還行。

關於目擊證人，大眾仍保持緘默，老天保佑。這個嘛，雖然我說保持緘默，但倒是有一個人告訴警方他看見「一個穿著連帽運動服在遛狗的女人」。但誰會相信一個女人會跟如此野蠻的罪行有關呢？這個國家的刑事司法體系就跟這裡的天氣一樣爛。

他們正在偵訊「幾個茱莉亞．基德納命案的嫌疑犯」，並說這「絕對是出於性動機」。所以看樣子，那邊也沒我的事了。今天真是大獲全勝。

我幾乎想不到其他東西可寫，但仍假裝振筆疾書，因為我說話時，克勞蒂亞看著我的模樣彷彿我有口臭似的。她知道我心懷不軌。我從她的眼神看得出來。呃。那女人是莎士比亞時代瘋瘋病人陰莖上的遮羞布。裝模作樣的傢伙。

嗯，我能說什麼呢？嗯……天氣真宜人，是那種只需要單穿一件外套就很舒服的天氣，我覺得心情舒暢。

她還在看。

我的森林家族小屋現在看起來也十分完整了。昨天，葛瑞格趁中午在一家玩具店幫我買了全新的電話和書櫃組，又一次因為內疚而買東西給我，所以現在我把它們放在梵谷的迷你畫作底下——

對了，她現在沒在看我了，因為她的手機響了。她肯定知道我已經做完所有的工作，所以現在只是在網路上閒逛，做些別人沒時間做的事，例如歸檔，或幫忙波格丹刊登訃聞。

她在這裡沒有太多朋友。我想榮恩之所以給她總機的工作，是因為覺得她可憐。結果現在甩不掉她。

嗯。該如何得到克勞蒂亞的認同，這是個難題。她不喜歡我，這是肯定的，但如果她別無選擇，只能喜歡我怎麼樣？比如說，我救了她一命之類的。我好奇這可以怎麼安排。也許是她不小心噎到了，我飛奔過去幫她做海姆立克急救法？AJ喜歡我啊，她為什麼不喜歡呢？也許就是因為AJ喜歡我的關係。啊哈，我懂了。難搞。

剛收到克萊歐的訊息——今天凌晨三點十九分，安妮生了一個叫山姆的男寶寶。體重九磅多，乾淨無毒。她的陰道肯定像從百貨公司屋頂掉下來的千層麵。

❖

剛去醫院探望安妮回來——她在國民健保署後面的私人大樓裡有自己的單人病房。天啊，那裡簡直是另一個世界。她有一台大螢幕電視，中餐吃燻鮭魚，護理師個個溫柔婉約，房間也沒有尿味。其他的甩友都在那裡，輪流抱著山姆，他看起來像有點不爽的縮小版拉什漢。話說拉什漢也在，一會兒輕撫安妮的頭，一會兒跑出去幫我們張羅咖啡和餅乾（統統免費！）。即使整夜沒睡，他仍忙得團團轉。

安妮看起來不是太開心，但話說回來，她才剛從陰道擠出一顆人形西瓜，陰道又被縫合，所以過了一個鐘頭左右，我就找藉口離開了。我已經完成任務，帶著卡片和那隻匆匆買下、圍兜上有音符圖案的藍色泰迪熊現身。表面工夫做好做滿。我又是團體中最貼心的朋友了。

❖

今晚又沿著舊道路開車尋找廂型車強姦犯的蹤影。路邊停車格停了好幾輛大廂型車——都不是黑色或藍色的——有人在打電話，有人用手機的燈光在檢查寫字板——很接近了，但仍沒發現目標。要不是葛瑞格答應我要炒飯，我可能會在那裡等上整夜。

三月二十七日，星期三

1. 電訊日報的所有生物，包括休息室那隻一直偷吃米蛋糕的老鼠。
2. 東尼・湯普森——聽好了，他因為跟他女兒班上一個十五歲的同學發生關係而被《破曉時分》開除了！轟動全國的天大醜聞。老婆離開他，事業一團糟。就知道他是那種人。
3. 墓園的流浪漢——光是這禮拜就跟我打了兩次招呼，太友善了，我不喜歡。

這次他們總算出手了——現在我除了掃廁所外，開始做起小鎮報社裡所有卑微的編輯助理都害怕的那項工作……

農夫市場報告。

想像在正常大小的當地報紙上的兩版跨頁，上面密密麻麻佈滿文字。只有、文字。而這些文字必須由某個可憐的臭婆娘（就是我）在一台非常舊、非常慢、按下Shift鍵就會當機的電腦上煞費苦心地一字一字輸入。你可能會在這些文字裡找到一張安格斯牛或格洛斯特郡花豬的新聞圖片。但多數情況下，就只有文字而已。我敢說除了那些農夫，沒有人——真的沒有人——會去讀那些內容。而如今已經成為我的工作之一。

多虧了克勞蒂亞。只因為她有這份權力。

「這種工作非常講究細節，而AJ還沒有這種能力，所以我派給你做，蕾哈儂。謝了，小甜豆。」

嗯。

所以現在我人在這裡，花上將近一整天的時間，打著這份沒完沒了、關於荷蘭乳牛和放牧乳牛和夏洛萊牛和母豬和野豬和長角牛的報導，浪費我的生命。

這個爛工作唯一讓人開心的地方是有另一個可憐的傢伙必須檢查裡面是否有錯別字。而有足夠耐心做這件事的唯一人選就是傑夫。

「你這裡有幾個地方用錯分號了，蕾哈儂。還有那個農夫的名字也打錯了，看。不過大部分看起來沒問題。」

傑夫不像以前一樣常常跟我說話。我不小心把其中一個來自考布里奇的杭特農夫打成豪布里奇的尻特農夫時，他甚至沒開我玩笑。我想他被古柏獸收買了。老天啊，你永遠擺脫不了高中生活，對吧？

「我們今天不要跟她講話，因為她不是我們的朋友。我們來玩鬼抓人，但不要邀蕾哈儂。」

一群混蛋。

喔，還有早上十點左右發生一件有趣的事——辦公室來了一大箱成人紙尿褲，收件人是萊納斯。波格丹把紙箱拿進辦公室給他的時候，他整個人氣到臉色發紫。他一整天都在解釋這件事。

「那不是我的，到底要我講幾遍？！那是送錯的！我沒有訂那些東西！」

在第十二次被人調侃尿失禁之後，他彷彿要強調他的重點似地衝出辦公室，穿越馬路，把紙箱扔進教堂後面的垃圾桶裡。蠢蛋普朗克說這實在是「天大的浪費」，有那麼多老人大小便失禁都是靠國民保健署出資。我和AJ趁沒人注意的時候偷偷碰拳慶祝。他今天看起來很帥。我覺得我最喜歡他穿他的藍色緊身牛仔褲——尤其在翹臀的部位緊得可口。他每次經過時，我只想把他的頭塞進我的雙腿之間。

今早，黛西．陳獲准請了帶薪假，因為她得在家裡等人來安裝新的壁爐。我是說，哈囉？！如果是我用這個理由，他們開除我的速度，一定比拉娜收到葛瑞格傳訊息說他硬了而跑到他身邊的速度還快。

喔，沒錯，他們仍持續見面。儘管為了「造出我們的小葛哈儂（噁）」，跟我做了那麼多愛，他仍放不下白拋拋幼咪咪的香草杯子蛋糕，照吃她無誤。前幾天晚上，我趁他洗澡時讀了他手機裡的訊息：

葛瑞格：我正在努力和蕾改善關係。我們打算生個寶寶。

拉娜：你不能突然跟我說這種話，這不公平，我沒做錯任何事。你說過你愛我。

葛瑞格：拉娜，現階段實在太困難了。我仍對你有感覺，當然有，但你一直都知道我和蕾之間的感情。我愛她。

拉娜：拜託過來吧。我們聊聊。沒有壓力，我只是想見見你。

葛瑞格：寶貝，我也想見你。

拉娜：晚點過來吧。就一個小時。我會煮。我明白你不想離開她，但我們可以想到解決辦法的。拜託，寶貝。我愛你。

葛瑞格「今晚要加班」，所以我帶丁可出門散步後，就回到舊道路上尋找黑色廂型車的蹤影。今晚，一股令手心冒汗、窗戶蒸騰的急迫感朝我襲來，搞得我暴躁不已。

「我要你們。」我對著空蕩蕩的夜晚說。「兩個都要，快過來找我吧。」

但除了一隻狐狸從車頭燈前衝過去，以及枝頭某處傳來貓頭鷹的叫聲外，現場一片寂靜。我在想我是不是應該讓自己更顯眼一點。我是說大半夜的，我一個單身女子身處一條荒涼的鄉間小路，坐在一輛開著燈又沒上鎖的車裡耶。乾脆在外面豎一個霓虹招牌寫著「吃到飽」算了。真是太沮喪了！我真的那麼讓人姦不下去嗎？我又沒那麼胖。

我那尋求冒險刺激的需求必須得到滿足，所以回家後，我又冒險進入聊天室。我好一陣子沒跟他們打情罵俏了，但一切如常，彷彿我從未離開過。約伯格就像疹子一樣巴著我不放。我也對他有了更多認識。他是大城市裡的一名銀行家。所謂大城市，就是倫敦。嗯，至少他說他是。我告訴他我是一名圖書館員。今晚，如往常般聊了兩個小時後，他說他想跟我見面：

約伯格：嘿，小甜豆，要不要真的見面玩玩啊？

小甜豆：為什麼？老婆過幾天要去哪裡受訓是嗎？

約伯格：你怎麼知道？！？！事實上，她這週末要去黑池參加一個婚前單身派對。我們可以見個面，找些樂子。

小甜豆：不行。我找不到夠好的藉口跟我男友說。

約伯格：寶貝，我需要你。沒有人能像你一樣把我撩得那麼飢渴。

約伯格：寶貝?你還在嗎???

約伯格：寶貝，光是想到你和我在一起的畫面就讓我硬到不行。

約伯格：寶貝???

小甜豆：你想約在哪裡?

約伯格：飯店?

小甜豆：你想對我怎麼樣?

約伯格：我要把你綁起來，然後乾你一整晚。我要代表其他男人好好蹂躪你。你已經見識過我有多大了。

小甜豆：乾?

約伯格：抱歉，幹。

小甜豆：等不及了。但我能不能也把你綁起來呢?

約伯格：不行。我才是主人，記得嗎?小母狗得乖乖的，否則就沒有狗點心了。

小甜豆：如果我想當主人改變一下呢?

約伯格：也不是不行，我會看看你表現得如何。

我們訂好飯店——金絲雀碼頭附近的一家高級飯店，主要是用來開商務會議、銀行家轉機時短暫居住，以及給名人拍電影的地方。我們約好時間：四月五日星期五的晚上八點，最接近我們兩人都有空的日子。那天他老婆有個婚前單身派對要參加，孩子們會送去他媽媽家。

八卦網站的測驗說，像我這種人需要冒險才有活著的感覺。我必須承認他們說得沒錯。日子一天天過去，我也越來越清楚這個事實：

約伯格：我硬得像石頭一樣。

小甜豆：嗯，我光想就興奮到不行。

我邊笑邊發抖，打字打得手指都涼了。

約伯格：先在酒吧見面怎麼樣？我會幫我們辦理入房。我怎麼跟你相認？你能傳另一張臉的照片給我嗎？我其他地方都看過了，乾脆就……

我傳給他一張前幾天葛瑞格在煮晚餐時我拍下的照片。

小甜豆：我會坐在吧檯邊，我會穿紅色T恤和牛仔褲。

約伯格：寶貝，你好傻。下禮拜少了你一定是度日如年。我等不及吻遍你全身，把老二插進你的屁眼。我要狠狠肛你，帥哥。

小甜豆：等不及給你肛了。到時見，親親。

哈哈哈哈哈哈哈哈哈哈哈哈哈哈哈哈哈哈哈哈哈哈！

三月二十九日，星期五

1. 衛斯理·帕森斯。
2. 德瑞克·斯卡德。
3. 在書報攤穿著The North Face外套的男人。他不小心踩到丁可的腳之後說：「養隻大一點的狗吧，我也許會看到牠。」
4. 坐在彩券行門口大吼大叫、患有妥瑞症的那個傢伙——今天他企圖扯掉自己的舌頭。
5. 葛瑞格。

我還留著我最好的朋友喬瑟夫·李區過世時的剪報。當初他轉學到我的學校，就住在我們布里斯托家的同一條街上。修道院花園街事件過後的幾個月，喬是少數幾個沒有利用我在Instagram上炫耀的孩子。他會來我家唸書給我聽，替我房間牆壁上的海報編故事。他會做巧克力吐司給我吃，推著我的輪椅從公園街走到博物館，像導遊一樣把所有展覽說給我聽。我會指向那些畫作，他會唸說明。我們最喜歡《死亡動物園》——大草原上徘徊的老虎，眼睛矇矓的巨大長頸鹿，他們稱之為亞佛烈德的灰色大猩猩。

衛斯理·帕森斯以時速三十六英里的速度撞上喬。傳言警方到場的時候，喬的大腦從後腦勺跑出來。現在剪報已經泛黃。我把它夾在他媽媽給我的那本《喬治的神奇魔藥》封底。

還沒有人出面領取丹．威爾斯的懸賞金。沒有更多情報釋出。警方仍然沒有找到陰莖失蹤的真相。看樣子我已經快要脫離這個小小的謎案了。此外，比較令我擔憂的是，他們已經辨識出兇器——一把鋸齒狀的牛排刀，重量輕，可能是不鏽鋼的。幸好，英格蘭任何城鎮裡，只要是有點水準的餐廳都有這種類型的刀，所以我只祈禱警方不會去人魚岸餐廳對那裡的牛排刀進行DNA檢測。

至於公園男蓋文．懷特一案，不再有「穿著連帽運動服在遛狗的神祕女人」。看樣子，她就這樣消失了。

今天得到製作下禮拜拼圖角落版面的「殊榮」，基於兩個原因：(1)麥可．希斯生病了（沒人知道為什麼）；以及(2)沒有其他人想做。

做了一些無麩質的葡萄乾薑汁餅乾帶去醫院給安妮（她還沒出院，認真榨取她的私人醫療保險）。她問我想不想抱寶寶，由於得做表面工夫，我沒理由拒絕。

於是，我在她床邊的椅子坐下，護理師把山姆放進我的懷裡。他扭來扭去喬好位置，我看著他小小的呼吸，握著他小小的手，輕輕吹拂他小腦袋瓜上的黑色細髮。這孩子挺乖巧的。

「他真的很棒，對吧？」安妮微笑。「你不得不承認。」

「嗯，他很可愛。」說完，我露出憂愁的微笑。

「怎麼了？」

「就是一些鳥事。」我說。「我該死的生活，你知道的，老生常談。」

「有什麼我可以幫忙的嗎？」

「不。」我輕撫山姆的小拳頭。「你的任務完成了，對不對？你已經登上人類世界的最高峰。達成了最終目標——孩子。你已經贏得再也不會有人問你這輩子想達成什麼目標的特權。反觀我，我做了什麼？去他媽的。」

「別這麼說，你達成很多目標。你見過艾倫·狄珍妮，你上過傑瑞米·凱爾的節目，從黑眼豆豆的威廉手上接過奧運的聖火。」

「哇。」我嗤之以鼻地說。「好感人喔。」

「葛瑞格最近好嗎？」

「嗯，其實他正試圖讓我懷孕。」

「喔，天啊，這真是太棒了，蕾！」她滿嘴碎屑說。她正在吃她的第四塊餅乾。「你不高興嗎？」

「嗯，我怕他會離開我，所以我算是順他的意。」

「蕾哈儂，你不能強迫自己想要一個寶寶。」

我再次低頭看著山姆。「我只是覺得我們的感情不夠堅定。我在……」

「什麼？」

「……他的手機裡發現一些照片。」

「什麼照片？」安妮說著，屏息以待，嘴裡吃著第五塊餅乾。

「男人。裸體。裸體男人的照片。」

「葛瑞格？喔……我的……天啊。」

「起初我以為是玩笑。你知道的，一些同事在跟他惡作劇。但到現在我已經看過好幾次了，上面每次都有不同的照片。不同的角度、不同的男人、不同的……體液。」

「喔，天啊，蕾。他有上Grindr什麼的嗎？」

「什麼是Grindr？」

「你不知道什麼是Grindr？」安妮大笑。

「不知道。」我說謊，努力讓雙眼看起來像小鹿寶寶一樣無辜。

「那是男同性戀專用的社交軟體。」

「喔。」我說。

「也許他是雙性戀？也許只是一些無傷大雅的調情，沒有別的意思。只是交換照片。」

山姆在我懷裡吐了口氣。

「不過我覺得他一直在跟別人見面……手機有時候響了他不接。或是晚上他會用一些爛理由出門。後來，有一次我午休時間回家的時候聽見……」

第六塊餅乾在安妮的嘴邊徘徊。

「做愛的聲音，從我們的房間傳出來。」她倒抽一口氣。「我只有透過門縫看了一下，但他絕對是在……跟某人亂搞。」

她的表情簡直不能再精采。「什麼？……在床……？」

「對。我沒看見對方是誰，但根據現有情況合理判斷的話，你覺得是什麼？」

「一個出軌的王八蛋。」

「千萬不要告訴別人，好嗎？」

「當然，我不會的。」

「伊梅達聽到這件事一定樂壞了。我只希望他能對我誠實，你懂嗎？我們在一起四年了。我真的好困惑。他到底想要我和寶寶，還是想要跟網路上的陌生人肛交？」

「聽起來他兩個都想要。他有沒有跟你要求過從後面來？」

我點點頭。「常有的事。」

「蕾，你得跟他談一談。他顯然想要用生寶寶的事當作某種姑息療法去解決你們關係之中的惡性腫瘤。」

我挑眉看著她。「你最近在這裡看太多電視了，對吧？」

「你懂我的意思。你不能靠生寶寶來修補一段感情。你們的關係必須非常牢固，否則沒用的。我覺得你應該和他攤牌說清楚。他沒有給你該有的尊重。」

話一說完，山姆在我懷裡放了個屁。「從來沒有男人給過。」我說完，把他還給她。我設法擠出一些眼淚，我們互相擁抱，最後帶著我的空餅乾盒離開。她把十二塊餅乾統統吃光了。

回家看見葛瑞格又在煮內疚晚餐。今晚是帕瑪森肉醬義大利麵。

「我覺得我應該吃不多。」他說。「我中午吃了三個培根麵包。」他看起來就像站在頒獎台上的田徑選手莫．法拉一樣自豪。

「哪裡的培根麵包？」

「市中心路邊那家餐車。我們正在翻修轄區內那家老麵包店，準備改成一家髮廊。」

「又是髮廊？」

「沒錯。」他當著我的面打個了嗝。我作勢抓住他的嗝，往他頭髮上抹。「喔，我晚點兒要去奈傑爾家一趟。他有些邊角料希望我運去垃圾場。」

「為什麼這事得由你來做？」

「我自己提議的。」他連看都沒看我，只是一直把他說他吃不下的義大利麵往嘴裡塞。「我不會去太久。」

「好。」我說。我今天挺討厭他的。

三月三十一日，星期天

1. 肯尼·斯皮蘭——因為公園男一案而被逮捕的嫌犯。該死的警方已經把他放回 Argos 超市門口了。他不可能在出事的那天晚上出門，對吧？他必須回保釋旅館簽到，然後回房注射毒品。混帳。
2. 葛瑞格。
3. 那群甩友——說真的，寶寶的同一個表情、同一張婚禮請帖的截圖以及西班牙蘭薩羅特島的同一片度假海灘到底需要在臉書更新多少次？

星期天，到吉姆和伊蓮家的海岸邊吃豬排。還是老樣子。沿著沙灘散步，在回來的路上玩閃避電動輪椅的遊戲，吃飯，聊天，喝茶，睡覺，再見。我拿了一張卡片和一盆風信子送給伊蓮當作母親節禮物，她哭了，然後給我看她最近在電視購物上購買的東西——最高科技的全新吸塵器，隨機附贈了大約五十種不同的配件。

沒說笑，她真的把五十種配件一一介紹給我聽。

稍晚，我和葛瑞格企圖趁他們在花園的時候在他們的床上做愛，直到吉姆往樓上叫我們幫他把梯子從車庫裡弄出來。過程很有趣，後來葛瑞格射在他們的棉被上，整個人變得驚慌失措，我趕緊在一旁幫忙找清潔劑。我們笑得好厲害。但我還是討厭他。

陽台有兩盆香草枯死了，不過外面自來水公司的道路工程終於停止了，所以我猜黑暗中還是有一線光明吧。臉書上還是找不到衛斯理・帕森斯。德瑞克・斯卡德也依然遍尋不著。我想他們都移民了吧。

回到家後，答錄機上有一條來自賽瑞恩的留言：

蕾哈儂。我只是想知道最近房子有沒有任何人出價。你有把我的電話給那家新房仲，對吧？還是他們都是先打電話給你？另外，我寄給你一個連結，是你家附近的一家口碑不錯的房屋清潔公司。請讓我知道近況——賽瑞恩。

我回傳嗨、沒有、對、是，還有謝謝。母親節快樂。希望你的孩子讓你度過愉快的一天。蕾，親親。

過了很久，她回傳：美國今天不是母親節。

笨蛋。

說到母親節，臉書突然出現自我膨脹的惱人梗圖。不意外，甩友們一個個都貼好貼滿。

伊梅達的狀態更新如下：

謝謝你，賈姬，把我提名為你所知道的特別媽咪。有人提名我貼出一張讓我開心且自豪身為媽媽的照片，所以這張是去年以利亞、霍普和莫莉在索普公園盪鞦韆的照片。如果我標記你，表示我也覺得你是很棒的媽媽，請複製文字並貼到你的臉書牆上並且標記其他你認識的好媽媽。我們真的很幸福！

我們這些子宮空虛、陰道緊實的單身人士對社會來說是多嚴重的問題。我太幸運了！

我這輩子從沒見過一群那麼自以為是的王八蛋。我想在人生中有所成就又不是我的錯。我的人生目標不是只想用比射彈珠更快的速度生出一個迷你版的我。

葛瑞格說我之所以氣量那麼小，是因為我還不是一位母親。他說是因為我的荷爾蒙，又說等我懷孕後就會比較冷靜。今晚我看著他狼吞虎嚥吃著派和薯條，看他咬下每口食物，吞下每口肉汁，每次的舔嘴唇。他和拉娜完事後的自拍照仍在我的手機裡。我在桌子底下看看照片，再抬頭看看他。我可以殺了他。我辦得到，但我不會這麼做。這樣太簡單了，他不配。

四月三日，星期三

1. 高成就者——你知道那種人。跑完所有馬拉松賽事的那個傢伙。泳渡海峽的那個女人。所有參加鐵人三項或健美比賽的人。
2. 聰明的孩子——你他媽只有五歲的時候，就不應該去創作交響樂，或知道該如何拼antidisestablishmentarianism這種超難的英文單字。
3. 惠特克太太——我們家該死的大鍋子不見了，我想做燉菜。

及時打完為了復活節假期而寫的皮克斯動畫影評。我對那部電影的喜愛程度就跟上次做抹片檢查的感覺差不多。

「寫得非常有趣，小甜豆。」我發現克勞蒂亞在印表機托盤上看那篇影評時，她微笑著說。

「謝謝。」我說，對著她離去的背影比中指。我知道，我很卑鄙。

黛西・陳仍堅信我們的小鎮有一個逍遙法外的連環殺手，她正準備等待下一個被害人出現。這次他們沒反駁她的理論，因為也沒人能證明或推翻。她甚至幫「他」取了個綽號。她離開座位時，我在她的電腦螢幕上看見她開啟的頁面。鍵盤上也放了一張印滿名字的清單。

夜行者。

隨機刺客。
刺客喬。
刺客傑克。
刺客傑克森。
刺客殺手。
刀子手。
掠食者。
西村開膛手。
西村刀子手（大概也有西村剪刀手）。
剪刀手。
化外之人。
夜襲者。
惡魔。
禽獸。
畜生。
泡影者。
幽靈。

鬼魅。

收割者。

我好奇萬一「他」真的決定再次出手，她會用上哪個稱號。我個人是統統都不喜歡。我想過寄信給他們，幫自己署名，就像黃道十二宮殺手那樣。殺曼莎之子之類的？或是開膛手潔兒？這點子其實挺不錯的。

也許我會直接用小甜豆。這名字似乎挺朗朗上口的。

四月五日，星期五

1. 葛瑞格——因為成千上萬個小理由，包括……

a. 每天早上第一件事就是放個震天價響的屁，

b. 放進洗碗機的碗盤都沒沖過，

c. 每次洗澡時都得看到他留在海綿上的陰毛，

d. 他掛在浴室的那條紅色破洞的保時捷毛巾，每次洗澡時也得看到，

e. 電視機後面亂七八糟的遊戲線和遊戲配件，

f. 背對他騎在他身上做愛做到一半時檢查手機，

g. 他以為我不知道他有下載的Tinder應用程式，

h. 煮飯時喜歡把手伸進口袋抓老二，

i. 總是沒在聽我說話的毛病，

j. 愛看體育賽事的毛病，

k. 吃什麼都不會變胖的毛病，

l. 他身上的菸味，

m. 他的朋友，

n. 他的父母，

o. 他的陰莖，

p. 他吃巧克力消化餅的方式——先吃邊邊，再吃餅乾，最後吃巧克力……怪胎，

q. 黏在他前額的愚蠢頭髮，

r. 後腦勺那塊長不出來的愚蠢禿髮，

s. 最後，是他那兩根可以往後彎的大拇指。我每次都會想起以前在學校裡那些有雙重關節、又愛炫耀的討厭鬼，而我卻完全沒有東西可以回饋，連捲舌頭都沒辦法。

黛西取的稱號登上了今天的頭版：

採石場命案——是否有連環殺手正逍遙法外？

黛西．陳的獨家報導

上個月在奇普希採石場發現一名女性屍體後，西村鎮警方正積極尋找一名可能的連環殺手。警方相信該名殺手與聖誕節後城裡的另外兩起命案有關。

薩默塞特當地警方已經證實，他們相信他們正在調查的命案是由同一個人在過去三個月內犯下的第三起謀殺案。

一月，《電訊日報》獨家報導了育有兩子的三十二歲丹尼爾．威爾斯慘死在運河中，二

月又報導了四十六歲的約克郡卡車司機蓋文・懷特在勝利公園慘遭刺殺身亡。不過一個月前，二十八歲、育有三個孩子的茱莉亞・基德納被人發現陳屍在布萊克摩爾山上的採石場底部。

總警司大衛・佛萊認為這三起命案可能互有關聯。

「目前這個階段，我們不排除任何可能。」他告訴電訊日報。「我們在三個命案現場已經找到可以看出某種作案手法的證據，以及屬於同一個人的鞋印，所以我們正在追查所有必要線索。

「這是一座相對來說比較小的城市，我們也正在與附近地區的警力合作，確保案情發展都能互相分享，共同監控。」

喔，是這樣嗎，總警司？那我隨時期待有人過來敲我的門。

❖

誰想得到呢？你為了一個想殺的男人而等待好久的線索通報，竟然在同一天來了兩條！好，所以我先是收到了瑪麗・托爾馬什寄來的電子郵件，遭德瑞克・斯卡德性騷擾那兩個女孩的其中一位母親。她說有個朋友告訴她，德瑞克・斯卡德「最近幾個禮拜一直在圖書館附近遊蕩」。他也想幫自己辦保齡球館的會員，但被拒絕了。所以圖書館是個很好的線索。

與此同時，我趁午休時間又在臉書上搜尋衛斯理．帕森斯。這次賓果，我總算找到對的人了。

有那麼多地方，他偏偏住在伯明罕。敝人很快就要去參加碧昂絲演唱會的城市。

他的頭髮不再是咖啡色——現在染成金色，有點長，同時也練出一些肌肉，但絕對是他沒錯。那是我在法庭上凝視了三小時的臉，看著他哭訴自己因為吃了藥精神不濟而害死我最好的朋友。在我和葛瑞格去伯明罕旅行之前，我有將近兩個月的時間讓他上鉤。我傳了好友邀請給他。

中午過後，兩名警察來到辦公室跟榮恩和克勞蒂亞談話，又發生由兩個男子犯下的強姦案，這次確定是一台藍色廂型車，地點也在同一段鄉間小路上。這個最新受害的女性情緒失控，正在等待道路救援出動去拯救她——**事發地點就在我前幾個晚上等待的同一個停車格上**。我只差幾天就能碰到他們。同一個停車格、同樣是一個黑人一個白人在裝模作樣、同樣的時間點——晚上十一點到十二點之間。這次，他們一鼓作氣把她的車撞到路邊，撲到她身上。是我的話，我早已做好準備！我會知道該怎麼做！

這次的最新會議，我竟有幸參加，但只是因為榮恩想告誡我們所有手無寸鐵的卑微女性，關於夜間安全的注意事項。蠢貨。

「所以說，女士們。」榮恩誠懇地說，先直視著我，然後是黛西、樂怡。「晚上出門在外請務必小心，最好隨時有人陪在身邊。別冒任何風險。確保車子運作良好。請老公幫忙檢查輪胎、空調皮帶……」

「喔，實在好可怕喔。」卡蘿扭著雙手說。「我是在最後一個案發現場附近的鄉村長大的。」

「我們應該發起共乘制。」黛西建議道。「在他們被逮捕前，公司的女同事都可以一起共乘上班。」

「如果他們敢對我怎麼樣，我就把他們打得稀巴爛，我一點也不怕。」樂怡說。

我知道性侵犯不太挑被害人，但我十分確定即使是最飢渴的變態看到一個拉著苦瓜臉的肥腿矮冬瓜也會三思。

「別存僥倖心態，女士們。」榮恩說。「就警方給我們的說法，這些傢伙非常壞心眼。」

壞心眼？這真的是他能想到最好的形容詞嗎？描述兩個在夜裡開車出去，目的是為了壓倒一個女人然後激烈攻擊她的男人？白痴。

他跟我們說這些話的時候，我的心跳得好快，我期待有人對此發表意見。我的內心世界彷彿要被揭露了，彷彿我會突然忍不住站上玻璃會議桌的正中央，然後大喊：**各位，別擔心，我會逮到這些王八蛋的。給我一點時間。我有計畫。讓我來解決他們。**

看，我用太多粗體字了。我需要冷靜，我需要深呼吸。我需要停止像史酷比那樣思考。如果能找到德瑞克或駕駛藍色廂型車的性侵犯，我會獲得很大的慰藉。德瑞克和衛斯理是金鳳梨，但如果同時有幾顆爛椰子掉下來的話，我也會開心地湊合著吃。

我需要盡快有事發生。我的無聊指數已經破表。茱莉亞效應已經消失，現在的我渴望更多。

會議結束後，克勞蒂亞來到我旁邊。「蕾哈儂，可以跟你談一下嗎？來。」

她指引我們走進有玻璃長桌的B會議室，桌子中央擺著一個水壺，桌面上薄薄一層灰塵。

她把門關上，單刀直入地問了。「蕾哈儂，你和我姪子之間是不是有些什麼？」

「嗯……他就是我朋友，僅此而已。為什麼這麼問？」

她嘆口氣，扶著辦公椅的椅背。「他非常迷戀你。在家一直聊到你。」

我微笑。「他人真好。」

「我不希望他抱有不切實際的希望。」她說。「他非常年輕，非常容易受影響。他跟我住在一起的這段期間，我有責任照顧他，我不希望他……搞砸了他上大學前的這一年，不希望他分心。」

「我沒有做出任何讓他誤以為我喜歡他的舉止，如果這是你話中的意思，克勞蒂亞。」

「不，我沒這個意思。我只是……他成天在家打混，在這裡也越來越懶惰，所以我想……我希望你和他保持同事的關係。」

我皺起眉頭。「你這想法是打哪兒來的，克勞蒂亞？」

她欲言又止，彷彿不敢說出口。但後來她還是說了。「我沒事通常不會去看垃圾桶，但前幾天我在女廁發現一個驗孕棒，就在你離開不久後。我必須知道那是不是你的。以及你和他是不是……」

「對，那是我的。」我說。「我和我男朋友正努力想生個寶寶，但我不希望給其他人知道，謝謝。」

她似乎突然變得頹靡，後來表情再次亮起來。「當然、當然。很好。」她微笑說。「抱歉像這樣質問你。我只是非常保護AJ。我需要他專注在手邊的工作，並且替未來的六個月做好準備，而不要因為任何事把自己束縛了。」

「這個嘛，我保證我不會拿繩子綁住他的，克勞蒂亞。就算他真的對我有意思，那也是單方面的。請問我可以回去工作了嗎？」

她點點頭，再次致歉，帶我走出房間。天啊，那女人是如此執著於自己無法懷孕的事實，搞得她對任何有可能懷孕的人在意到不行。挺可悲的。

我走進員工休息室要準備下午的咖啡時，拉娜正在裡面慢條斯理折著茶巾。我等著她開啟與天氣相關的無聊話題，反之，她卻一句話也沒說，連個微笑都沒有。也許葛瑞格為了我把她甩了。也許她正在密謀用茶巾把我勒死，或拿滾燙的咖啡潑我。我過了一會兒才注意到，她其實是在默默哭泣。我來到她面前，把手放上她的前臂輕揉。

「想談一談嗎？」我問。

她搖搖頭。

「要抱一下嗎？」我說。

她沒有搖頭，於是我摟住她，像一隻蜘蛛用黑色長腳收住蒼蠅。「沒事的。無論發生了什麼，一切都會沒事的。」

她靠著我啜泣，我輕撫她的頭髮。她聞起來有好多種氣味——Aussie的水潤驚嘆洗髮精、菸味、范倫鐵諾強效鬍後水的微弱氣味。

「別對我那麼好，蕾。我不配。」

我學肥皂劇裡的角色那樣揉她的背。「噓，沒事了、沒事了。」揉、揉、揉。

我們愉快地聊了一陣子。她沒有把她和葛瑞格的外遇一事告訴我，但我得到許多有用的情報。我要帶一些棉花糖爆米花給她。那是她最喜歡的甜點。

喔，還有我發現麥可．希斯為什麼沒有來上班的原因了——企圖自殺。吞止痛藥。我們繼續假裝他「去度假」，不問他何時返回工作崗位。我倒是想知道一件事。我想知道他離死亡有多近，是否有看見強光，耶穌是否有牽起他的手之類的。

我好奇約伯格是不是已經到飯店了。他一定會恨死我。這正合我意。

四月六日，星期六

1. 用愚蠢的測量方法測量東西的人——例如，今早電視上在維多麥食品加工廠的那個男人。「如果我把這間工廠一天生產的所有維多麥產品排成一列的話，可以從這裡一直延伸到亞伯丁再繞回來。」所以咧？？？？？
2. 約伯格。
3. 衛斯理・帕森斯。
4. 德瑞克・「混蛋你在哪裡？」・斯卡德。
5. 今天在利多超市幫我裝袋的童子軍。誰會把蛋放在袋子最底部，然後把兩瓶漂白水放在一盤蛋白霜上面？

警方再次對藍色廂型車罪犯提出呼籲——這次釋出更多情報。他們的部分車牌——BTY——以及更完整的外貌描述。其中一個男人臉頰消瘦，穿著灰色連帽衫和藍色運動褲，右手腕有一個星星刺青。另一個男的是黑人，年紀介於三十到四十歲之間，名字叫肯或凱。太好了——＊搭配辛普森家庭郭董的招牌邪惡手勢＊

今天又在谷歌上搜尋甜蜜小屋。想法一旦萌芽就甩不掉了。要是我用賣掉爸媽家分到的錢把那裡買下來呢？當然錢應該不夠，但也許我可以申請房貸。自己背房貸有點恐怖，但我已經習慣恐怖了。我拿刀抵住恐怖的喉嚨，我讓恐怖流血致死。

克萊歐在臉書群組發了一則貼文，伊梅達的婚前單身派對——托旁樂園的狂歡轟趴！！！同時在推特上開啟一個熱門標籤：＃來把蓋瑞．巴洛弄到伊梅達的婚禮吧。她企圖要我們所有人「把這個標籤在推特上大肆轉貼，然後叫其他所有的朋友也這麼做」。

呃……不了。

我冒險進入聊天室，看看昨晚約柏格有沒有傳訊息給我。想當然耳，訊息傳來一大堆：

星期五，20:30：嘿，小甜豆，你在哪裡？？？

星期五，20:34：我到酒吧了，跟你說一聲免得你找不到我，寶貝。

星期五，20:46：我再等十分鐘就走人了。

星期五，21:02：就知道你會臨陣脫逃，王八蛋。

星期五，21:04：你在嗎？回答我，拜託。

星期五，21:15：你他媽的賤人。如果沒辦法出現，為什麼還說你會來？

星期五，21:37：你起碼給點基本的禮貌回覆我的訊息吧。

星期五，21:39：所以就這樣了是嗎？過去幾個月我們聊了那麼多個鐘頭，現在你就這樣一聲不響消失？我會叫聊天室的所有人不要跟你說話。看看你喜不喜歡當傻瓜的感覺。

星期五，21:55：你知道嗎？我很慶幸我沒幹你。我敢說你一天到晚幹這種事。我敢說你很胖。你的屁眼很噁。

星期五，21:57：我沒有看著你的老二打手槍，我騙你的。哈哈哈。

星期五，22:07：我要去找個妓女，然後邊肛她邊想著你。我要傷害她。我他媽恨你。

星期六，08:38：寶貝，求求你回答我吧，叫我滾開或什麼的？拜託？

星期六，08:40：我跟你玩完了，他媽徹底玩完了。

星期六，08:59：你能不能刪掉我的照片，拜託，還有把我在你手機裡的電話號碼也刪掉。

無須多說，我想我和約伯格短期內不會一起踏青嬉戲了。

我傳訊息給大鵰俠和MrSizzler48，看看他們是否仍會跟我說話，抑或約柏格已經把他們洗腦了。

兩人幾乎立刻回覆，另外傳來他們勃起的陰莖照。

桃花朵朵開，你明白我的感覺。

四月八日，星期一

1. 德瑞克．「神秘人」．斯卡德。
2. 衛斯理．帕森斯。
3. 收集折價券的人——因為他們在結帳櫃檯一點也不討人厭。
4. 在街上請路人向慈善機構捐款的那些人——你真的是陰魂不散是吧，你這隸屬國際特赦組織、在藥妝店外等我的小人。再跟我說一句「早安，女士」，我就用那個寫字板把你的腦袋砍了。
5. 實境節目《英倫玩咖日記》、《TOWIE》或《切爾西製造》裡的每一個人。別再提高文盲的地位了！

麥可．希斯回來了，白了一個色號，比以前安靜兩倍。我問AJ想不想打賭他下次什麼時候會再自殺，但他皺著眉頭對我說：「這樣太過分了，老兄。我們都有自己的煩惱要克服。」他真是個好人。我常想，如果我切開他的肚子，是不是會流出檸檬蛋黃醬。

午餐時間，我們走到城裡，任務是要到惡作劇商店買別的東西惹毛萊納斯，但我們東找西找，只找到假的中獎刮刮卡。沒什麼創意，但我們還是買了一張，因為大家都知道萊納斯喜歡買樂透，雖然他從來不說——他喜歡讓別人以為他很有錢，實則不然——我偷看過他的信用卡帳單。

在圖書館沒看見我們的共同朋友，德瑞克．斯卡德。我會繼續抱持希望，但我已經經過了好幾次卻一無所獲。我可能得請一天假，像個迷妹在那裡紮營，守株待兔。

「是說，克勞蒂亞警告我要離你遠一點。」他來到我旁邊時，我對他說。「她說我不應該讓你誤會我喜歡你。」

「什麼？」他大聲說。「她根本無權……呃，那女人！我跟她說過別多管閒事。」

「她只是在保護你。你寄在她的籬下……」

「……所以我必須照她的規矩行事，嗯，我明白。告訴你，再兩個月我就要離開那裡。有了這件事，加上該死的領養手續，她快把我搞瘋了。」

「什麼領養？」

「喔，她要從中國領養一個孩子。她在某個網站上看到的，我不曉得。我聽都聽煩了。」

「喔，我不知道。」

「別告訴她我跟你說。她不想讓任何人知道。但，沒錯，她什麼方法都試了。代理孕母的事失敗了，後來那個俄羅斯女人又騙了她，藉人工授精的名義削走她好幾千英鎊。在家，她滿口都是這些事，簡直是慢性折磨。等不及離開那裡。」

「你離開後要去哪裡？」

「北上。我的簽證延長了幾個月，所以我要北上到曼徹斯特去找些朋友，還有利物浦，然後可能去蘇格蘭吧。也許去一些小島。」

「酷。喔，另外，我聽說你喜歡我。」我說。

他沒有回答，只是清清喉嚨，假裝對房屋互助協會窗戶上張貼的只需付利息的房貸廣告非常感興趣。

「你知道，我也很喜歡你。」

他仍不肯看我，在人行道上跺著腳，一邊點頭。

「但你阿姨克勞蒂亞說我們絕對不能逾矩，所以我想我們應該聽她的話，對吧？」

我對他微笑，一直到他迎上我的目光。接著，我們像兩個孩子一起失控大笑起來。

打電話聯絡安寧照護中心，請他們帶走爸媽的傢俱。他們會在月底過來清掉我所剩無幾的童年，所以旁觀應該會很有趣——懷上我和賽瑞恩的床，掛著我們從小到大所有衣服的衣櫃，貼滿全部的磁鐵和好寶寶貼紙的冰箱，這些都會被塞進一輛麵包車裡，蓋上骯髒發癢的床單，開往陌生的土地。

拉娜喜歡她的棉花糖爆米花。她又哭了。

「你真是個貼心的好人，蕾。」

「只是蛋糕，拉娜。五分鐘就做好了。」

「不，真的。這對我意義重大。」

「那，我們是朋友了對嗎？」

「嗯，當然。」

她編了一個故事，說她的前男友想要帶走他們的貓，他們為此大吵一架。這就是她哭泣的原因。這就是她威脅要吞安眠藥的原因。這就是她又開始看心理醫師的原因。喔，好啊，好啊。這女人開始分崩離析了。看樣子要把她撕成兩半不必費太多力氣。

四月十日，星期三

1. 那些你在電視上看見養了二十幾個孩子的父母——我不在乎你一週要買三公升的牛奶，我不在乎你一餐要煎一百零八根香腸，我不在乎你的後院放不下任何遊樂設備。我吃早餐的時候不想看見你的肥腰，你這生不停的自私王八蛋。
2. 報紙上用球棒把他家的斯塔福德郡鬥牛犬打死的男人——緩刑，呸！我能緩他的死刑，給我一條繩子和強壯的欄杆。
3. 不准小狗進入的商店，即使他們乖得不得了，完全不會亂尿尿——我說的就是我們的市立圖書館。
4. 德瑞克．斯卡德。
5. 衛斯理．帕森斯。

今早萊納斯贏了假樂透——他欣喜若狂片刻後，保羅．馬刺告訴他他被騙了。於是乎，他氣急敗壞地大罵這是職場霸凌，他要剷除罪魁禍首。他開始威脅要找律師什麼的。AJ變得驚慌失措——我不得不躲到盆栽後面，免得笑容害我露餡。

晚些時候召開了一場緊急會議，所有人都要參加。接著榮恩在會議上宣布傑夫．特許決定退休。他私下完全沒有跟我說過。我一直以為我們是麻吉。混蛋。

今天惠特克太太沒辦法帶丁可——她參加了某個老人觀光團，要坐巴士去斯卡布羅吃海蝸牛——所以我問克勞蒂亞我能不能早點下班去看醫生。我提到「子宮頸」這個詞，於是她完全不多問就答應了我。她知道子宮出問題是什麼感覺——她的子宮因為一場羽毛球比賽而發生異位。

我想少了葛瑞格的錢和他完美的信用評分，我光靠自己大概無法申請到甜蜜小屋的房貸。我在威爾斯也需要有份工作。我需要那個地方。我覺得那間小屋也需要我。我和丁可在那裡可以過得很快樂。就只有我們，呼吸那裡的新鮮空氣，以及黃玫瑰的花香。種種蔬菜，照料香草。

但這是他媽的白日夢，對吧？我注定得不到快樂，所以乾脆直接把這個想法扔進水溝算了。

圖書館外仍然不見德瑞克．斯卡德的蹤影。我等得百般無聊，就冒險進入聊天室。Sizzler48先生想要很快聊一下，但大鵰俠不在線上。Sizzler48想在蘇荷區某個性愛地牢碰面。他說我是「他在聊天室遇過最性感的男人」，想跟我在鞦韆上做。這些傢伙真的太好笑了。

我已經決定我今晚要外出。我想念刀子放在外套口袋裡的感覺。我要替自己找到藍色廂型車罪犯，在沾上他們的鮮血前，我是不會回來的。

❖

我把車停在舊道路上那三個停車格之中的一個，最接近科波頓巷的那個，也就是第一次性侵案發生的地點。我停在路邊，假裝在看地圖。現在時間是晚上十點二十三分。我已經在這裡將近半小時了，但我還不打算放棄。今晚他們一定會來，我知道他們會的。而這次他們來的時候，看到的目標將會是我。我從來沒有如此蓄勢待發。為了他們兩人。

十分鐘內沒有半輛車經過。

〈模糊界線〉這首歌從收音機傳來——丟臉的是，我每一句歌詞都會唱。

❖

時間是十點四十七分。現在我在長巷交叉口最接近村公所的停車格。還是沒有任何蹤跡。車窗一直起霧，讓我覺得很煩。

他們可能幹完上一場後，不會那麼快再下手。但還是有可能，我仍抱有一絲微弱的希望。永遠要抱有希望。我在這裡。快來找我、快來找我。快來吧。

我的刀在副駕駛座上攤放著。刀刃冰冷，只想被觸碰。

❖

晚上十一點零七分——我人在第三個路邊停車格。附近沒有地標。葛瑞格傳訊息問我最新一期的廣播時報週刊放在哪裡——我告訴他今晚我在佩姬家過夜慶生。這個理由挺薄弱的，但這確實是佩姬會想要的慶生方式，所以嚴格來說不算說謊。只不過她的生日是十二月罷了。車子一輛接一輛經過，沒人停車或停留片刻。也有幾輛廂型車經過，但都不是藍色的。路面上有一些水坑——這大概是我唯一可以說嘴的有趣事情了。開始打瞌睡。我再等十分鐘，然後我就回家。嗯，回爸媽以前的家。

❖

我寫完那句話後，又過了二十五分鐘。仍然一無所獲。覺得剛剛好像又聽見那隻貓頭鷹了。企圖在谷歌上搜尋那個叫聲，但這裡收不到任何訊號。再等五分鐘，我絕對走人。可能吧。

❖

我的媽呀，一切都要開始了！晚點更新。

❖

哇塞，情況沒有照計畫進行。老天啊！我現在已經回到爸媽家，雙手也停止顫抖，才有辦法記錄下這一切，但我的媽咪老天爺啊，壓力簡直山大。你竭盡全力幫助窮人和不幸的人，得到的卻只有不幸！

廂型車強姦犯都死了，別擔心；起碼那部分是小菜一碟。但今晚我留下太多破綻，我好氣自己，發生了一件不在計畫內的意外——我被人看見了。

話說當時我正沿著舊道路往回開，心想自己隨時準備放棄回家。就在那時，我看見了——停車格一號，接近科波頓巷轉角處的原位置。我差點就要直接開過去，所幸眼角突然閃過某樣東西——檸檬黃的東西。一條圍巾。女人的圍巾，繞在一個女人的脖子上，而女人被綁在一輛廂型車的後面——深藍色的廂型車。車牌號碼：WD64什麼什麼……

BTY？我心想，喔，讓我瞧瞧。

接著，我恍然大悟——靠。這份刺激感本該是屬於我的。我從沒想過我會當場逮到他們對別人下手。她搶了我的鋒頭！於是，我把車停在大約兩百碼外的泥地上，抓起放在前座的東西，跑回廂型車所停放的停車格。車內仍然沒有開燈，也沒有半點聲音。不過，確實是這輛車沒錯——後半段的車牌號碼確實是BTY。

我知道他們在裡面。

我也知道她在裡面。

我在廂型車外躡手躡腳地繞行，完全不知道該怎麼辦——我在瞎搞，我最討厭這樣，但我知道這是我逮到他們的機會，只得硬著頭皮上了。所以，我從包包裡拿出最大的兩把刀，拉上頸巾，站在廂型車後面等待，準備出擊。

接著叮！腦中冒出一個絕佳的主意，於是我把刀收起來。到了這時，我可以聽見他們的動靜——在車裡弄得砰砰作響，互相爭吵。但我聽不見她的聲音——我好奇她的嘴是不是被堵住了。

忽然間，砰砰聲停止了。我聽見其中一人說他「好像聽見什麼聲音」。我的心在狂跳，渾身是汗，呼吸沉重。我應該跑回車上或打電話報警的念頭閃過腦海，但這想法轉瞬即逝，而且我興奮到不行，我非得出手。

我從包包裡拿出茱莉亞的攀爬繩，穿過門把，在廂型車外整整繞了兩大圈，彷彿繞著五朔節花柱跳舞，最終在車子後方綁好。綁得特別緊。他們三人一併被困在裡面。加害人和被害人。

「他媽的是怎樣？」我又聽見他們的聲音，這次是另一個人，嗓門更響亮。女人放聲尖叫；茱莉亞式的尖叫。所以說他們並沒有堵住她的嘴。就在這時，我發現駕駛座的車門是開的，鑰匙插在點火器上。我理智的那一面還沒追上來大喊：**你他媽的在幹什麼？**我就跳上車，轉動鑰匙，把車開出停車格。

事實是？我還是不知道。我只知道廂型車後面有三個人，而我要載著他們到某個陰暗的地方。我不知道要去哪裡，也不知道為什麼，只知道我非得做些什麼。

如今在這凌晨時分回頭一想，嗯，我當初應該直接開往警察局才對。我應該打電話報警，理智些，成為那個大英雄。成為他媽真正的世紀女性。

但我沒有想到那回事。因為我沒有正常人的大腦，你不會現在才知道吧！？我不像正常人那樣思考。我用我自己的方式思考。所以，我開車前往我在絕望當下唯一能想到的陰暗地方——採石場。

女人又開始尖叫——她的聲音聽起來年紀有點大。操著上流口音。我重踩油門，聽見某個東西砰一聲撞上廂型車的側邊。想必是其中一人摔了一跤。

另一個人大吼著說：「我們他媽被劫車了！」

她不肯停止尖叫。我繼續加速。

其中一人威脅她：「閉嘴，賤貨。」對性侵犯來說，算是挺老套的台詞。我猜他打了她，因為我又聽見一次重擊聲。他有口音——倫敦南岸的口音，或是北岸，我不記得了。反正聽起來像那個男演員雷．溫斯頓。

另一個人的口音我聽不出來——蘇格蘭人？也許是格拉斯哥？聽起來跟天空電視台那個與葛瑞格爭執的傢伙很相像。

興奮感簡直妙不可言。我開著窗，沿著奇普希採石場的指示牌開向越來越陡峭的偏僻道路。晚風吹得沁涼入骨。道路越來越窄，也越來越陡。我在廂型車裡沒什麼空間概念，因為相較起來，我的車小得多。車身從樹籬上砍下整根樹枝，我輾過巨大的泥坑濺起水花，碎石子在四個車輪裡敲得乒乓作響。這趟車程我一點也不低調——我只是在專心開車。

我開進當初殺死茱莉亞那晚的同一個停車場，直接開到大坑的邊緣。我把車停下來，關掉車頭燈，從副駕駛座上抓起包包。我很驚訝在我和爸爸扔下了那麼多屍體後，他們至今仍沒有把這個地方封起來。

我拉下頸巾，切斷繩子，用力敲了敲後門。

「放那女人出來。」

我的聲音聽起來好女性化，真討厭。我不喜歡當女人的少數幾個原因就是無法發出如男人般讓人信服的命令。我聽起來像在幼幼台唸傑克與魔豆的主持人。

車內再次傳來重擊聲及微弱的低吼聲。

「我有武器。」我說。「放那女人出來。」我企圖用更多威脅包裝我的聲音。「我給你們五秒鐘。一……二……」

後門傳來咔的一聲。其中一邊緩緩打開。車內的燈已經打開，角落一盞昏暗的小光束。地上有一個床墊。女人被綁在廂型車最深處的角落，一個固定在牆上的小滅火器下方。她有棕色捲髮和一雙大眼睛。床墊周圍擺滿天鵝絨的粉紅色坐墊，一疊雜誌，草莓口味的潤滑液，天花板懸掛著把手。這是一輛移動式的性愛巢穴。其中一個傢伙戴著面罩。另一個傢伙我看得清清楚楚——他是黑人，戴著一副紅手套。開門的人就是他。他一手扶在門上。

他看見我手上的兩把刀，微微退後幾步。

「放她出來。」我說。

所有人靜止不動。我看見紅手套男掛在門外的手露出一截皮膚，就在紅手套上方。我迅速把刀往他那塊皮膚用力一砍，鮮血立刻噴湧而出。

「啊啊啊，幹！」他大叫，用另一隻手抓住傷口。我再次用刀指著他。「放她出來。」

面罩男放聲大笑——真心大笑出聲——抓住女人的手臂，把她往前一推，推出廂型車外。她在碎石子地上摔成一團，接著驚慌地逃到樹叢，頭髮凌亂不堪，內褲掛在一邊的腳踝上，黃色圍巾在她身後的地面拖曳著。

我重新把注意力放回他們身上。

「把門關上。」

面罩男再次放聲大笑。他以為我是這女人的女兒——好怪——要來救她的。他告訴我他要連我也一起強姦。真無聊。

紅手套男開始抗議，但他的手腕太痛了。血流得到處都是。刀子砍到見骨。面罩男作勢下車，但我往前走近一步，再次亮出我的刀。「把、門、關、上。」

「去你的，賤貨。」他說完，準備離開，深信我只是在虛張聲勢，結果卻讓他失望了。我對準他的胸口刺下去（他只穿了一件廉價的藍色polo衫，所以挺容易的）。他立刻倒在地上。我可以繼續捅他，但我只是要把他制服，所以深深割開他的喉嚨，然後刺穿他的喉結，直到他身體變得癱軟。

「媽呀，幹！」紅手套男叫道，跳下廂型車，往樹叢衝去。我想方設法抓住他的手臂，用我最大的那把刀刺下去。他放聲大叫，但接著他用完好的那隻手抓住我的肩頭，把我推倒在碎石地上，我的刀仍插在他的手臂上。接著他坐到我身上，用手背打我的臉——他的另一隻手臂已經毀了。我從口袋拿出水果刀，刺向他的肋骨。他雖然變弱但力氣仍比我大，往我的臉中央用力打了兩拳，害我暈了幾秒。回過神後，他躺在地上，雙腳拖地朝面罩男爬去，徒勞地企圖活命，面罩男則像個獻祭的公牛血流不止。

「你們他媽的要是乖乖照我說的話做，我就不必這樣了。」我氣喘吁吁，重新集中精神，接著雙手拿著刀，朝他走去。我像切著剛出爐的新鮮麵包一樣切穿他的身體。我把水果刀從他手臂上拔起，檢查他們的脈搏。削皮去核——請給我戈登主廚的掌聲——完成。

感謝老天。要不是我夠重，他們可能早就壓制住我。要不是爸爸教過我擋下攻擊的方法，現在在那輛廂型車被強姦的人可能就是我。最驚險的一次。我整個人口乾舌燥，全身顫抖不已。

我聆聽空氣中的聲音。蟋蟀，蒼蠅的嗡嗡聲，草地的沙沙聲。後來，我發現那根本不是草地的聲音——是戴著黃色圍巾的女人，正在我背後的某處啜泣。

「幫我把他們抬到後面。」我說。

沒有回應。

我轉過身。「你有聽見嗎？我說幫我把他們兩個抬到車子後面。快啊。」

女人慢條斯理地從樹叢跌跌撞撞走出來，聽著我的吩咐，抓起男人的雙腳。我們就像兩個非常無能的搬運工，把他們扛進車內。紅手套男比面罩男重得多，所以花了很久的時間，但最終等他們兩人都進到車內後，我便把門關上。

女人看著我。她看見我的整張臉。我想起我的頸巾，連忙往上拉。

「你在流血。」

「我知道。」

「他有傷到你嗎？」

「沒有。」

「你、你現在要怎、怎麼做？」她抽噎地說。

「像這樣。」我說著，往廂型車的車尾一踹，車身就乖乖往前滑動，消失在採石場的邊緣。

車子在斜坡上翻滾，發出震耳欲聾的隆隆噪音，最後撞毀在採石場的底部。接下來，隨著今晚降臨的好運，車子有幸爆炸了。有些火花濺到汽油，於是轟！的一聲，大火照亮了黑暗中的巨坑，溫熱了我低頭往下看的臉頰。

當然，我意識到我的車他媽的遠在天邊。所以我開始往前走。

「等等。」女人說。「你要去哪裡？」

「回家啊。」我說。「不然呢？」

在鄉間小路走了十分鐘左右，我發現我的臉到處刺痛不已，像被黃蜂螫了一樣。她匆匆跟在我後面，高跟鞋喀喀作響。

「你不能把我一個人留在這裡。」她哭著說。

「你走路一定要發出那麼多噪音嗎?」我突然停下腳步說,導致她撞上我的背。

「他們真的死了嗎?」她問道。

「你想回去確認嗎?」

「不要。」

我們繼續往前走。「這實在太糟了。我們會被人看見的。我這次讓自己完全曝光了,打破我所有的規則。蠢斃了。」

「你說這次是什麼意思?」

「閉嘴。」

「你以前做過同樣的事嗎?」

我不發一語。

「你救了我一命。」她說。

「是、是。」

「真的。你救了我,讓我免於……」

「你不應該在那裡的。」

「什麼?」

我停下腳步。「你為什麼隻身一人開車?你沒看見報紙上那些警告嗎?」

「我得加班。」我猜她肯定四十多歲快五十歲左右。「我叫海瑟——」

「我不想知道。」我說。

「現在該怎麼辦？」

「繼續走吧。」

大約一小時後，我們總算抵達她的車邊，途中穿過許多農田，在溝渠裡進進出出，讓我隱約想起小時候跟賽瑞恩一起去採石場摘黑莓的回憶。我流著鼻血，心裡很清楚明早整張臉肯定都是瘀青。看樣子得用上大量的遮瑕膏才蓋得住了。

「就這樣吧。」我說，仍對自己、對她和他們搞砸了計畫而不爽。「晚安。」

「可、可、可是我該怎麼辦？」她的聲音抖個不停。她擰著破掉的圍巾，一邊拿著車鑰匙摸索車門上的鎖。

「快上車回家吧。」我在牛仔褲口袋找到一張舊面紙，把它塞進鼻子。連帽衫兩邊的袖子都沾滿鮮血——幸好是黑色的（我說的是連帽衫，不是我的血）。

「我辦不到！我不能就這樣回家，假裝沒事發生過。我有家庭。聽著……」她舉起手，那隻手像果凍一樣不停晃動。

「你給我回家，有必要時給我他媽拿出梅莉．史翠普的演技，就是不准再提起這件事。這是防止你惹事生非的唯一辦法。」我開始頭痛了。

「我不曉得我有沒有辦法什麼都不說。」我轉身走向我的車，但海瑟抓住我的手臂叫住我。

「我不能自己一個人。拜託陪在我身邊。直到我冷靜下來就好。我這個樣子沒辦法開車。」

她他媽的抱住我。在犯罪現場抱住我！今晚表面工夫真的一點屁用都沒有。

「我會去找警察。我會告訴他們事情的經過。」她說著，把我放開。

「不行。」我說。

「我不會提到你的。」

「如果你不提到我，你就得說你一個人在採石場，然後他們就會以雙重謀殺案逮捕你。」

「喔。可是……」

「而如果你提到我，他們就會以雙重謀殺案逮捕我。」我敲敲頭。「用用你的腦袋。」

「可是……」

「什麼都別說，什麼都別做。你從來沒有來過這裡，你也不認識我。」

「可是我的車在這裡停了一整晚。萬一有人看到呢？我們可能到處都留下了證據。」

「喔，天啊，別這麼說。」我說。「可惡。」

她查看手機。「我沒辦法好好思考。我有六通我老公的未接來電。」

「回傳訊息給他。說車子出了點毛病，你現在要開車回家了。說你去找人幫忙，結果迷路。你弄破圍巾。你……高跟鞋斷了，隨便你怎麼說。你回到車上，結果車子又可以發動了。謝天謝地——簡直是奇蹟。總之別提到那輛廂型車或是我。」我的鼻血仍然流個不停。

「你的臉該怎麼解釋？」海瑟問道。

「我靠說謊維生的，不必擔心我。」

她倚著車門，又開始啜泣。「我不知道該對你說什麼。我必須好好答謝你。你不知道你做了什麼好事。我謝過你了嗎？」

「嗯，你沒事了。你能答謝我的最好辦法就是忘記你見過我。晚安。」

她點點頭。

我不知道那個點頭的意思是「好，我不會提到你」或「好，可是不管你怎麼想，我還是要開車前往警局。」無論如何，真是個該死的夜晚。我不知道她上車後發生哪些事。我只知道從今以後，我可能得保持二十年左右的低調生活。

四月十一日，星期四

1. 電話行銷人員——我敢說但丁的地獄肯定有一層少了一些居民。
2. 那些吹噓自己一整年不丟任何東西的自大人類——你要怎麼回收衛生棉？我說真的？
3. 趁我不在座位上時坐我的椅子並調整高度的人。

全身上下都痛。在爸媽家洗了個冷水澡後，我大約在早上六點回到公寓。鏡中的我看起來就像被痛打了一頓。嗯，嚴格來說，我確實被痛打了一頓。但我當然不能讓任何人知道，所以我抹了一大堆化妝品。幸好，多虧了一堆YouTube教學影片和一些昂貴的遮瑕膏，我在葛瑞格的眼中只是「有點浮腫」。我鑽進他身邊的被窩裡。他似乎還滿高興見到我，完全不曉得我去過哪裡。

上班前帶丁可去散步。外頭下著濛濛細雨，我掀起外套上的帽子，以防萬一。今天諸事不順，人行道上有一坨坨濕淋淋的狗屎，臉被一個遭虐死的強姦犯毆打而受傷，每條排水溝都堵塞不通，吉娃娃又對經過的每隻狗又吠又叫。

當地的頭條新聞是採石場有輛廂型車起火。警方認為事有蹊蹺，因為靠近坑邊的頂端有「打鬥跡象」。我的妝上得好厚，看起來好像一臉摔進倩碧的櫃檯，而且到處都是腫的。雜工艾瑞克已經問過我是不是懷孕，因為我整個人「臃腫又紅光滿面」。混蛋。

整件事最糟糕的部分就是黃圍巾的女人——海瑟——看見我的臉。我有一張頗容易認出來的臉。因為修道院花園街過後，我當了全國多年的心肝寶貝。她沒說她認識我，但不代表她真的不認識。萬一她看過《破曉時分》怎麼辦？萬一她碰巧看到電視上重播的一集艾倫秀怎麼辦？另外，還有我的電訊日報專欄——路易斯影評——我該死的照片就放在上面！的確，那是一張非常小、非常模糊的照片，但還是在那裡。如果她是本地人，一定看得見。她可以來到電訊日報的辦公室說要找我。喔，靠，我好慌張，現在沒辦法好好思考。我需要建議。

❖

前往吃中餐的路上順道買了一個糖霜麵包，吃了之後才發現是個難吃得讓人鬱悶的糖霜麵包。你可能會想哪有這種事——不就是麵包加糖霜，對吧？

你錯了。

首先，麵包本身就不新鮮，一端還卡著一隻活生生的果蠅。不只這樣，我的糖霜有一半黏在旁邊的麵包上，而幫我夾麵包的那個婊子甚至沒有把糖霜刮下來放回我的麵包上！超過分的。

回辦公室的路上，我在教堂窗戶上看見一則標語。標語寫著：人生中的失落可能只是上帝為你安排的救贖。即使前路茫茫，也要相信祂的計畫。

我想這句話應該不適用我的麵包，因為我還是把它吃掉了。不過值得深思。宗教偶爾沒有站在商店街的檸檬木箱上滔滔不絕發表歧視同性戀的言論時，也能挺有意義的。然而這還是無法讓我停止煩惱那個黃圍巾的女人。我不斷湧起同一個念頭：遲早會出事。

下午替某個過一百零五歲大壽的老婦人寫了一篇生日報導。附圖是這位滿臉皺紋的嬌小婦人從女王手中抓緊她的卡片，左右兩邊各有一名看護，基本上是把她撐起來的。我的家人都不長壽。我好奇我還有多少年可以活。我會怎麼死？畢竟，就像一個義大利畫家的作品說過的，即使在樂園裡也有死亡。

我的臉一直在抽痛，彷彿被起司刨絲器磨過。我把止痛藥當成小熊軟糖那樣吞個不停。

四月十二日，星期五

1. 挑食的人——真的，艾德蒙，你再挑掉三明治裡的生菜給我試試看。
2. 不會拼字、不會用縮寫，以及搞不懂「在」和「再」有何分別的人。他媽的給我去上學。
3. 公司裡生病的員工——他媽的給我回家。
4. 推特上生病的人——我不在乎你的慢性疼痛、關節炎和／或憂鬱症，還有聽好了，其他人也不在乎。
5. 從來只有S號或3XL、永遠找不到L號的過季女裝服飾店。
6. 昨晚有氧課上的肉彈羅威娜，做任何動作的速度和力道非得是別人的兩倍，只為了炫耀她的身材有多好。要是以前在學校，我早就拿她的擦臉巾來擦屁股了。

今天我全身痛得要命。瘀青有如紫色的花在臉上一一綻放。我還沒上妝就被葛瑞格給看見。我不得不告訴他我在電梯裡跌倒，於是他說他要跟房東申訴他用的磁磚和膠太廉價。我甚至懶得跟他爭辯。

打了一些新聞稿：當地的教堂慶祝活動、女童軍舉行街頭藝術活動，用各色毛線為商店街穿上新衣，以及本地已有超過六千多人有糖尿病相關問題的報導。

呃、呃、呃、呃、呃、呃、呃、呃！

我好好好好好無無無無無聊。

天啊，我又想殺人了。這種感覺成天讓我心癢難耐，就像未完成的高潮、未被滿足的食慾、尚未劃掉的心願清單。廂型車強姦犯完全沒能平息此念。就像麥當勞的四盎司牛肉堡——你吃得津津有味，等到吃完後，你又會想：天啊，我真希望有薯條可以配著一起吃。

或至少吃些雞塊。

總之就是不夠。而且我沒有足夠的時間讓自己興奮變濕，因為我太焦慮了，整件事徹底跳脫我的舒適圈。一切完全不在計畫內。我慌張得只想快點把事情完成，把我跟採石場和那個黃圍巾女人之間的距離盡可能拉得越遠越好。我大半個夜晚都在閃避牛糞和該死的泥巴。這又讓我更生氣了。我臉上的疼痛更是毫無幫助。

我不可能是唯一一個對奪人性命有這種感覺的人。每個人都有不為人知的瘋狂面，對吧？

黛西午餐結束從採石場回來後，整個人積極地忙上忙下，充滿活力。

「你為什麼要去那裡？」我問，飄到她身邊，把幾張紙放進她座位後方的檔案櫃裡。「負責那篇報導的不是克勞蒂亞和保羅嗎？」

「喔，天啊，蕾。我非去不可。又是他幹的！收割者。是他殺了採石場的那兩個男人。那裡就是警方發現茱莉亞．基德納的地方！」

我得承認我有點失望她最後選了收割者這個綽號。「這是你給他的稱號嗎？收割者？」

「對。我跟萊納斯和克勞蒂亞聊過了，他們都說這個稱號挺適合這裡的。你懂的，這裡有很多農地。收割者收穫……」

「嗯，我知道收割者是什麼意思。」我說著，用力關上檔案櫃的抽屜。「警方已經證實是他幹的了嗎？」

「不必等他們證實，我知道一定是他！那是一輛深藍色的福特廂型車，車牌有一部分是BTY。車內有兩個男的——警方需要牙科病歷才能確認身分，但我知道就是他們！」

「你的意思是他們就是犯下那些性侵案的兇手？」

「沒錯！」

「喔，天啊，黛西，這太棒了！完全被你料中了！」

「我知道！天啊，真叫人興奮，對不對？我是說，他的下手目標是那些性侵犯。這有點……我不知道怎麼形容，感覺滿令人心安的。雖然他的殺人手法還是很陰森恐怖——採石場的領班猜測他們起碼有一個人是流血過多死亡後才被扛進車裡的——但我還是得說，哇喔，好酷的傢伙，喔？」

「真的，好酷的傢伙。」

她的臉上出現了電影《油脂小子》尾聲、當蜜雪兒．菲佛抬頭看著她那神秘的摩托車手時的相同表情。

「你有點喜歡他，對不對？」

「收割者？別傻了！不，當然沒有。」

「有，你有。」我唱著說。「你想跟這個行俠仗義、清除害蟲的夜行俠上床。」

她臉色大變。「得看看他有沒有性侵那個可憐的茱莉亞．基德納，對吧？但如果他沒有，而且真的在做我認為他在做的事，清除街頭的性侵犯和有戀童癖的變態，那沒錯，我想你可以說我確實有點敬佩那個傢伙。」

我們像兩個小賈斯汀迷竊笑低語，我幫她煮了一杯「勝利咖啡」慶祝她變成那麼厲害的優秀記者。

雖說她的推測有小小的失誤。我們聊著聊著，黛西開始越來越興奮，想像自己可能會獲得記者獎或升遷，而我只是坐在那裡聽著她滔滔不絕。就在這時，她突然伸手抱住我，感謝我願意聽她對這件事的所有理論。為什麼最近大家沒事都喜歡抱我？我是什麼人？抱抱熊嗎？總之，她一抱我就哎了一聲。哎得很大聲。

「喔，天啊，怎麼了？」她說著，嚇得往後退。

「抱歉。我……前幾天玩無板籃球的時候摔了一跤。摔得整個人鼻青臉腫。」

她上下打量我。

「沒錯，這就是我今天妝那麼厚的原因。」

「我不知道你玩無板籃球？」

「是啊，大多在週間的時候。」

我絞盡腦汁回想最近幾個月我幫傑夫編輯的新聞稿。「只是當地的女子隊。我們每週三晚上練習。」

「哪一隊？」

「翼鋒。」

「喔，這樣啊。你打哪個位置？」

她的表情說明一切。她在拼湊訊息，理清現況，評估實情。儘管我的謊言相對瑣碎，但一點一滴加總起來的結果是，她並不買單。

真是聰明的女孩，我邊喝拿鐵邊想，就像電影侏羅紀公園裡的管理員看見迅猛龍的時候那樣。聰明、聰明的女孩。

到了圖書館，所有員工要嘛到後面處理逾期送達的書，要嘛就是忙著在書堆裡打轉。我看見有個挺帥的傢伙胸前掛著實習生的牌子，突然想到我可以哄騙他告訴我地址。

「喔，你好，我爺爺把他的借書證掉在這裡了，請問有人送過來嗎？是，他的名字是德瑞克．斯卡德。我能不能看一下你們系統裡的地址對不對，因為他最近搬家了……」停下來眨眨睫毛。

但話說回來，太冒險了。如果我真的找到德瑞克的住處，也不希望有任何線索回到我身上，包括眼前的圖書館帥哥，他可能會告訴警方我在打聽他家地址。不能留下線索——這是最重要的規則。

我總算知道那些追星的迷妹在等待她們心愛的偶像走出倫敦希斯洛機場的出口大廳時是什麼感覺了，拿著牌子尖叫，伸長麥克筆，只為了有某種接觸。任何接觸都好。即使那些男的在她們臉上吐口水。在那年紀，你只想把口水裱起來。

或者你是這樣嗎？我大腦受過傷。我有可能只是在胡說八道。

四月十三日，星期六

1. 穿緊身連衣裙的女人。
2. 今天站在超市的鷹嘴豆貨架前的老婦人。等我從甜點餅乾區回去後她都還站在那裡，最後甚至一罐豆子也沒買！
3. 咳個不停又不懂得暫時離開房間／餐廳／電影院／地球迴避的人。
4. 超過二十一歲還在說「好棒棒」、「矮油」和「矮油好棒棒」的人。
5. 超過十歲還在玩變裝遊戲的人——你跌進幼兒園的變裝衣箱時撞到頭是嗎？
6. 惠特克太太——我們新買的巧克力醬平白無故失蹤了。

我和葛瑞格今天過得挺不錯的。早上我帶丁可去勝利公園散步——小徑上已經沒有血跡——接著去城裡血拼購物。在Lush買了一些沐浴球、又買了一些好咖啡（葛瑞格先前又買了便宜的爛貨）。我在寵物店差點買了一隻小丑魚，黑白版本的尼莫。我打算叫他傑洛米。最後，葛瑞格說服我放棄不買。「熱帶魚的魚缸很貴，而且他們需要特別的食物，巴拉巴拉巴拉。」另外，收銀台後面的傢伙留著超長的小指指甲，頭髮飄著起司的臭味。

當地報紙鋪天蓋地報導採石場廂型車的故事。警方稱是雙屍命案，並呼籲目擊證人能夠出面。一張嫌疑犯的大頭照突然出現——是男人，絕對是男人——穿著一身黑，面罩蓋過下巴。我不知道他們是哪來的想法。附近根本沒有人，一個人都沒有。我們開車經過的其中一塊農田，角落有幾隻牛。也許其中一個是告密的人？

展演中心正在舉辦某個大型的漫畫展，所以城裡到處都是打扮成鋼鐵俠和小丑的成年人，穿著斗篷和揮著魔杖走來走去。葛瑞格開玩笑說要挖出他珍貴的風暴兵服裝過去——我說如果他要去就自己去吧。他求我找出去年萬聖節的小丑女服裝，我說他再逼我，我就割掉他的耳朵。不知為何，他覺得我這麼說很有趣。幸好，電訊日報下禮拜的展覽專題報導是由AJ接棒。我們擲硬幣決定——我留在座位上的那個惡作劇硬幣永遠只會翻到人頭那一面。

我在城裡尋找德瑞克，但感覺就像大海撈針。

晚上我從麵粉開始做了一些義大利麵，我們依偎在一起看《皇家大匯演》。幸好睡前性愛時間很短，因為我吃太多，差點把麵全吐出來。他做完倒頭就睡，這表示我和丁可可以安靜觀賞戈登·拉姆齊的地獄酒店，不必聽他在旁邊發表意見。康乃狄克州最古老的旅店獲救了——來點戈登主廚的掌聲——完成。

丁可仍然不肯握手。

四月十四日，星期天

今天的我真的需要迴避人群——今天是那種心情特別差的日子。我在淋浴間滑倒，腳趾頭踢到吸塵器，又把貝果烤焦。到了中午，我連自己的手指甲都看不順眼。

葛瑞格今天整天不在家——「安博納街上那間浴室展示廳的裝修工作必須早點開工。」（通拉娜的水管）所以我提早帶著丁可出門散步，然後決定整理一下森林家族的房間——我一直想要用碧昂絲的小海報重新裝潢小孩房——就在這時，我的心跳突然漏了一拍——我注意到有些東西不見了：

1. 浴缸裡的黃色小肥皂。
2. 戴著黃色圍兜的倉鼠寶寶——小桃子。
3. 餐廳裡的老爺鐘。
4. 客廳書架上《孤星血淚》的迷你小書。
5. 倉鼠姊姊的紅鞋。
6. 三個可頌麵包。
7. 以及豬爸爸，理查．嘎嘎。

「他媽的是怎樣？」我大聲咆哮，把丁可嚇得汪汪叫，因為她以為我們有不速之客。我花了好幾年蒐集那些東西，惠特克這個小偷一直進來這裡瞎搞。我在茶几上放著一盤讓豬爸爸伸手去拿的巧克力閃電泡芙也不見了，但後來發現泡芙被移到冰箱裡。

那不是唯一被動過的東西——剩下的倉鼠寶寶本來應該在搖籃裡，現在人卻在浴缸；媽媽不是躺著，而是在燙衣服；兔寶寶在餐桌上寫功課，而不是在樓梯間溜滑板。

「我要殺了她。」我氣得脫口而出，努力專注在自己的呼吸上，但胸口太緊無法配合。「冷靜想一想。」我說。「說不定她只是把東西移動了，沒有真的拿走任何東西。」

於是我開始找。果不其然，我找到不少東西。肥皂在冰箱裡。戴著黃色圍兜的倉鼠寶寶在陽光屋的滑梯上。老爺鐘不知為何，擺在浴室裡。狄更斯那本迷你小書塞在兔哥哥的書包裡。姊姊的紅鞋在爸爸媽媽的衣櫃裡，三個可頌麵包放在馬桶裡，真奇怪——誰會拉出可頌？我差不多又快要恢復理智。

但豬爸爸，理查．嘎嘎，還是遍尋不著。

「她把他拿走了！」我忿忿不平地說完，衝出家門，下樓來到第三十九號房。我用力敲門敲了四次。她一直等我敲到第七次才開門。

「哈囉，蕾哈儂。」她燦爛一笑，露出一口假牙。「我剛剛在煮水……」

「理查．嘎嘎在哪裡？」我說，竭盡所能控制住我的音量。

「誰在哪裡，親愛的？」

「少裝了。你把他怎麼了？」

她微笑，彷彿我在說笑話。「我不知道你在說什麼，蕾哈儂。誰是理查……」

「他是我娃娃屋裡的爸爸。你把他拿走了。他、在、哪、裡？」

她皺起眉頭，演技簡直是奧斯卡等級。「我確定我沒有見過他，蕾哈儂。會不會是丁可……」

「別怪到丁可頭上。她知道不可以碰我的娃娃屋。葛瑞格也知道。唯一會進那間公寓的人是你，因為你有鑰匙。我也知道你經常從那裡拿走東西，別想否認。平常我不會介意，但講到我的娃娃屋就是例外了，他到底在哪裡？」

這會兒她的眼睛睜得好大，因為我在咆哮。「親愛的，我沒有拿走你的娃娃，我沒有碰過……」

「沒有碰過？」

「我有時候會去看一看。那是一棟很漂亮的房子，我以為你不會介意。」

「只要別動手動腳，光看我當然不會介意。」我兩手扠腰，表示我是認真的，而我希望她知道這一點。

「我前幾天照顧丁可的時候，稍微玩了一下。」

「我們付錢給你是要你照顧丁可，不是讓你玩我的森林家族。我再給你最後一次機會——理查．嘎嘎在哪裡？」

她嚥下一口口水，把門打開一些，讓我可以看進她的公寓。我從她旁邊擠過去。乍看之下，沒有什麼太違和的東西。同樣的米白色和棕色傢俱，同樣瀰漫著老人淡淡的香水味和尿味。走廊的鞋架上同樣是擺得整整齊齊的老人拖鞋。

就在這時，我看見了——我看見他了——理查・嘎嘎，坐在她的壁爐架上，旁邊是一個馬車鐘和一些生日卡片。我大步走過去，一把抓起他。

「喔，你找到他了，太好了。」她說著，回以微笑。「我不知道他怎麼會在那裡，真的。」

「他之所以『在那裡』是因為你把他放『在那裡』的，你這小偷。少裝糊塗了。你在老年痴呆症找上你很久之前就已經是個小偷了。別、拿、我的、東西。」

我本來打算點到為止，但她非得用她那張臭嘴說些讓人生氣的話。「你明天還要我照顧丁可嗎？」

我大步折返回去，站在門口面向她，接著伸出手。「鑰匙。」

「什麼？」又一次，她帶著微笑說。我想把她的嘴巴撕下來。

「我要拿回我的鑰匙。」

她把手伸到背後，取下掛在她外套旁邊的鑰匙遞給我。

「我再也不想讓你照顧丁可了。我不能冒險。」

「我不會再去碰你的娃娃屋了，蕾哈儂，你不必做傻事。」

我直接走向她那皺巴巴又毛茸茸的老臉面前。「你的老賤貨他媽說對了，你不會再去碰我的娃娃屋。因為你膽敢再去碰的話，我就把你像隻豬一樣宰了，再把你的內臟當皮帶穿。」

說完，我就離開了。直到返回自己的公寓後，我才發現剛剛不應該那樣說。「腸子」比起「內臟」可能會是更好的用詞，更簡潔有力。不過我至少拿回了理查・嘍嘍。我把他放回他的扶手椅上，再把報紙放回他的豬蹄上。

森林家族再次恢復平靜。

四月十五日，星期一

1. 德瑞克．斯卡德。
2. 衛斯理．帕森斯。
3. 一直打手機給我、問我是否「準備好讓他們替我爸媽家的陽台門報價」的窗戶公司。
4. 有體味卻毫不自覺的人（也就是我們辦公室的保羅）。你的鼻子是怎樣？又髒又鼻塞嗎？
5. 對話時東看西看就是不看你的人（就是你，麥可．希斯）。另外，把你那些自製蛋糕拿遠一點，麥可。你上完廁所絕對沒洗手——我幫你計時過。

今天葛瑞格帶丁可一起去上班，畢竟我們已經沒有惠特克太太可以幫忙了（我告訴他是她一直在偷他的鍋子，所以我們顯然不能再信任她）。

辦公室的每個人都像是受到電擊一樣——我從未見過他們如此活躍，如此生氣勃勃。藍色廂型車男已經被人用觸目驚心的方式終結惡行，而且看樣子我們這附近出了一個連環殺手。每個人都好快樂。AJ火力全開與人調情——眨眼、微笑、甜言蜜語、用海報筒做色色的手勢，應有盡有。太美好了。其他人也都彬彬有禮、熱情洋溢，給我一些沒那麼糟糕的工作做，比如採訪被非法拘禁的受害人和當地的奧運選手。這裡幾乎又成了愉快的工作場所。

都是我的功勞。

但今天我對這個新的氣氛無法投入太久，因為我被派去報導在地的藝術節活動，舉辦單位是社區活動中心——或是我所謂的社區痛苦中心。

「這對你的專欄會是很棒的獨家報導，對吧，小甜豆？」克勞蒂亞走出編輯會議時說道。起碼她是笑著說這句話的。總有一天，我希望能看見那張笑臉砸鍋。

社區活動中心的房間仍像我六歲那年考芭蕾舞考試的時候一樣，瀰漫餅乾味和屁味，參加這些社區活動的人都老到需要帶著氧氣桶才能四處走動。我覺得自己就像《顫慄》這部音樂綠影帶裡的臨演。第一個房間充斥著裝置藝術，是在地「藝術家」擺放他們，呃，藝術品的地方。這年頭，一塊塊纏著繃帶的鐵絲網和一堆怪誕排列在地上的銅管似乎就可以稱之為「藝術」。

下一個房間是音樂韻律課，兒童舞蹈團的孩子們穿著連身舞衣在亂跳一通。伊梅達的雙胞胎一看見我，便朝我招手。我故意做鬼臉逗弄他們，換來整團孩子的嘻笑聲和喜愛，以及他們綁著包包頭、屁股又大的舞蹈老師的怒視。

在那後方的房間正在上水彩課，所以人們可以站在那裡看著水彩變乾。到了二樓，課程稍微變得更刺激——正在進行的是巧克力大師課。門口的男人拿著一盤試吃品。

「這是免費的，孩子。」他用一種「別害羞」的語氣說。「盡量吃，這些都是我們親手做的。」

我在課堂上看見幾個穿白襪的低薪公務員，決定婉拒。「我會過敏。」我告訴他。

沒錯，對鼻涕和蠢蛋過敏。

現在我必須寫出一份「輕鬆且熱情的報導」來形容我在這裡的經歷。喔，老天，這一切會有結束的一天嗎？

❖

我看見他了。我看見德瑞克・斯卡德了！我準備離開時，他正走進藝術節。我確定是他！晚點回報。

❖

更新：我弄丟他了。在茫茫人海中弄丟他。他就像該死的幽靈。但至少我知道他是一個仍然活著的幽靈。這讓我更堅決要殺掉他。

四月十八日，復活節前的星期四

1. 圈內人士才懂的笑話——那就留在圈內講吧。
2. 喜歡說「百分之一萬」以及過度使用「超屌」這個形容詞的人。以前大家只會用這個詞形容登陸月球或治療癌症的方法，而現在《大英烤焗大賽》成功烤出蓬鬆的舒芙蕾就會聽到這個詞。
3. 過度使用「太棒了」這個形容詞的人——通常跟喜歡說「百分之一萬」是同一類型的人。
4. 挑食的人——也就是我們辦公室的樂怡。這週我學到鹽醃牛肉、美乃滋和巧克力「會讓你早死」，用橄欖油煮菜「絕對會致癌」。「那就來吧。」我說。結果，原來她阿姨剛剛因為癌症去世。「跟橄欖油有關嗎？」我問，「還是是大力水手幹的好事？」她假裝沒聽見。
5. 支持的足球隊輸了就表現得像世界末日來臨的人（葛瑞格、奈傑爾、艾迪、蓋瑞）。

跟德瑞克有關的大消息。所以說，就在我親眼看見他的隔天，發生了這件事……

當時我正窩在座位上，一邊思考該如何度過接下來的漫長週末，狂吃杏仁水果蛋糕、狂嗑巧克力、狂跟葛瑞格做愛，一邊打著關於商店街人行道上有磚塊鬆脫的申訴文章時，郵差走了進來——這個一頭紅髮、不倫不類的傢伙經常過來送信，但我從來沒有太注意他。

總之，他跟AJ變得滿熟的。他送信給AJ的時候，我偷聽到他們之間的對話。

「我剛剛看見那個戀童癖變態走進郵局。」

「什麼戀童癖變態？」AJ問。

「就是那個姓斯卡德的傢伙，之前因為在他家性騷擾兩個孩子而被警方逮捕。他被釋放了，不是嗎？」

「他在哪裡？」

「他剛剛拿著幾個包裹走進郵局。」

「那傢伙讓我渾身不舒服。」

「他把衣領拉起來，又戴了頂狩獵帽。不過我知道是他。」

我聽到一半再也聽不下去。我披上外套，雙手伸進衣袖。

「AJ，我跟牙醫診所有約。一會兒就回來。」

郵局永遠大排長龍。聖誕節前幾週，甚至會排到大街上。我在後面掃視隊伍，接著注意到他，與我相隔四個人，手裡抓著兩個包裹，倚著一根拐杖。我心跳加快，就像看見舊情人，而不是一個七十多歲、戴著狩獵帽的半癱性侵犯。他變老了，身形更為駝背，但光看臉的話一點都沒變，就跟當初頭版登的法庭照片一模一樣。我假裝在瀏覽雜誌。

他離開後，我等了一會兒跟上他，保持一定的距離，但眼睛自始至終沒有弄丟那頂狩獵帽，或那根拐杖在購物人群中緩慢穿梭時的敲擊聲。經過彩券行，到銀行提領現金，走上城堡巷，沿著商店街前行，逛逛Boots藥妝店，然後走進Iceland超市，在冷凍櫃前面東看西看，買了一人份的牧羊人派和兩公升的蘋果酒。看看鞋店櫥窗，穿過轄區。

穿越停車場。

經過地方法院。

經過醫院。

最後走進一戶連棟透天。漢斯汀斯街四號。我在對街等了一會兒後，過去查看門鈴上的名字。這棟透天是分租公寓。三號——空的。二號——空的。一號——德瑞克。我隔著厚重的黃色窗簾，看見屋內的電視在閃爍。

德瑞克？他的名字現在也成了他的姓了？或者只是巧合？我不確定。無論如何，我逮到他的住處了。

他已經是甕中之鱉。

四月二十日，星期六

1. 付費在網站上做彈出式廣告的人——你可能前一秒還在讀著某篇傷心的文章講述某個敘利亞婦女在一場炸彈攻擊中失去所有的孩子，然後下一秒就跳出新款星冰樂的廣告。提醒你，價格超划算，而且可以得到三倍點數喔。
2. 領雙薪的人（也就是葛瑞格和萊納斯）。
3. 在髒兮兮的小貨車上寫些難笑字句的人——目前葛瑞格的小貨車就被寫上「羅爾夫・哈里斯的觀光巴士」。我覺得他還沒注意到。
4. 做出難吃三明治的人——今早我問蘋果花咖啡廳新來的女服務生能不能點個麵包抹奶油。
5. 印度電話客服中心——不好意思，但是你他媽的到底在說什麼？

又做惡夢了。我身邊最忠誠的東西。在醫院裡，那雙懇求的眼睛，乾枯的嘴唇，蓄勢待發的枕頭。諸如此類。過了兩年，回想起來越來越乏味。天知道我的大腦現在在打什麼主意。

我為葛瑞格做了「他這輩子吃過最美味的香腸砂鍋」，加上格子鬆餅和豌豆。甜點我做了巧克力布朗尼佐奶油，又切了一顆草莓點綴。接著，他那幫兄弟來家裡看足球——曼徹斯特的某某隊對上雪菲爾的誰誰誰——於是剩下的夜晚，他、艾迪、蓋瑞和奈傑爾就窩在我的L形沙發上，一邊灌著時代啤酒，一邊在我的沙發上放屁。整間公寓立刻臭氣熏天。

大鵰俠和Sizzler48先生都不在線上，所以我甚至無法藉著跟他們聊天來轉移自己的注意力。我決定打電話給安妮，看看能不能過去坐坐。她在電話那頭大哭，但我透過淚眼汪汪的語氣聽見她說：「當然好了。」我猜其他甩友已經忘了她的存在，產後憂鬱症也開始找上她。

我把剩下的布朗尼放進保鮮盒。是時候展開第一階段的金鳳梨行動。

她一打開大門，立刻哭了出來。山姆也在哭，一邊在她肩上扭來扭去，像一個小沙包。

「你好嗎？」我問，儘管往她後面的客廳看一眼就已經道盡我需要知道的一切——這裡就像垃圾掩埋場，有一條鋪著地毯、通向廚房的小路。屋子不髒，只是很亂。我看得出來每樣東西本來應該放在哪裡——所有櫃子和抽屜都仔細貼上像尿布和固齒器等等的標籤，只是還沒能回到正確的位置。

「抱歉，你來得不是時候，這裡簡直是天殺的垃圾場。」

戈登．拉姆齊的地獄酒店正在背景處靜音播放，是他幫忙拯救奧勒岡州那間經營不善的民宿那一集，老闆因為吸大麻吸到精神不濟。我之前看過，但仍很精采。我點點頭。「是啊。」

「他不肯睡覺。從來不肯睡。」她告訴我，像女妖一樣瞪大眼睛。「等他真的睡著了，等我總算可以把他放下的時候，我準備開始要整理這團亂，但我實在沒那個心力。我只想睡覺。我長了三顆痔瘡，三顆！」

「拉什漢在哪裡？他為什麼沒有幫忙？」

「喔，他有，但他接下了額外的工作，所以他現在週末也要工作。他也繼續上健身房。但我已經沒去了。我為了這個寶寶犧牲很多，他沒犧牲……那是布朗尼嗎？」她打開保鮮盒，深吸一口氣。

「今晚剛做好，專程要給你的。」

她又開始大哭。「他媽媽這週來了兩次。我爸媽下星期一要從模里西斯飛過來這裡，可是……哎，實在好辛苦。」她塞了一個布朗尼到嘴裡，把蓋子蓋回保鮮盒上。「今天根本懶得做飯。」

拉什漢讓我想起辦公室的保羅。一樣超愛上健身房，而他在跟安妮認識之前，臉書放的全是在加拿大划橡皮艇和在紐西蘭攀岩的照片。他至今仍未把他的個人資料改成寶寶的照片。我注意到保羅有好幾次打電話回家，跟老婆說「榮恩給他壓力」，所以不得不加班，因為他要「支援其他人」，然後我經過他的座位時，會看見他在玩線上撲克牌遊戲。他只是想躲過可怕的睡覺時間。

「真不好意思，你要喝茶還是琴湯尼什麼的嗎？」安妮問，坐在沙發邊緣，搖晃著肩上的寶寶。正當電視裡的戈登邁著大步出現時，她拿起遙控器，把地獄酒店關掉。

「不用了，謝謝。聽著，想拒絕的話別客氣，但你何不趁我在這裡的時候好好利用一下？去補幾個鐘頭的睡眠。我會照顧他。」

她搖搖頭。「我不能讓你這麼做，蕾哈儂。」

我嘆口氣。「安妮，說真的，你在這種情況下沒有人陪，我也不想回家，因為那群男生在我的客廳看球賽放屁什麼的。你何不就去休息一下呢？你等於幫了我們兩人一個忙。他換過了，對吧？」

她低頭看著仍不停哇哇叫的山姆。「尿布嗎？嗯，剛換過。」

「餵過了？」

「嗯，他早就該睡著了！」

她又哭了起來。我走向她，朝寶寶伸出雙手，於是她撲通一聲把他放進我的懷裡。

「你確定嗎？你有辦法應付寶寶嗎？」

「你要知道，露西爾的兩個孩子在這個年紀的時候我有照顧過他們。記得她趁他們受洗的時候走掉嗎？她不在的四個小時，我是唯一一個注意著他們的人。我不喜歡她那個叔叔盯著他們看的樣子。」

安妮給我一抹喜極而泣的感激微笑，再回頭看了一眼，就緩步上樓。接著走到一半，她又停下腳步，回頭看寶寶。事實上，她把他放進我懷裡的瞬間，他就停止哭泣了。

「看吧？我們會處得很好的。去吧，去睡覺。這是命令。你起床後我們都會在這裡的，別擔心。」

看到沒？我是多棒的朋友？

山姆身上有股奶味——後來我想到，是母奶，胃突然一陣噁心。我輕輕搖晃他一陣子，然後把他放進角落的搖籃裡。以前有時候吃完午餐，保姆想哄我們睡覺時，會溫柔撫摸我們的眉毛。這招用在山姆身上立即見效。

「你是個乖孩子，對不對？」我告訴他，一邊把他的黃毯子裹住他的腳。「現在蕾蕾阿姨要去幫你媽咪整理這團混亂，所以你要乖乖去睡覺，我一下就回來，好嗎？」

說完，我開始著手整理。我甚至找到了拋光劑，等所有東西就定位後，擦了一圈把灰塵擦掉，讓這個地方在一個鐘頭內重新變得適合居住。

魔法保姆——去吃屎吧。我甚至替安妮做了她醒來時能吃的三明治。天啊，我有時候真的愛死我自己了。

接著，我去查看山姆的狀況——他的小睡衣在腰部上下起伏著——再來，我悄悄上樓，沒忘記上次來的時候，最後一個階梯會嘎吱作響。

「安妮？」我說著，輕敲她的房門，但我能聽見她的打鼾聲。她的床頭燈亮著。我來到她的衣櫃前，輕輕打開，在整排的衣服之間翻找，最後發現我要找的東西——三件樸素的紫紅色束腰長上衣，折掛在衣架上。我輕輕拿走第一件，塞進我的毛衣裡，把空衣架放回去，關上衣櫃門。

我離開前看了一眼在床上睡覺的安妮。呼呼大睡中。「老天啊，你讓這件事變得太簡單了。」回到一樓，我把制服折好放進包包，去查看山姆——可憐的小傢伙香甜打著鼾，大概對於有個毫不情緒化的人照顧他感到鬆一口氣。我做夢也不會想要傷害山姆，就像我不可能傷害丁可一樣。我可以自制。我在正確的人身邊可以是個好人。

經過兩個半小時、播了將近三集的地獄酒店後，安妮回到一樓，看起來有點失去方向感，但神清氣爽。

我去牽車的路上，她仍一直向我道謝。

「我說過了，別客氣。」我大聲回答。「就說你欠我個人情吧。」說完，我拋給她一個鑽石般燦爛的微笑。

我把裝了制服的包包放進後車廂，為下星期做好準備。

四月二十一日，復活節的星期天

1. 馬拉松跑者——你們到底有多偽善啊？今天是一年一度的倫敦馬拉松。某個沒人聽說過的肯亞人又跑贏了，去年也是同一個人得第一。我沒看。

我和葛瑞格跟他爸媽一起去酒吧吃午餐。或者該說吃陰毛午餐，有鑑於這就是我在我盤子裡看見的東西。在自助吧切肉的傢伙看起來挺乾淨的，但你永遠不會知道背地裡發生什麼事，對吧？他可能幫我切羊排前才剛抓過自己的睪丸，很難說。

回到牧場，一切又恢復常態——吉姆喋喋不休說著「外國人搶走我們所有的工作」（他已經退休五年），伊蓮則用各種軼事說得我們昏昏欲睡，像是當地發生可怕的蓄意破壞事件（鎮公所被人畫上一根射精的老二），以及前去參觀阿嘉莎．克莉絲蒂故居的旅行巴士團發生意外（一個叫瑪袞瑞的女人在回程的巴士上暈倒）。事實上，我確實挺享受今天的活動。雖然像往常一樣無聊，但很安全熟悉。吉姆還把他的一艘小模型船送給我。他在船身用白色的波浪字體漆上我的名字——蕾哈儂。我把船放在電視機上。

今天我們要離開前，伊蓮哭了，把丁可抱在懷裡好久——吉姆說我們每次離開她就哭，今天「只是不幸被我們看見」。我覺得這女人有些嚴重的毛病，我說的不只是她蒐集了一堆女性週刊那麼簡單。

四月二十五日，星期四

我已經好幾天沒有更新近況，因為幾乎什麼也沒發生。生活已經大致穩定下來，差不多到了可以跨過橋梁的程度。

可是……

因為德瑞克・斯卡德和金鳳梨行動而產生的微弱興奮感，如今完全如排山倒海般湧上。

這週是今年我第一次休假，我每天都坐在他家對面、位於漢斯汀斯街的墓地長椅上監視他，或說是跟蹤他也行。我假裝在給墓碑畫素描，丁可則四處遊蕩，在墓碑上撒尿，對著河上的鴨子吠叫。葛瑞格以為我去公司。他以為公司不會讓我在每年的這個時候放假，因為我們「忙著與截稿時間賽跑」。蠢蛋。

這是目前為止我對德瑞克的了解……

他幾乎足不出戶。他有三個看護，一天中他會在三個時段讓她們進門，分別是：早上八點半、下午一點半和晚上六點半。他可能需要有人協助他洗漱、穿衣和餵食，就像孩子一樣，真諷刺。第一個看護是有著胖腳踝的金髮中年女子；中午的看護看起來像男扮女裝的大衛・威廉；晚餐時間的看護胖到必須側身才能走進屋內。

每個看護待在屋內的時間都不超過半小時，每個人離開時手裡都拿著一根菸，再次出來時都穿著白色的塑膠圍裙。除了那個奇怪的郵差外，沒有其他人會上門拜訪。另外兩間公寓肯定是空的。這週，德瑞克只有出門兩次。一次是星期二的中午，去彩券行和冷凍超市，另一次是今天早上去報攤買報紙。

晚上六點半的時段似乎是行動的最佳時間。我他媽等不及了。

四月二十六日，星期五

我用顫抖的雙手寫下這些字句。任務完成了……

德瑞克·斯卡德已經成了前戀童癖患者。

「那頭肥豬剛剛來過。」他開門時對我咆哮。「今晚不需要別人了。」

我面對他時有點喘不過氣，胸口被安妮那件超緊的制服勒得有點難以呼吸。我現在的感覺只能用遇到名人來形容，哪怕只是遇到像原子少女貓前成員那種沒有名氣的名人，或拍過某個廣告的傢伙。我因為期待、因為強烈的渴望而感到暈眩想吐。我好奇這是否就是戀人之間的感覺。

「抱歉打擾你了，德瑞克先生，只是你的表格沒有填好。」

他不想讓我進屋，於是我們在他家門口爭執了一陣子。最後，他像隻老烏龜縮回自己的殼那樣退後，讓身後的門開著。屋內充滿潮濕的霉味和濃濃的菸味。窗簾是拉上的，整個房子籠罩在一片陰暗中。我注意到他呼吸時有雜音。

「茶壺裡有茶，泡久了有點苦。」他回到客廳。

「沒關係，我不喝茶。」我說謊道。我確實喝茶，不過只喝仕女伯爵茶，然而如果你到任何地方說要喝仕女伯爵茶，聽起來就像個老鴇。

「你去坐下吧，德瑞克，沒關係的。」我只想快點動手，跳到他身上，開始掐出他脖子裡的氧氣。但我知道表演的重要。所謂的表面工夫。

他坐在扶手椅上，身邊圍繞著所有可能需要的東西——花呢格紋拖鞋、折起的報紙，小桌子上放著菸灰缸、香菸和啤酒罐，記憶泡棉枕放在他的後腦勺。

「她總是亂搞，那傢伙。」他抱怨道。

我哈哈大笑，誇張地翻了個白眼。他喝了一口啤酒。「她說她有閱讀障礙，但我覺得她只是懶到骨子裡了。」

他自顧自地喃喃說話，接著把手伸進一袋烤花生裡撈啊撈。我假裝草草寫下筆記，一邊觀察他。他的目光目不轉睛看著某個教會節目。阿雷德・瓊斯正在訪問一位女主教。

「你今天覺得怎麼樣，德瑞克？」

「那個胖妞問過我了。」他咆哮道。「又得再來一遍嗎？」

「不，我想不用了，抱歉。」我說，心臟貼著安妮的紫紅色制服怦怦直跳。

「你為什麼不像其他人一樣穿綠色制服？」

「我不一樣。」我說。「我比較特別。」

他點點頭，回頭繼續看電視，一邊喝著啤酒。我看著他的嘴唇湊向罐子，喉嚨吞嚥。他摸找他的打火機和香菸盒，接著抽出一根菸點燃。

「那麼，你吃過晚餐了嗎，德瑞克先生？還是你需要我幫你煮些什麼嗎？」

一位獨唱者在電視上高唱〈奇異恩典〉，由一群福音合唱團和一個拿著風笛的蘇格蘭高個兒在後方伴唱及伴奏。

「閉嘴。」他說。「我喜歡這個。」

我站起來，朝他的椅子走去。「我能檢查你的脈搏嗎，德瑞克？」

「不行。」他咕噥著說。「我在看電視。」

「你還有跟小孩子發生性關係嗎，德瑞克？還是這個習慣現在都戒掉了？」

他歪過頭看我，臉上面無表情。我抓住他的手腕用力擠壓，手指緊緊掐著骨頭。

「我很好奇，這種事是說放棄就能放棄的嗎？還是你在某個早晨會坐在窗邊，邊看著他們小跑步上學邊打手槍？」

「你弄痛……」

我捏得更緊了。「我看得出來你為什麼比較喜歡孩子。比起找到一個情投意合的大人要容易多了，對吧？不必花時間跟她們吃飯喝酒，只要播放小美人魚的卡通，威脅要傷害她們的爸爸媽媽就行了。」

電視裡的合唱團越唱越大聲。他放下抽到一半的菸，伸手要拿拐杖。「放開我！」

「孩子比較簡單，對不對，德瑞克？完全不費吹灰之力。懶，就是一個字懶。」

「滾出我家！」

「這不是你家，這裡是市府付的錢。等候名單上還有更多比你適合住在這裡的人，有孩子的人。你慾火焚身了，對吧？」我再次用力一掐，聽見啪的一聲。

「啊，你這邪惡的死肥婆！」他大叫，作勢起身，再次伸手要拿拐杖，但我搶先他一步。我把拐杖往客廳一丟，再抓起他後腦勺的記憶枕頭。

「坐下，你這混蛋，否則我把你另一隻手腕也折斷。我一直在等你。」

我跨坐在他的腿上，用枕頭狠狠壓住他的臉。這股力道往後推倒了他的扶手椅，發出響亮的碰撞聲。接著，我使出全力，用全身重量牢牢壓在他身上。他拚命打我、揍我，以一個肺活量差的老人家而言，他確實打中幾次。但我的力氣實在太大。等他差不多停止掙扎，我移開枕頭，看著他拚命大口喘氣，卻無法擺脫在他身上的我站起來。我把枕頭放回去，再次用力往下壓，他繼續打我，雙腳在我底下抖動。

然後，我再次放開。

接著，又重新壓回去。

再放開。

再壓回去，用力壓回去。

而他越是掙扎，我就越興奮。跟爸爸最後一天待在醫院的回憶也跟著逐漸淡忘。

我讓當中的快感把我填滿，沉浸在這會兒的權力中——取人性命。

答應我，如果情況惡化了，你會在我身邊。你會幫我動手。

你是我唯一可以信任的人，蕾哈儂。

我之所以動手，是他叫我那麼做的。我帶走了爸爸的痛苦。但那天的回憶已經被今天的作為刪除了——如今我在夢裡的枕頭底下看見的不再是爸爸的臉，而是德瑞克．斯卡德的臉。

經過五分鐘的推壓、拚鬥、捉弄，汗流浹背地躺在他上方，狼狽地緊抱住他後，他終於停止掙扎。我拿開那顆殺死他的枕頭。他的嘴巴和雙眼仍睜得老大——佈滿血絲，臉頰掛著眼淚。枕頭上沾著血跡——他把舌頭咬斷了。他的手腳有如木偶般癱軟無力。我把椅子擺正，枕頭放回他的後腦勺，讓他看起來像在睡覺。

我把菸放到他的腿上，等到他毛衣的第一道摺痕起火了才離開。我前往牽車的路上走到一半，才發現自己的內褲整個濕透。

我把制服扔進藥妝店停車場後面的垃圾桶裡燒毀。那裡的監視器老是被破壞——去年十二月我做過報導，因為萊納斯懶得再報一次——所以我知道我很安全。接著，我打開所有車窗，沿路扯著喉嚨大聲唱歌開車回家。今晚我不需要金錢享樂——我得到了廉價的快感。

四月二十七日，星期六

1. 星期六早上的那檔烹飪節目——為什麼他們每次切完生肉從來不洗手？
2. 聊天時一直要講贏你的那種人。例如，伊梅達。如果我說了任何稍微有點厲害的事，她就會回「傑克要帶我們全家去迪士尼樂園」或「我玩刮刮樂中了一萬塊」。媽媽死後我第一次跟甩友們見面時，她說：「沒有比失去孩子更痛苦的事了。你永遠無法恢複到過去的狀態。」
3. 任何一個逃過最終捕殺的卡戴珊家族成員。

昨晚沒有做夢，一夜好眠。但我醒來時，覺得心情跌落谷底。這跟新年當天的感覺很像，你知道很快就要回去上班，所有裝飾品都得開始一一拆掉。葛瑞格去陽台跟拉娜傳訊息聊天時，收音機傳來柯斯蒂．麥科爾的歌，於是我直接哭了起來。不過我沒讓他看見我在哭。我帶丁可出門散步，躲在墨鏡後面大哭一場。

我說不上這是什麼情緒，為什麼我會他媽那麼失落，於是我上谷歌搜尋。部分原因可能是「連環殺手循環」所導致。我們在殺人時可以應付日常生活的空洞，但等殺戮結束後，隨之而來的是一段憂鬱期。這段時期隨時可能出現。對某些連環殺手而言是即時的，對另外一些殺手來說，他們的情緒可以高漲個好幾天，甚至好幾個月。我生活中的空洞——無趣的朋友們、在公司無足輕重的地位、出軌的男友——顯然就是在我「狂歡」之間的臨時替代品。我們為了下一個目標而活。我再了解不過，但這並沒有幫助我去克服失落感。

爸爸對我說過一件我永生難忘的事。我們聊到約翰．藍儂——我記得是我們坐在他車裡的時候，廣播正好傳來他的一首歌。他說：「在世界上立足的方法有三種。做平凡的事、做非凡的事或殺了某個非凡的事物。你可以當個平凡的約翰、或約翰．藍儂、或殺了約翰．藍儂的人。」

隨著時間流逝，第四個選項似乎讓我最感興趣——我想成為殺了約翰．藍儂的女人。

我想以非凡的方式殺人。

修道院花園街事件奪走了我成為平凡人的機會，而非凡對我而言似乎總是遙不可及。我注定成為殺死約翰．藍儂的馬克．大衛．查普曼、刺殺林肯的約翰．威爾克斯．布思、槍殺甘迺迪的李．哈維．奧斯華。全都是男性，不覺得很有意思嗎？所有知名的連環殺手也都是男的。雖說沒錯，有很多理由解釋了男性比較容易做這種事，但為什麼不能有更多女性呢？我好奇。說不定很多，只是像我一樣藏起來了。現在男女應該講求平等，但只要那些數據繼續存在，我們就永遠不會平等。我只是稍微幫忙平衡一下數據。

下午三點左右，收到賽瑞恩的訊息：

我在布里奇仲介公司的官網看不見爸媽的房子。拜託告訴我怎麼了？——賽瑞恩。

我得放手。我得讓過去回到過去。所以，等葛瑞格出門工作後，我開車到爸媽家，用值得信賴的 Cillit Bang 清潔劑最後一次把房子打掃乾淨，再從爸爸剩餘的東西中，挑出我想保留下來的裝箱帶走。我告訴亨利我要把房子重新拿回市場上賣。他似乎很失望。當然了，這樣一來他就得移走他的車、他的花豆和柵欄上的繩梯，每每讓他想起「他從未有過的孫子孫女」。我送他一袋大麻阻止他那無可避免的眼淚。

丁可跟著我進屋。我希望她把握最後一次的機會，在花園和房子後面的樹林裡盡情奔跑。她在我和爸爸埋葬彼得屍體的地方撒尿。我真希望她在家能夠有更多空間奔跑。

接著，我們開車進城，走進雷德曼&芬奇公司的辦公室——商店街轉角一家新開的房仲公司（我不喜歡坐在布里奇仲介公司櫃檯後方那女生看我的眼神——那就是克勞蒂亞看我的樣子）。雷德曼&芬奇房仲是附近的新公司，由一對叫狄恩和潔米的夫妻所創。他們的品牌配色是柔和的翠綠和亮銀色，他們端出仕女伯爵茶和草莓奶油餅乾招待我，他們還養了一隻叫瑪麗凱特的長毛吉娃娃，丁可立刻就喜歡上她。

於是，今天下午我用臉書告知我親愛的姊姊一些好消息：

雷德曼&芬奇房仲公司正在估價，明天應該就會放上他們的官網。我指的是我的明天，不是你的。

她立刻就回覆了：怎麼不給布里奇賣了？

我回傳：我們握手的時候，他「不小心」摩擦到我的胸部。要跟他獨自進屋我覺得不舒服。

她說：噁，真變態。可以理解。好吧。我明天會去看看雷德曼&什麼的網站。

「會去看看」的意思是「我還是不相信你，而且還是討厭你」。

葛瑞格出門去「艾迪家，因為他買了新的撞球桌」，所以我整個下午都在跟丁可和娃娃屋玩，一邊向紀錄片節目《謀殺倒計時》學些有用的訣竅。

太幸福了。

四月二十八日，星期天

1. 葛瑞格——我去超市問他想要買什麼（鹽醋洋芋片、便宜的沐浴乳、柑橘汽水），結果他卻吃我的手工切片洋芋片、用我的有機萊姆沐浴乳、喝我的接骨木花碳酸飲料。正當我以為我已經恨他恨之入骨了，又給我找到了恨他的新境界。
2. 不是帥哥卻喜歡綁丸子頭的男生——這絕對是對丸子頭的侮辱，應該要出現針對性的犯罪才對。
3. 吉姆和伊蓮夫婦——誰叫他們要生下葛瑞格。

我們本來要在板球場舉行的後車廂二手大拍賣取消了，因為有一群旅客要到現場參觀，這表示星期天我們終究還是可以南下跟吉姆和伊蓮吃中餐。

喔、耶。

因此，我又不得不扮演甜美的女朋友，陪他們沿著濱海藝術中心走到這家叫做舷窗的小咖啡館，喝著熱巧克力、吃著烤茶餅，一邊聽伊蓮鉅細靡遺說著利多超市每項特別優惠的細節，隨後又仔細描述了隔壁鄰居女兒的婚禮以及她在西班牙豐希羅拉的蜜月旅行。我好想淹死在自己的熱巧克力裡。之後，我們帶丁可到沙灘上奔跑，接著吃午餐，吉姆帶我參觀他們新建的無聊陽光屋，伊蓮和葛瑞格用利多超市買的清潔液洗碗——0.39英鎊一瓶。

就在這時，尷尬的時刻來了。

「葛瑞格跟我們說你們打算生寶寶？」

「喔，是啊。我以為我們沒打算告訴別人。不過沒錯。」

「已經多久了？」

「才幾個禮拜。」

「我們試了十七個月才懷上葛瑞格，又試了五年才有柯斯蒂。如果試了很久都沒動靜，記得去做個檢查，親愛的。」

「嗯，我們會的。」

「我們是因為我的精蟲數太少，跟伊蓮無關。」

「喔，這樣啊。也許是遺傳因素。」

「不，這不是遺傳。」他說。「葛瑞格有在抽大麻什麼的嗎？」

「嗯，沒有。」我說謊。「他有時候會抽電子菸。」

「是、是，但我問的是他有沒有抽大麻。」

「沒有，他沒抽。」

「很好，因為那也會殺死精蟲。壓力也是，你必須盡量別讓自己壓力太大。還有替我們家的葛瑞格買些寬鬆的內褲，讓他的蛋蛋通風。」

如果坐立不安是一個奧運項目的話，我贏得比賽升起國旗時肯定會哭到不行，時間大概就是……現在。

「葛瑞格的內褲通常是他自己買的，吉姆。」說完，我故作害羞輕笑，持續面露尷尬。

「這個嘛，你替我告訴他那是買衣服最重要的事，寬鬆點的內褲。伊蓮都在馬莎百貨幫我買內褲。你啊，早點開始吃葉酸對你也有好沒壞。」

「寬鬆內褲、葉酸、避免壓力。」我重複道。事實上，我整個早上都覺得有點噁心想吐，但我不敢告訴他。他一定會逼我立刻去一趟城裡的藥房，然後在回去的路上尿在驗孕棒上。

我討厭在他們身邊的自己。只會咯咯傻笑、沒有主見、過於女性化的笨蛋，假裝自己對古董到高爾夫球的任何事物都感興趣，就為了維持表面工夫。

「當然，做愛次數越多越好，哈哈哈。」他放聲大笑。「最好天天做。可以的話，一天做兩次。」

「天啊。」我大笑說著，祈禱我們頭頂上的烏雲快點開始下雨，好讓我們能進屋跟其他人類在一起。

他整個下午時不時與我分享各種訣竅，告訴我做愛時在屁股底下放個墊子、又說瑜伽對他的姪女幫助很大、他和伊蓮去馬爾他旅遊的時候一晚做了五次，但還是沒能「正中紅心」。信不信由你，但這還不是我跟吉姆和伊蓮之間發生過最尷尬的事。有一年聖誕節，我在他們家食物中毒——整晚待在他們家的廁所，在馬桶裡噴屎，發出無比響亮的屁聲。某個時刻，吉姆過來問我想不想要喝一杯茶。我試圖用嘴巴回答，但我的屁眼搶先一步。

我就不詳述我被盤問懷孕相關事宜的詳細過程了。只能說，在一集《鄉村檔案》的播出期間，我的體重、身高、壓力、性能力、工作量、床鋪的高度和我擠下巴痘痘的頻率（多囊性卵巢症候群的明確跡象）都被輪番教訓了一頓。

回家路上，我告訴葛瑞格：「如果你不殺了你的父母，就由我來動手。」

他只是大笑。白痴。

四月二十九日，星期一

1. 把他們的夢境鉅細靡遺說給你聽的人。
2. 把你晚上出外玩樂以為自己很迷人、結果卻發現自己看起來像隻中風海象的照片貼在你的臉書牆上，並且標記你的人。
3. 寄電子郵件問候你「一切是否安好」後，丟出他們有事需要幫忙的人。這表示他們不是真心在乎你是否一切安好。
4. 藍色廂型車的犯人。
5. 衛斯理．帕森斯。
6. 德瑞克．斯卡德。

所有記者都喋喋不休討論著德瑞克——他是首要話題。一般來說，星期一早上你在辦公室聽到的那些空洞寒暄足以讓瑪麗．安東妮想要豎起自己的斷頭台。通常都是互相詢問你週末過得好嗎？而答案千篇一律都是嗯，很好，謝謝。那你呢？從來沒有人說過不同的答案，從來沒有人說實話。我想站到辦公桌上大喊……

你們週末怎麼可能過得好？你想自殺耶！你老婆恨你！你丈夫離你而去！你有坐骨神經痛！你每個孩子都有亞斯伯格症！你的檢測報告結果是陽性！你的負債快淹到頭頂了！

但今天，德瑞克是當下的熱門人物。藍色廂型車男暫時成了昨日的新聞。關於德瑞克的死，沒人提到連環殺手——就所有事實顯示，那只是一場房子失火的意外——但他是當地的名人，所以大家都想分一杯羹。當然，我不能參加臨時召開的編輯會議——不過黛西在會議室外把一切都跟我說了。

「星期六晚上有個鄰居打電話給消防隊。整棟樓都燒了起來。他們在椅子上發現他。他是老菸槍，所以一開始猜測起火原因可能是香菸。據說昨晚警方在街角的酒吧宣布這件事的時候，響起了一輪掌聲。不用說，這附近沒人會為德瑞克．斯卡德哀悼。」

「你覺得他是收割者的受害者嗎？」我問。

她搖搖頭。「看起來不像。不過挺怪的，對不對？這區的性侵犯又死了一個。」我幾乎能看見她腦中轉動的齒輪。「不過是值得研究一下。做得好，蕾。」

「不客氣。」

想也知道香菸將成為罪魁禍首，但我尚未脫離嫌疑。還沒有人提到Boots藥妝店後面的第二場火，或德瑞克失蹤的打火機。今天一早我把打火機塞進丁可的一個便便袋裡。不怕一萬，只怕萬一。

中午，AJ在我桌上放了一個白色的小袋子——袋子裡是從惡作劇商店買來的一包辣牙籤。他趁所有記者在樓上開會的時候，把萊納斯的一些牙籤調包。我盡力擠出一個微笑，但說實話，這整件事慢慢變得有點累人，我也盡量減少與他說話的時間。要怪都得怪克勞蒂亞看得太緊，但說真的，我也沒興致搞外遇——我手邊的事已經夠我忙的了。

另外——我的胸部還是好痠痛，我正式開始擔心有個迷你葛瑞格在我肚子裡長大。

今天傑夫．特許退休了。上禮拜AJ用辦公室的小額備用金買了卡片和馬克杯送給他，還有一個上頭刻了字的東西，但我沒注意是什麼。下班後，我甚至沒有留下來聽他發表退休感言。何必呢？他們老早拿了一張全新的辦公桌把他的桌子換掉了。符合人體工學、沒有咖啡漬、外加新的旋轉椅，就像他從來不存在一樣。

喔，對了，今天也是我的生日。辦公室的人忙著跟傑夫道別，統統都忘記了，我也沒有提醒他們。我不喜歡匆匆買來的花束和草草寫好的卡片以及大家伴隨而來的笑臉，也不想浪費錢買甜甜圈給將近二十個人，其中至少有兩個人討厭我。葛瑞格送我一張水石書店的禮券、藍光熱力除毛儀和一瓶讓我起疹子的香水。我買了一些花給自己——大束的黃玫瑰，聞起來就像我爺爺以前在甜蜜小屋種植的那些。每次吸進花香，我就感覺到一股不想放手的快樂。

信箱有一張惠特克太太寫的卡片。看樣子她還記得我的生日，但她難道不記得我罵她是老賤貨，還威脅要把她像隻豬一樣宰了嗎？她的阿茲海默症肯定又惡化了。她別想拿回鑰匙，那絕對是肯定的。

沒有收到任何賽瑞恩的消息，從來沒有。

我們訂了披薩，看《蹺課天才》——我選的電影。葛瑞格的爸媽送我森林家族的大篷車和刺蝟家族。葛瑞格想必有跟他們提過。我因此比平常更喜歡他們兩成左右，儘管他們愛問私人問題，偶爾有點種族歧視。大篷車還有一隻拉車的小馬。我幫他取名叫艾伯特。

五月一日，星期三

風鈴草處處盛開，天氣也暖和許多，這表示大多數的同事開始養成穿寬鬆衣物和夾腳拖的習慣。我對夾腳拖鞋有四個極大的意見：

1. **我們不在濱海度假地**——我們在西村一座小城鎮的報社裡，大多數時間老闆不准讓我們開暖氣，所以我們都冷得要死；
2. **懶惰**——穿夾腳拖鞋會讓一個人變懶。別問我有什麼科學根據，事實就是如此。穿著鬆軟的平底鞋會讓你整個人懶洋洋；
3. **噪音**——啪啪啪，這是我伸手打在每一個穿夾腳拖的同事臉上的聲音；
4. **景象**——我不喜歡腳，哪種腳都一樣。一個人挖出他們的夾腳拖時，同時也挖出了一雙一整年不見天日的人類豬蹄，害我低頭時非得看見那些濕臭、發黃、結痂、畸形的蹄子，他們卻覺得給全世界看是得體的。

我的胸部還是痛，我不能趴著睡，而趴睡是我在這世上最喜歡做的事情之一。我又買了一支驗孕棒，但我怕得不敢去驗，以免這次真的是陽性。我有吃避孕藥耶，老天。我以為那應該是百分之百有效？

喔，我剛剛查過了，避孕率只有百分之九十九。太可笑了。如果我懷孕了，基本上就是這樣了，對吧？接下來，我就會變成一個完全合格的甩友——隸屬於一大群乳房下垂、筋疲力盡的女性成員之一，推著尺寸如小型車一般的嬰兒推車走來走去，對自己的孩子大罵，假裝自己喜歡上健身房和游泳課，滔滔不絕談論著孩子的水痘以及半夜起床的次數。我將必須把整間公寓安上保護孩童的措施，處理掉所有懸吊的窗簾繩，替櫥櫃裝上安全鎖，把漂白水放置高處，還有啊啊啊啊啊……

不，不行。葛哈儂寶寶不行、發生。

等等——我是他媽的連環殺手，不是嗎？我會直接把它沖掉。我會多喝點酒，多泡點熱水澡。或者，我可以去醫生那裡預約墮胎。小菜一碟。我到底為什麼要慌張？我這不是慌張，不是，我是生氣。那該死的避孕藥應該發揮作用才對。也許確實有發揮作用，也許我只是為了沒有的事生氣。

這不是第一次了。

黛西．陳請我吃午餐。海港邊的帆船餐廳吃披薩。今天她的上衣醜到爆表——某件有菱形花紋的黑色緊身衣，是我想像潔西．J掉進礦井時會穿的衣服。我得知黛西有個老公，最近升遷成為手機零售商 Carphone Warehouse 的店經理。他們有兩個小孩——不記得他們的名字了——她在這兩胎之間流產過好幾次。

鑑於互惠關係——我不得不告訴她一些關於我的事情。畢竟，她是一名記者——光靠「喔，我和葛瑞格同居，我們養了一隻狗」這樣的故事是沒辦法呼嚨過去的。她要的是有價值的八卦。她想知道修道院花園街事件、我成為名人的那些年、爸爸在電訊日報辦公室的歸檔系統裡擁有一整份檔案的原因，一樣不漏。

「你的臉今天還好嗎？」

「喔，很好，謝謝。山金車舒緩乳霜，像仙丹一樣。」

「嗯，我聽過好幾個人這樣說過。所以，你從小到大都住在這附近嗎？還是……？」

「不，我們住在布里斯托，直到發生修道院花園街事件後才搬下來。我媽在我十幾歲的時候就走了，不過我爸在過世前的最後一週都一直住在那裡。」

「喔，這樣啊。」

「我和我姊姊準備把房子賣了。這禮拜我開始研究繼承稅法。天啊，要是我告訴她我們要吐出多少稅金，她一定會氣死。」

「像那樣的事，身為一個家庭是怎麼克服的？我指的是修道院花園街。」

「我們沒有克服。」我說。「以我們的例子，一切只是慢慢地分崩離析。我爸媽做了一陣子的名人，靠著在公開場合露面賺了一狗票錢。上電視節目、我不太記得我有參加，但我看過一些YouTube的片段，所以我知道我在場。」

「我記得你上過艾倫秀。」

「是啊。負責談話的主要是我媽，但我收到很多禮物，見了雷恩．葛斯林，所以還是滿酷的。」

「你說你和你姊姊準備賣掉他們的房子？」

「嗯。現在我父母都已經不在了——我爸在兩年前的夏天過世——所以我們必須把房子處理掉。她想要她的那份錢。」

坐在對面桌的女人開始瘋狂咳嗽，因為她「喉嚨癢」。我用盡意志力才沒有走過去掐死她。我討厭被打斷。

黛西喝一口可樂。「其實我昨天在瀏覽檔案找些完全無關的文件時，碰巧看見你爸爸湯米的檔案。」

「喔，那你肯定對他瞭若指掌嘍。」

「不，我沒看。還沒看。我只是在想……」

我心情很好，所以決定幫她。「他成為建築工人之前，曾經為我們這個郡而戰，所以他在這幾個地方頗有名氣。」

「他當過軍人？」

「不，是拳擊選手。中量級。只要去城裡的酒吧或超市，一定會碰到有人喊他的名字或跟他握手。」

「哇，算是個英雄嘍？」

我點點頭。「修道院花園街改變了他。他隨時都想惹事生非，找人麻煩。他很自責，因為把我放到保姆那裡的人是他。」

「真可憐。他是什麼原因入獄的？」

「你看過他的檔案，你想必知道吧。」

餐廳某處突然傳來嬰兒的哭聲。

她低頭看一眼手錶——那是一支很不錯的錶，玫瑰金的錶面鑲了一圈水晶。「我們差不多該動身回去了。」

「有一次，他去學校接我。」我告訴她。「我不知道當時的我多大，不過我已經又能走路了，所以大概是九歲或十歲，但話還是講得沒有非常好。他說回家前他有一件事要辦，如果我乖乖的，就帶我去買冰淇淋。我們在一條後巷停好車，他告訴我在車上等著。我看著他走進一棟紅磚房的後門。」

「外遇？」

我大笑。有人輕輕搖晃那個哭泣的嬰兒。「不是外遇。他離開好久，所以我下車去看看他人在哪裡。那棟房子的後門沒鎖，我才剛走進廚房，就聽見了，像鞭子重擊某樣東西的鞭打聲。我走進客餐廳，盡頭有個男人被綁在椅子上。另外四個男人，也許是五個，站在四周，輪流打他、揍他、挖他的眼睛、踩他的腿——我聽見其中一條腿像粗樹枝一樣啪地骨折。其中一人手裡拿著鉗子，正在拔他的牙齒。這是我第一次聽見髒話，還有P開頭的字。」

「喔，天啊。」她倒抽一口氣。「什麼P開頭的字啊？」黛西皺眉。

「戀童癖。」我說。「我一直到那時候才知道有這個字的存在。他們嘴裡不停說——『下流的老變態，去死吧，你這變態。』我認出其中一個人是我爸拳擊社團的成員——我以前常去那家社團，有時候會跟一些年紀比較小的男生練習拳擊。這幫助消除我的攻擊性。修道院花園街事件之後，我一直有這個毛病。總之，我被我爸看見了，於是我轉身跑回車上。我坐在副駕駛座上等待，好怕他會對我發脾氣。大約五分鐘過後，他回來坐進駕駛座上，只是看著我。我記得他的上嘴唇都是汗，瞳孔充血。」

黛西看起來聽得入迷。「他說什麼？」

「他只是想知道我看到了什麼。我問他為什麼他們要打那個人，他說他們都有跟我同年的孩子，而那個男人曾經傷害孩子。他要我不要把我看到的事情告訴別人，雖說我也辦不到就是了，他也說他相信我。我很重視那句話。我很重視能夠保守他的秘密。這讓我覺得強大。」

我沒有提到我還有問爸爸能不能進去看那個男子奄奄一息的屍體。我也沒說從此以後我以全新的眼光看待爸爸——彷彿他在我眼中突然變得充滿神力。我快為她搭起一座木橋，跨越我這條古怪個性的河流，而我擔心上述那些話會導致一些木板掉落河中。

「那一定對你影響很大，年紀輕輕就目睹那些事。」

「其實還好。」我說完，才驚覺，喔，當然了，對一個正常的孩子一定影響很大。「呃，是啊，我幾乎天天尿床、做惡夢，就那些事。」

「可憐的小東西。所以你是他被判刑入獄的目擊證人嘍？」她說。

「不，他是因為揍另一個傢伙而坐牢的，幾年之後。」

「這是常態嘍？」

「對。他們稱之為『帶孩子們去晃晃』。如果你家附近有人需要好好教訓一番，就這麼做，你帶孩子們去晃晃。沒人會拿出來談論，那是一種共識。警方企圖把另外三個失蹤的男人怪到他身上，全是性侵犯，但警方沒有證據，也沒有目擊證人。我爸做事很謹慎。他吃了四年的牢飯，但他的兩個夥伴被判終生監禁。」

「你覺得他是個殺人犯嗎？」

我聳聳肩。爸爸滿臉大汗把彼得．麥克洪頭朝下扔進洞裡的畫面如閃電般赫然出現腦海。他在倉庫裡用強壯的雙手緊緊抓住那傢伙的脖子，在小巷裡踩著那傢伙的頭。「不曉得。」我微微一笑，啜飲我的香蕉奶昔。

走回辦公室的路上，我才明白她問了那麼多爸爸的問題是什麼意思。

「黛西，如果你認為我爸的某個朋友可能是收割者的話，我可以跟你保證你搞錯了。」

「這只是我看見他的檔案時突然冒出的念頭。其中一個死者——名叫萊爾．德瓦尼的性侵犯——被扔進採石場。就像茱莉亞．基德納一樣，還有藍色廂型車那兩個男的。」

「我爸在採石場認識的傢伙現在人在牢裡。說實話，他們大多數的人都還在坐牢。他們之所以讓我爸出獄，只是因為他快死了。」

「你的葛瑞格和你爸一起工作，對吧？」

「對，但他對那些事情一無所知。而且，是的，在你從其他人那裡得知之前，他加入我父親的公司前在採石場工作了一年，但我向你保證，葛瑞格不是什麼正義使者。他不是那種人。」

「抱歉，我有時候就是會想太多。這實在是一件很有意思的案子，不是嗎？我想了一整晚都沒睡。」

我必須替黛西說句公道話——工作從來不曾讓我整晚沒睡。到頭來，也許她的確是初級編輯的正確人選。

這件事一旦澄清了，我們的話題就輕鬆許多——日子大致上過得如何、她是多麼熱愛這份工作、她的孩子是多麼熱愛學校、AJ迷戀我的事，以及我們對萊納斯開的所有惡作劇。看樣子，萊納斯最近在辦公室那一邊比以前安靜許多，所以黛西有預感可能跟我們有關。天啊，她真的是觀察敏銳。我以為我們很謹慎，但她從藍色護唇膏那次起就注意到了。

我們經過鞋店時，我看見她了，朝另一個方向走來——就是解決藍色廂型車男子的那晚、戴著黃色圍巾的那個女人。只不過今天她沒有戴著黃色圍巾。她穿著桃紅色開襟衫和灰色裙子，手上拎著一個白色手提包。我見到她，胸口立刻一陣緊繃。那絕對是她沒錯，但與上次見到她那頭髮凌亂、衣服破爛、睫毛膏糊掉的模樣完全不同。她看起來精明俐落，頭髮放了下來，步伐充滿活力。她看見我，我看見她，但我們誰也沒開口說話。她經過我身邊後，我冒險回頭一看。她也是。

我們誰也沒開口說話。

警方仍然沒有找到任何目擊證人。除了那個告密的傢伙。

耶耶耶。起碼目前為止沒有。

下午三點左右，萊納斯．西斯吉爾突然歇斯底里地從座位上跳起來——他的三明治有一隻蟑螂。AJ對我眨眼，克勞蒂亞看見了。果不其然，我四點左右從女廁走出來，她已經在門口等著我。我剛完成第二次的驗孕——又是陰性。她大概聽見我耳裡天使的合唱聲。

「蕾哈儂，可以跟你談一下嗎？」

這時，不知道打哪兒來的情緒，我哭了起來，就在廁所外面的走廊上，烘手機甚至還在裡面轟轟作響，而業務部的克莉絲特與我們擦身而過「急著要尿尿」。

「喔，天啊，你等等。」克勞蒂亞說完，帶著我穿過走廊，上樓走進B會議室。那瓶水仍放在桌子中央，水面仍浮著一層灰塵，只是這次旁邊還放了一盤翻糖小蛋糕和已經被人用手指碰過的巧克力手指餅乾。

「怎麼了？」我站在她面前，她牽起我的手臂說。但我什麼都不必說，她直接就猜到了。或者該說，她以為她猜到了。「又是陰性嗎？喔，小甜豆，我真的、真的很遺憾。」

接著她抱了我。她他媽的抱了我！這個腳板佈滿青筋、嘴巴永遠飄著咖啡氣息、說我是怪胎、每個月都要我打市場報告的潑婦，竟然以我從未感受過的力道緊緊抱著我，輕撫我的頭髮，跟著我一起哭。「我完全明白你的心情。」

她退後一步，輕輕捧著我的頭，彷彿我是一朵花，而她剛剛聞了我的臉。「會成功的，你一定要有信念。」她說。「你還有很多時間可以懷孕。」

我點點頭，再次啜泣。她讓我靠在她的肩膀上，輕輕搖晃我。我感覺到她的眼淚滴落我的頭頂。「真希望我能帶走你的痛苦。喔，親愛的。葛瑞格也很傷心嗎？」

我點點頭。

「我知道、我知道。你什麼都不必說。」

她就像每個孩子都需要的完美母親，通情達理，安慰的話句句到位。只是她沒有孩子。連我都看得出來這是一件可惜的事。

等我們吸乾淚水，在休息室喝著薄荷茶尷尬地聊了一陣子後——她把其他人都趕出去——我們便回去工作。下午，她竟然派給我一些有趣的任務——女裝店毒品搜查的後續報導，以及採訪鎮上一家新開的情趣用品店的老闆——喔，拜託別開黃腔。而且！我還得到稱讚。她對我說，「做得好，小甜豆。」

自從榮恩的腳踩到克勞蒂亞的手提包並用頭撞開他辦公室的門後，今天是我在公司最愉快的一天。

五月四日，星期六

1. 自以為是醫生、卻比他們高傲兩倍的藥劑師。還有，我知道你還沒記住店裡每一件「買二送一」的彩妝商品，我只是想問你能不能查一下彩妝商品是否包括指甲油，你這惡劣的雞掰人。
2. YouTubers——這群人找得到任何才能嗎？誰都好？
3. 在社群媒體上抱怨別人貼文暴雷的人——他媽的快去看那個節目不就好了！
4. 綁辮子的成年女性。
5. 每年到了五月四日這一天就會說「願原力與你同在」的人。

城裡即將有皇室來訪——感謝上帝！不是大牌的皇室：是某個曾經在狩獵時射殺一頭獅子的公爵，但大家似乎都已經遺忘，只因為他為大腸癌跑了一場馬拉松。我從來沒喜歡過皇室成員。我不喜歡他們殺害毫無防備的生物。我知道我沒資格說嘴，但我還是想說。

今天在城裡看見一個女人從她的單車上被撞飛。起初我放聲大笑。周圍的人表現得彷彿看見了這輩子最震驚的事。

他們是怎麼做出那種倒抽涼氣的表情的？他們怎麼能看起來如此驚訝？他們是怎麼擺弄他們

的眉毛的？我試過，因為周遭所有人都這麼做，但我並不驚訝，也沒有想要倒抽涼氣的心情。一切都很勉強，彷彿童年時我必須跟媽媽討抱抱，或在大家預期該哭的時候哭泣，但我只覺得眼淚像是沿著窗戶往下流的雨水。還是別人家的窗戶。

這就像昨天佩姬傳訊息告訴大家她流產的時候，所有人都說她們「很遺憾」；「不敢相信」；「喔，親愛的，這太不公平了。」我一點也不驚訝。我想我可能不知道驚訝是什麼感覺。我傳了「真遺憾，保重啊」的訊息給她，但我真的覺得遺憾嗎？我真的希望她保重嗎？畢竟那跟我一點關係也沒有。那不是我的寶寶，也不是我的損失。我從來感覺不到我應該要感覺到的遺憾，其他人都能感覺到的遺憾。

去剪頭髮——不幸的是我被分配到同一個髮型師，上次她滔滔不絕說著她有多迷戀班奈狄克．康柏拜區，以及她是如何在拍片現場跟蹤他的事。有時候我坐在椅子上會在谷歌上搜尋一些真實犯罪現場的圖片，只為了要她閉嘴，但今天我只想睡覺。

為了確認幾件事，我又做了一次網路上的神經病測驗。這次，我非常努力地誠實回答每個問題。

我經常讓別人替我付錢嗎？——是，所謂的別人就是葛瑞格。

你沒有耐心嗎？——是，非常沒耐心。

你是個問題兒童嗎？——經過修道院花園街事件後，是，我想我是問題兒童。每個人見我不說話又喜歡咬其他孩子，都很有意見。傷害我姊姊那件事更是雪上加霜。

你犯過罪嗎？——有，還不少。

你認為你是獨一無二的嗎？——我是獨一無二的，所以是的。

你成長期間有過任何幻想朋友嗎？——好幾個。

你經常覺得無聊，安排任務時很快就失去興趣了嗎？——你見過我安排任務嗎？哈囉？

你基本上是一個誠實的人嗎？——在我腦海裡，是的。

你認為你身邊大多數的人都很蠢嗎？——我並不認為，他們確實很蠢。

你享受操弄別人的感情嗎？——實在太容易了，不是嗎？

你的問題大多是其他人的錯嗎？——當然是了。

測驗結果：九十二％。

靠——我越來越嚴重了！

我的分數旁邊再次出現雷夫·范恩斯的照片，這次是他扮成佛地魔的樣子。八卦網站的建議是：「嘗試多多與人交流互動（不要綁架任何人），看看有什麼感覺，你說不定會喜歡！」

他們顯然完全不了解我。

五月五日，星期天

AJ傳給我一張痔瘡軟膏的照片，又在旁邊加上一個問號。

我回傳：不了，我想我們應該停止這些惡整萊納斯的把戲，你不覺得嗎？我覺得變得有點幼稚了。此外，你阿姨又生氣了。我在句尾放了一個女巫的表情符號。

他傳：唉，可惡，後面接一個嘔吐的表情符號。可是我們還能怎麼打發上班的時間呢？

我說：也許我們可以把他殺了？用消防斧砍斷他的頭？

他回傳一連串歇斯底里的笑臉表情符號說：這個好。說不定你就能升遷了！

我回傳，機會渺茫，配上胖艾美在跳舞的動圖。

他回傳一個瑪莉莎．麥卡錫跳電臀舞的動圖及另一連串瘋狂大笑的表情符號。

他其實沒那麼壞，就一個三歲小孩而言。

五月六日，星期一

1. 當你閃車頭燈示意讓對方先駛出小路，他卻不懂你意思的人。
2. 在圓環或路口不打方向燈的人——這麼說吧，我無論列哪種清單都不會放過這些王八蛋，明白嗎？
3. 那些整型整太大、身體畸形的怪胎。像注射人工水泥到屁股上或為了長得像芭比而動了七十八次手術的人。
4. 所有下載〈江南Style〉那首該死歌曲的人。
5. 麥莉・希拉。

今天我和葛瑞格一整天無所事事，只是吃著垃圾食物和看了三部經典電影——《第三集中營》、《真善美》和《火爆浪子》，一邊對劇情嘲弄挖苦。

《火爆浪子》被批評得體無完膚。

「麗姿年紀多大啦？那個在舞會上和丹尼跳舞的女孩肯定是她阿嬤。我們真的該相信丹尼從頭到尾都對肯力基沒意思嗎？他那輛改裝敞篷車唯一能去的……」總之，你明白我的意思。

如往常帶丁可出門散步。除了看見樹叢裡有兩隻貓在做愛，沿路相安無事。我從來沒看過貓做愛。牠們總是看起來太拘謹了，不會做那種事，尤其是在公眾場所。

我確實天天帶丁可出門散步，有時候一天兩次，不用懷疑，不會有錯的，好嗎？我一天之中也滿常跑廁所的，整理頭髮和化妝之類的，我不會把我做的每件事記錄下來。這可不是什麼給警方的證詞——還不是。

為了那不能說的週末，匯了一百六十英鎊給露西爾。我不能再拖了。她已經傳了三次訊息，提醒我是最後一個還沒匯錢的人。如今我的命運已定——整個週末跟甩友們在一起，喝到爛醉，被八〇年代的迪斯可音樂震到耳聾，然後玩閃避菜花的遊戲。

另外，衛斯理．帕森斯那邊取得了一些進展。他接受了我臉書的好友邀請。當然，我用筆名和假照片加他好友——我幫自己取名為安娜貝爾．哈特利——以我過去同校的一個女生來命名，她在自己爸媽房間上吊自殺。他的頭髮不一樣了——現在是金色短髮，而不是當初輾過喬的腦袋時的蓬鬆棕髮。這下子，我可以接觸到他整個人的生活了。

我知道他跟他父母住在布里斯托，後來搬去伯明罕，跟一個大他十歲的女人同居，那女人跟他生了一個孩子——叫內森的男孩。

我知道他在市中心的一間酒吧上夜班，維修電視作為兼職，有時間會在某個業餘球隊踢足球，以及去他做油漆裝修的朋友特洛伊那邊幫忙。

我知道內森喜歡打電動，是曼聯的球迷。最近剛裝潢完他的房間——衛斯理親自幫他把房間漆成紅色、白色和金色。

我知道有個叫席拉的女人懷了他的孩子——她上個月宣布了這個消息，並在貼文中標記他——他沒有按喜歡，也沒有留言。

我也知道他現在自稱威斯。

我收到一封他傳來的訊息：

我們認識嗎？眨眼表情符號。

不認識，我說謊。我在我朋友的頁面看見你的照片，覺得你滿帥的。愛心眼睛表情符號。

你也挺漂亮的，他回覆。吐舌表情符號。

謝謝，我說。你也是。

你住在伯明罕嗎？

可惜不是，我說謊。不過我很快要過去看碧昂絲的演唱會。我看你在酒吧工作。

是啊，他說。斷斷續續的。坎普街的玻璃樹酒吧。

你和你朋友一起來嗎？

是啊，我說謊。我們會住在市中心。

喔，他說。那離我很近喔。

確實，我說。你哪幾天晚上要工作？

他花了好久時間才回答——整整二十二分鐘。抱歉，親愛的，剛剛有電話。

女朋友嗎？

這會是問題嗎，安娜？

對我而言不是，衛斯。吐舌表情符號。

我大部分的晚上都在。第一杯酒我請。到時見。眨眼表情符號。

不見不散。愛心眼睛表情符號。親親、親親、親親。

今晚葛瑞格在床上格外賣力——他用嬰兒油幫我按摩，做愛時間多撐了三分鐘，但我在中途睡著了。我們剛剛換了新枕頭套，薰衣草的香味實在舒服，所以我不小心睡著了。他很不高興。我幫他口交作為補償。男人真是太簡單了，簡直丟臉。

喔，趁我還記得最好快點去吃藥。晚安。

五月七日，星期二

1. 怪人紅髮艾德——午餐時間，他拿著一整袋巧克力在我的辦公室外閒晃。他靠在我窗戶對面的牆壁坐下，吃了起來。
2. 副主編比爾——這男人習慣在座位上放屁，有嚴重的性別歧視，翻臉比翻書還快。
3. 衛斯理．帕森斯。
4. 利多超市結帳櫃檯的酷哥今天結帳的時候捏了我的全麥吐司。不只是拿著——是用力捏。現在每片抹上巧克力醬的吐司都有他拇指的印記。
5. 那位處理我的汽車保險時一直跟同事討論她比較喜歡哪牌番茄醬的電話客服人員。「請稍候，親愛的，有事暫緩，希望別介意。」我才要暫緩你的性命呢，親愛的。

今天AJ滑著滑板穿過公園上班。我故意走得很慢，這樣我就不必跟他說話，只要看著他耍一些滑板特技，試圖沿著狹窄的牆邊前行。他摔了一次，我不禁大笑，但他似乎真的受傷了，跛著腳走進辦公室，膝蓋壓著一團衛生紙。

五月是電訊日報瘋狂慶生的月份。今天是黛西的生日，然後十三號輪到麥可．希斯，攝影師強尼是十九號，保羅．馬刺的生日則是二十三號。克勞蒂亞和榮恩的生日剛好都是二十七號。我很慶幸我們不再搞「所有人為了某某人的生日放一英鎊到帽子裡」這回事。現在，我們直接用辦公室的小額備用金買生日卡片，壽星則負責買甜甜圈。公平多了。

黛西帶了十盒剛做好的巧克力閃電泡芙，嚴重高估了她要請客的嘴有多少。我提早去吃午餐，然後吃了兩個泡芙。樂怡看著我，我每咬一口，她的眉毛也隨之挑起。反正閃電泡芙有百分之五十都是空氣——這是事實。

從廁所出來時撞見拉娜。她問我最近過得如何。我問她最近過得如何。她說「很好」但實則不然。她就像一個尚未凝固的果凍——水水的、不穩定，只要輕輕一動就會灑得到處都是。我跟她說話的時候是最親切可人的好朋友。今天我稱讚她閃閃發亮的臉頰。她要挑一天晚上下班後教我怎麼保養。我有預感，如果我在我們之間的關係裡帶進酒精的元素，她會把她所有的秘密都告訴我。我們現在是至交了。交換化妝秘訣和秘密等等。雖然我仍可以在她身上聞到葛瑞格的氣味，光這一點就讓我想揍她的下體。

茱莉亞．基德納命案仍然沒有逮捕到任何嫌犯，但藍色廂型車男總算有名字了——出生於亞伯丁、三十九歲的凱文．大衛．佛雷瑟，是戴紅手套的那一個。另一個四十八歲的馬丁．霍頓－威克斯則是面罩男。（黛西在她的電腦裡有他們兩人的大頭照，是幾年前他們因為盜竊而被員警拍下的老照片）。還是沒有目擊證人。有像我那麼幸運的女孩嗎？

五月十日，星期五

1. 在咖世家咖啡廳少找我錢的女人。
2. 在咖世家咖啡廳的窗外看見那兩個對流浪漢吐口水的傢伙。
3. 在公車站等車的所有圍觀者。在警察趕來前，他們完全沒有出手阻止那場流浪漢吐口水大賽的惡行。你問我為什麼不去阻止？你知道我們在咖世家咖啡廳等了多久才等到一個位子嗎？
4. 即使公車上到處都是空位、卻非得坐在我旁邊的男子。他每次一呼吸，頭皮屑就會飄到我的大腿上。
5. 那些已經胖到病態的人——他們顯然想把自己吃死，就由他們去吧。我說啊，他們要吃多少就餵他們吃多少。我們總得想辦法減少全球人口。況且，如果我們真的有心「擊敗癌症」，這麼做在我看來似乎挺合邏輯的。

午餐時間，在咖世家咖啡廳跟甩友們碰面。老樣子——她們點了可頌麵包和咖啡，用嬰兒推車擋住所有人去廁所的路。這次只有兩個寶寶出席——山姆和克萊歐兩歲的孩子（我不記得他的名字了——好像是姜戈或傑克遜），他從頭到尾都在睡覺。這個地方人聲鼎沸，我排了十分鐘才買到一杯低脂拿鐵和看起來被咬了一口的丹麥麵包。話題主要在聊佩姬流產的事，儘管佩姬不在場。

「她在電話裡聽起來很傷心。」露西爾說，即使大白天依然袒胸露背。「我不知道她要怎麼熬過這次的打擊。」

「這是第幾次了？」我問。到處都有寶寶在尖叫。我努力專注在自己的呼吸上。

「這次是第三次了。」克萊歐說。「哎，她很期待能挺著肚子參加婚禮，對不對？」

「是啊。」安妮說。「她在德本漢姆百貨看上一件孕婦裝。我本來也打算給她一些我的衣服。」她蓋著一條金色點點披肩，正在餵山姆喝母奶。「我不知道該不該過去一趟。我必須帶著山姆一起去。」

「要的話我可以去一趟。」我說。「我是唯一沒有孩子的人。這對我而言比較輕鬆。我可以替大家帶些花過去。」

「喔，那真是貼心了。謝謝你，蕾。」露西爾說。安妮單手翻找包包，撈出一些零錢，其他人也跟著照辦。

這就是我，貼心的朋友。

我喝完咖啡的殘渣，努力思考有沒有讓我感興趣的話題。「嘿，你們有沒有聽說德瑞克・斯卡德死掉的新聞？」

「有啊。」伊梅達點點頭說。她先試做了婚禮時要做的指甲，所以盡量什麼都不碰，包括她的洋甘菊茶。「要是讓我知道是誰幹的，我就請他喝一杯。」

「加我一杯。」露西爾補上一句。

「要說他死了很遺憾我說不出口。」安妮說著，把山姆換到另一邊肩膀。「但活活燒死還真是可怕的死法。」

「喔，我不知道。」克萊歐說。「像他那種人，我想不到比這更棒的死法了。要是他敢傷害我的孩子，我也會親自把火柴劃亮。」

「真的嗎？」我問。

她凝視著我。「當然了，我們都會這麼做。」

「說得沒錯。」伊梅達說著，剝了一塊露西爾的可頌麵包，優雅地在指尖吃著。「誰敢動我三個孩子一根寒毛，我就把他的手腳一隻隻扯斷。」

「我也是。」露西爾說。「誰敢那麼做，我一定揍死他。」

安妮低頭看著山姆。她的眼下多了一些皺紋，隨意綁起的亂髮中有半塊麥片。

「你呢？」我問她。

「我不知道我會對傷害山姆的人做出什麼事。不過我想我可能沒辦法真的動手殺人。」

「我敢說必要的話，你還是辦得到的。」露西爾說。「如果你是逼不得已。」

「也許吧。」她說著，輕撫山姆的臉頰。他的嘴巴顫動著。「反正現階段我絕對辦不到。我每天都累到不行。」

「你呢，蕾哈儂？」伊梅達問道。「你可以嗎？」

「可以什麼？」

「殺掉傷害你孩子的人。」

「我沒有孩子，對吧？就我們目前所知。」

「是沒有，但假設你有的話呢？」

「沒辦法。」我說謊。「我也覺得我天生沒那個膽。就像安妮說的，我不確定我可以鼓起勇氣去結束另一個人的性命。」

「這個嘛，你有一天就知道了。等你有自己的孩子就知道我們在說什麼。你要嘛為了他們殺人，要嘛為了他們而死，別無選擇。完全別無選擇。」

下班後，我帶了一些非洲菊直接前往佩姬的家，花束前面放了一張有小狗狗的卡片，又帶了她最愛的甜點——剛出爐的帕芙洛娃蛋糕。首席聽眾前來救援了。我根本應該披一件該死的超人披風才對。

我在卡片上寫道，「我母親過世的時候，大家好久沒跟我說話，因為他們不知道該說什麼才能讓我好過一點。有時候，沉默很傷人，而我們要的就是世俗的噪音。如果你需要噪音，我們都在。你的朋友，蕾。」

看吧，八卦網站？我可不是沒心沒肺。

五月十二日，星期天

今早我又去了一趟佩姬家，看看需不需要我從城裡替她帶些東西。我帶了我今天一大早做的蘋果蜜桃奶酥派，作為額外的甜頭。這天天氣很熱，我想把腿露出來，所以穿了我的紅白洋裝。佩姬很驚訝看見我腿上的瘀青。我知道至少有五個瘀青是茱莉亞和德瑞克那兩次弄的——剩下的我不記得了。

「是漆彈啦。」我對著她憂心忡忡的臉解釋道。「幾個禮拜前，我和葛瑞格還有他幾個朋友一起去打漆彈。好玩是好玩，但痛得要命。我覺得我就像電影《前進高棉》最後那個被直升機拋下的傢伙。」

她咬著辮子尾巴，保持沉默。我覺得她不相信我，但我也知道我不在乎。

週日吃完午餐，我冒險進入聊天室，大鵰俠剛好在線上。他想要跟我視訊打手槍，但我拒絕了。他指責我「對他臨陣退縮」。真沒禮貌，我說完，又多說了幾句，大意是他的老二看起來像鼴鼠，而他的肚子太肥，八成有半數時間找不到老二在哪裡。他把我封鎖了。

MrSizzler48仍然隨傳隨到。我又傳給他一些裸照。他想和我見面，就跟約伯格一樣。城市飯店。先在酒吧喝一杯，也許吃包烘烤堅果。然後上樓，上手銬，打手槍，舔菊花。

小甜豆：OK，那星期四見。八點十五分在酒吧碰面。別遲到喔。

MrSizzler48：我他媽等不及了。我會多帶一些潤滑液。

我告訴他我會用我的名字——安德魯・戴維森－史密斯——訂房，等他打完我的屁屁後，我們再平分帳單。真正的安德魯是我以前在布里斯托中學六年級的同學。他的普通中等教育證書的測驗考砸後，就從吊橋上跳了下去。可憐的孩子。他不知道的是，他人生中唯一的成就會是喬時間安排假約會，好氣壞那些未出櫃的同性戀。

真是個有趣的世界，不是嗎？

五月十三日，星期一

1. 鋼鐵人。
2. 電影院那個下巴長滿粉刺的年輕人。我花了四．五十英鎊買的七喜，他卻沒幫我裝滿。
3. 電影院裡坐在我們後面的兩個青少女和她們缺牙的男朋友。整場電影一直抓糖果弄得沙沙作響，嘎吱嘎吱吃著家庭號的起司玉米片，而且還踢了我的椅子兩次。
4. 吃著皇家奶油餅乾的那對老夫妻。他們根本無權來看什麼漫威，從頭到尾說個不停：「那他是誰？他是不是有演我們每個禮拜天晚上喜歡看的那個節目？你知道吧，有頭髮的那個。那個綠色的大塊頭怎麼了？他死了嗎？他在那麼遠的地方是怎麼把那東西炸掉的？」給、我、去、死。
5. 帶我們坐錯位子的帶位服務生。我們一直到電影結束才發現——我們真正的座位附近沒有半個人，所以本來可以享受一段更美好的觀影時光。當然，除了鋼鐵人這部電影本身以外。

今天是麥可．希斯的生日，但他沒有帶蛋糕來公司。辦公室的人整天用心照不宣的眼神互相看來看去，彷彿有翅膀的鑰匙。生日的時候一定要帶蛋糕，這是鐵律。不過沒人說話。

我得帶丁可進公司，因為葛瑞格要去看牙醫。克勞蒂亞說沒關係——自從我們對彼此敞開心房後，幾乎算是閨蜜了——但榮恩每次經過時，都會責難地看著我。丁可本身倒是乖得不得了，坐在我桌子底下的狗窩裡，而且證明了是我跟同事培養感情的有用工具，尤其是「想養吉娃娃想了好幾年」的黛西。她老公不肯讓她養。他也不肯讓她看肥皂劇《聖橡鎮少年》或買一台洗衣機。

然而，事情有好就有壞。由於多了我的狗狗在身邊，萊納斯現在開始叫我金髮尤物。沒錯，自從我和AJ停止惡整他後，他開始反擊報復。他的自信心沒那麼容易受傷的。

我猜由於今天的我帶丁可來上班，外加身上的瘀青，讓我看起來像個受暴婦女。更多人來找我說話，苦瓜臉樂怡也沒有對我的體重或打扮做出批評。下班去牽車的時候，天色仍亮，我覺得快樂找到我了。

快樂很難找，對不對？快樂就像蝴蝶，短暫停留便振翅飛走。對我來說，快樂總像短暫但強勁的喘息——比方讓我流下淚水的高潮（我體驗過兩次——一次來自聊天室的邂逅，一次是跟葛瑞格。那是他躺在我身上最久的一次，我還以為他已經死了）。

從皇家防止虐待動物協會把丁可帶回家也是找到快樂的時候，當時的她不過跟一球冰淇淋一樣大。她比多數人更讓我快樂，尤其是我感受到她睡在我身邊的氣息時，或她舔我臉的時候，或咬著葛瑞格的襪子跑過客廳的時候。

但永遠是稍縱即逝，今晚也一樣。

我沒有照MrSizzler48的要求在倫敦的飯店訂房，但我有為了碧昂絲的演唱會幫我和葛瑞格在伯明罕訂了房間——是四星級的飯店，一晚的價錢有點貴，但就位於市中心，玻璃樹酒吧的正對面。某個叫衛斯理．帕森斯的傢伙工作的酒吧。我有強烈的預感，我們待在伯明罕那段期間，會找時間進去喝一杯。

今晚，我和AJ看了新的漫威電影——情節老套的爛片，超級英雄拯救世界，令人驚嘆的視覺效果，巴拉巴拉。看了電影《無限殺人意料之外》度過剩下的夜晚。

我回家時，葛瑞格正赤腳在陽台澆水，指尖夾著一根大麻。他的賽車遊戲玩到一半，陽台門是開著的，一陣微風吹進屋內。丁可立刻衝進去找他。他對她又親又蹭，然後撲通把她放下，她便跑去找她的潔牙棒。如果每天都像這樣，我會很快樂。我要的不多，這樣已經足夠。

如果他感情專一，我不必殺人。我之所以不快樂，都是他的錯。是他再次帶出我內心的這一面。這本來休眠、丟棄、死亡的一面。

現在快樂意味著殺人。殺死丹．威爾斯。殺死蓋文．懷特。殺死茱莉亞。殺死忘記長怎樣的凱文和戴面罩的馬丁。藉著悶死坐在骯髒扶手椅上的德瑞克．斯卡德來淡忘殺死爸爸的記憶。我非常肯定我還沒結束。

全都是因為他的緣故。

五月十五日，星期三

1. 每天早上播氣象的女主播。她不但等壓線三個字唸不好，連身洋裝又穿得超緊，奶頭都看得一清二楚。而且說話可以別那麼做作嗎？「今日天寒，外出時請穿件毛衣。」「今日偶有陣雨，所以要出門溜達的朋友別忘了帶傘喔。」啊啊啊啊啊！

我犯了一個天大的錯。

我今早才把這件事寫下來，因為昨天睡前我沒有勇氣去談。我至今仍覺得心煩意亂。昨晚，葛瑞格出門不在家——表面上是去奈傑爾家看「比賽」（我查過了，根本沒有比賽），所以我決定去釣魚。我憤怒又孤單，葛瑞格又去跟她亂搞了，所以我想把氣發洩在某個人身上——也許是運河邊某個想要趁人之危的酒鬼。總之，時間來到十點四十五分左右，我發現根本沒人跟蹤我，而我已經哪裡都去過了——運河、公園、暗巷。原來星期三不是強姦人的好日子，所以我準備沿著港邊走回家。我邊走邊呼吸著夜晚的空氣，在路燈旁邊尿尿（丁可，不是我）。就在這時，突然有個傢伙跳到我面前，大喊哈！我想都沒想，直接丟掉丁可的狗繩，抽出我的刀，刀刃抵住那傢伙的喉嚨，大叫：「去你的，你這該死的王八蛋！去你的！我他媽的要把你切成兩半！」

後來，我才發現我認識他——是AJ。

我心想，喔，他媽的老天啊。這下精采了。我他媽有大麻煩了。

他低頭盯著那把刀，雙眼如甘草糖般漆黑，雙手舉在半空，屏住呼吸。丁可拚命狂吠，一邊咬著他的牛仔褲管。

「蕾……是我！對不起，對不起！」他結結巴巴地說。

我手一放，刀子鏗鏘一聲掉到人行道上。附近似乎沒人聽見這裡的喧譁聲，或是他們聽見了，只是不敢過來。我花了好久的時間才重新喘過氣來。我撿起刀子，重新放回外套口袋。「你以為你在幹嘛？」

他支支吾吾地說：「我、我從酒吧出來的時候剛、剛好看、看見你。我認出小叮噹。」

「她的名字是丁可。」我說著，把她抱起來。不用說，她也在發抖。

他一直盯著我的外套口袋。「你帶那個東西要做什麼？」

「這是自我保護，AJ。我必須在晚上帶狗出門散步，因為我沒有庭院。我們可不是住在一個完美的世界。」

他摸摸脖子，再看看指尖。「你割到我了。」他舉起手，兩邊都有血。我看向他的脖子，上面有一個小傷口。

「喔，天啊。」我說。他的臉色大變，接著像一袋磚塊一樣倒在地上。

兩分鐘後，他甦醒了，我坐在他旁邊，衛生紙捏成一團壓著他的脖子，同時把我的連帽衫捲起來墊在他的頭底下。丁可在舔他的臉頰。有些從對面酒吧走出來抽菸的人，好奇查看他是否無恙，但我做出「喝多了」的輕鬆手勢打發他們。

「沒事的，盡量別亂動。打起精神。」我不知道我在說什麼。我通常不會留下來向對方施加急救法並在耳邊安慰他們。

他坐起來，看著我。我拿走衛生紙，丟進附近的垃圾桶。「你昏倒了。」

「你割我的脖子。」

「只有一點點，現在血已經止了。來。」我遞給他一張乾淨的衛生紙。

他站起來。「謝謝。」他臉上有一種奇怪的表情。他緩緩挪開身子。「我要回家了。」

「你會沒事的吧？」

他停下腳步，回頭看我，表情看起來非常奇怪。「晚安了。」

「嘿，怎麼了？別走。AJ？」他再次回頭，仍然表情怪異地看著我。「你為什麼用那種樣子看我？」

「你總是隨身帶著刀子嗎？」

「晚上的時候，是的。」

「上班的時候呢？」

「不，當然不會帶去工作。」

「你以前用過那把刀嗎？」

「用過。」

「什麼時候？」

「呃，我不知道。」

他搖搖頭。「不會是公園那傢伙吧？」

接著我只是回答：「對。」

就在這時，他出現了孟克《吶喊》那幅名畫裡的表情。「那是你？」

「噓。我不是故意的。我帶丁可散步的時候，他從我後面出現。他本來要強姦我，AJ。」

AJ 搖搖頭。「你殺了人？」

「別那麼說。他不是隨隨便便的人。他是一個性侵犯。一個趁夜外出找機會對落單女性下手的強姦犯。」

「他不該死，蕾哈儂。」

「你認真在幫他說話嗎？」

「沒有，可是……」

「你不認識我。你不知道我經歷過什麼。我曾經……」我停止說話。眼淚一湧而出——我不知道我是怎麼辦到的，但我的眼睛就像兩個小水龍頭被打開了。「我十八歲的時候被人強姦。是我姊姊的男朋友。從此以後我都會隨身帶刀，為了保護自己。我至今只用過一次，為了自我防衛。而沒錯，那個人就是蓋文．懷特。」

「喔，我的天啊。」

我低頭埋在手心啜泣。丁可攀著我的腿，想知道我好不好。我感覺到他把我摟住，剛開始很謹慎，接著完全放開心胸，把我整個人抱緊，一邊輕輕搖晃。

「難怪你的心靈那麼脆弱。」

我抱起丁可，讓她舔我的淚水。「你不應該突然跳出來嚇我。」我啜泣著說。「我的防禦心非常高。」這句話在傑瑞米・凱爾的節目上聽起來好得多，我就是在那裡聽到的。早知道就不加這一句。

「我只是想嚇嚇你而已。為了好玩。我們在工作時總是玩得哈哈大笑。」他準備抽開身子。

「別走。」我說。「再抱抱我，讓我再安心一陣子。」於是他照辦。他繼續抱著我和丁可，抱了好幾分鐘。丁可開始舔他的外套翻領——看樣子他的冰淇淋不小心滴在上面。沁涼的晚風吹拂我的臉，感覺好奇幻。快樂再次是我的了。

然後轉瞬間，又消失了。

「我送你回家。」他說。「走吧。」

我邀他進屋內喝咖啡，把剩下的故事告訴他。葛瑞格還沒回來。

「我姊姊當時在跟一個混蛋交往。彼得・麥克洪。他有各式各樣的壞習慣。吸毒、賭博。聽說他還是個皮條客，但我爸一直沒有證據。反正賽瑞恩也聽不進去。」

這部分的故事百分之百屬實。

「他有很多前科——侵害人身罪、毒品相關罪行，應有盡有。然後有一天晚上爸爸出門，賽瑞恩帶他回家。」

「彼得？」AJ說著，喝一口咖啡。

「我很不喜歡他。他全身長滿痘痘，手指上有黃漬，一口爛牙，又像隻蚊子一樣長手長腳的。總之，我在床上睡覺的時候，聽見他們在吵架。」

這部分也是真的。

「我聽得出來賽瑞恩喝醉了，因為每次她喝了些酒，說話就會變得很大聲。我聽見他們上樓。她的房門關上。她對他說不要，說了一遍、一遍又一遍〔加強語氣，重複三次〕。然後，一切突然安靜下來。我直覺知道她有麻煩了。我是她唯一的希望。」

再次強調，這一切都是實際發生的事。

「所以你怎麼做？」

「我爬下床，走進她的房間。我看見他躺在她身上。他把她的雙手壓在背後，正在解開他的褲子拉鍊。她整個人昏昏沉沉的，根本沒有力氣抵抗。我猜她喝醉了或吃了什麼東西，不然就是他對她下藥。總之，他叫我回房間睡覺，但我做不到——我只是站在門口，動也不動，嚇壞了。」

從這裡開始，事實就稍微有點出入了。

事實是這個時候，我跑下樓，進廚房拿了我所能找到最大把的刀，然後回二樓朝他的背刺了好幾下，姊姊則昏沉沉地躺在他下方的床上。

但對AJ而言，我必須扮演遇險少女的角色。

「他把我丟到她旁邊的床上，撕開我的睡衣，然後……〔暫停表達情緒〕強姦了我，就在我亡母的床上。我拚命掙扎，企圖掙脫他，但他實在太強壯了。太強壯了，AJ。」

AJ的表情如畫一般靜止了。他把手放到我的手上，我努力擠出一滴眼淚，讓淚水灑落他的錶面。我沒有保留任何細節。那份痛楚，我繼續說。那份痛楚在骨盆處有如針刺，有如刀割，有如火燒。從那以後我一直做的駭人惡夢。他嘴巴的氣味，他濕滑的舌頭在我臉上的觸感。天啊，我太會說了。

「他有被逮捕嗎？」他問。

「嗯。我勇敢地出面作證，於是他就入獄了。結果原來他之前就犯過幾樁強姦罪。後來他消失了將近二十年。知道他被關起來，幫助我在夜裡入睡。」

順道一提，這些仍是胡說。根本沒有開庭。爸回家時，不可避免看見一團血淋淋的混亂場面時，他說：「天啊，你做了什麼，蕾哈儂？」以及「我們必須把他弄走」。

AJ搖了搖頭。「你太勇敢了。」

我點點頭，又流下一滴眼淚。「從那之後，我一直很害怕這種事會再次發生。害怕會有陌生男子把我帶走，對我為所欲為，然後把我像垃圾一樣丟進水溝。我一定要遛我的狗，AJ。我一定要。街道不是屬於男人的，我一樣有權利在夜裡出門走走，不是嗎？」

「當然了。」

「不是我刻意出門找蓋文．懷特的，你明白吧？」

他點點頭。

「我說這些不是故意要給你壓力。如果你想報警，就去吧。我不會阻止你。我只是希望你從我的角度看事情。」

他搖搖頭。「我覺得好難受。」

「你不用這樣。我弄傷了你。」我觸碰他脖子上那道開始結痂的小傷口，手在上面停留許久，一邊凝視他的雙眼、他的嘴巴。

「我可以說是刮鬍子的時候弄傷的。」

「喔，是啊，誰會相信你開始刮鬍子了？」我笑著說。

他微笑，接著像剛才那樣摟住我，只是這次是側抱。

「我還是對這一切感到不可置信，但我什麼都不會跟警方說的。我不會這樣對你，蕾。我明白你這麼做的原因。」

「所以你會保守秘密嘍？」他點頭。我伸手勾住他的脖子，用我的臉貼著他的側臉。「謝謝你。我就知道我能信任你。」

我對著他的嘴巴用力親了一下。接著，親吻變得越來越激情，嘴巴張大，舌頭交纏。我的私密處悸動不已。他真好親。

「該死。」他說，總算抽開身。「對不起，我太得意忘形了。」

「不，是我的錯，我不該親你的。天啊，真丟臉。不過你吻功很厲害喔，AJ。」

「謝謝喔。」他不以為意地說。「很榮幸你這麼說，考慮到我完全沒有練習的經驗。」

我挑眉看他一眼。「你是母胎單身對吧？」

「嗯哼。已經十九歲的我實在不想承認，但沒錯，我是。」

「我一直到二十三歲才破處。跟葛瑞格。」

「可是……你被強姦那次呢？」

「喔，是了，嚴格來說那也是做愛，但我不把那次算在內。我是說，那次我沒有太多發言權，對吧。」

「嗯，我想是吧。」他悲傷地說。「抱歉，我說話太直了。」

「沒關係。」我說著，撫摸他的眉頭。「聽著，葛瑞格很快就會回來了……」

「是，當然了。」他說著，起身拉了拉牛仔褲。我微笑。「怎麼了？」

「你底下在試射飛彈嗎？」

正當我以為他不可能再更害羞的時候，他的臉又更紅了。

我大笑，跟著站起來。「你真可愛。」我捏捏他的臉頰，親了他的嘴巴。「這不是在打發你走，我保證。也許明天我們可以找個時候見面？」

「真的嗎？」他像瑪麗的小綿羊一樣跟著我到門口。

「嗯哼，當然。我對你有好感，AJ。我喜歡你，我想要你。」

他驚訝得張大了嘴。他走向我，再次吻了我，似乎無法克制自己。「克勞蒂亞阿姨明天會在公司一整天，她中午從來不曾回家。也許我們可以過去那裡？」

「在克勞蒂亞．古柏的房子裡做？」我說著，揚起一抹微笑。「這會是一場超級大冒險，對吧，小甜豆？」

他點點頭，仍張著嘴，我們之間牽著一條口水絲。「天啊，真是精采的一晚，喔？先是你想要殺掉我……」

「……而現在我想要跟你上床。」我咯咯笑著說。「我知道，真奇怪。」

我拉斷我們之間的口水絲，把門打開。「公司見。」

「嗯。」他微笑。「等不及了。」

我回以微笑，趁他離開前拍了他的屁股。

該死。我才好不容易讓克勞蒂亞喜歡我。現在我必須跟她那個耳根子非常軟但屁股非常翹的姪子上床。真是禍不單行。

而我為什麼覺得自己犯了個大錯，原因在此。我才剛告訴AJ我被強姦的往事，短短幾分鐘後我就一副性感女神的模樣。這很反常。表面工夫出了差錯。即使一開始主動的人是他，即使被強姦這回事根本沒發生過，但從AJ的角度來看，他可能會往「你也太快對這件事釋懷」這方面去解讀。這又有可能會讓他重新認為我確實是一個投機取巧的兇手，而他只是幸運逃過一劫。這也有可能導致他去報警。所以我必須討好這個男孩，承諾跟他發生親密關係。現在，我只能期望他的老二會代替他思考了。

天啊，男人真難搞。我明白為什麼會出現第一個女同性戀了。

五月十六日，星期四

1. 在超市裡騎電動代步車的人——說真的，這什麼時候變成一種流行？還有這社會什麼時候允許三個像這樣的人擠在一條走廊上，害其他人拿不到他們要的果醬吐司餅乾？
2. 認真在著色本上著色的成年人。
3. 泰勒絲——說真的，一個女人到底需要多少根老二？

今早我和葛瑞格帶著丁可一起走路上班。鎮上新開了一家店叫威廉小酒館。我們在酒館門外停下腳步，那裡有一個寵物友善的小庭院。快樂的感覺再次湧遍全身。酒館經理很親切，開口閉口都是「當然可以了」、「完全沒問題」之類的話，而且今天天氣晴朗。人不是混蛋的時候，感覺真是天差地別。

我們被帶到一個角落的位置，那裡放了許多小碗的水，丁可也能開心地奔跑，在花床邊聞來聞去。我點了我最喜歡的餐點——鬆餅佐油滋滋的酥脆培根，配上楓糖漿和一小壺鮮奶油。幸福。

接著，我的食物送來了，一朵烏雲在天空成形。

鬆餅明顯不新鮮，旁邊的切片水果也很可惡。軟爛的草莓、發黑的香蕉片和最上方的薄荷葉就像在求救。但其中最難以下嚥的是培根。我擺明說了要煎得酥酥脆脆，在我面前的培根卻看起來像是剛從一個胖女人手臂上切下來的。於是，剩餘的早晨我的心情又變得忿忿不平。

工作方面仍有好消息——AJ還沒叛變。他不再對我拋媚眼——或許他覺得對一個性侵受害者這麼做不恰當——但他確實幫我做了花生香蕉吐司當早餐，今天上面還用草莓果醬多擠了一顆小小的紅色愛心。不過我還是得確認。我需要實證。

「所以，我們準備什麼時候要肌膚相親？」我趁他靠在我的座位上、幫我換檯燈燈泡的時候說。

「隨時都可以。」他說。「克勞蒂亞怎麼辦？」

「她也想加入嗎？」我問，看著他在轉燈泡時手臂上跳動的肌腱。

他放聲大笑。「我的意思是我們必須低調。」

「嗯，當然。」我說。「你回到座位上，我再傳訊息跟你說。」我湊近，在他的耳朵上咬一口。他的臉立刻紅起來。

於是整個下午，我們說到做到。我們一直跟彼此傳訊息。又多又長的訊息。對話串以我這句話作結：

我家星期六晚上七點過後沒人。男友要跟他兄弟去看馬刺隊比賽。

耶！！他回覆。一定會很美妙，我現在光想著你就硬了！

親親、親親，愛心眼睛表情符號。如果我有老二，我一定也硬了。

他不知道我確實有根老二。算有吧。

稍晚，他傳訊息問我下班後能不能去女廁做，但我拒絕了。我無法想像在那裡欲仙欲死的畫面。那裡不僅骯髒，又潮濕。即使所有人都回家後，仍總是有種月經外漏沒洗乾淨的溫熱氣味。噁。非得等到星期六了。

樂怡要我為下週的買屋租屋副刊寫五篇專題文章，而其中一棟就是我爸媽家。那棟房子是本週的推薦好房。

「不過，那棟房子也沒有那麼棒，對吧？」我說。

「裡面有六個房間。」她激動地說著，三層下巴都在晃動。「室內擴建、雙車位，而且庭院後面還有自己的樹林。那棟房子很特別，蕾哈儂。」

更別說隔音效果一絕，足以把一個綁來的女人藏匿三個月。嗯，平心而論，確實是一間很特別的房子。

我寫完後，把文章拿給她看，而她只知道挑錯。她的下巴佈滿了細小的鬍子。

「你沒有提到那棵蘋果樹。」

「買家需要知道蘋果樹的存在嗎？」

她發出嘖嘖聲。「那就是最主要的賣點啊，蕾哈儂。那棵樹已經有超過五百年的歷史了。整棟房子都是圍繞著它重建的。曾經還有故事流傳亨利八世在那棵樹下躲過一場暴風雨呢。把它寫進文章裡。」

她沒說請，也沒說謝謝，真是個又肥又臭的死八婆，只配穿浸滿尿的破布。那個亨利八世的故事完全是胡說八道。沒錯，在亨利八世的時代，那棵樹就存在了。但他沒有躲在樹下，也沒有跟瑪麗一世靠著樹打炮或任何類似的事情。那只是一棵老樹；我和賽瑞恩曾經拿來玩躲貓貓的一棵老樹。我媽坐在底下邊看書邊喝檸檬汁的一棵老樹。她從醫院回來時，我曾見過爸爸倚在樹幹上哭泣的一棵老樹。

我討厭樂怡。我真的真的真的很討厭樂怡。但話說回來，我想你早就知道了。

❖

天大的新聞——關於德瑞克・斯卡德的命案，警方已經逮捕了兩名十五歲的少年。黛西・陳帶我去吃午餐的時候，邊吃下酒菜邊告訴我。

「你怎麼知道？」我說。

「榮恩從高級警司那邊聽來的，後來在昨晚的編輯會議告訴我們。這兩個孩子前前後後騷擾他好幾個月了。」

「喔，這我不曉得。」

「是啊，挺壞的。一開始都是些小事，例如在他的信箱裡塞紙條、在他家牆壁上噴漆。後來變成在信箱裡放狗大便、打惡作劇電話。去年，他們點了煙火往屋裡丟，不過沒有爆炸。他早有預料，整個十一月都準備著一桶水。」

「所以肯定就是他們嘍？」

「嗯，警方是這麼認為。雖然消防隊隊長說他很肯定不是人為縱火，但警方不打算另找嫌疑犯。只不過……」

「只不過什麼？」

黛西正在嚼一塊軟骨特別多的臘腸，她翻著白眼，彷彿真的很惱怒，一邊用手勢表示抱歉。就在這時，她不小心噎到，不得不連忙喝水。我也不得不拍拍她纖瘦的背（呃），問她還好嗎？最後，臘腸總算吞下去了。

「沒事吧？」

「沒事，已經吞下去了。天啊，真可怕。」她的聲音很沙啞。她又喝下好幾口水，繼續吃飯，似乎已經結束話題。

「抱歉，你剛剛說警方可能在找其他人？」

「喔，是啊，有一家私人看護公司每天都會去德瑞克家好幾次。你知道的，替他煮三餐，幫他洗澡。我覺得警方應該不會懷疑到他們頭上——那間公司信譽良好。奇怪的是，他沒有扣上門閂。看護公司說他們的員工每次離開後，他一定會把大門閂上。可是他的屍體被發現時，大門沒有閂上。」

「所以……這代表什麼意思？」

「嗯，可能只是代表他忘了。或是最後一名看護在下午六點離開後，他又讓別人進屋。他不可能讓那兩個孩子進去，對吧？到處都沒有強行入侵的跡象。」

「他的家人呢？誰有鑰匙嗎？」

「他們家人好幾年沒跟他說話了。他有個兒子在愛爾蘭，但已經幾十年沒回來了。所以那兩個年輕人嫌疑最大。我得說我有點失望。我以為可能是收割者再次出手了。」

「喔，你的性侵犯和連環殺手理論嗎？」

「是啊。」她嘆口氣。「他最近似乎暫時收山了。你別告訴別人，不過我說啊，那些孩子為這個社區幫了個大忙。要是有誰敢碰我的孩子，我就……」

「你就怎樣？」

她看著我，直勾勾地看著。「我不知道我會做出什麼事。我真的不知道。」

「帶孩子們去晃晃？」我建議道。

接著，我們相視而笑——這一刻，對其他人而言可能微不足道，但對我而言，卻是這個陰暗午後的一道陽光。

麗奈特午餐後拿著薪資單過來，然後我在賤貨部門待了一個小時，因為她扣除了兩筆學貸的還款。

這已經是第二次了。

MrSizzler48現在也把我封鎖了。他傳給我一封訊息說他從另一個男的那邊聽說我「滿嘴屁話」，又說我「不會跟他見面，因為我只是在說笑」。他認為我其實是「女人假扮的」。這就是我「不肯傳動態照片」的原因。

他沒有我起初想的那麼笨。真神奇。

五月十七日，星期五

1. 單車騎士。
2. 滔滔不絕談論史蒂芬・艾弗里和紀錄片《謀殺犯的形成》的人——那傢伙曾經對一隻貓澆汽油。他們應該讓那個王八蛋下油鍋。
3. 今早幫我做抹片檢查的護理師「海澤爾」。她滔滔不絕聊著她所參加的五〇年代踢踏舞和交際舞課程。要說什麼比看老人家跳舞還悲哀的，就是超過五十歲還在跳舞。她拿著外科器具在我的陰道裡撈來撈去後，甚至遞了一張廣告單給我。厚顏無恥的傢伙。

樂怡試圖在湖區籌備一場週末聚會出遊——專門惡搞萊納斯的這個現象現在成了她的首要任務。她認為此事「對團隊造成嫌隙」。她的使命是促進和諧，並杜絕電訊日報辦公室裡低劣的惡作劇（她一直在上課）。有我在，你不必妄想了，寶貝。

中午，我和AJ出去吃了一英尺長的香腸法棍麵包（別誤會，這不是委婉地在暗示什麼，嗯沒錯，該死的大腿脂肪）。我們多數時候待在公共場所，但走回辦公室的路上，他偷偷在墓地的樹後親了我一下。一場剛辦完的葬禮所留下的百合花聞起來美妙極了。我朝那棵住了流浪漢的樹看過去。他正坐在他的樹屋外面捲菸，四周全是他的手提袋和雜物。他一看見我就對我揮手，但我沒有理他。

五月十八日，星期六

1. 即使超市大排長龍仍喜歡跟收銀員聊天的人——我很贊成你把東西收進購物袋時保持親切，但卡刷好了或零錢找給你了，就可以滾了。別留在原地聊起你孩子的復活節戲劇表演或你的手術。**也別對我說謝謝您的耐心等候。我別無選擇！**
2. 在公共場所亂丟垃圾的人。
3. AJ——因為他強迫我跟他上床。嗯，不是一般意義上的強迫，而是害我淪落到別無選擇的地步。實在好煩。

把六〇年代蝙蝠俠影集的那句經典台詞改一下，坐上性愛跑車吧，蝙蝠俠……

❖

AJ剛離開。我騙他葛瑞格傳訊息說他沒搭上前往倫敦的火車，所以會提早回來。他似乎真心因為無法留下來摟摟抱抱而覺得失望（不知為何，他真的很喜歡抱抱），但至少現在晚上的公寓只剩下我和丁可獨享，所以我們可以看我在廣播時報週刊上面圈起來的那部丹尼斯·尼爾森紀錄片。

總之，說到性愛，如果剛才那個能稱之為性愛的話。他抵達時整個人興奮不已——我才開門，他褲襠就已經搭起帳篷——我們才剛打開他帶來的酒，他就像水草一樣黏到我身上。我們在沙發上舌吻、磨蹭，直到他說……

「我要小心點，我差點在這裡射了。」

聽到這裡，我立刻移動到臥房。要是沙發上沾到他的一滴精液，我就立刻把它賣了。

接著，我開始計時。從沙發起身一直到真的射出來所需的時間——一百零四秒。就這樣。他癱軟倒下，我躺在那裡，沒有高潮，丁可一如往常在房門外尖聲吠叫，接著我把他推開，下床清洗。

「天啊，真是太棒了。」他躺在床上說。「你有高潮嗎？」

「嗯，很棒。」我在浴室裡說，再爬回到他身邊，湊近他伸長的手臂底下用鼻子蹭了蹭，好像他在邀請我這麼做一樣。「你比葛瑞格厲害多了。」

「喔，別提他。」他親我，開始脫我的衣服。「我不想提到他。」

「為什麼？你吃醋了嗎？」

他點點頭，再次親吻我。「我不想要他在你的身體裡。我想在你的身體裡，永遠不要出來。」

他再次爬到我身上，親遍我的臉頰和脖子，一隻手往下伸。

「天啊，你好濕喔。」

「嗯，是啊，你剛剛才在裡面打了幫浦，親愛的。」

他放聲大笑，再次挪回身子親我的嘴。「你好美。」

我脫掉內褲，雙腳纏住他。「謝謝你。」

他脫掉上衣。我解開內衣，丟到地毯上的衣服堆中。

「你要我幫你口交嗎？」

「不要，我們再做一次吧，好嗎？」

「我不知道我能不能那麼快又硬起來。」

「我來幫你。」我把他翻到正面，親吻他的全身，花了很多時間在他的老二上，用盡所有方法——雙手、嘴巴、奶子——做足一整套。通常我對葛瑞格做足全套的時候，會期望獲得很多回報——足部按摩、釘個架子或起碼吃一頓烤肉拼盤。

「天啊，你招數好多。」我騎到他身上時，他喘著氣說。

「我看很多色情片。」

「真的嗎？！」他驚訝地說，雙手擺到後腦勺。「我不知道有女生會看色情片的。」

「我們都會看，你們男生只是被我們騙了而已。相信我，如果你有個像葛瑞格的男朋友，你會需要色情片的。」

「你為什麼要跟他在一起？你對他根本沒有一句好話。」

「我其實滿討厭他的，但我已經習慣有他在身邊了。這很複雜。」我希望他不要繼續追問，他也果然沒有。

「好吧，繼續說些腥羶色的話題吧。你喜歡什麼樣的色情片？」

「都喜歡。」我說。「跨種族的男女主角向來很好看。有時候看綑綁的，動畫片也有。」

「你看色情動畫片？」

「我都看。同性戀的很讚，我看得出來為什麼男生會喜歡。有一部是史酷比在幹薛吉的搞笑色情片。雖然嚴格來說，那應該是人獸交，我完全不贊同。」

「你也看女同性戀嗎？」

「沒看，女人對我不太管用，就性慾上來說。」我說。除非當時我正拿刀捅她們，我心想。

「你跟別的女人在一起過嗎？」

「沒有。」

「肛交呢？你試過嗎？」

我暫時停止在他身上搖晃，低頭看他的臉。有那麼一瞬間，他變成了葛瑞格的模樣。「我不喜歡疼痛，除非我是製造疼痛的那個人。」說完，我對著他兩個奶頭用力一捏。

「啊！好、好。」他大笑。「沒關係。」

我坐著他的陰莖前後搖晃了很久，直到高潮——我不得不搜尋一些黑暗的記憶，痛快發洩一下。我閉上眼睛，想像我躺在茱莉亞下方，她的鮮血沿著我脖子的兩側流下來。最後，我包覆著他的陰莖達到高潮。

「天啊，你高潮的時候好性感。」他輕聲說，握住我的乳房，我氣喘吁吁，砰一聲倒下，兩人胸口對著胸口，像兩條蛞蝓緊緊貼在一起。

「嗯。」我說著，沒有睜開眼睛。

「繼續，寶貝。不要停。再讓我射一次。」

我爬下來，幫他口交直到射精。他挺愛叫的。

我們赤裸裸地躺在床上。我背對著他，他從後面抱著我，疲軟的陰莖貼在我的屁股之間，一邊用右手揉我的胸部說：「我知道我們認識不久，可是……我想我愛上你了，蕾哈儂。蕾？你有聽見我說話嗎？」

我假裝睡著了。

五月十九日，星期天

我和葛瑞格去他爸媽家吃午餐——有烤豬肉，酥脆的豬皮和滿滿的佐料——但伊蓮正在控制體重，她的分量好小，根本屬於我娃娃屋裡的食物。飯後甜點她也忍住不吃巧克力蛋糕和布丁，改吃一碗冷凍草莓，一邊大力讚美這些草莓是多麼「美味道地」。

那次一夜激情後，AJ就不停傳訊息給我。平常碰到我在洗碗或吸地，除了回傳嗯，我也是和耶，來吧，寶貝，我喜歡那樣之外，也懶得多傳什麼。不過我在吉姆和伊蓮家的時候，他傳訊息過來就變得挺撩人的。危險，懂嗎？我喜歡危險，因為我是危險的小精靈。

下午窩在沙發上百般無聊，我便讀起他們的當地報紙，想尋找社論裡的錯誤，結果無意間看見一則報導——某個過去擔任幼兒園護理師時涉嫌虐童而入獄六年的女人，本月將獲得假釋——珊卓·哈金斯。她的大頭照醜得超乎想像——長相介於連續殺人犯露絲·瑪麗和烤箱門上的豬油之間。吉姆往我的後方看過去。

「這附近的家長都對這件事非常生氣。伊蓮的朋友曼蒂在合作社工作，她認識那女人的妹妹。她的家人不想跟她有任何牽扯。她在這附近會很難找到任何朋友。」

「我不知道女人也會有戀童癖。」我說著，闔上報紙。「這叫什麼，母愛癖？」

「禽獸。」吉姆說。丁可跳上他的大腿，像隻北極狐蜷起身體。「還有在諾丁罕郊外的田野上欺負那匹小馬的馬夫——伊蓮在那之後有好幾個禮拜沒辦法睡覺。有些人就是腦袋有病。」

「你認為她應該有什麼下場，吉姆？等她出獄的時候？」

「不應該讓她出獄，對吧？」他回答。「她應該要像亨得利和另外那個人一樣在裡面關到死。但不會的，他們大概會給她一個假名和一份工作，費用全算到納稅人的頭上。伊蓮很擔心她會想來加入婦女協會。」

「如果你在街上碰到她，你會怎麼做？」

他搖搖頭。「我會殺了她。這裡大多數的人都會這麼做。她是天生的怪物，不是嗎？應該就地解決。」

叮、叮、叮，正確答案！給那個男人一艘快艇！

看吧，我想殺掉社區的瘋子沒那麼奇怪，對吧？我只是做了大家只說不做的事情罷了。要是他們知道了，我一定會變得超有人氣，真的會。所有人都會愛我，甚至是每日郵報。他們說不定會發動請願權，要求把我釋放，或向群眾募資印T恤之類的。

當然，我知道伊蓮有各式各樣的恐懼症。我知道街上有棟房子被人闖空門的時候，她晚上都睡不好。她甚至連放煙火的夜晚也無法承受——每年的十一月十五日，她都因為煙火的關係差點精神崩潰，所以現在只要當地人籌劃了煙火派對，她就會吞幾顆安眠鎮定劑，直接上床睡覺。我好幾次從她的藥櫃替自己拿了幾顆。你永遠不知道超強安眠藥什麼時候會派上用場。

我去二樓上廁所的時候，很高興看見她最近剛補了庫存。

五月二十日，星期一

今天請假沒去上班。我其實沒什麼事要做，只要是工作以外的事都好。我在谷歌上搜尋珊卓．哈金斯申請假釋的進度到哪裡了——什麼也沒得看。我想花時間跟這傢伙相處一下。我想把茱莉亞的把戲用在她身上。也許用一點電刑，就像我從一間舊倉庫的窗戶縫隙見爸爸做過的那樣。

可是如今我進不了爸媽家的房子，該把她放到哪裡呢？嗯，這是個難題。

說到這個，待售的牌子已經在前院的草坪上豎起。雷德曼&芬奇房仲公司的潔米打電話告訴我說現在已經有兩組買家去看過了——其中一組是彭博克斯夫婦——那對養了四隻大狗的夫妻在房子下市前去看過——他們那組「非常有希望」。看樣子我絕大部分的童年準備要離開我了。我會想念它的。我會想念後院、房子的寧靜，還有亨利。

中午，AJ來公寓一趟很快跟我來一炮。

「你會有罪惡感嗎？」他躺在我身上問道。我伸出雙腿纏著他，用腳底摩擦他的大腿。

「不會。」我說。他的全身重量都壓在我身上。「我很喜歡。外遇讓我覺得很性感。你會有罪惡感嗎？面對你阿姨的時候？」

「才不會，我一來到這裡就想幹你了。完全值得。天啊，我愛你。」

「親我。」我說。他親了我。「再幹我一次。」

於是他再來一次。一邊用中指挑逗我的陰蒂，一邊用他的老二賣力衝刺。第二次的高潮來得很強烈。這孩子雖然才十九歲，但平心而論，他對女生的陰道還滿了解的。我猜他在這期間肯定看了一些YouTube的教學影片。完事後，趁他全身無力躺在我身上的時候，我說……

「暫時留在這裡。」

「為什麼？」他微笑，再次親吻我的頸子。

「在我身上躺一下就是了。不，別動，只管躺在那裡。靜靜躺著。」

「什麼意思？」

「只管躺在我身上，像死了一樣。」

於是他聽話照辦。他完全放鬆，死沉沉地壓著我。於是我緊緊抓著他，再次高潮，雖然他只是躺在那裡，什麼也沒做。我咬了他的肩頭。這股快感簡直強烈得不真實。

「哇喔！」他說。「你還意猶未盡，是吧？」

我點點頭，把他拉到我身邊，然後靜靜摟住他，窩在他溫暖的脖子上哭了起來。看了上萬部特寫抽插鏡頭的重口味色情片也抵不過那一刻。

「嘿，你沒事吧？」

我啜泣著，認真啜泣著。「沒事，我只是太愛了。」

「喔，寶貝，我也愛你。我真的愛你。」

五月二十三日，星期四

我剛剛發現，我已經超過一個月沒有夢見爸爸了。爸爸的夢已經隨著德瑞克・斯卡德死去。也許到頭來，他來到這個世界上還是有點用處的。

另外，辦公室的人正在計畫今年的聖誕節派對。現在才五月。

樂怡想早點把橄欖球隊預訂下來，因為「去年全被訂滿了」，所以她明天就會問押金該押多少。她也提到她要下訂在服裝目錄上看到的一件洋裝。一個人的生活到底有多渺小才會早在六個月前就對這樣的鳥事興奮不已？我不知道該哭、該笑，還是該往她臉上揍一拳。

寫完我的漫威影評——我給它一顆星，這還是因為帶位的服務生說他喜歡我的鞋子。保羅・馬刺說：「你知道你到時候會收到一大堆影迷寄來的電子郵件，對吧？」我說：「我知道。放馬過來吧。」

我和AJ找到了新遊戲玩——互傳自己的私處給對方。起初我很猶豫，因為不靠修剪、喬角度或把濾鏡開到最大的話，實在很難拍到好看的照片，不過挺好玩的。他要求很多——他根本不明白站在辦公室廁所的馬桶上，一手拿著假陽具插在陰道裡，另一手又要同時摸屁股和拍照有多困難。不過啊，我想我破解了難題。

今天是保羅的生日。他沒帶蛋糕，而是帶了自製的格蘭諾拉麥片棒，因為「對身體比較健康」。現場氣氛凝重得宛如能一刀劃開。而諷刺的是，你需要一把鋸子才能切開那些麥片棒。吃起來就像在咀嚼一根木頭似的。去你們這些清淡飲食的傢伙。

喔，爸媽的房子在房仲網站上架不到一個禮拜後，我們就收到了無條件報價。所以看樣子房子賣出去了。

今天下午，賽瑞恩滿心歡喜地打電話給我。她難得有一次口氣聽起來像個姊姊。我每次都以為我在跟一個經營女子孤兒院的刻薄潑婦對話。

「我不敢相信房子終於要賣出去了。」

「是啊，這種事勢必會發生的，不是嗎？」我說。換我成了刻薄的潑婦。

「我很抱歉讓你承受那麼多壓力，蕾哈儂。我們現階段真的很需要這筆錢，這會是很大的幫助。柯迪的工作岌岌可危。他可能得調去佛蒙特，所以我們一直在看那裡的房子。」

「佛蒙特？Ben&Jerry's冰淇淋的發源地？」

「我不知道。聽著，你有跟我傳給你的那家房屋清潔公司聯絡嗎？」

「有。」我說。我今天沒心情聽她嘰嘰歪歪講廢話。

「他們開多少錢？」

「一千。」

「一千英鎊？全包？所有的物品？」

「是的，賽瑞恩。一千英鎊。反正我沒選他們，我把所有的東西統統給了照顧媽媽的安寧照護中心。我沒收錢，就當做慈善。房子現在已經清空了。你全部丟給我處理，而這就是我的處理方式。」

「蕾哈儂，房子裡有些傢俱本來可以換不少錢。」

「我、不、在、乎。」

「蕾哈儂，我們文明點，好嗎？你有多不想跟我說話，我就有多不想跟你說話。」

「知道就好，那，現在我們的心願也差不多快實現了，對吧？過了最後一關，以後你就繼續假裝我不存在，對吧？」

「我不是這個意思，蕾哈儂。」

「你當然是這個意思。你已經這樣好幾年了。」

「你能怪我不想跟你有任何牽扯嗎？」她壓低聲音說。「在你做了那件事之後？」

「你是說我為你做的那件事嗎？」

她的聲音不過是顫抖的耳語。「喔，所以你確實記得嘍？」

「第一次是怎麼也忘不了的。」

「呃，你讓我不寒而慄。」

「要不是有我，你才不可能曬得健健康康住在美國結婚生子。」

她努力忍著不哭，我從她的聲音聽得出來，那顫抖的呼吸聲。「我醒來……全身沾滿我男朋友的血……而你就站在那裡，面帶微笑。爸替你掩護。他知道你的真面目。你是一個瘋子。」

「我不是瘋子，不完全是。我檢查過。」

她終於把內心話傾吐而出。說我暴躁的壞脾氣讓媽媽的日子生不如死。說就是我撒謊、偷竊、習慣縱火那段時期害她患上癌症。說我用刀片割傷她的地方仍留有疤痕。說我用虛假的眼淚博取爸爸的同情。說我之所以一再免於受罰，是因為爸媽從我修道院花園街事件的倖存者身分賺了一大筆錢而覺得內疚。說保姆在修道院花園街事件發生後，說我內心住進了惡魔。

「你是個狡猾的騙子。」我說。「我敢說你拚命把這些屁話說給你朋友聽，對吧？說我是糟糕的妹妹，折磨你，剪你頭髮，把你最心愛的長尾小鸚鵡宰了當晚餐。真正的故事是什麼，賽瑞恩？是我的腦袋被鐵鎚敲到，所以我得到所有的鎂光燈，所有人的同情。你得到什麼？去你的。爸媽或許留了半棟房子給你，但起初是因為我的名氣才能買下那棟房子的。你應該要舔我的腳感激我才對。」

她的呼吸變得急促。「那個鐵鎚……粉碎了你內心所有的愛。」

「你的重點是什麼？」

話筒另一端是一陣漫長的沉默。接著傳來喀噠一聲，電話切斷了。

那不知感激、良心被狗咬的混蛋八婆。我受夠姊妹情了。我受夠家人了。我真恨不得當初死在衛斯理·帕森斯車輪底下的人是她，而不是喬·李區。

「你是一個瘋子。」

殯葬業者把爺爺帶回家那天，奶奶也說過類似的話。當時的我在外面騎馬。我記得我走進客廳時，他就躺在棺材裡。雙手交疊在胸前，眼皮緊緊閉著，臉上的妝濃得好像剛表演完人妖秀。我低頭把他的屍體從頭到腳打量一遍時，奶奶就站在我後方。我從壁爐上方的鏡子中看見她的臉。

你該看看你幹了什麼好事，她曾說。

那是我在甜蜜小屋度過的最後一個暑假。我最後一次見到奶奶。茱莉亞出現前的夏天。

今天AJ沒進公司——據克勞蒂亞說是生病了——我只好幫所有人泡咖啡，做所有的歸檔工作，以及替榮恩買午餐。到了中午，我實在壓力好大，便傳訊息給他。他正在床上看星際大戰（翻白眼）。我想念有他在身邊。我想念他在我卡布奇諾的泡沫上留下的小愛心。我想念看著他走過我的座位。我想念逗他大笑的模樣。

我傳訊息給他：快回來公司幫我整理我桌子底下的電線。然後故意不小心把頭塞進我的兩腿之間。

喔，天啊，別誘惑我。我重感冒啊，寶貝。超級想你！！！快過來幫我的身體抹些舒緩薄荷膏。

即使流著鼻涕，他仍沒辦法抗拒我。他們從來沒辦法。

❖

順道一提——克勞蒂亞的家大到不行。那是山上其中一間新建的房子，位於市中心和郊外之間。看起來就像樣品屋一樣。開放式廚房配上灰色大理石工作檯面，亮得你能看見自己的倒影。各式銅製配件。四間臥室都放了加大雙人床。客廳有一台如電影院般的大電視。一切完美協調、乾乾淨淨、頂級規格。

AJ隔壁房間是一個小儲藏室，除了環繞在牆壁中間的檸檬黃線板外，空無一物。線板上描繪了許多小花和小蜜蜂。

「這是小孩房嗎？」

「嗯。」他說。「為了她得不到的寶寶準備的。可憐，對吧？」

「她是一個沒有寶寶的母親。」我說。

下班後，我們去看電影。我不記得那部電影演了什麼——有關美人魚的狗屁——但影廳空無一人，我們從頭到尾都坐在最後一排，測試椅子的嘎吱聲。

五月二十四日，星期五

1. 怪人紅髮艾德——今天他又在我公司外面閒晃，這次掛著黑眼圈。很好。
2. 艾德蒙——「喔摸天啊」和「哎呀呀，我最好屁股夾緊點才趕得上截止日」和「我和幾個兄弟約好了要大聊特聊說幹話」，這些用詞真的快把我煩死了。
3. 大熱天把自己的狗留在車上的人——你會把你穿著毛外套的孩子留在打開的烤箱裡，然後出門「買一杯咖啡而已」嗎？

我不再做惡夢了。起初我以為只是僥倖，但自從幹掉德瑞克之後，我再也沒有做過一次惡夢。這有多酷？！比安眠藥還棒。我應該裝瓶販售……藥名就叫殺好眠：殺死一個戀童癖，換來一週的好眠。售完為止。藥局恕不販售。

又跟黛西．陳一起吃午餐。收割者仍然佔據我們大部分的話題，剩下的時間，她則一直在問我關於我家人的事。我開始有點不耐煩了。我在咖啡廳吃著酪梨沙拉時，把赤裸裸的實話一五一十地告訴她。

「你說你爸媽把你送到威爾斯跟爺爺奶奶一起住？」

「對，在甜蜜小屋。那裡是全世界我最喜歡的地方。我奶奶有一頭紅髮，總是穿著民族服飾赤腳走來走去。她說夏天的時候必須赤腳走路，才能『跟土壤和大地建立連結』。」

「真好。」黛西說。「我很喜歡威爾斯，我們曾經跟兒童之家一起去蒙茅斯郡旅行。你在那裡做些什麼？」

「替遊客做蛋糕、騎馬、替當地的農箱計畫採蔬果、游泳。小木屋正前方有一條小溪。有一年夏天，我姊姊賽瑞恩和我一起過來住。我們在田野的乾草堆上一直躺到天黑才回家。在過去我們還相處融洽的時候。」

「聽起來很愜意。」

「確實。後來爺爺過世，奶奶就不讓我過去了。她把爺爺的死怪罪在我身上。」

「喔，天啊。為什麼？發生什麼事？」

「他游泳的時候心臟病發。他喜歡游得很快。他說這樣可以加速他清醒，準備好迎接新的一天。我當初跟著他去只是為了想看。而那確實就是我做的事。我就待在岸上看著。我看著他溺水。」

「喔，天啊。」

「他心臟病發作，我根本無計可施。」

「你那時候多大？」

「十一歲。」

「太可怕了。」我點點頭。「你和你姊姊為什麼處不好？」

與此同時，我的叉子恰巧敲到盤子發出聲響，造成小小的騷動。有些客人因此往我的方向看過來。「我想今天的盤問就到此為止吧。」

黛西的臉立刻漲得通紅。「抱歉，我老毛病又犯了，是吧？」

「如果你對我的家庭那麼感興趣，直接查看電訊日報的舊檔案不就得了？所有的資料都在裡面：『拳擊英雄的父親意外溺水死亡』；『拳擊英雄之妻失去抗癌的勇氣』；『修道院花園街事件的倖存者是拳擊英雄的女兒』。我相信榮恩之所以給我總機的工作，是因為我是當地的名人。」

「我真的很抱歉，蕾哈儂。我只是很喜歡聽別人聊他們的家庭。我喜歡聽你聊你的家庭。我看得出來你有多愛他們。」

「你看得出來？」

「是啊，當然了。你聊起你爸爸的時候，彷彿他是上帝似的。我從來沒有那樣的感受，你懂的。有個可以仰望的父親，或是可以一起玩的姊姊。我還是嬰兒的時候，跟著我爸媽從中國的清遠市搬來這裡。四個月後，他們就雙雙在一場車禍中喪生了。當時他們剛送我到幼兒園。我沒有其他家人。」

「喔。」我不太知道該說什麼。

「後來我進了收養中心，被幾個家庭收養了幾次——但是都不長久。我有點怪，個性非常沒有安全感——有強迫症、焦慮症，似乎在哪裡都無法安頓下來。後來到了十幾歲，我罹患飲食失調症。我也一樣很有問題。」

我點點頭。這解釋了她那麼纖瘦的原因。「你是怎麼……變好的？」

她嘆口氣。「我猜隨著時間慢慢過去，從別人那裡得到很多很多的愛、很多很多的耐心之後，就這樣變了。我也有很大的決心，相信自己的生活會越來越好，相信自己會有所成就。我覺得一個人出生很糟會出現一種拚殺的本能。至少有時候是這樣的。」

「嗯。」我說。我們之間的遭遇突然變得如此相似。照這個情況下去，我們一不小心就會變成朋友。破冰後，我們度過了一段美好的午餐時光。我對此不太習慣——跟某人做朋友只是因為他們親切友善，而不是因為他們對我有什麼好處。也許這就是我一直以來搞錯的地方。

五月二十五日，星期六

1. 帶老公一起逛街又愛抱怨的女人——你們真心以為他們會有幫助嗎？
2. 插隊的人。
3. 在你總算來到結帳櫃檯前卻不斷讓店員問上幾千個問題的商店。您今天想買的東西都有找到嗎，女士？您對凱蒂．佩芮的新香水有興趣嗎？現在打八五折喔，女士。您今天想要帶一條一英鎊的瑞士三角巧克力跟您的衛生棉條一起結帳嗎，女士？您需要任何郵票或電池跟您的私處維他命一起買嗎，女士？**閉嘴讓我付錢！**

好，今天第一件事，露西爾和她姊姊克萊歐帶我去買在不能說的週末上要穿的娼妓衣服。我們在那些店裡走來走去，蒐集我們找得到的每一件粗製濫造的螢光色緊身洋裝，以及用電子支付所買得到最便宜的金首飾時，也是我這輩子覺得最尷尬、最格格不入的時刻。這趟行程唯一有趣之處，是我三不五時會收到AJ傳來的裸照。

剛起床。做夢夢到你，結果醒來變這樣……

露西爾拿著她找得到的每件豹紋、露腿、露內褲、爆乳、露駱駝蹄的衣服，把我送進更衣室。最糟的是，所有衣服穿在她和克萊歐身上都很好看——而我看起來就是我——穿著阻街女郎廉價衣服的可悲胖子。

寶貝，我又想要你了。只要想到你，我就硬到不行。我每次想起我們在一起的畫面就想射。

「嗯，對了，就是這件了。」我穿著選定的衣服走出來時，克萊歐說。豹紋緊身褲、黑色迷你裙、幾乎無法站立的漆皮高跟鞋、螢光粉紅色的抹胸上衣和大金圈耳環。我盡量不去注意她們兩人正目不轉睛地看著我全身那些用衣服遮掩不住的鬆垮部位。「你會弄什麼髮型？」露西爾問，把我的頭髮往上盤成像妓女的髮髻，再一下子全放下。「像這樣？或是綁辮子？」

「在幾個咆哮的荷蘭村民面前，壓著我把我的頭髮剃光怎麼樣？不，老天啊，不要辮子。」

我回頭看她們——克萊歐微微一笑。「高馬尾怎麼樣？」

「這個嘛，我不想貶低效果。」

「仿曬霜！」露西爾叫道。

「該死，我們忘了！」克萊歐說。我被帶回更衣室，把所有東西脫掉折好，以便結帳（整套衣服加上鞋子不到十五英鎊，所以這裡的商品品質有多高你就知道了）。

蕾，今晚可以見你嗎？我需要見到你。傳些照片讓我能繼續，好嗎？愛你。

我在換衣服時，傳給他一些裙底風光和擠乳溝的照片。幾秒內，他火速傳了一張棉被上濕了一塊的照片。

你太棒了。愛你——AJ。加親親表情符號，後面不知為何又多了貓咪和小雞的表情符號。接著我才明白那是陰道和老二的意思。無趣。真是個孩子，然而也因為他，這趟購物之旅變得更加有趣。

我在更衣室的時候，聽見克萊歐和露西爾在說話——抱怨伊梅達以及她所有大小事都要管的行為。露西爾說她「快受夠了」，克萊歐則說「等這場該死的婚禮結束後她會很高興」。真有意思，我心想。

接著，我們連忙衝去美妝連鎖店Superdrug買了一大堆棕色毛巾。

五月二十七日，星期一

1. 衛斯理．帕森斯。
2. 森林家族的製造商——他們把我要求葛瑞格買給我當聖誕禮物的海濱餐廳組停產了。eBay上有一個，但你永遠不知道哪個白痴在上面拉過屎。
3. 有氧運動的老師——尤其是克萊歐．富勒頓。我還以為我是虐待狂呢，根本遠遠比不上她。

要拒絕AJ越來越困難了。今天一整天，他就像一隻發情的狗，傳來的訊息變得越來越煩，性暗示越來越強烈。他每次經過我的座位時就要對我說句話，即便只是「你的窗戶好像可以擦一下」。我不知道那是委婉的暗示還是什麼。我必須盡快再次與他上床，因為他顯然極度渴望。這不算太困難的事，但有些夜晚你就只想吃吃零食，看看電視，刮刮腋毛，你懂嗎？

今天是克勞蒂亞和榮恩的生日——兩人都選擇請假一天。我不認為他們之間有什麼情慾流動。我只是覺得他們很小氣，不肯買甜甜圈請大家吃。真自私。

伊梅達和露西爾傳訊息問我下班後想不想一起去克萊歐的有氧課——真正的有氧運動課程，不是為了跟AJ上床或餵人質吃東西所找的藉口。我想她應該是缺學生。因此，晚上我本來的打算是泡個熱水澡、刮刮腿毛，然後上聊天室跟某個喜歡老二的陌生傢伙聊天，現在卻變成震耳欲聾的流行音樂，對著前方瘋狂踢腿，汗水浸濕我的 Juicy Couture 運動服。因為頭暈目眩的關係，我不得不在開合跳的時候坐下來休息，但我確實覺得身體緊實許多。我也確實對自我的感覺更好了。今晚我並不想殺掉任何人。

也許這就是保護世界免於被我傷害的答案——讓我累得像隻狗就行了。

五月二十八日，星期二

今天第一件事是帶丁可去城裡新開的獸醫外科注射一年一度的預防針。她很勇敢，但花了我一大筆錢。一隻史賓格犬在候診室攻擊她，獸醫的眼神又很猥瑣，所以我想我們會回去找她以前的獸醫師。

萊納斯已經六天沒來上班了。沒人知道為什麼。「神秘疾病」似乎是官方說法，這大概表示他像麥可・希斯一樣企圖自殺。電訊日報裡已經有好幾個人企圖自殺了。永遠是那些安靜不語的人。太多人壓抑自己了。當然，除了蠢蛋普朗克以外。她老是在吹噓幾個月前她從立體停車場往下跳那件事。那不過才二樓，而且她跳到一個車頂後反彈，所以根本不值得一提。

AJ在休息室堵我。他問我是不是「不喜歡他」了，因為我在公司時不太跟他說話，回傳訊息的速度也沒那麼快。他不接受我所謂「只是太忙」的狗屁答案。於是我告訴他：

「我很容易厭煩，AJ。就這樣而已。我們之間只是好玩，不是嗎？」

「不，對我而言不是。我跟你說過，我愛上你了。」

「我知道，我以為那只是一時的迷戀，老兄。」

「不，不是。我是認真的。你也說了。」

嗯，我沒有喔，我心想，但繼續攪拌我的咖啡。「我要的其實不是這個。」我說著，把馬克杯推開。

「好吧，那，我還是想見你。沒壓力，如果你想要的話。」

「純粹當炮友？」

「純粹當炮友。」他微笑。「拜託，我求求你了。我想見你。」

我忍不住微笑。被需要的感覺很好。他看起來很絕望。被別人認為很性感，本身就是非常性感的事，不是嗎？我喜歡看他那麼想要我的樣子。我非常想要拒絕他，讓他抱著渴望受苦。但比起這個，我還有另外一件更想做的事。我說：「好吧，但有一個條件。」

「說吧。」

「我想試點不一樣的。」

「什麼都行，你儘管說吧。」

我轉向他說：「我想在外面找個地方做。而且我想你假裝……你死了。」

他的臉垮下來。「死了？」

「對。假裝你死了，然後我在幹你的屍體。」

他好長一段時間不發一語。他查看門口，彷彿聽見有人進來，但沒人在那裡。「這挺變態的。」他大笑說。笑聲十分緊張。

「每個人都有自己的小怪癖。」

「你、是不是、也看這類的色情片？」

「不，當然沒有。」

「我沒辦法變得僵硬。死掉的東西很僵硬，對吧？」

「不會馬上變硬，而且不會太久。」

「好吧。」他說，臉上沒有笑容。「我可以。」

下班後，我開車載我們前往爸媽家後院的樹林。這天天氣依舊炎熱，樹林裡甚至更熱，被茂密樹木圍繞的我們簡直快要窒息。我找到我和爸爸埋葬彼得屍體的地方，於是我們拿出野餐墊，鋪在松針和棕色軟土上。AJ竭盡所能假裝自己是具屍體，但他太像活人了；心跳太劇烈，體溫太暖和。幸好，我不需要太多前戲——光是想到我們底下埋著什麼東西就足以讓我變濕。現在我全身有孔的地方都塞滿了枯葉和松針，但我得承認，今天是很棒的一天。

這一切意外成了美好的浪漫戀情。

❖

今晚煮晚餐時又一陣頭暈目眩，什麼也吃不下。葛瑞格那傢伙很擔心我。今天天氣非常熱，我除了喝了在車上放了三個月的半瓶水外，什麼都沒喝。他說我應該為了我們的小葛哈儂，更用心照顧身體備孕才對。我說他應該從陽台跳下去，看看地心引力是否仍在運行。

我已經吃了一整天的東西，就像那本故事書《好餓的毛毛蟲》裡的幼蟲一樣，只是更誇張。我吃了……

1. 一碗加了全脂牛奶的麥片和兩片奶油吐司。

2. 一根沾了巧克力醬的香蕉。
3. 一條大黃卡士達口味的能量棒和一杯全脂熱巧克力。
4. 香腸法棍麵包和一條Twix巧克力棒。
5. 一個甜甜圈（業務部的克莉絲特生日）。
6. 一條吉百利雪花巧克力棒。
7. 一（大）把花生。
8. （又）一根沾了巧克力醬的香蕉。
9. 下班回家後，吃了兩片果醬吐司。
10. 肉醬義大利麵（從麵粉開始做，加進陽台種的奧勒岡），起司大蒜麵包。
11. 香蕉和布丁。

懷孕了？才沒有。我不會再上當了。我只是食量大，僅僅如此。最糟的是我現在還是餓。也許我只是口渴。我要來喝一包濃縮果汁，看看有沒有用。

❖

濃縮果汁沒用。我還是餓得要命。得在結蛹前趕快訂一個披薩。

五月二十九日，星期三

1. 數學老師——尤其是所有教過我的數學老師。
2. 珊卓·哈金斯。
3. 衛斯理·帕森斯。
4. 獸醫——丁可史上最快的預防針花了我五十多英鎊。這鐵錚錚的鳥事你要怎麼說？
5. 麥可·傑克森——好，所以他到底是或不是戀童癖患者，因為我過去一年一直想聽〈顫慄〉這首歌，卻還是覺得自己辦不到。

見到我今天的心情，你大概會以為我有後台通行證可以與碧昂絲本人碰面。興奮之情溢於言表。首先，我們把丁可送去吉姆和伊蓮家——他們幫她把水和食物都準備妥當，親手做了一個全新的狗窩擺在他們房間的床邊。他們聊到要「帶她去公園餵鴨子」，以及可能會去海邊玩一天。他們極度渴望一個像樣的孫子，簡直可悲。他們唯一的孫子，是葛瑞格那不檢點的姊姊柯斯蒂所生的孩子梅森。根據吉姆的說法，他是個惹人厭的傢伙，吃晚餐時在桌邊一直玩手機，偷伊蓮皮包裡的錢，最驚人的是，吉姆沒有開口，他就老大不客氣地吃了他的消化餅。由於梅森已經進入青春期，他們幾乎見不著他的人。

葛瑞格開車前往伯明罕，條件是回程時由我開。在邁克伍德休息站稍作停留，好讓我解放快爆炸的膀胱，接著我們在一家麥當勞大快朵頤。吃完後，我還是餓得不得了，所以趁著他「出去抽根菸」，到星巴克外帶一杯熱巧克力和一塊檸檬罌粟籽馬芬蛋糕。我跟上他，假裝停下來聞馬莎服飾店外的盆花。他在講電話。跟她講電話。我看見他的嘴型在說「我也愛你」。

我的嫉妒心不可能再更強了，對吧？現在我可是一週七天都在跟AJ重現《慾經》裡的各種性愛體位。

我們在中午抵達飯店。停好車後，我被碎碎唸了二十六分鐘，因為我們「根本不必住在市中心」。根據葛瑞格手機上的地圖顯示，皇冠假日酒店就在演唱會場地旁邊，他建議我們「取消這個高檔的地方，改去那裡住」。

不行，我說。我們必須待在市中心，因為我明天早上想去逛街，買「伊梅達和傑克的結婚禮物」和「一些高級巧克力送給吉姆和伊蓮，謝謝他們照顧丁可」。他一直抱怨不休，最後終於妥協。

耶、耶，我得逞了。

我們一把行李交給門房，就直接走路去車站，路上經過玻璃樹酒吧。那是一間全天候營業的華麗店面，裡面大多是一家人，正在吃著淋滿肉汁的餡餅。我只有偷偷往裡頭看一眼，但不見衛斯理的身影。當然，他輪晚班，晚上才會出現。像我一樣。

在城裡閒逛了一會兒打發時間。接著準備上火車時，我們經過一家特易購城市超商，買了潛艇堡和一大袋綜合零食包。

「你還在不高興嗎？」我們坐下後，我問他，一邊吃起綜合零食包裡的草莓糖果。

「沒有。」他悶悶不樂地說著，研究別人在車站發給他的一張披薩廣告單。

「你有。」我在他耳邊低吟，再輕輕咬了一口。「別這樣嘛，我們有一張舒服的大床、強力蓮蓬頭、抽屜裡的聖經，什麼都有。」

「我還是不明白我們為什麼非得住在伯明罕數一數二昂貴的飯店，離演唱會場那麼遠。皇冠假日酒店就在隔壁。」

我直盯著他的臉，聞到我口中甜膩的草莓氣味從他的臉上反彈回來。「你整整兩週因為那討厭的足球賽都不帶我去度假，所以我要在豪華飯店住一晚，好嗎？」

他聳聳肩，凝視窗外。

「往好處想，今晚我們可以在那張大床上生寶寶，對吧？」

「哇喔。」他說著，一抹微笑慢慢回到臉上。「你真懂得怎麼重振男人的雄風，是吧？」

「沒錯。」我笑著說。

他也跟著大笑，在綜合零食包裡翻找蝦餅。「你最近好飢渴。我在網路上讀過女人懷孕的時候比較容易有性慾，或是想要懷孕的時候。」

「那就是了吧。」他伸手拿了一顆青蘋果口味的軟糖，拆開包裝後，遞過來給我。我搖搖頭。「不用了，謝謝。我已經不喜歡吃了。」

「我是為了你才買的耶。」

我翻找紙袋，再拿出一顆糖果。

「你最後一次驗孕是什麼時候？」

「幾個禮拜前吧？」我伸進紙袋裡拿小熊軟糖。「我不會懷孕的，葛瑞格，驗孕只是浪費錢。」

「你最近……確實看起來不一樣。」

「怎樣不一樣？」

「這個嘛，你變胖了些，對吧？」

「這樣就不會有人綁架我啦。」

「你不喝咖啡，現在連水果軟糖也不吃了。這些都是你的最愛。」

「別開玩笑了。」我說。

他說得沒錯。我光是過去一個禮拜，就出現兩次頭暈目眩的情況。咖啡和青蘋果口味的水果軟糖曾是我的最愛，但現在只要靠近它們就想吐。接著是我的食量——我像亨利八世一樣吃個不停。我的肚子明顯變圓——像經期水腫至今未消。我在城裡試穿衣服的過程中，露西爾和克萊歐的視線一直無法從我的肚子上移開。她們都知道什麼我不知道的事嗎？

不、不，不可能。避孕藥搞得定的。

「如果你懷孕了，你想結婚嗎？」他說。「現在也許正是時候。」

「結婚？真的嗎？為什麼是現在？」我問。

「不知道。就覺得時候到了，如果你也這麼覺得的話。你總說結婚浪費錢，說教堂裡的女方親友那邊會很空，所以我從來沒有強迫要結婚。但如果我們就快有孩子了，也許我們可以結婚。」

「你想結婚嗎？」

「想。」他說。「這可以強迫我們長大，對吧？」他的意思是強迫他停止跟拉娜．朗特里上床。他的求婚是出於內疚。「就結婚吧。別想東想西的，直接結了吧。你覺得怎麼樣？你想嗎？」

「嗯。」我說。「我想。」賭你不敢。

他高興得眉開眼笑。「所以我們已經訂婚嘍？」

「我想是吧。」我咯咯輕笑。他靠近，用他粗糙的大手捧住我的後腦勺，溫柔地吻我。

「那，我的訂婚戒指在哪裡？」

「喔，你也想要那些東西，是嗎？我不知道耶，好麻煩……」他在綜合零食包裡翻找，拿出一個戒指造型的紅色軟糖，上面有鑽石形狀的黃色軟糖。

「手給我。」

我把手伸出來。他把戒指軟糖套進我的無名指。

「搞定。我們明天再去珠寶店好好挑一個，好嗎？威金斯太太？」

「呃，我還不是威金斯太太，老兄。我記得瑪麗蓮．夢露那首歌的歌詞可不是『軟糖是女孩最好的朋友』。」我們擁吻達成協議。

我多希望那時候，所有一切都是真的，多希望這不只是為了止血的OK繃。多希望我沒聽見他在電話裡說他愛拉娜，多希望這表示他將永遠屬於我。

他去上廁所時，我吃掉了戒指軟糖。

到了演唱會會場，隊伍大排長龍。很多粉絲為了搶前排的位置而在這裡搭帳篷過夜。我不擅長殺時間——殺男人，可以，殺女人，沒問題，但殺時間？無聊透頂。演唱會本身精采絕倫——女王陛下在晚上八點三十分過後終於決定露面。她唱了所有熱門歌曲，外加幾首新歌，換裝換了十二次（葛瑞格一直在數），用燈光和煙火閃得我們目眩神迷，還有一些跟觀眾互動的橋段。她一再問觀眾：

「如果你對你自己和你的出生地感到自豪，就說：『我超殺！』」

我以魔鬼般的喜悅對著一萬六千人左右喊出這句話，沒有人像我一樣指的是字面上的意思。這種感覺挺驕傲的。這女人是被派到地球上的女神。她向我們展示如果我們夠勇敢，會成為什麼樣的人——前一分鐘她是深情的歌手，嗓音能完美駕馭任何歌曲，而下一分鐘她又像一頭黑豹，轟轟烈烈征服整座舞台。我有好幾次情緒相當激動。

你為碧昂絲哭過嗎？沒有出現在八卦網站神經病測驗的問題中。但如果有，我的測驗結果可能不會那麼誇張。

我們拖著腳，蹣跚走了好久才抵達車站，回程時間幾乎跟演唱會一樣長。我們一直到午夜才回到城裡。葛瑞格總是堅持在表演者說「現在帶給你們最後一首歌」的時候離開，但今晚我想要把歌曲全部聽完，跟著碧昂絲一起完全陶醉其中，再去思考離開。

城裡的玻璃樹酒吧人聲鼎沸。門口有成群的男男女女在路燈下抽菸，另外有個男人在水溝旁狂吐，他朋友邊大笑邊揉著他的背。我在門外停下腳步。

「趁關門前進去喝幾杯，要嗎？」我建議道。「我滿渴的。」

「你剛剛回來的路上才喝了可樂。」

「是啦，但我還是很渴。走嘛，一杯就好，嗯？一杯冰涼可口的啤酒……」

「我很累了，寶貝。走吧，房間裡有水。」

「我想喝有酒精的飲料，而且我想上廁所。」

「又要上廁所？」

「沒錯，我又要上廁所了。走吧。」他長嘆一口氣，但我已經達到目的，於是我們走了進去。

酒吧的正中央有一棵高大的玻璃樹，由樹幹上垂下的水晶葉和透明酒瓶製成的樹枝所組成——相當壯觀。玻璃樹四周有許多雅座和酒桶製成的小桌子。各行各業有說有笑，噪音在我早已耳鳴的耳邊隆隆作響。隔壁餐廳同樣人滿為患，領班經理的腋下有兩塊跟鬆餅一樣大的汗漬。噁。

「我們點不到酒的啦。」葛瑞格說著，一邊在錢包裡翻找鈔票。「你知道你想喝什麼嗎？」

就在這時，我看見他了。衛斯理．帕森斯——自信滿滿地穿過人群。他在吧檯尾端用力放下幾只空杯，回到其中一個啤酒泵後方。

「你有聽到我說話嗎？」葛瑞格說。「我們在這裡永遠點不到酒的。我們回去看看迷你吧有哪些東西。」

「你去幫我們找個位置。我先去上廁所，再去點酒。你想喝什麼？」

「拉格啤酒。百威或時代，如果他們有的話。」他說。

想想真奇妙，如果一個人知道終點有個好東西的話，其他一切都不重要了。就像今晚在演唱會會場外的那些孩子——有些女孩已經在外面紮營了三天，就為了搶到最佳視野一睹她們的女王。她們很開心，彼此說說笑笑，玩著手機遊戲，完全不介意這漫長的等待。她們知道那美好的一刻終將來臨——等到那一刻，一切都會值得。

我也一樣。

我等了好久，終於可以跟殺死我最好朋友的兇手衛斯理．帕森斯說話。是，他已經對社會大眾「付出代價」。是，他「為了他所造成的痛苦感到非常抱歉」。是，我應該讓他去過他的人生。但人不總是做該做的事，對吧？我們做我們想做的事。

而我想殺死他。就在今晚。

排了十分鐘的隊伍上完廁所後，我終於來到吧檯前。檯面到處是灑出來的酒水，燈光照著水坑反射在我身上。

「要喝什麼，親愛的？」

我從他身後的鏡子中看見自己。我和他，一起在同個畫面。

「麻煩給我伏特加和檸檬水。」我說著，驚嘆他離得有多近。「還有隨便一個牌子的生啤酒。」

「時代啤酒可以嗎？」

「好。」我翻找錢包。

他沒有像我預期的跟我閒聊或打情罵俏。他甚至沒有認出我來。他倒了葛瑞格的啤酒，做了我的伏特加檸檬調酒，然後問我要不要冰塊，就這樣。

「一共是九英鎊六十便士，親愛的。」

我再次看向鏡子裡的我們——我的臉和他的後腦勺。衛斯理．帕森斯的後腦勺，我一直在尋找的、等待的、做足準備的後腦勺。

「請問我可以要一根攪拌棒嗎？」我問他，延長這一刻。

他遞給我一根棒子，我付給他十英鎊。交換過程中，我們掠過彼此的手。他沒有與我四目相交，或多說一句。見我不拿走飲料，他總算抬起頭看我。

我連忙抓起酒杯。我右手邊一個男的正在對他咆哮，拿著二十英鎊在他面前揮舞。

我朝他看了最後一眼，然後轉身穿過人群回去尋找葛瑞格。

我做不到。我他媽的做不到。這些日子以來，我一直在想像、在策劃，像個癡情的粉絲盯著他的臉書照片，熱切渴望把刀刺進他胸腔的那一刻。往左轉九十度，再往右轉，然後再轉回來。

但我怯場了。

葛瑞格正在我們靠近酒吧後方的酒桶桌上用啤酒墊耍花招，被一桌看起來像是希特勒青年團拒收的學生和一群披著羽毛圍巾參加婚前單身派對的女孩包圍。

「你沒事吧？」他在一片喧鬧中叫道。

「你就不能先把這裡擦一下嗎？」我對著酒桶上方一灘灘的酒水不耐地說。「地板也一大堆。噁。」

「我等這個位置等了好久，一空出來我就趕快卡位，還沒機會去拿拖把和水桶。」

我們喝著飲料，任由那些女孩和希特勒青年團的談話滲入我們的意識中。

「你有幫我拿些堅果嗎？」

「你又沒說你要。」我說。

「就在吧檯上，是免費的。」

「喔。」

此時，我已經把伊蓮的安眠藥弄碎倒進葛瑞格的啤酒裡，心想我會有二十分鐘的時間，用我在臉書上的假名把衛斯理騙到外面的暗巷。但我已經完全沒有那個心情。我做不到。我讓太多其他的思緒闖入接管我的想法。這就是為什麼排隊和坐火車長途旅行對我不利的原因——我想太多了。我想得太多，就開始給自己的邏輯挑毛病。

我之所以殺死丹·威爾斯是因為他企圖強姦我。

我之所以殺死蓋文．懷特是因為他攻擊我。

我之所以殺死茱莉亞是因為她欺負十一歲的我。

我之所以殺死德瑞克．斯卡德是因為他性騷擾那兩個女孩。

他們所有人的死都有一個原因。但喬為了撿球衝到大馬路，而衛斯理上班快要遲到。他因為在限速三十英里的區域超速至三十六英里，以及服用太多鼻塞藥而坐了整整十二年的牢。像他那樣的俊臉，大概每晚都在他的牢房裡被人捅屁眼。而現在他打著三份工。那是一場意外。殺死他並不是一張能夠換回喬的憑單——他已經死了，躺在他位於聖馬可的棺材裡慢慢腐爛。這是無法改變的事實。我沒理由這麼做，而且這次我也非常有可能被逮。我們人在市中心，這裡的監視攝影機比人還多。

如果我被逮到了，就表示我必須停手。

葛瑞格喝到一半，已經出現昏昏欲睡的跡象。

「走吧，今天一整天夠累了。我們去睡覺吧。」

❖

等我們走進電梯，葛瑞格呈現靠在牆邊閉上雙眼的階段。有必要時，我是可以抗拒殺人念頭的。我不是個徹頭徹尾的瘋子。去你的，八卦網站。我的大腦至少有百分之八是好的，是理智的、正常的。這是我始料未及的情況。

❖

葛瑞格在我床旁邊倒下，衣服也沒脫就睡得不省人事。我完全沒有一絲睡意。我坐起來看夜間新聞，但什麼也看不進去。他的手機在口袋裡響起叮的一聲。為了不驚醒他，我慢條斯理拿出手機，讀取訊息。是拉娜。想著你，很想很想你——拉娜。

我回傳：我也想你，寶貝。我們很快就會在一起了，我保證。我愛你——葛瑞格。

我進廁所洗臉。「我不熟悉這座城市。」我喃喃自語。「我不知道小街暗巷在哪裡。我會被人看見、我會被人聽見。他不值得我這麼做。我不在乎、我不在乎、我不在乎！」

即使我這樣大叫，葛瑞格仍睡得沉穩。

今晚我有需要。我需要另外某個人。某個在暗巷等待單身女性從酒吧醉醺醺蹣跚而出的混蛋。這裡的機率更高。城市越大，混蛋越多。我得找到一個。

於是我獨自出門。一個單身女子，穿著黑色小洋裝、黑色馬靴，搽著大紅唇膏，一頭長髮。像這樣的女人，今晚出現在伯明罕的街頭會很危險。大家一直是這樣告訴我的。別穿得太露，別自找麻煩。

應該說麻煩不應該找上我。

我走過酒吧，然後繼續往前走。穿過成堆的垃圾，經過在店門口一團團蠕動的睡袋，經過購物中心，再遠離熱鬧的商店街後，便出現越來越多的小巷。漆黑無光的小巷、工業區、一條條車庫上鎖的街道、獨自在街上的男人。有幾個人大叫出聲——我沒聽到他們說什麼，我的耳朵裡有水。我必須引誘他們，把他們從其他人身邊引開，把他們從大街上引開。跟我走、跟我走。來吧，試著抓住我，拜託試著抓住我。

我經過一間燈光明亮的土耳其烤肉店、一間二十四小時營業的藥局和剛剛響起最後點餐鐘聲的酒吧。

我繼續往前走。我不知道我要去哪裡，我漸漸迷失方向，慌張起來，只有剛才在酒吧喝下的伏特加稍微平復情緒。刀子放在口袋裡，我的手從頭到尾都握著黑色刀柄。只要手裡有刀，我就會很安全。我很安全、我很冷靜，但我越來越焦急，越來越煩躁。現在任何企圖撲到我身上、任何潛伏在暗中尋找蕩婦上床的傢伙下場都會很慘。我會把他碎屍萬段。

街上冷冷清清，只見一輛可疑的房車或廂型車。一個獨自行走的可疑男人。一個可疑的妓女在輕敲她的細高跟鞋。一隻可疑的狗在遠處吠叫；那輛可疑的車加速離開，上面載滿年輕男子。一時之間有太多事情要處理，太多事情要解決。又一輛車駛過，裡面有人向外大喊。我仔細聽。

打一炮多少錢啊，親愛的？

幫我們吹一下吧，婊子。

也許我來到了紅燈區。

但沒人靠近我。沒人偷偷從後面靠近，用他粗糙的大手摀住我的嘴巴，或強硬伸進我的裙子裡，扯掉我的內褲。一切風平浪靜。

一群亞洲男生正在一間名叫公牛酒吧的門外角落抽菸。他們出聲叫我，但我看不見他們；只看見他們的菸屁股在漆黑的街上閃爍。其中一人穿過馬路。直到他走近前，我連他的嘴唇輪廓都看不清楚。這裡太多目擊證人。

「你沒事吧，親愛的？」他說。「你迷路了嗎？」

「是。」我說著，繼續往前走。沒有人跟上來，或企圖碰我。他們只是大笑。我聽見「爛醉」這個詞。

我經過一間車庫和一個私人停車場，裡面停了許多垃圾滿溢的子母車。四周看起來一切如常。街道沐浴在陰影中，唯一聽得見的，是遠方高速公路的低鳴聲，以及野貓或老鼠在矮牆上移動空瓶的聲音。聲音很響亮——像教堂鐘聲清晰地響徹夜空。我避開那些噪音，越走越遠，不知怎地，最後來到客運車站。一排計程車停在外面。

「去哪裡，親愛的？」坐在第一輛計程車駕駛座上的司機說道。他有一頭蓬亂的棕髮，看起來四十幾歲。他把報紙對折，放上副駕駛座。

「麻煩到市中心。玻璃酒吧、玻璃樹酒吧。」

「喔，那家我知道。」我爬進後座時他說。

他的口音聽起來不像伯明罕人——像曼徹斯特人。他帶我走的路不是我當初過來的路，而是比較像住宅區的地方。他企圖跟我閒聊。問我從哪裡來，有沒有人照顧我。

「我不需要有人照顧。」我告訴他。

「這種時候你不應該在外面。一個女人晚上獨自走在街上很危險。」

「我不在乎。」

「你來看碧昂絲的嗎？」他說，注意到葛瑞格在演唱會攤位上買給我的「我超殺」T恤。

「今晚從那裡載了不少趟。」

「對。」我說。

「我老婆喜歡她，想把她那首歌教小孩唱。那首歌叫什麼名字？歌詞有戒指那一首。」

「〈單身美眉〉。」我說。

「是了。」他說著，拍拍儀表板上的照片。照片裱在一個小相框裡——三個年輕男孩坐在一個沙坑裡，鼻子上沾著斑駁的防曬乳，四周圍繞著小沙堡。「她故意要氣我。最小這個，安東尼，他想要贏過他的兩個哥哥，所有的舞蹈動作都跳了，你知道——」

「停車，我快吐了。」

「喔，天啊。」司機說。「撐住。」他轉進最近的停車場，手煞車一拉，在一片雜草和一個遭到破壞的電話亭旁邊停下來。

我連忙打開車門，假裝在電話亭後方的陰暗處嘔吐。引擎仍隆隆作響。我開始咳嗽時，他把頭伸出窗外。

「我想你現在最不該去的地方就是酒吧，你不覺得嗎，親愛的？我載你回家吧，嗯？地址是哪裡？」

「我不想回家。」我說。「帶我去你家幹我。」

他大笑。「呃，我不覺得這是個好主意，親愛的，是嗎？」

「我想要你幹我。我為你準備好了。我會幫你吹。讓我像隻狗那樣趴在地上。在這裡幹我，這個停車場裡。」

他再次大笑；像葛瑞格那樣大笑。像蓋文．懷特那樣大笑。

像一個壞男人那樣大笑。

「抱歉，親愛的，我有老婆了。」

「所以呢？」

「來吧，回到車上，我載你回家。我們不會惹上任何麻煩，對吧？我不想把你留在這裡。」

我拿出刀子，走向駕駛座的車窗前，他還來不及意會過來，我就往他喉嚨刺下去。刺進去，然後拔出來。再刺進去，再拔出來。再刺、刺、刺、刺、刺——我整個人上氣不接下氣，瘋狂殺紅了眼。等他停止掙扎，我越過他把車子熄火。我打開車門，解開他的皮帶，然後把他拖到地上，繼續使勁刺他。他就躺在那裡，喘著粗氣，本來的肉身已成一團稀爛的紅色。

我站在他上方，看著他嚥下最後幾口氣。我直視他的雙眼。這一刻，就只有我和他。突然間，我感覺到我的內褲濕潤，恢復神智。我紮起頭髮，用連帽衫把臉和刀子擦乾淨，用他塞在車門邊的一瓶水清洗雙手。我看見地平線上亮著歐點電影院的燈光，知道酒店就在附近。

「喂！喂，你啊！快給我回來！」

我把濕紙巾、水瓶和葛瑞格的連帽衫沿路丟進不同的垃圾桶。剛殺完人的我和剛結束超殺演唱會的碧昂絲一起走回家，瀟灑、獨立，一邊吸吮指尖的鮮血。

我一直等到回飯店門口才聽見警笛聲。也就是這時，我才驚覺，那個叫出聲的男人看見我的臉了。

五月三十日，星期四

1. 發明耳機包裝的人。
2. 珊卓·哈金斯。
3. 吸菸的人——對尼古丁嚴重成癮不僅讓他們得以每小時離開工作崗位十分鐘，還讓全身聞起來像老人口袋裡的味道。
4. 每日郵報上關於露側乳、露胸部下緣、露胸部上緣的文章。
5. 那些滔滔不絕說碳水化合物是壞食物的人——通常是像克萊歐和辦公室的保羅這樣道貌岸然的健身狂熱分子。原來當你試圖挽救某人的生命時，就不算在攻擊那個人的身材。

葛瑞格整晚不動如山——他穿著外出服呈對角線橫躺在床上，於是我睡沙發床。昨晚沖完澡後，我也香甜地睡著了。但我沒時間享受，或覺得神清氣爽，或覺得開心。因為我一醒來，雙腳踩上床邊的地毯，整個人就開始天旋地轉。頭暈目眩的症狀又來了。我坐在床邊。天啊，我好想死。我嘴裡仍能嚐到司機的鮮血，接著唾液有如涓涓河水開始往我的兩頰分泌，唾液出現鐵鏽味。我衝進浴室，把過去一週吃的東西統統吐出來。

就在我瘋狂吐完了第四次，坐在馬桶邊冰冷的白色磁磚上休息時，突然明白自己可能嘔吐的原因。

我懷孕了。

店門一開，我就立刻出門，又在Boots藥妝店買了一個驗孕棒。前線一片寂靜。大門附近沒有警察，商店街上也沒有警察。也還沒看見「見過這個女人嗎？」的海報。

我做了測試。小視窗裡出現兩條線。

我立刻回到Boots藥妝店再買兩種驗孕測試劑，其中一種以粉紅色點點作為表示。一個點點等於沒懷孕：兩個點點等於懷孕。

我做了測試。我得到兩個粉紅色點點。

我又從迷你吧拿了一瓶水大口灌下，做了第三次測試。這個商品會清楚告訴你「懷孕」或「未懷孕」——為比較放蕩的白痴所設計的。

我的、寫著、懷孕。三到四週左右。

上面乾脆再加上一句，你是瞎了還是怎樣？你懷孕了，婊子，坦然接受吧。

「我的媽咪老天爺呀。」我一屁股坐上馬桶，倒抽一口氣說：「可是我從沒忘記吃藥……」

我無法把話說完，因為我確實有一次忘了吃。我第一次跟AJ上床後的那個早上。我不知怎地完全忘記，所以那天晚些時候才吃藥。我以為不打緊。喔，我的天啊，我心想。我懷了AJ的孩子。我之所以跟他上床，是為了堵他的嘴不讓天大的錯誤洩漏出去，結果現在反而出現更大的錯。他自己本身就只是個孩子。別的不說，他可是滑著滑板上班！

先說，我不笨。我或許看起來是個笨ㄚ頭，跟葛瑞格做愛，又跟AJ亂搞，完全沒想過可能會染上性病或不小心懷孕，但我已經思考過了。我知道萬一不幸發生這種意外，我會像對待所有不速之客一樣對待它。我會把它殺掉。

好說歹說我也已經殺過五個男人和兩個女人了，不是嗎？我當然有辦法處理肚子裡的一團細胞。我在手機上記下「打電話給麥格西醫生」。

我點了早餐送到房間，一邊安靜地吃，一邊想著肚子裡那團細胞。天啊，AJ搞大了我的肚子。我跟他上床的唯一理由，是為了不讓他告訴別人我拔刀弄傷他的事。

葛瑞格在沖澡時，電視發布了一則地方新聞：

昨天深夜一名計程車司機在市中心附近遭到刺殺身亡，目前警方已經提出呼籲。今天凌晨一點左右，警方接獲緊急服務機構的線報，說在朗伯德街發現一名四十歲出頭的男性，在現場發現時已經死亡。周邊已經圍起封鎖線，法醫也正在進行檢測。該名男性的身分尚未釐清。

一名要求匿名的當地居民說，這場攻擊事件令她非常震驚。

「我在凌晨兩點左右探出窗外，看見一輛救護車和許多警車。所有的警察身上都有配槍。現場起碼有三十輛警車。」

（另一位當地居民突然插話，名叫布萊恩的沒牙男子。）「我們不知道發生了什麼事。你第一個直覺想到的是恐怖攻擊。我想這是為什麼所有帶槍警察都來到這裡的原因。」

總警司大衛·佛萊突然現身。「我在此呼籲昨晚在這附近的民眾能夠出面聯絡。如果有人對這裡發生的事有任何相關線索，請撥打一〇一洽詢我本人。」

「這是什麼？」葛瑞格說著，用毛巾擦頭髮走出浴室。

「市中心發生恐怖攻擊。」我說著，低頭看他的手。他不是在問刺殺的新聞——他說的是手上的白色小棒子。我小心翼翼地把另外兩個驗孕棒放在垃圾桶的衛生紙團底下，卻忘了第一個，把它留在浴缸旁邊。

我關上電視。「呃——對。該死，我買了驗孕棒。」

「你已經驗了？」

「嗯。」

「兩條線代表什麼意思？」他揚起眉毛，張大嘴巴。他抬頭看我，眼眶充滿淚水。「兩條線是什麼意思，蕾哈儂？」

「意思是……你就要做爸爸了。」

六月一日，星期六

從星期四開始，葛瑞格只關注於一個話題。他一次也沒拿起他的遊戲把手，也沒去跟拉娜見面。他對好奇寶寶紙尿褲的廣告鬼叫，在森寶利超市看見寶寶監視器在大特價，就急忙買了回來。他吐出的每一個句子都跟寶寶有關。

「我們必須把客房清空，你喜歡怎麼樣的裝潢——油漆還是壁紙？」

「我媽一定會馬上開始打毛線。我爸會叫我們幫寶寶開一個個人儲蓄戶頭。」

「寶寶現在多大了？」

「你進產房的時候需要吃止痛藥嗎？我也可以吃一點嗎？」

「我會從存款提點錢出來——給我自己請產假。我不會缺席的。我爸不是，他以前總是在工作，他現在很後悔。」

「喔，再過一分鐘電視要播那部電影《看誰又在說話》。」

另外，他會坐在我旁邊的沙發上摸我的肚子，讓我覺得煩到不行。昨晚，他甚至對著肚子說話。

「你知道你在對著印度皇帝汁燴羊肉和半塊印度烤餅說話吧？」我告訴他。

「才不是，我在跟我的小兒子說話。或小女兒。」

「肚子裡的根本還不是個寶寶。」

「那是什麼？」

「一團肉。」

「才不是。到這個階段，性別已經決定好了。」

「可能是性別流動的概念，可能還沒有性別。」

「……而且他的器官都開始成長了。你的預產期有辦法算出來嗎？」

「葛瑞格，你為什麼那麼娘娘腔？」

「我很興奮啊！」他說著，伸手拿手機。他下載了一個孕期應用程式。「你不興奮嗎？」

「當然興奮，我只是有點嚇壞了，你懂嗎？」

他去上廁所時，我看見他的手機在過去四天內有二十八通拉娜的未接來電。他一通都沒回。

六月三日，星期一

又收到兩封出版社寄來的拒絕信，不過其中一間叫漢普頓＆佩維爾的出版社說他們「認為故事很有潛力，只是人物塑造上要再下點功夫」。一群混蛋。我在Instagram上取消對他們的追蹤。

跟醫生約了星期三下午三點的門診。是時候趁葛瑞格報名拉梅茲呼吸法課程和刨木頭做嬰兒床之前把這小王八蛋弄出去了。

萊納斯．西斯吉爾被診斷出視網膜母細胞瘤——眼癌，在一次例行的視力檢查期間發現的。肯定是這樣，他最近才那麼安靜。他獲准休假以等待進一步的檢查。當然，我必須籌備卡片和禮物。天啊，如果他死了，將會成為一個烈士。而我的暴動愛侶照片將會出現在他該死的墓誌銘上：

萊納斯．西斯吉爾安眠於此——記者，非凡的暴動攝影師，一名編輯女兒的丈夫，某個人的父親，以及世界上最優秀連環殺手編輯助理的同事。

中午，我和AJ一起前往陰暗樹林中的老地方。他扮死人扮得非常好。我好奇如果我稍微把他塗白一點，或許再用萊納斯的惡作劇護唇膏把他的嘴唇弄藍，他會是什麼樣子。AJ會是一具令人驚豔的屍體。

「我會想你的。」我說著，把他摟緊。我們渾身濕黏、心滿意足地躺在森林的地面上，兩人皆疲倦不堪。

他從我的胸前抬起頭。「跟我走。」

「什麼？」

「跟我一起去旅行。我們不必待在英國，我們可以去任何地方。我的簽證十二月才會到期。你也可以辦一張。」他濕吻我的胸部中間，一路來到我的肚臍。

「呃……不要。」

「為什麼？」

「因為葛瑞格。」

他打開我的膝蓋，把頭放進我的大腿之間。「離開他，反正你一天到晚都在抱怨他。」

我用大腿擠壓他的頭，彷彿他是個小核桃。「因為工作？」

他抽出他的頭，大笑出聲。「你討厭你的工作。你說工作讓你無聊得要死。」他回到我的胸口。「如果是真的，那就太糟了。」他開始吸吮我的左胸。「天啊，為什麼你的身體那麼好吃？」

我大笑。「你活在童話世界裡，孩子。我不能就這樣心血來潮說走就走。我有該做的事。你為什麼不能滿足於跟我做愛就好呢？」

「嗯，是，當然。可是等我離開了怎麼辦？」

我沒有答案。「我想炮友關係就到此為止了吧。」

「可是你不會想我嗎？」

幸好我不必回答這個答案，因為下一秒，我們雙雙停止說話，看著對方。我們同時聽見了——樹枝折斷的聲音，從森林周遭的某處傳來。

「走吧。」我說。我們把掛在樹結上的衣服取下，開始穿衣服，然後匆匆回到車上。無論是什麼弄斷了那根樹枝，我們都感到惴惴不安，而且有回音的緣故，我們也不確定是哪個方向傳來的。

回去的路上，AJ從我的頭髮裡拉出一片樹葉。他說：「你想有人在偷看我們嗎？」

「我不知道。」我說。「希望有。」

六月五日，星期三

1. 口吃的新聞播報員——給我認真點再來一次。
2. 候診室裡的老人——我不知道那個腿有毛病的女人進去多久了，但老天啊，也太久了吧。而且她差不多九十歲了吧。意義何在？
3. 候診室裡的小孩——好，我明白，你有咳嗽的症狀。待在家、喝點咳嗽藥水、申請一對新的肺。不要把鼻涕弄到Hello雜誌上，害我看都不能看。

有關那名司機的命案，伯明罕警方尚未逮到任何嫌犯。上次我聽說警方訊問到兩個娼妓和一名主動出面的目擊者說他們「在附近看見一個金髮女子——穿黑色連帽衫、黑色靴子，從犯案現場逃跑」。老婆淚眼汪汪地出面呼籲。她看起來糟透了。必備的羊毛開襟衫，Primark的髮圈，無名親戚緊握著她沒有拿衛生紙的那隻手。黑髮和黑眉毛把氣色襯得太過蒼白。我決定了，我要染我的頭髮。染回原本的髮色，但我不會變回班尼迪克·康柏拜區的狂粉。

我要在家自己染。俗話說得好，金髮女郎可能比較有趣，但棕髮女郎更懂得藏屍。

我的門診還，嗯，滿有啟發性的。他說我需要一種叫藥物流產的方式。不必做手術或沖洗陰道——現在還處於「非常早期」的階段，所以我只需要服用兩組藥片。不知為何，我開始慌張起來。

「然後會怎麼樣？」我問。

「這個嘛，來看過兩次門診後，孕期就會過去。」

我突然喘不上氣，彷彿恐慌症發作似的。「過去？」

「你就不再懷孕了。」

「就這樣？所以我會，像是，來個月經，然後就沒寶寶了？」

「是的。」醫生邊說邊查看電腦。「其中一種藥片會讓胚胎從子宮內膜脫落，第二種藥片會把它排出，就像來月經一樣。」

至此，我才明白我確實是恐慌症發作。「現在還非常小，對不對？所以不算個真正的寶寶？」

「現在大概就像一粒罌粟籽那麼小。」

喔，他為什麼要這麼說？他為什麼要用那個形容詞？

「抱歉，可以麻煩給我一杯水嗎？」我問。他走到水槽前，扯下塑膠管裡的一個紙杯，把水裝滿。他把紙杯遞給我。我的手在發抖。

「也許你還需要多一點時間消化，蕾哈儂。想想這是否真的是你想要的。」

「不、不，我不想要、我不想要。」我說著，啜飲一口水。「這不是計畫內的事。呃，不是我計畫內的事。」

「但葛瑞格確實有計畫生小孩？」

「對，他想要。我不想。」

他嚥下一口口水，低頭看著筆記。「蕾哈儂，這件事你可以跟一些人談談，一些可以幫助你完成程序的專業人士。如果這個孩子是強迫性交下的產物……」

「你是說像強姦？」

他點頭，眼神堅定地看著我。

「不、不，不是這樣的。我只是對有個孩子興致缺缺而已。我吃下藥之後，會痛嗎？」

「可能會有一些類似經痛的症狀，不過你可以吃止痛藥。」

「了解。」我說完，喝光杯中的水，但我的嘴巴還是渴得像撒哈拉沙漠。「罌粟籽。嗯，好。抱歉，可以再給我一杯水嗎？」

「你要我先幫你安排之後的門診嗎？」他問，再次把紙杯裝滿，接著打開電腦螢幕上的日曆。

「不要。」我說。我沒打算說不要，我只是無法鼓起勇氣說要。

「不要嗎？」他說。

「不。」我說。「我不想墮胎。我不知道我真正想要什麼，但我知道我真的不想這麼做。不、不、不。」

「好吧，沒關係，放輕鬆。」

我瞬間冷靜下來。我緊張的心情開始消散，總算嚐得到剛剛大口喝下的漂白水味，解脫感排山倒海朝我襲來。「很抱歉浪費你的時間。」

胚胎會從子宮內膜脫落——他說那句話的口吻好冷漠。寶寶會被排出體外。我做不到。雖然我無法想像自己養育一個孩子，但我也絕對無法想像自己殺掉一個孩子，無論它現在是否尚未成形或只有一粒罌粟籽那麼大。

我的罌粟籽。

天啊，我是怎麼回事？！當初因為恐懼而不殺衛斯理．帕森斯，現在又不敢墮胎。他說「罌粟籽」的時候，我就知道了，那三個字充斥我的腦海。我離開診所，走到陽光底下。震驚、恐懼、情緒；好多好多的情緒。他會說那是「一團細胞」。不，那不只是一團細胞。那是我的一團細胞。我的罌粟籽。

我的家人。

我一路上哭得唏哩嘩啦。我沒有衛生紙，不得不忍受用衣袖擦鼻涕，等我回車上拿面紙。我是地球上最愚蠢的生物。我就像一隻暴龍。雖然有嚇人的血盆大口，但那兩隻愚蠢的小手是他媽怎麼回事？我怎會以為避孕藥萬無一失呢？我怎會以為要擺脫一個在我體內生長的人會如此容易？我冷血無情地奪走了各式各樣的生命，但我不能弄掉這個寶寶，就像我怎能砍下自己的頭一樣。他或她戰勝了我。他或她已經搬進來賴著不走，說著「我人在這裡了，媽，你無計可施。」

媽咪——你為什麼要切斷那個人的雞雞？

媽咪——為什麼你帶丁可散步的時候要帶那把大刀？

媽咪——那個阿姨的頭在我們的冰箱裡做什麼？

喔，天啊，怎麼會發生這種事？？？像我這種人怎能為一個寶寶負責？萬一我討厭它怎麼辦？萬一我發現自己讓窗簾繩垂得太低，或忘記幫所有的插座加裝防護蓋，或在必勝客餵它吃整顆葡萄，只為了看它噎到？我會像電影《親愛的媽咪》裡的費．唐娜薇一樣。滿嘴「刷，克莉絲汀娜，用力刷！！」和「衣架給我拿走！！！」或者會更糟，我的孩子會變成神經病，而我會變成我的媽媽，直接死掉。

媽呀，我到底在說什麼？它甚至還不是一個孩子——只是附著在我子宮內膜上的一個句點。不行，我不能那麼做。我無論如何都不會傷害山姆或伊梅達的雙胞胎或露西爾最小的那兩個孩子，雖然我從來記不住他們的名字。

我不知道這是什麼感覺，但如果這就是愛，我現在明白為什麼我把愛拒之在外那麼久的原因。愛讓人痛徹心腑。

六月六日，星期四

不會唸等壓線三個字的氣象女主播說，我們目前正在經歷熱浪期。從伊比利亞高原遷徙而下的西班牙羽狀氣流導致了突如其來的高溫。辦公室的電扇全開，大家開始說流汗就流汗，午休回來時人手一支冰淇淋，同時完全不在乎自己的個人形象。背心和夾腳涼鞋如今成為必要服裝。太殘酷了。

今早我在辦公桌上睡著了。生平第一次。天啊，我之前就一直好想睡。幸好AJ在其他人發現前把我搖醒。他也指向我在滑鼠墊留下的一灘口水。

我有意識地決定今天要試著開心，為了罌粟籽著想。我本可寫下一份殺戮清單，但我選擇不寫。公車站有個女人踩到我的腳，但她並不知道，所以我放過她。還有怪人紅髮艾德，趁我在匯豐銀行領錢的時候，在對面的長椅晃來晃去。他大概是想幹那張椅子，我之前見他做過，但我想反正青菜蘿蔔各有所好。如果他從猥褻長椅和跳出灌木叢嚇唬在利多超市購物的單身女性之中得到快樂，那麼他高興就好。

我和葛瑞格下週都休假，因為再下一週，葛瑞格就要跟隨英格蘭隊前往荷蘭參加冠軍賽，我也要去度過那個不能說的週末。這就是我必須領錢的原因，也是我趁中午進城，到Superdrug美妝店擺放沐浴旅行組的走廊掃貨的原因。

我很興奮。我很快樂。

這一切都非常奇怪。

就連上班時間也很享受（在我夠清醒的時候）。克勞蒂亞出遠門了——跟兩個女性朋友前往克羅埃西亞度假——所以我和AJ回她家吃午餐。他為我做了炒蛋，問我們能不能試試他在色情片裡看到的一個姿勢。基本上就是我得倒立，然後他從我上方進入我體內。我翻倒無數次，整個下午脖子都在抽筋。

我沒告訴他罌粟籽的事，雖然我在他的廁所吐了。我歸咎於他的炒蛋。

葛瑞格焦急地想要告訴所有人我懷孕了，但我說我們必須等到十二週後再說，那時候比較穩定。連我也下載了那該死的孕期應用程式。連我也開始對著自己的肚子說話，輕輕摸它、拍它，問防毒軟體沒買諾頓而是買了邁克菲到底是對還是錯。最近我也感覺不到平時慣有的衝動。我很久沒進聊天室，晚上也沒帶丁可出門散步了——這陣子一直是葛瑞格在遛狗，而且是自動自發，不必我說。照這樣下去，罌粟籽會拯救世界。

拉娜一整天腫著雙眼，安靜不語，走動時非常明顯避開我的座位。晚餐後，我聽見葛瑞格在陽台上跟她講電話——染頭髮所花的時間沒有預期中那麼久。我沒聽見完整的對話，只有好幾次的「我很抱歉」和「我們都知道這一天遲早會來」和「我必須為我的家庭負責」。

他結束通話後，我站在門邊。

「你覺得怎麼樣？」我說著，像拉娜那樣甩動我的棕髮。

「喔，我的天啊。」他說。「你看起來……很美。你為什麼要染髮？」

我聳聳肩。「只是想改變一下。」他的表情心不在焉。要不是我夠了解他，可能會以為他在擔心我。有一次他媽媽打電話過來說她準備從家裡屋頂跳下去，因為她找不到吉姆，上衣的辣椒醬又洗不掉時，他也是同樣的表情。「你喜歡嗎？」

「嗯，喜歡，我很喜歡。過來。」他把我拉進懷裡，聞著我頭頂的氣味，然後把我拉開一隻手臂的距離仔細看我。

「你在發抖。」我說。

「外面變冷了，我們進去吧？」

「你也在流汗。剛剛電話裡的人是誰？」

「工作的事。」他說。「我在女客戶房子裡增建的客浴發生漏水。我說我會過去修理。應該不會花太久時間。」

嗯，我心想。可能是打來約炮的，或是求救。我無法確定，我內心的陪審團正在休息。

「你很擔心嗎？」

「什麼？喔，如果他們家淹水了，我可不想被告，對吧？」他整個人氣喘吁吁，上唇冒汗。

「你不會被告的。你會解決的，你向來有辦法解決。」

「是啊，那我現在過去。」他抓起茶几上的鑰匙。

「葛瑞格？」我說。他的手擱在大門上。他回頭看我。「只是水龍頭漏水而已。」

他點點頭。「嗯，我知道。晚點見。」他微微一笑，跑回我面前，在我額頭上親了一下。

「愛你。你們兩個都愛。」

我微笑。但一隻小鳥在我腦中不斷繞啊繞啊繞啊說著，為什麼要跟拉娜上床，為什麼要跟拉娜上床，如果你那麼愛我為什麼要跟拉娜上床？

六月十六日，星期天

光是過去一個禮拜，我就哭了好幾次，為了……

1. 一支狗狗慈善福利機構的廣告。
2. 贏得遊戲節目《倒計時》大獎的呆瓜學者。
3. 兒童台的睡前故事節目，由大衛·田納特朗讀。
4. 盆栽裡長出一顆新草莓。
5. 丁可第一次成功做出握手的指令。

少了葛瑞格，公寓感覺很寂寞。丁可開始跟他的一隻襪子一起睡覺。我不停跟罌粟籽說話。今早我問它早餐想吃酥脆堅果麥片還是全穀物麥片。它說都不想。它想要四片吐司，加花生醬和一根切片香蕉。

就像爸爸喜歡的那樣。

喔，幹。我想我真的開始發瘋了。

六月十七日，星期二

我的孕期還不到六週，卻已經紮紮實實出現嗜睡的症狀。昨天和今天我醒來後，帶丁可出門散步，回家又上床睡了一個鐘頭。我整天都只想睡覺。

我也開始忘東忘西。訂咖啡的事，忘到九霄雲外。話說到一半，就忘記自己在說什麼。還有尿尿！我尿遍了整個英格蘭！我連開車上班的途中都必須在購物區的麥當勞得來速停車，好清空我的膀胱。我很肯定每個女人懷孕的時候都是如此，但我以前從未真正注意聽她們在說什麼，因為我沒有興趣。如今，我在育兒網站爬文尋求建議：午餐時間才出現晨吐是正常的嗎？為什麼我每二十分鐘就想尿尿？為什麼醒來時比睡覺前還累？我怎會剛吃完半條吐司就又餓了？

不過我不能在上面爬文爬太久——那裡就像甩友的大總部。

而且，一點小事都能讓我哭。芝麻綠豆的小事。黛西吃完午餐回來後，帶了一個檸檬罌粟籽馬芬蛋糕給我，我立刻哭了出來。我不能告訴她真正的原因，所以我瞎編一個故事，說我有個親戚在吃了馬芬蛋糕後，就因為中風而過世。她相信了，克勞蒂亞給我放半天假。

今天拉娜沒有進公司。沒人知道為什麼。

另外，奶頭好痛，超級痛，簡直痛得要死！我再也不能在床上趴睡，老天保佑下一個摸我胸部的男人——他可能得吃上一刀。

不、不，我現在已經不幹那些事了。我要成為一個負責任的母親。我要打造一個家、好好照顧自己、以正面的角度看事情。不再看那些不道德的犯罪紀錄片，不再進聊天室，不再出門釣魚。我會懷念嗎？我不知道。我現在太累了，沒力氣懷念任何事。

時間正好是下午六點二十六分。某個地方出現地震，死了很多人。丁可剛剛在我的草莓盆栽上尿尿。我要去床上睡一個鐘頭。

六月十八日，星期二

本來的一個鐘頭變成一整晚。醒來時餓到不行，吃了兩個煙燻鮭魚貝果和兩碗半的香甜玉米片。

中午打電話給葛瑞格。他玩得很開心。

「聽起來好棒。」我說。「我等不及見到你了。」

「我也是。你那邊怎麼樣？玩得盡興嗎？」瞧我變得多體貼。就說我已經展開新的一頁*拍拍肩膀*。

「嗯，很棒。」他說。「不過有幾個混蛋。」

「喔，真的嗎？」

「你沒看新聞嗎？昨晚的比賽出了點麻煩。這裡每份報紙都在報導，雖說我看不懂荷蘭文。」

「我昨天沒看新聞。我早早就睡了。」

「喔，是這樣，一群英國佬在市民廣場有點玩瘋了。我想是喝太多啤酒和曬太多陽光的緣故。警方逮捕了好多人。我沒惹事，別擔心。」

「那就好。」我說。「我們很想你，爹地。」

不幸的是，今天傍晚發生另一件錯誤——AJ猜到我懷孕了。今天也是他最後一天上班。我差點就僥倖閃掉。當時我人在休息室拿著一瓶水，努力不要嘔吐，而他正在為編輯們準備最後一批甜甜圈，攪拌他煮的最後一壺咖啡。

「要不要我幫你泡一杯熱呼呼的拿鐵啊？」他咬著我的耳朵，語氣浮誇地說。

「喔，不用了，謝謝。」我說，臉上的表情彷彿他剛剛在我面前提著一顆羔羊的頭。

「你還好嗎？」

「嗯，很好啊，為什麼這麼問？」

「你很愛喝我的咖啡。你說過我的拿鐵比星巴克的還好喝。」

「我只是有點反胃而已。昨晚吃了壞掉的咖哩。」

「謝天謝地。我還怕你是不是懷孕什麼的。」

他想必聽見我微弱的抽氣聲，因為他差點把甜甜圈掉到地上。「你不會……」

「沒有。」

他的湯匙掉到地上，發出清脆的鏗鏘聲。「你有，對不對？」

「呃……這個嘛，對啦。」

「喔，幹！」他大聲說著，關上休息室的門。「是不是……？是我搞的嗎？喔，幹。喔，幹、幹、幹。克勞蒂亞會殺了我！我媽會殺了我！」

「現在非常初期，所以我還沒告訴任何人。拜託別說，AJ，我認真的。」

「你懷孕多久了？」

「大概一個月左右，將近六週。」

「那……是我的嗎？肯定是嗎？」

「恐怕是的。日期符合。但你是唯一一個知道的人。」

「喔，我的天啊。」我拉了一張椅子讓他坐下。「我應該要在星期五離開，我的火車都訂好了。」

「喔，靠，對喔。」我說。「我應該買卡片和禮物給你，完全忘了。」

「你有吃避孕藥？」

「我有。」我說。「但沒用。總之，葛瑞格以為是他的孩子，所以事情就這樣保持原狀，好嗎？」

「不，一點都不好。哎，這是件大事，蕾。我必須涉入。」

「不，你不必。反正一定行不通的。我們在一起的時候很開心，沒錯，但你根本不是當父親的料。」

「我十九歲了。」

「沒錯。何不讓我買凱羅忍的玩偶給你作為代替，好嗎？」

「這不好笑。別消遣我。」

「葛瑞格快三十歲了，有自己的公司。他可靠，沉穩，值得信賴。你領最低工資，跟你阿姨一起住，喜歡滑滑板。我連你真正的名字都不知道。這件事我們會處理，真的。不要插手。」

「那不是他的寶寶，是我的。」這是我第一次看見AJ不帶微笑說話。他突然變得強硬堅決，彷彿在過去的兩分鐘內老了十歲。就在這時，我想起他說的「我爸在我還小的時候離開我媽」那段屁話，於是心裡一沉。他當然想要待在身邊了。天大的錯誤，蕾。天大的錯誤，升級至宇宙級的大錯誤。我應該閉上我的臭嘴，喝下他的咖啡，再像個優秀的神經病一樣衝到女廁吐掉。

「這樣是不對的。我必須留在這裡陪你。」

「我不需要你。把我說的話都忘了吧。祝你跳島愉快。祝你……接下來六個月要做什麼都玩得愉快。」

「你為什麼要這樣？嘿，我們得談一談。」

「不，我們不需要。」我說。「這是我的事，跟你無關。」

他搖頭。「我知道我現階段完全不適合當爸爸，可是……我想試試看。這件事太重要了。」

「這段對話從未發生過。如果你把這件事告訴任何人，我……」

他抬頭看我。我想起那晚我告訴他我殺死公園男的時候，也看見了與現在相同的眼神。我想起他臉上的表情，寫著我是個禽獸，而他必須離我遠一點。罌粟籽是我的談判籌碼，我必須收買他的嘴。

「我在給你一個逃生口。你什麼都不用做。你年輕、自由、單身。飛吧，自由自在地飛吧。我永遠不會聯絡你，我保證。」

「我的真名是奧斯汀，奧斯汀・詹姆士。」這些對話直到他開始哭我才離開。該死的懦夫。

今天拉娜還是沒來上班。老頑固比爾說她「出城了」，卡蘿認為她「生病了」。天知道到底發生什麼事。好奇她會不會到荷蘭找葛瑞格去了？

六月十九日，星期三

1. ISIS——多虧在肯亞發生該死的暴動，《廚神當道》又停播一次。許多英國人民被殺，所以不用說，重要程度足以讓《廣角鏡》做一集特輯。
2. 過於情緒化的新聞播報員——只管告訴我校園槍擊案發生了什麼事，別告訴我你對這件事的心情。
3. 大吼大叫的市集老闆——今天市中心有法國美食的市集（不用說，我必須對此寫一篇報導）。可麗餅很美味，可是乖喔，麻煩你他媽給我閉嘴，老闆。

今早，我們正式簽下爸媽房子的買賣合約——等律師完成他的工作後，下禮拜錢應該就會進我的戶頭。我不知道有多少，但大概是三十萬英鎊左右。從克勞蒂亞那邊得知拉娜請病假去了。看樣子她沒有出國，他們也沒說是什麼病，但克勞蒂亞告訴我的同時，用手敲了敲她的太陽穴。

漫步在商店街上的快閃法國市集。吃了可麗餅。回辦公室後，在馬桶裡吐出一些可麗餅。

打電話給葛瑞格，但通話進入語音信箱。他整天都沒打電話來。我就快開始擔心了，但我實在好累，我不認為我有那個心力擔心。我好奇如果把眼睛閉個十分鐘會不會有人注意到。

❖

我睡醒時，手機在桌上震動。是葛瑞格，從阿姆斯特丹的警局打來的。他被逮捕了。

「什麼？罪名是什麼？」我尖叫道。

「暴力行為。」

「什麼暴力行為？」

「昨晚城裡發生小衝突〔英國三比零輸了〕。因為我有點生氣，所以扔了一個瓶子，只是塑膠，後來打到防暴盾彈開。他們把我扔進警車，把我帶來這裡。」

「只有你被逮捕嗎？」

「不，奈傑爾也在這裡，可是警方不讓我們跟彼此說話。聽著，我會沒事的，但為了以防他們到公寓來，你能幫我把剩下的大麻沖掉嗎？我放在一個盒子裡，就在衣櫃裡的電毯底下。只是以防萬一。」

「他們不可能到這裡來的啦，說什麼傻話。」我說。

「拜託，蕾，我不敢冒這個險。我不想留下案底。這會影響到我們的房貸，如果我們要買那間小屋的話。拜託了，寶貝？」

「你不會因為朝防暴盾丟個瓶子就留下案底的。」

「呃，其實不算是打中防暴盾，瓶子算是彈開後打中一個孩子。」

「一個孩子？」

「對，而且瓶子不是塑膠的，我剛剛說謊。是玻璃瓶，他需要縫傷口。」

「天啊，你怎麼那麼笨？」

「我知道、我知道。我完全沒闔眼，這裡臭死了。」

「你活該。」

「我知道。英國大使館那個人說我和奈傑爾這輩子可能都不能入境荷蘭了。」

「去阿姆斯特丹度假就別想嘍，是嗎？」

「我要掛了。我明天再打給你，好嗎？還有，別告訴我爸媽，先別說，說了只是讓他們操心。這會置我媽於死地的，你也知道她的德性。替我親親罌粟籽。我愛你。」

「我也愛你，豬頭。」

哎，男人！無法相處，也無法把他們五花大綁，丟進高速公路旁的水溝裡。

六月二十一日，星期五

吉姆和伊蓮一大早過來接丁可——伊蓮凌晨四點就起床，打包他們去海邊的行李。他們只待了一會兒——他們向來待不久——他們當然也不會喝我泡的咖啡或茶，因為我沒有「他們那個牌子的牛奶」，而且伊蓮沒辦法用馬克杯喝東西。她也沒辦法待在狹窄的住宿空間裡。葛瑞格還沒打給他們，把他在鬱金香王國短暫逗留等候發落的情形告訴他們。他說這會置他母親於死地。我得說，我挺想知道那會是什麼樣子。

他們才剛牽著丁可走進電梯，AJ就出現在走廊盡頭，背後揹著一個大背包。

「你他媽在這裡做什麼？」電梯門叮一聲關上後，我問他。「誰讓你進來的？」

「不知道，某個男的。你的鄰居吧。」

「那是我的準公婆，豬頭。」

「我知道，我一直在等他們離開。我能進去嗎？我有事想問你。」

喔，他可真是不問則已。

他雙手捧著我的臉，親吻我的雙唇，全心全意又柔情似水，然後退後。「我希望我們成為一個家庭。既然你已經賣掉你爸媽的房子，我們有足夠的錢無所事事。我們可以一起過著自由自在的日子。遊歷英國其他地方，看看歐洲和俄羅斯，然後六個月後，我會飛回澳洲，申請在這裡永居。」

我轉身走回公寓。他跟進來，關上門。「我不想『無所事事』，我也不想跟你一起住。我想安定下來。我想要一個家庭，和一間門前有小溪流過的小屋。」

「你可以和我一起擁有那些。」

「不，我不行。你想去旅行，我不想。我要的是葛瑞格。」

「嗯，還有一件事——他一直有跟其他人交往。公司裡的拉娜。」

「嗯，我知道。所以呢？」我說。

「拉娜和葛瑞格。」他又說一次，彷彿我第一次沒聽見。「他們在搞外遇。他一直對你劈腿，偷吃，跟別人亂搞。」

「我說了，我知道。請問我現在能去洗澡了嗎？我身體很臭。」

他的背包掉到地上。「什麼叫你知道？」

「我去年聖誕節起就知道了。你又怎麼發現的？」

「這不重要……這件事你已經得知六個月了？」

「是啊。」

他放聲大笑。「而你還是想要跟他在一起？」

我聳聳肩。

「為什麼？」

「我不懂你的意思。」

他搖搖頭。「蕾哈儂，我打從認識你的那天起就愛上你了。我滿腦子想的都是你。我跟其他女人說話的時候，我都會拿她們跟你比較。」

「我看你在公司一天到晚都跟拉娜和黛西聊天。你會和她們打情罵俏。」

「我們只是聊天而已。黛西只是個朋友。而拉娜……她是個混帳。」

「你怎麼知道我不是混帳？」

「也許我不在乎。也許我就是對你瘋狂。從你跟我提到那個寶寶開始，我滿腦子就只想著這件事。我想做個爸爸。」

「你想旅行，AJ。你跟我說過你從來沒想過要在一個地方安定下來。你最不想要的就是有腳鍊和鐵球綁在腳上。」

「我改變主意了。」

「所以你打算怎麼做？永遠搬來這裡，找個坐辦公室的正職工作？再也不能衝浪、旅行，把滑板換成四輪掀背車？」

「我希望你愛我的程度有我愛你的一半。我希望你給我一個機會。」

「你這只是一時迷戀，你不愛我。我一點也不可愛。我和葛瑞格在一起很快樂。他讓我做我自己。」

就在這時，他生氣了。我從未看見AJ生氣。他踢了一腳木地板上的背包，背包用力撞上邊桌，導致桌上的檯燈搖晃起來。「你就是不肯說，對不對？你不肯回應我的愛。」

「我對你沒有一樣的感覺。」

「他在哪裡？葛瑞格現在在哪裡？」

「荷蘭。他去看英國隊所有的比賽。情況已經恢復常態了，他明天這個時候就會回家。」

「好，我要告訴他我知道他劈腿的事，逼他也對你坦白。」

「這麼做有什麼意義？」

「讓這件事公開，逼他做出選擇。」

「他已經做出選擇了——我。他已經把她的號碼從他的手機刪掉了。我檢查過。這一切毫無意義。」

「那我要告訴他寶寶的事。我要告訴他那孩子是我的。」

我的胸口一緊，雙眼目不轉睛看著他。「不，你不會的。」

「我會，我發誓。」

「你跟克勞蒂亞說了嗎？寶寶的事？」

「不，還沒。我想等你。我想要我們一起去告訴她。」

「你不用想了。」

「她認識很厲害的律師。」

「這是威脅嗎？」

「不，當然不是。我只是知道他會把我的權益告訴我而已。我想參與其中。」

「萬一我不想讓你參與怎麼辦？」

「這不是你能決定的事。那寶寶有一半是我的。」

「不，全都是我的。那是我的罌粟籽。」

「什麼？」

「滾邊去就是了，AJ。帶著你的威脅離開。我需要喝杯咖啡。」

「我哪裡都不去。我們必須把這件事談清楚。等等——我以為你不喝咖啡了？」他在早餐吧檯邊徘徊。「看著我，蕾。」我看著他。「我和克勞蒂亞阿姨可以做你的家人。她會很高興的。你知道她多希望家裡有個寶寶。小孩房就在那裡等著。一切都很完美！可以的，我知道可以的。」

我拿起茶壺，把水裝滿。「是嗎？怎麼說？」

「我們旅遊結束之後，可以跟她一起住。」

「跟古柏獸一起住？天啊，我才不要。」我從杯架上拿起一個馬克杯。

「我愛你，蕾哈儂。我想要你和我在一起，我可以一直說下去。」

「你為什麼愛我？」

「啊？我不知道，我就是愛你。我無法控制自己。」

「走吧，讓我一個人靜靜。」

茶壺快要煮至沸點。我能感覺到一切慢慢從身邊溜走。我的雙手在繩索上滑動。我的雙腳踢啊踢地尋找立足點，但腳下只有空氣。葛瑞格代表快樂。葛瑞格代表甜蜜小屋。葛瑞格代表未來。如今，這個高瘦的澳洲人擋在這一切的前面，拒絕讓路，跟我說我可以跟他和古柏獸一起住。那女人會喚我小甜豆，所有小事都要插上一手。「喔，寶寶看起來需要洗澡，所以我幫他洗了，希望沒關係。」和「喔，寶寶在哭，所以我想我給他餵母乳，希望沒關係。」和「喔，我已經幫這個胎兒在私立學校註冊了，也幫他量好了校服，希望沒關係。」

呃！不、不、不、不、不。

我腦海中的迷霧彷彿消散了。我一旦下決定，就再也沒什麼好說了。

「你知道我跟你上床只是為了堵你的嘴吧，AJ？」

「什麼？」

「你才不會把蓋文・懷特的事說出去。」

他臉上的笑容漸漸消失。「別這麼說。我說過我不會告訴任何人。」

「可是能隱瞞多久？直到下次我把你惹毛的時候？」我打開抽屜，拿出湯匙。

「不，當然不是。」

「說吧。去告訴全世界，我不在乎。你要的話，可以把丹・威爾斯的事也告訴他們。」我打開冰箱拿出牛奶，在刀架旁邊放下。

「誰？運河裡那個男的？」

「嗯，還有茱莉亞・基德納，德瑞克・斯卡德，藍色廂型車那兩個男的，我姊姊的男朋友……」

「什麼？」

茶壺喀噠一聲，水滾了，蒸氣升騰，我握住把手。

「是我。」我說著，抬起茶壺。「是我殺了他們所有人。」

說完，我打開蓋子，把滾水潑向他的臉。

❖

你希望伊波拉病毒肆虐的時候總是剛好不會發生，對吧？時間剛來到下午兩點四十八分，她們已經打開伏特加，用介於教堂鐘聲和自動步槍的音量高唱碧昂絲〈我會活下去〉這首歌。我假裝加入她們的行列，跟著歡笑，但大多時間我在查看「工作的重要郵件」，隨著露西爾租來的老舊小巴士在高速公路上嘎嘎前行。

安妮那個賤人，在最後一刻退出——山姆長了疹子——所以我能擁有理智對話的機會付之流水。我坐在一個素未謀面的女生旁邊，叫潔瑪（還是珍娜，其實我沒聽清楚）。看樣子她是佩姬在某個地方最好的朋友，一樣，我沒聽清楚，因為巴士老舊又一堆雜音，還有一股令我作嘔的濃濃軟糖甜膩味。佩姬坐在她隔壁。所有的「壞女孩」都聚在後座，對著來往的車輛露奶——露西爾的姊姊克萊歐平常是注重飲食的健身狂，但今天不停灌著伏特加。另外還有伊梅達工作上的朋友，貝芙和雪倫，兩個五十幾歲、又矮又胖的女人，跟伊梅達一樣對歌手蓋瑞·巴洛異常迷戀。貝芙在脖子上刺了一圈她小孩的名字，就像戴了項鍊；雪倫的小腿肚上有西漢姆球隊的標誌。又可能是佛教的卍符號。

沒有人提及我的新髮色，儘管我已經刻意恭維她們所有人燙得筆直的直髮和卡戴珊式的接髮。一群地獄來的齷齪母豬。

這種情況下我找不到快樂，連個影子都找不到。

伊梅達和佩姬的史黛芬阿姨——我猜她大概五十出頭歲，但說六十歲也不會有人懷疑——湊足了整個團隊。她瘦瘦小小的，皮膚曬得酥脆，歸功於她多年來對日光浴床的迷戀。她睡著時看起來就像一具塗了木頭染料的屍體。巴士來到她位於抹大拉街的房子接她時，她的開場白劈頭就是「我昨天和雙胞胎上床了。雙胞胎兄弟。簡直太銷魂了。」我當下立馬看不起她。

❖

小巴士在休息站停車加油（還有我想尿尿）。多虧了罌粟籽，我甚至無法以酒澆愁，所以我就著一瓶裝滿水的伏特加酒瓶大口喝水。我只希望沒人跟我要一些，因為這樣就會被她們發現，而我還不想談論這個話題。我仍不太能接受我成了一個群體的一分子。至少不是跟這一群人。我不想待在這裡。我想待在家。伏特加冰棒現在從冰箱拿出來了。

天啊，我真希望我能喝酒。去你的，罌粟籽！不，我不是真心的。

❖

我們繼續上路。只是沒一會兒又得在另一個休息站停下來讓我去尿尿，也讓克萊歐可以把吃下肚的六支伏特加冰棒狂吐回樹籬中。

❖

接招合唱團的金曲串燒在小巴後方喧鬧響起。軟糖的陳舊氣味混合伏特加的嘔吐味刺鼻又濃烈。我甚至不能打開該死的窗戶，因為會弄亂她們做好的頭髮。我真心希望我們出車禍。

❖

我們總算抵達托旁樂園的度假村，但比預定時間晚了一個鐘頭左右，可惜這表示我們錯過了今天的機械公牛騎乘比賽（眾人一陣噓聲和不悅）。幸好明天還有（眾人傳來歡呼和掌聲）。

我走下巴士時，有件事變得不言而喻——這裡是一個荒野之地，而我們是荒野中的鮮肉。我們周遭盡是蜿蜒曲折的碎石子路，路標上寫著「美食區」或「商店街」或「夜總會」。沿路上有一大群穿著英格蘭襯衫、五分褲和夾腳拖的男人走來走去。他們戴著運動型太陽眼鏡，拿著酒瓶，妙語如珠地喊著浪漫情話，例如「好了，美女們，趁著陽光明媚，露出奶子曬曬太陽吧！」和「喂喂，兄弟們，顏射團到嘍！」

而讓我受不了的是，我這團大部分的人都不勝感激。我們甚至還沒下車，史黛芬阿姨就開始跟後座窗外一個露出淫笑的十八歲少年調情。

從那之後，我再也沒見到她。所有人都很擔心。我希望她死了。

❖

我在廁所。我剛剛入住與佩姬和潔瑪／珍娜共享的十號小木屋（她們把最安靜的三個人安排在一起）。裡頭很小，濃濃的漂白水味，床鋪顯然是監獄翻修後剩下來的傢俱——硬邦邦，鐵製床架，彈簧吱吱作響。我不敢看我的床墊。

你在這裡不管走到哪裡，都會有人對你品頭論足，或是出現一隻手摟你的肩膀或摸你的屁股。最糟的是，甩友們都他媽的愛死了，這恰恰凸顯我和她們絲毫沒有共通點——這個地方不是我的風格，都是她們的。我不喜歡社交，我不喜歡喝醉後跟別人摸來摸去，我也不喜歡吵吵鬧鬧，而這裡是吸引上述一切的勝地。我何必維持住表面工夫呢？誰來提醒我？喔，對了，沒錯，我身邊一個人都沒有。

伊梅達現在穿著她的週末度假裝，白色短裙、羽毛圍巾、附頭紗的牛仔帽、過膝長靴，貼著代表自己剛結婚的新手上路貼紙，胸前披著準新娘的飾帶。她已經吻了三個男人（她的第一個挑戰是看她在兩天內可以親吻多少人）。而宛如乾屍的史黛芬阿姨再次現身，黏在來自沃靈頓一個十九歲水電工的嘴唇上。他實在好矮，看起來就像她的兒子。

如果我在這裡寫一份謀殺清單的話，可能永遠也寫不完。我會從我的朋友們寫起。

❖

嗯，太棒了——傍晚在酒吧小酌雞尾酒的時候，周圍有一群「火辣管家」即興脫光衣服，還有人在我面前幾公分的距離用老二玩起了大風車。要是他知道上次對我這麼做的傢伙發生什麼事就好了。

說到風車，葛瑞格仍然音訊全無。

與甩友們出來玩的一件好事／壞事是，她們不太注意我所做的任何事，所以我可以趁她們點酒時，回到酒保那邊說：「我的雪利鄧波調酒請不要幫我加酒精，謝謝。」她們完全沒有發現。至今依舊清醒。

瘋狂的準新娘和其他人點了酒單上聽起來最粗俗的飲料名稱——兩杯紅髮蕩婦給貝芙和雪

倫、杯中性愛給露西爾、兩腿大開給克萊歐，佩姬和潔瑪／珍娜點了戀尿怪癖（她們越來越放得開了），伊梅達點了一杯緊實陰部和一杯不加冰塊的把我幹昏。後來，她們全部跑去玩雷射槍戰。我說我喝太多「伏特加」覺得有點不舒服，現在我坐在嘎吱作響的床墊上，好奇安排自己假死會有多容易。像我這樣的人在這種地方到底怎麼能玩得開心？噁。

❖

我坐在泳池邊。其他人都上空泡在泳池裡，就像乳房湯似的。我實在受夠這些人了。要不是我離家那麼遠，我早就閃人了。我有足夠的錢搭計程車。如果我現在離開，我可以及時到家去……幹，我被拉去玩凌波舞了。為我祈禱吧。

❖

時間是晚上七點二十七分，我們都在小木屋裡梳妝打扮，準備喝酒、跳舞和散播淋病，玩上一整晚。（我說我月經來，所以不能游泳。）我們幫伊梅達做了相片本送給她作為驚喜，玩了一些老套的情色遊戲——看誰最快吃到陰莖巧克力（露西爾贏了），看誰最快舔完那個陌生男子身上的鮮奶油（伊梅爾贏了），還有脫衣扭扭樂（不知道誰贏了）。現在就算我的心臟突然停止，我也不在乎了。

除了伊梅達抱怨我參與太少很掃興外（我都跳凌波舞了，她還想怎樣？），我想我的表面工夫做得還算完整，但老實說，誰在乎呢？我現在穿著靜電布料製成的洋裝在唱卡拉OK，每次跟某個毛茸茸的人擦身而過時都會觸電。

仍然沒有葛瑞格的消息。如果他出來了，一定會傳封訊息，不是嗎？也許他被警方起訴了。

❖

現在是凌晨兩點零三分。佩姬的臉躺在一盤薯條裡睡著了。我以前沒注意過，她長得好醜。就算她人很好也無法彌補這一點，她真的他媽醜得要命。完全沒有可以挽救的地方。大鼻子、小眼睛、長長的馬臉。而且她的屁聞起來有烤豬肉的味道。

潔瑪／珍娜的打呼聲轟隆作響，她先前因為跟一個把全身彩繪成藍色小精靈的人上床，所以皮膚變成了藍色。我在大家齊聲合唱的途中溜走，坐在泳池邊，用腳趾踢濺著水花，一邊跟我的罌粟籽說話。我只能聽見人們在周遭的樹叢中打炮。舌頭的舔舐聲、規律異常的呻吟聲和對一個六十歲女人快速指交的聲音。這裡就像身處在文藝復興時期的畫作之中，真的。

❖

喔，天啊，這就像一場該死的惡夢。只是惡夢會結束，這怎麼都不會結束。我所謂的朋友愛死這一切了。我一點都不。我要走了。去他的表面工夫。這個週末我要正式把這些甩友們甩掉。反正我們很快就要搬去威爾斯了，幸運的話我大概再也不會見到她們。

或許我會一個接一個在她們的床上殺死她們。刺、刺、刺、刺、刺、刺、刺、刺、刺。多一刀是給史黛芬阿姨的，因為這是她應得的。

六月二十二日，星期六

我反悔不走了。我幾乎沒睡，因為床墊嘎吱作響，浴室有奇怪的味道，加上潔瑪／珍娜整晚都在水槽裡吐。我盡量演著「沒事的，好了、好了」的戲碼，一邊揉她的背，但說實話我只是在敷衍她。葛瑞格的手機仍然關機，昨晚我也沒收到任何訊息。他到底在哪裡？他知道我對這種事壓力很大。真不體貼。

同時，罌粟籽今天六週大了，但傷心的是，我不能再叫他／她罌粟籽了，因為寶寶已經不再是罌粟籽的大小——根據應用程式的說法，現在大小差不多是一粒白米。六週長大快樂，小白米。

我打電話給吉姆和伊蓮——他們今天帶丁可去海邊。吉姆傳了一張照片，是他們買給丁可的球，大小將近是她的三倍。他們也沒聽到葛瑞格的消息。他們甚至不知道他被捕了。

每個人都坐在外面的長椅上，因為宿醉而說不出話，用紙杯喝酒，直接從盒子裡吃各種麥片。我們把酒類專賣店裡一半的酒給買下來，卻沒有人記得買牛奶。

❖

我們來到海邊。海邊人山人海，到處都是尖叫的孩童。他們一直弄翻我的沙堡，尿在我的護城河裡（好啦，有一個小孩尿在我的護城河裡）。所以我只好乖乖坐到後面，躲在陽傘底下欣賞風景，一邊寫點日記。天啊，我要變成那個山繆某某某了，我忘記他姓什麼，就是把起司藏起來的那個有名的日記作家。

❖

現在是下午三點左右，我看著五個成年女子在充氣城堡裡蹦蹦跳跳，一邊聽著仙妮亞．唐恩的歌。

史黛芬阿姨短暫歸隊，說她準備「去打炮，目前戰績坐九望十」。她摸走幾支露西爾的香菸，跟貝芙要了一些零錢去買保險套，然後再次消失。

伊梅達還是不斷對我側目而視，我聽見她們竊竊私語說著我「尿濕毯子」的相關話題，所以我很肯定不久後我就不得不向她們坦承小白米的事。可惡。

❖

我把小白米的事告訴她們。反應與我預期的如出一轍：

伊梅達：我就知道，我早說過她會在我的婚禮前懷孕！

露西爾：喔，恭喜啊，寶貝！真是太棒了！你一定很興奮！

克萊歐：天啊，別是個男孩。女孩帶起來輕鬆多了。

貝芙：你的生活即將改變了，親愛的。這是一個女人最重要的工作。管他什麼事業和金錢——家庭就是一切。我的卡爾把我搞得耳朵聾屁眼裂，所以說看在老天的份上，醫院給你什麼藥吃你就吃。

雪倫：不，生的時候別吃藥，相信我，很值得。如果吃了止痛藥，你永遠無法跟你的寶寶擁有親密的關係。我生金柏莉的時候是剖腹產。我們從來都不親。

潔瑪／珍娜：哇，太棒了！恭喜啊！預產期是什麼時候？

佩姬：你會是很棒的媽媽，蕾哈儂。我真替你開心。

佩姬能這麼說意義重大，畢竟她才剛失去自己的孩子。她伸出雙手摟著我，給我一個緊緊的擁抱。接著，她在我耳邊低語……

「你不必為我感到難過，我真的很替你高興，親愛的。」

「謝謝。」我說。

這一幕可能看起來很感人——最近剛流產的母親向剛剛宣布懷孕的準媽媽獻上祝福。但實則不然。因為佩姬現在擅自擔起責任，像個該死的影子到處跟著我，確保我絕對不會落單，免得我跌倒、撞見變態或園區的吉祥物巨嘴鳥托比。我一直口口聲聲地說如果那隻鳥再到我附近跳探戈的話，我就要拿刀捅他的臉。

❖

充氣城堡暫時關閉等候通知——有人在裡面吐了。貝芙說不是她，但午餐時她伸手過來拿菜單的時候，我從她的氣息聞到嘔吐味。

大家一致決定今晚我不必穿我的娼妓裝。顯然這「對一個懷孕的媽咪而言不太得體」，所以我穿著紅色夏日背心、白色七分褲和黑色涼鞋。其他人都看起來像歌舞劇芝加哥的臨演，我看起來卻像準備要去奶奶家烤肉似的。我感覺更加格格不入了。佩姬去上廁所，所以我趁那幫婊子正忙的時候，去海邊散步。

❖

海邊有一個算命師，就在整排遊戲機和冰淇淋店的盡頭。她有自己的一個小店面，店裡佈滿了那些常見的垃圾——紫色的吉普賽披肩、薰香棒和印有大麻葉的圍巾。這個地方瀰漫著線香味、體味，以及老實說吧：絕望。坐在店裡一張小圓桌後方的，是一個患有慢性肺氣腫的紅髮中年婦女，嘴邊的皺紋一看就是老菸槍，兩道眉毛是我看過畫得最嚇人的。小圓桌中間是必備的水晶球，就放在爪腳架上。

「午安。」她把香菸放上鋁製菸灰缸後說，明顯擺出一種高階女巫的口音。「我是關多林夫人。今天過得還好嗎？」

「很好，謝謝。」我回答。「多少錢？」

「塔羅牌算命嗎？還是想要做靈氣解析或看手相？」口音慢慢露餡——現在她聽起來像情境喜劇《非常大酒店》裡的西班牙服務生曼紐爾。

「呃，塔羅牌就好，謝謝。」

「十五英鎊。」她伸出手。「付錢算命。」

「是、是。」

我把最後一張二十英磅的紙鈔給她，她找我五塊，示意我在她對面坐下，接著把折了角的大張塔羅牌疊成一疊遞給我。

「請洗牌。」

「為什麼非要我洗？」

「因為我們要處理的是你的人生。」

「合理。」我用爸爸玩拉密紙牌時的慣用方式洗牌，從中間切開，然後翻動兩疊的邊緣，讓它們互相堆疊。我洗牌時，她從頭到尾都一直在打量我。

「我要你抽出五張牌交給我，但不要看。」

我照她的話做，她把五張牌攤成一道彩虹。我在心中牢記不要透露任何訊息，結果不小心拉起上衣露出肚子。她對我微笑，接著翻開第一張牌。

「啊，是了，這張牌經常出現。」

「倒吊人。」我說。「這是什麼意思？」

「意思是你正處於一個交叉路口，不知道該往哪個方向轉。許多來ㄓ、ㄓ、找我的人都是處於人生的交叉路口；工作上或感情上。我ㄘ、ㄘ、猜你對工作感到厭倦。」

「嗯，是沒錯。但大部分的人都是這樣，不是嗎？」

「你在尋找改變，積極尋找刺激。」

「是，但大部分的人都是這樣。」我重複道。

「也許你到了錯誤的地方尋找刺激。」她緩緩歪過頭看我，久久凝視著我的雙眼。「這張卡片告訴我家中也是同樣的情況。你想在那裡尋找一些不同的東西。你想要ㄐ、ㄐ、接受現實，繼續前進。制定計畫，對吧？」

「對、ㄟ、ㄟ。」我說。一隻黑貓漫步走來，開始在我腳邊喵喵叫。我把手往下伸，牠用粗糙的小舌頭舔我的手。我想念丁可。

「愛情對你來說很棘手。你有一段交往已久的關係，對、ㄟ、ㄟ嗎？」

「對、ㄟ、ㄟ。」

「但還有另一個人？」

她指的是AJ。「嗯，這個嘛，曾經有。」

「不，我說的不是情人。是這段關係裡的另一個人。你的一部分。」

「喔。」靠，我心想。她怎麼可能知道？我的肚子還沒那麼大。

她看著我的肚子。「一個孩子，對嗎？」

現在她引起了我的注意。「對。」

「他現在很開心。但他會漸漸變得不開心。」

「大概是因為那不是他的孩子。」我脫口而出。幹，這太明顯了。天啊，她真厲害。

她翻開第二張牌。是一個吹著號角的捲髮男子。

「審判。」她大聲宣布。「你有時候會太快評斷一個人。有些人想要喜歡你，甚至愛你，但你不讓他們這麼做。你覺得這是不可能的。這可能是一次覺醒的機會。讓別人進入你的內心，打開你的心房。」

「最好是。」我說。如果我對甩友們打開心房，就表示我必須露奶，或在一個壯碩多毛、名叫凱斯的焊工身上舔掉濕黏黏的鮮奶油，然後我就會僵硬地站在原地，所以謝了不用。

她再次凝視著我，接著翻開第三張牌。

「啊……惡魔。」她大聲說。

「幹！」

「別被這張牌嚇到了。惡魔牌也許看起來很可怕，但其實可以引人積極向上。這張牌告訴我你不知為何被ㄕ、ㄕ、束縛了，但你並沒有你想像的那麼不自由。」

「好、ㄠ、ㄠ。」黑貓跳到桌上，關把貓趕走。

「自由掌握在你自己的手上。即便你現在遭到束縛，也不代表得一直被束縛下去。」

「所以這可能與工作有關？或與感情有關？」

「有、ㄡ、ㄡ可能，對、ㄟ、ㄟ。」她說。「如果你討厭你的工作環境，或你的另一半，這張牌是在告訴你，你不必為了金錢的安全感而留下來。還有其他辦法。」

「爸媽的房子。」我又一次在理智堵住我的嘴之前開口說。

她皺起眉頭，低頭看著三張牌。「這裡發生了一些事情，我看不出來是什麼，但是很毒。這張牌有種令人不安的感覺，很不健康。某個你以為對你有益、但實則不然的惡習。糖？毒品？酒精？」

「我本來在懷孕前喜歡吃水果軟糖。」

「不管是什麼東西，你很依賴它。」她說。「到了成癮的地步。親愛的，我沒有因為對你有偏見，這只是塔羅牌告訴我的事，但你現在在做的某件事絕對不會帶你得到你要的快樂。這東西在折磨你，也會折磨其他人。你知道可能是什麼東西嗎？」

「呃……不知道。」我聳聳肩，噘著下嘴唇，擺出「真的，關，我單純得像張白紙」的表情。她翻開第四張牌。是一張表情嚴厲的天使照片，一手拿著巨劍，一手提著一顆斷頭。「啊哈，寶劍王牌。」

「可惡。」

「一樣的，這不必然是不好的。」她回答。「但你目前選擇的每一張牌似乎都預示著新的開始，重大的改變即將發生。你準備好展開新的冒險、新的工作、新的愛情。真相很快就會大白。」

「真的嗎？」

「我非常肯定。我想你很希望擺脫某樣東西。你肩上扛著一個重擔，而這張寶劍王牌就是在告訴你，你很快就不會再有那個負擔了。我敢說最後一張牌是死神牌。百分之百一定是。」

但她把牌翻開時，卻不是我預期的骷髏死神。而是一張老巫師的圖片。

「那是鄧不利多嗎？」我問她。

「不，是修隱者。」她說，語氣中帶著一絲訝異。

「喔，是什麼意思？」

「事實上，修隱者在我這兒不常出現，所以很奇特。上面說獨處可能對你有好處。」

「所以這張牌是在告訴我要像個隱士一樣生活嗎？」

「我想這表示你不善於與其他人合作。你身邊必須……一個人都沒有。」她的目光移到桌上的水晶球，用右手輕輕摩擦，接著突然像被燙到一樣把手抽走。

她變得有點難以呼吸。她拿起那疊塔羅牌，開始收起所有的牌。

「抱歉。我有點喘不過氣。是……貓毛的關係。」她從開襟衫口袋裡拿出藍色的吸入器吸了兩口。

「不好意思，回到你剛剛說的修隱者牌。我不會獨自一個人生活，對吧？我會有個寶寶。」

「不會。」她說著，雙唇緊閉。

「不會什麼？我不會獨自一個人生活？還是我不會有寶寶？」

「這由不得我說。」

「這就是得由你說，因為我付了錢要你說。你說我會獨自一個人生活，然後你在那顆水晶球看見某樣東西。是小白……是寶寶嗎？」她又對著吸入器吸了一口。「我的寶寶死了嗎？」

「我確實看見了寶寶，但我不知道……」

「寶寶有什麼問題？你看到什麼了？」

「我們恐怕時間到了。」她說著，把塔羅牌放回刻有佩斯里花紋的木盒裡，然後放到一旁。

「不行，你到底是什麼意思？我的寶寶安全嗎？它發生什麼事？你說我會獨自一個人生活。拜託，我需要知道。」

「我肯定一切都會沒事的。」黑貓出現，開始在她腳邊喵喵叫，繞著她的腿打轉。她從座位上起身揮手把貓趕走，帶我穿過那些懸掛的披肩和流蘇，來到外面的人行道上。

「我會再付你更多錢。」我說。「再幫我占卜一次。告訴我水晶球裡有什麼。」

「我不行。塔羅牌和水晶球已經把你需要的訊息都給你了，親愛的。」她說。「我跟別人有約，我必須走了。再會。」

外頭的招牌寫著夏天她營業到晚上九點，但她差不多是提早一個小時把我給推出店外，關上大門，把休息中的牌子翻過來，然後鑰匙一轉鎖門。

他媽、滿口、謊言的、賤貨。

❖

時間剛過晚上的八點四十五分。我來到外頭。耳裡聽見的全是托旁度假村淫亂住客在打炮的呻吟聲以及從夜總會傳來的隆隆音樂。多虧了關夫人，我現在心情極差。

我不斷被各式各樣的人推擠、撫摸、磨蹭及粗魯對待，有穿著魔鬼剋星戲服的傢伙、打扮成石內卜的人，還有一個在橄欖球比賽中門牙被撞斷的酒保，他的名字叫李察。他直接邀請我做愛，地點是我的小木屋，外加「讓我的兄弟在一旁觀看」。我只是問他有沒有冰塊。

阿飛──二十幾歲、從曼徹斯特來的帥氣學生──個性有禮、溫順、笨得像豬。他給了自己一個任務，看他在一個晚上最多可以跟多少女人上床。顯然我即將成為幸運的第十三號。真幸運啊。我趁他幫我買萊姆伏特加的時候匆匆溜走。我可沒打算喝酒。

我一再低頭看著那小小的隆起，小白米成長的地方。我不希望它死。我不知道我會不會是個好媽媽，但我知道我不希望它死。我不知道該怎麼辦。我的手機響了……

❖

我剛剛跟葛瑞格講完電話。他與我說了一些挺重大的消息。

我在夜總會外面，音樂震耳欲聾。

「你總算打來了，你到底去哪裡？我一直在查看手機。」

「喔。」

「你在哪裡？他們讓你出來了嗎？」

「還沒，我還在牢裡。蕾哈儂，聽著——我希望你從我口中聽見這件事，而不是警方。發生了一件事。」

不斷有小蟲子飛進我的嘴巴。「什麼事？」

「荷蘭警方逮捕我的時候，取了我的DNA，結果出現在英格蘭的一些資料庫中。然後，我不知道怎麼了、也不知道原因，可是……我的律師說英國警方正準備過來偵訊我。關於謀殺的事。」

「什麼？太荒謬了。你不過扔了一個瓶子。」

「不，事情跟酒瓶無關，我自己也搞不懂。警方以為我做了一堆事，但我沒有，我發誓……」

喔，該死。

「什麼事？」

「報紙上的那些人，老二被切掉的運河男、公園那傢伙，還有採石場的那個女人……他們認為我是收割者。幹，天知道為什麼，但他們有證據，蕾。DNA，他們有我他媽的DNA。」

「這是玩笑嗎？你是不是已經回到飯店，跟奈傑爾在惡作劇之類的？」

「我沒有在開玩笑，蕾哈儂。」他的聲音成了耳語。他在哭。「我他媽的沒在開玩笑。」

「我不明白你在說什麼。」

他抽抽鼻子，深吸一口氣。「我的DNA出現在兩個命案現場。運河邊那個男的……」他開始胡言亂語，我根本聽不懂他的意思。「我甚至沒有——蕾，不是我做的。我不知道為什麼我的東西會跑到那邊去，我也不知道那傢伙的老二怎麼會在我的車裡……」

「葛瑞格，我沒聽清楚，拜託告訴我你剛剛吃了紅酒燉雞？」

他非得害自己被警方採檢DNA嗎？他非得到頭來進了警方的資料庫。他非得搞砸一切。我必須隨機應變了。回到最初的計畫A——讓他付出代價。

「警方在我的車裡發現那個運河男的老二。裝在袋子裡，放在我該死的工具箱裡。我從你爸接過那個工具箱之後，根本從來沒用過。我被陷害了。你是相信我的，對吧？不、是、我、幹、的。我不可能這麼做。」

「太噁心了。」我說著，試圖喘口氣。「為什麼有人要切斷一根……老二？你說的DNA是什麼？頭髮？皮膚？」

「精液。」

「精液？」我說。「採石場那個女人……有遭到強姦。」

「我從未見過那個女人！我沒有碰過她一根寒毛。蕾哈儂，別這樣對我，寶貝。我只有你了。你必須相信我，拜託、拜託、拜託……」

他聽起來像個孩子。我從未聽過他哭得那麼用力。

「好吧。」我說。「好吧，假設有人把這一切嫁禍給你。假設有人真的把那個東西放進你的車裡，那……是誰？動機是什麼？」我能聽見他的呼吸聲。

「這可能聽起來有點難以入耳，不過……幾個月前，我下載了一個應用程式。我用它來聊天，跟陌生人聊天。」

「女人？」

「嗯，所有人都成年了，我發誓。我查過了。我知道這可能讓我看起來像個變態，但很多男生都是這樣。奈傑爾這麼做，史蒂夫也有。我們只是……收些照片什麼的，只是好玩。但不知怎地，我的應用程式被駭了，警方有我跟一些男人的聊天記錄。安排去飯店亂搞……互相交換照片……」

「喔，老天啊。」

「那些我傳給女生的照片，但現在看起來就好像我有個秘密的同性戀生活，我會出門……殺死那些男人然後……對著他們的屍體打手槍。我對你發誓，我用我爸媽的生命發誓，用我們寶寶的生命發誓，我不是，蕾，我不是同性戀。我也發誓我絕對沒有……」

「好吧、好吧，冷靜點。所以你私下跟這些男的見面，然後其中一個人陷害你？」

「不，我沒見過任何一個人！我在網路上也沒見過他們，我不是同性戀。我只有跟女人說過話。可是有人故意讓我看起來像個同性戀，某個可以拿到我……東西的人。」

「你現在不是在指控我吧。」

「不，當然沒有。」一陣靜默，然後他直接承認了。

「拉娜。」

「拉娜．朗特里？我同事？」

「聖誕節過後，我跟她交往了一段時間。但我一得知寶寶的事就甩掉她了，真的。我想告訴你，但我很害怕。我決定結束關係的時候，她變得很可怕。她開始威脅要自殺，或做出更糟的事，傷害你。」

「了解。」

「前幾個禮拜，我說我要去一個女客戶家修漏水的時候，其實是因為拉娜，她威脅要割腕自殺。她以前就做過——現在疤都還在。她真的很誇張，天啊，簡直瘋了。」

「是啊，一個女人的心如果被傷害了，是容易做出這種事。」

「她不愛我，那只是一時的露水姻緣罷了。」

「你有射在她裡面嗎？」話筒另一端安靜無聲。

「你有射在她裡面嗎？」我重複道。

「有。」他說。

「幾次？」

「好幾次吧。」

「所以你的意思是，一個跟你搞外遇的柔弱女子切斷了某個男人的老二，藏到你的車裡，然後從她的陰道裡撈出你的精液，存起來，殺了一個女人和另外一個男人，在犯罪現場留下你的精液？只是為了阻止你甩掉她？」

「我知道這聽起來很荒謬，可是……」

「是有一點。」

「會發生這種事，只有這唯一的可能。她恨我。真的恨我。我想是她殺了那些人，然後嫁禍給我。寶貝，我知道我傷害了你，但我發誓我沒有殺任何人。你必須去跟她談談，蕾。讓她把她幹的好事告訴警方，洗清我的罪嫌。我不敢想像這會耗上多少時間，但我不想待在這裡。我不能去坐牢。我需要你幫忙。」

「我認識拉娜，葛瑞格。她不會做這樣的事。留在那些犯罪現場的是你的DNA，不是她的，不是嗎？」

「不！蕾哈儂，不要！別那樣想。」他的聲音變得尖銳。「我不是個殺人犯。我知道我是混蛋，是很爛的男朋友，但我不是殺人犯，親愛的。」

「他們會控告你嗎？」

「我不知道。我打電話給我爸了。他說如果他們起訴我，他就要幫我找一個非常厲害的律師，城裡那間律師事務所的一個律師。他幫他的背傷爭取到賠償。我已經想清楚了——我會賣掉公寓支付一切該有的費用，在事情解決前，我們就搬去爸媽家住。爸說沒關係。他們打算下禮拜帶我回來出席聽證會。他還沒告訴我媽。她沒辦法承受這一切的，不可能。」

那一刻，我的世界所剩的一切突然在我的腳下崩塌。「等一下，你說賣掉公寓是什麼意思？說好搬去威爾斯呢？說好的甜蜜小屋呢？」

「喔，寶貝，你別妄想了。這件事改變了一切。照這情況，我得賣掉公寓才能支付那些該死的律師。」

「不，不可以。我們非去不可。就差那麼一點了，葛瑞格。你也在考慮的。等你回來，我們再好好聊一聊。」

「那都是這一切發生之前的事了。寶貝，你得顧大局啊，那些都不重要了。」

就這樣，我的美夢沿著小溪航向遠方的夕陽，正如一直以來那樣。

他本來可以逃過一劫的。過去幾個禮拜，我慢慢開始喜歡上他，我以為事情要改變了。我對衛斯理．帕森斯有了全新的頓悟，接著我們得知小白米的存在，談到對甜蜜小屋出價，我以為我們已經轉往一個光明的嶄新未來。

如今我們又回到原點。我突然想到一件可怕的事，全身冒起冷汗。

「他們會搜查公寓，對不對？」我說。

「是，可是……」

「什麼時候？」

「別擔心大麻了，那不重要了。」

我不是擔心大麻，我是在擔心AJ。

「我要掛了。」

「不，蕾哈儂，別掛。蕾哈儂，拜託，拜託！」

我按下結束通話掛掉前，仍聽得見他大叫拜託。

那一刻我才恍然大悟——也許我真的愛過葛瑞格。否則我為何要費盡心力傷害他？毀掉他？如果只是一直在忍受那個人，你不會這麼做，對吧？也許這就是愛，驅使殺手殺人的動力，以非凡的方式殺人。

我又在腦中聽見那個該死的算命師。

你不善於與其他人合作。你會獨自生活。你會一個人都沒有。

我走向小木屋去拿外套，空氣中有股寒意。

回到海邊，風很大，零星有幾個人在喝啤酒抽菸。風沙吹進我的嘴巴，海風中的鹽也吹進我的雙眼。一件兒童圍兜吹落在防波堤上。

關夫人正在店外折疊招牌，準備拖進屋內。我站在各色海濱小屋的陰影中觀察了一會兒。兒童圍兜在風中飄著飄著，翻了過來。圍兜上有一隻咖啡色小狗，上面寫著「汪！」。

我穿過馬路。

「哈囉，又是我。」我說。「我能進去一下嗎？我保證不會花你太久時間。」

「不行、不行，你走。別……」

玻璃兇器的美妙之處在於，如果你把它丟進海裡，就不會被發現。警方會知道兇器是什麼，他們當然會知道——爪腳架上的水晶球不見了——但他們不會知道水晶球跑到哪裡，也不會知道是誰拿了水晶球砸破她的腦袋。因為誰會懷疑一個在夏日傍晚沿著碼頭漫步、準備去跟朋友見面、穿著寬鬆的紅色背心和白色七分褲、心情愉悅又笑臉迎人的年輕孕婦呢？

一個不可能做出如此殘酷惡行的女人。一個不可能切斷男人陰莖、藏在她男友後車廂的女人。得知懷了寶寶時，我本來打算清掉它的。

我忘了。

一天前，一切看起來如此美好。一天前，我總算知道我要的是什麼。一天前，就只有我、葛瑞格、丁可和小白米，我可以看到我的生活全部都籌劃好了，彷彿修道院花園街事件、運河男、公園男、茱莉亞等等的事情從未發生過。沒錯，早期我曾經想把那些人的死嫁禍在他身上，但那純粹是因為我很生氣。在憤怒的迷霧稍微消散、在我們得知小白米要來的時候，我能感覺情況有所轉變。他想要我，他想要我們，我想要變得更好。我能想像我們未來的生活——我和他和丁可和小白米——住在甜蜜小屋。我幾乎能看見雞群在雞舍到處咕咕叫的畫面。幾乎能聞到花壇上令我自豪的黃玫瑰。我很快樂，而快樂就是我失敗的原因。我說過了，快樂注定不屬於我。

我看見一個寶寶……身上沾滿鮮血。

她的意思是我已經潑出的鮮血還是我即將潑出的鮮血？她不說是哪個寶寶。她不說是修道院花園街的其中一個孩子或安妮的寶寶山姆或我的寶寶，小白米。她就是不肯說。於是我刺穿她的頭骨。她畏畏縮縮倒在那裡時，我刺穿她的頭骨。

不可能，不可能；我知道那是不可能的。即便在我最害怕、最生氣的時候，我仍知道我沒辦法殺死一個寶寶。我是丁可的好「媽媽」。我從未傷害過她，她是我的寶寶。

只是丁可是隻狗，寶寶是人類。而我殺過的人類多不勝數。

「你在這裡啊。」一個聲音說。我在游泳池裡，穿著整齊，正在清洗沾上關夫人鮮血的雙手。

「只是想游泳。」我說著，全身打顫。「你要進來嗎？」

「你什麼？」他笑著，大口喝光他的啤酒。「你真是個瘋子，真的。」

「大家都這麼說。」

他露出賊笑，脫掉上衣，像個孩子重重跳進水裡。

不一會兒，我們開始親吻，他把我抱起來貼在他身上。

接著，我們渾身濕淋淋地回到小木屋，他在吱吱作響的床墊上深深挺進我的體內。我已經錯過了第十三名的位置——現在我是第十九個——有趣的是，我第一次殺人的時候也剛好是十九歲。

很有趣、很迅速。我現在大概是個神經病了，但我難道不是一向都這副德性嗎？

我們穿上衣服，吹乾頭髮，一起回到夜總會，在歐陸舞曲和另類搖滾所混搭的刺耳音樂下彼此耳鬢廝磨，閃爍的燈串讓我們睜不開眼。他親吻我時，我歡笑著。接著我們一起高歌。其他甩友一邊跳舞一邊朝我們的方向移動，把他擠開。佩姬把我離席接電話開始就一直幫我保管的手提包還給我。

「你在這裡，我們好擔心你。一切還好嗎？」

我點點頭，給她一個擁抱。「嗯，我沒事。只是有點不舒服，不過現在好多了。」

「你為什麼全身是濕的？」

「我和阿飛去游泳。」

她們嘶啞地歡呼起來，抓著彼此的胸部。露西爾摸摸我的肚子，在我臉上親一下。伊梅達給我一個大汗淋漓的擁抱，把羽毛幾乎掉光的圍巾圍到我的脖子上，然後告訴我她愛我。我們所有人手勾著手，即興跳起了大腿舞。燈光從我們閃爍的乳溝和發亮的臉頰反射回來。

燈光一下子從紅變白，再從白變紅。閃爍、刺眼。空氣越來越熱，我的皮膚開始出汗。我的朋友們在我身邊跳著舞，性感、耀眼、快樂。所有人在舞池上都看起來美極了。音樂越來越大聲，我的耳朵開始嗡嗡作響。只要我們繼續跳舞，就沒有人會注意到我指甲底下的血跡。只要音樂繼續播放，我們就會沒事。

當一切結束後，我不敢去想會發生什麼事。

六月二十三日，星期日

我總算回到公寓。昨晚由於城裡有一場重大的足球賽，加上冬季花園舉行的盛大活動，根本叫不到計程車，所以我不得不一大清早花兩倍的車資叫車。多少錢就不管了，我必須趕回來。我離開前打電話給吉姆。他說如果我願意的話，他們可以再留丁可一陣子，但我說我需要她在家陪我。我好想她。

我不知道的是，那個小叛徒在離家的期間，性格突然大變。

她在我懷裡待了五秒舔我的臉，接著聞到房門後有個味道，注意力就完全放在那裡。她變得膽小，叫個不停。抓著房門外的地板，拚命嗅著門底，全身不停顫抖。

「哎唷，小可憐。她以為葛瑞格在那裡。」我對吉姆說。

「我還沒把這些事告訴伊蓮。」他說著，在餐桌前坐下。我試圖讓丁可離開房門外，但她不肯跟我走。只是對我吠叫，也不肯吃小零嘴。「這會讓她一命嗚呼，真的。我們該怎麼辦，蕾哈儂？」

「事情自然會解決的，一定會的。」我說著，在他對面坐下，握住他的雙手。「警方還沒起訴他，對吧？而且葛瑞格不會做這種事的，他不會的。」

「他打電話來之後，我就沒什麼睡。我是說，誰會對他做出這種事？他說的那個拉娜是誰？」

「一個跟他有染的女人。我公司的同事。她有點……瘋瘋的，這還算婉轉了。公司裡的每個人都這麼說。她以前曾經試圖自殺。」

他重重嘆了一口長氣。「傻孩子。這禮拜，這件事會刊登在各大報紙上，我們卻無能為力。這一切會對伊蓮造成多大的打擊，喔？今年，醫生已經兩次給她的藥加重劑量。」

「說不定在我們非告訴她不可之前，這一切就會煙消雲散呢？」

「這我不敢說。」他說著，正經地撫摸他長滿鬍碴的下巴。

丁可在我的房門外拖著屁股前進，一邊瘋狂叫個不停。「丁可？你還好嗎，寶貝？你想念你的媽咪嗎？」

「我不知道如何跟他媽媽隱瞞這一切。」吉姆繼續說。「我該怎麼告訴她他被逮捕了，更別說是因為謀殺被逮捕？」我以為他準備要話匣子大開，沒想到卻又把話吞了下去。「話說回來，你還好嗎？」

「還行。」我說著往後退。「我是說，我也沒什麼闔眼，但是，這一切都是胡說八道……對吧？這當中顯然有什麼天大的誤會。」

「你他媽說得沒錯。喔，抱歉我說髒話。」他把葛瑞格希望為他辯護的那位律師名片遞給我。「我跟她約十點開會，看看如果他真的被起訴了，我們有哪些立場可以幫他，老天保佑。你會在他身邊支持他，對吧？我知道他不忠，親愛的，可是……他現在真的很需要你。他需要我們所有人。」

「別擔心，我哪裡都不會去。」我說著，緊握他的前臂要他放心，接著把律師的名片放進牛仔褲口袋。「聽著，我很想弄杯咖啡給你喝，可是我才剛回來，冰箱也沒牛奶之類的……」

「喔，別擔心，親愛的。我只是要把小傢伙送回來而已。」他悲傷地看著丁可。「看樣子她已經安頓下來了。很興奮回到你媽咪身邊，是不是呀，寶貝？」

丁可對著吉姆吠叫，蹦蹦跳跳跑過來，開始往他腿上爬。

「喔，你想要爺爺是吧？」他把她抱起來，她舔他的臉，推他的胸口，彷彿有急事要告訴他。「我會想念這個小傢伙的。有她在，可以分散我們的注意力。」

我望著丁可用她的前腳推著吉姆的胸口。她在跟他告密，這兔崽子在出賣我。我一起身，她就從他的大腿跳下來，匆匆跑過餐廳，嗅著門框下方，瘋狂吠叫。好，她知道。她知道裡面是什麼，她也不打算置之不管。我對她伸出手，她卻對我狂吠。她用狗語對我咆哮：我、知、道、你、做、了、什、麼、我、知、道、是、什、麼、東、西、在、裡、面。

吉姆清清嗓子，彷彿把什麼東西往下壓。「聽著，親愛的，如果你願意，可以過來跟我們住幾天。我知道我告訴伊蓮真相的時候，她會需要你們的支持。有你和丁可在場，可能，我不知道……」

「我還有工作。沒辦法。」

「公司肯定會體恤你讓你放假的。」

我聳聳肩。「我很懷疑。」丁可拚命抓著門外的地板，彷彿想要從毒氣室挖出一條隧道。她不打算置之不理。我心一橫，知道自己該怎麼做。

「吉姆，你何不再把丁可帶在身邊住一陣子？聽起來伊蓮比我更需要她。」

「啊？我不能這麼做，親愛的。她是你的狗。」

「是啊，但少了葛瑞格在這裡，她感覺非常不安。而且現在她得更習慣自己一個人了，有鑑於葛瑞格……我知道伊蓮有多愛她。」

吉姆點點頭。「今早我說我要把她載回來的時候，她哭了。不瞞你說，我在車上也哭了。只是暫時的對吧？」他說著，臉上恢復血色。「那就太好了。」

「嗯，只是暫時的。這對我們雙方都有幫助，對吧？我很快就會過去看你們。讓我再幫你拿些食物和她的玩具。」

「好吧，不過我的提議仍然有效，親愛的。你需要離開這個地方休息一下，就來找我們。床都鋪好了，你知道的。隨時想來就來，電話都不必打。」

「謝了，吉姆。」

吉姆把丁可從臥室門口拖走，幫她扣上狗鍊時，她仍對著我狂叫，對著門前的空氣嗅啊嗅。我最好的朋友——這些日子來她一直陪在我的身邊保護我，在沒人願意挺我的時候支持我，如今終於受夠我愛殺人的鳥事。她邊發抖邊低吼，小小的尖牙裸露在外、閃閃發光。我再也不認識她了。我不想要她在身邊。

他們離開後，我打開陽台門，讓白天沸騰的熱氣連同陽台上的香草味流入公寓。羅勒瘋狂生長，奧勒岡也是。我用手指撫過檸檬百里香，讓皮膚沾上香甜的氣味。

我走進臥房，掀開棉被。

「好險喔。」我說著，爬上床來到AJ身邊，親吻他的臉頰，挨著他的脖子。「你不問我為什麼提早回來嗎？跟甩友們大吵了一架。叫了計程車回來。我罵伊梅達是愛控制人的巫婆，她打了我一巴掌。我告訴露西爾她很懦弱，她就哭著奪門而出。我跟那個叫潔瑪還是珍娜的傢伙說她是個裝模作樣的笨蛋。我不記得我對其他人說了什麼。我只記得其中一個人朝我扔酒瓶。」我親吻他的嘴唇。「有些不速之客要來我們家了。他們會想要跟我談談，他們會把你帶走。我不想他們這麼做。每個人都離開我，我想要你留下來。」

我親吻他的嘴唇，然後跨坐在他身上，低頭看著他緊閉的眼皮和纖長的睫毛；我溫暖的大腿騎在他冰冷的軀幹上，他的裸體完美無缺。於是，生平頭一次，我說出口了，而且真心誠意。

「我愛你。」我脫掉上衣，整個人完全躺在他身上——我們的寶寶夾在我們之間；我的體溫一分一秒變冷。「我希望我能永遠待在這裡。」我閉上眼睛。「也許我會，也許一切就是這樣結束的。」

你他媽的在幹什麼？

「什麼？」我東張西望。房裡的氛圍改變了，彷彿丁可剛剛走進來。但這裡沒別人。我又聽見那個聲音。

我說，你他媽的在幹什麼？警察隨時要來了。

我看著AJ那躺在枕頭上死氣沉沉的臉。不是他。

不，是我說的。你提早回來是為了棄屍，所以快去處理。

我沿著床邊看，然後往房門看，接著我低頭看著自己的肚子。

對，是我，我在這裡。你就只有我了。如果想脫身的話，你最好開始聽我的話。

「不，這聲音不是你，小白米。不是你。」

當然是我。你真的希望警察來到這裡的時候，看見你這副德性嗎？你想坐牢嗎？

「我已經不在乎了。」

這個嘛，我在乎，所以你也得在乎，因為我不想在監獄裡出生。你必須把他弄走。快。

「怎麼做？第一，現在是大白天的；第二，我扛不動他。我怎麼可能扛著他下樓，穿過停車場，再搬進我的後車……」

你知道該怎麼做。

「我知道？」

對，把他分屍。

「什麼？」

拿個電鋸來把他分屍。你可以在浴缸裡弄，然後把屍塊包起來，放進行李箱，丟進大海……

「我不能這麼做！」

或把屍塊埋進爺爺家後面的樹林裡，這樣更好。你去買電鋸的時候可以順便買鏟子。

「這是我的幻覺，一切都是我這破碎、愚蠢的腦中想像出來的幻覺。別再跟我說話了。」

這不是你的幻覺。快他媽給我醒醒，聞聞房裡的腐臭味。我說了，你必須把他分屍，這樣才比較容易搬動。這是你唯一的出路。

「我不要把他分屍，太噁心了。」

你這全身赤裸躺在一具屍體上的女人有什麼資格說。

「你只是一團肉。你知道什麼？」

就在這時，從冰冷公寓的一片寂靜中，傳來了震天價響的敲門聲。

我知道你有天大的麻煩了，媽咪。

Storytella 152

謀殺清單

Sweetpea

謀殺清單/C.J.史庫茲作；周倩如譯. -- 初版. -- 臺北市：春天出版國際文化有限公司, 2023.04
面； 公分. -- (Storytella；152)
譯自：Sweetpea
ISBN 978-957-741-654-4(平裝)

873.57 112001199

ISBN 978-957-741-654-4
Printed in Taiwan

作　者　C.J. 史庫茲
譯　者　周倩如
總編輯　莊宜勳
主　編　鍾靈

出版者　春天出版國際文化有限公司
地　址　台北市大安區忠孝東路四段303號4樓之1
電　話　02-7733-4070
傳　眞　02-7733-4069
E－mail　bookspring@bookspring.com.tw
網　址　http://www.bookspring.com.tw
部落格　http://blog.pixnet.net/bookspring
郵政帳號　19705538
戶　名　春天出版國際文化有限公司
法律顧問　蕭顯忠律師事務所
出版日期　二〇二三年四月初版

定　價　499元

總經銷　楨德圖書事業有限公司
地　址　新北市新店區中興路二段196號8樓
電　話　02-8919-3186
傳　眞　02-8914-5524
香港總代理　一代匯集
地　址　九龍旺角塘尾道64號 龍駒企業大廈10 B&D室
電　話　852-2783-8102
傳　眞　852-2396-0050